Cavale nocturne

Une troublante fugitive

JANIE CROUCH

Cavale nocturne

Traduction française de
FABRICE CANEPA

BLACK ROSE

HARLEQUIN

Collection : BLACK ROSE

Titre original :
RISK EVERYTHING

HARPERCOLLINS FRANCE
83-85, boulevard Vincent-Auriol, 75646 PARIS CEDEX 13
Service Lectrices — Tél. : 01 45 82 47 47

www.harlequin.fr

ISBN 978-2-2804-4211-4 — ISSN 1950-2753

1

Au cours de l'année qui venait de s'écouler, Bree Daniels s'était fait tirer dessus, elle avait été enlevée, avait failli mourir dans une explosion, avait été pendue et avait vu l'homme qu'elle aimait se vider de son sang sous ses yeux.

Il lui semblait pourtant aujourd'hui que, comparées aux préparatifs de son mariage, toutes ces épreuves n'avaient été qu'une agréable mise en bouche.

Cela pouvait sembler absurde, bien sûr. Après tout, il s'agissait théoriquement de planifier ce qui était censé être le plus beau jour de sa vie.

Mais tout le problème était peut-être là, justement. Lorsqu'on la poursuivait avec un pistolet ou un couteau, elle savait généralement à quoi s'en tenir. En revanche, rien ne l'avait préparée à ce que l'organisation d'un heureux événement puisse se transformer en véritable calvaire.

Manquant totalement d'expérience en la matière, Bree avait commis l'erreur de solliciter l'avis des amies qu'elle s'était faites depuis son arrivée dans le Colorado. Et elle n'avait pas tardé à découvrir que chacune d'entre elles avait une idée très arrêtée de ce que devait être un mariage parfait – la plupart de ces idées étant mutuellement exclusives.

Cassandra, Cheryl, Judy et Marilyn la traquaient

chaque jour pour avoir son avis ou lui donner des conseils au sujet de la musique, des fleurs, de la forme des sets de table ou du type de vin qu'il convenait de servir avec un consommé de crabe…

Quel était l'intérêt de prendre conseil auprès de ses amies si c'était pour que celles-ci la harcèlent en retour de questions aussi absurdes ? Bree se moquait éperdument de la couleur des serviettes ou des mérites comparés de la ganache et de la nougatine. Tout ce qu'elle voulait, en réalité, c'était épouser l'homme qu'elle aimait.

Elle était de plus en plus tentée de proposer à Tanner de partir se marier en secret à Denver – ou, mieux encore, dans un autre État où ils ne connaîtraient personne.

Elle était d'ailleurs convaincue que, si elle le lui demandait, il accepterait sans hésiter. Mais cela aurait été injuste de sa part : car, contrairement à elle, il avait de la famille à Risk Peak.

De plus, elle avait bien conscience que ces préparatifs constituaient pour elle une occasion de renforcer ses liens avec les habitants de la ville. Après des années passées à fuir et à se cacher, elle avait enfin l'occasion de devenir une femme comme les autres. Et c'était tout ce à quoi elle aspirait.

Elle s'était donc finalement résignée à parcourir l'album que Cassandra avait constitué durant sa jeunesse et qui exposait dans les moindres détails sa vision du mariage idéal.

On y trouvait des dizaines et des dizaines de pages de robes, de recettes, d'éléments de décoration, de bouquets de fleurs et de playlists musicales. Bree aurait pu lui indiquer que ce n'était sans doute pas la façon la plus rationnelle d'organiser toutes ces informations. Mais quelque chose lui disait que le but était ailleurs.

Ce jour-là, elle allait apparemment devoir endurer une nouvelle épreuve : l'essayage de sa robe de mariée. Lorsqu'elle était allée la choisir à Denver, la semaine précédente, en compagnie de Cheryl et de Cassandra, elle avait candidement pensé qu'il lui suffirait de choisir un modèle qui lui plaisait et de l'acheter.

Elle aurait pourtant dû se douter que les choses ne seraient pas aussi simples – après tout, rien ne semblait l'être, lorsqu'il était question de mariage.

La vendeuse et ses amies lui avaient expliqué qu'elle devrait faire ajuster le vêtement. Redoublant de naïveté, Bree s'était convaincue que ce serait l'affaire de quelques minutes. Mais en arrivant chez la couturière de Risk Peak, elle avait rapidement compris qu'elle n'aurait pas cette chance.

Apparemment, il y avait tout un tas de mesures à prendre et des dizaines d'épingles à piquer un peu partout. Il lui fallait aussi répondre à des interrogations qui lui semblaient parfaitement ésotériques : Porterait-elle un voile ? Quel genre de coiffure avait-elle choisie ? Voulait-elle ajouter une traîne ? Mettrait-elle des gants ?

Bree avait été tentée de répondre que, s'il n'avait tenu qu'à elle, elle se serait mariée en jean et en sweat-shirt. Mais elle avait peur qu'un tel aveu ne gâche le plaisir de Judy et Cassandra, qui l'accompagnaient ce jour-là.

Car, de façon assez mystérieuse pour elle, ses amies paraissaient trouver toutes ces questions follement palpitantes. Et Bree se faisait d'ailleurs l'impression d'être une poupée entre les mains de deux fillettes hystériques.

— Lorsque mon frère te verra habillée de cette façon, il va perdre tous ses moyens ! s'exclama Cassandra en la contemplant dans le triple miroir qui leur faisait face.

— Ce n'est vraiment pas le but, rétorqua Bree. Je te

rappelle que, pour une raison qui m'échappe totalement, mon imbécile de fiancé, qui se trouve être ton imbécile de frère, a décidé de faire vœu de chasteté jusqu'au mariage. Je tiens vraiment à ce que nous puissions profiter de notre nuit de noces !

— Ce qu'elle voulait dire, c'est que tu es vraiment magnifique, déclara alors Judy.

Bree jeta un nouveau coup d'œil critique à son reflet et se trouva… bizarre. À vrai dire, elle avait l'impression de contempler une parfaite étrangère.

Ce n'était pas que la robe que son amie Cheryl l'avait aidée à choisir lui déplût. Dans son genre, elle devait bien reconnaître que celle-ci était très élégante. Mais elle ne correspondait pas vraiment à l'idée que Bree se faisait d'elle-même ou de son mariage.

Lorsque Tanner lui avait fait sa demande, il s'était agenouillé près d'un immeuble en flammes, alors que tous deux venaient une fois de plus d'échapper à la mort. Ils étaient couverts de sang, de sueur, de poussière et de fumée. Et pourtant, ce moment lui avait paru infiniment plus romantique que cette robe qui paraissait tout droit sortie d'*Autant en emporte le vent*.

Il y avait trop de frous-frous, de dentelle et de rubans. Elle était trop blanche, trop propre, trop difficile à mettre et à retirer, trop malcommode pour pouvoir espérer courir avec, en cas de besoin…

Bree en venait presque à regretter d'avoir suivi les conseils de Cheryl en la matière. Mais force était de reconnaître qu'aucune des robes qu'elle avait pu voir dans la boutique ne l'avait particulièrement enthousiasmée.

Cela n'avait d'ailleurs rien de surprenant. Lorsqu'on passait son temps à fuir et à se cacher pour tenter de survivre, on avait peu le loisir de se soucier des vêtements que l'on portait. Tout ce qui comptait, c'était qu'ils soient pratiques et confortables.

— Tu ne parais pas vraiment convaincue, remarqua Cassandra, la ramenant brusquement à l'instant présent. Je t'assure pourtant que cette robe te va à ravir.

— Ce n'est pas la robe qui me pose problème, avoua-t-elle. C'est moi… Je ne suis pas sûre d'être faite pour ce genre d'occasions.

Ses deux amies la considérèrent d'un air passablement sidéré.

— Mais c'est de ton mariage qu'il s'agit, objecta Judy.

— Je sais, soupira Bree. C'est juste que… j'ai moins envie de me marier avec Tanner que d'être mariée avec lui.

Cassandra et Judy échangèrent un regard interdit. Il paraissait évident qu'elles n'avaient aucune idée de ce qu'elle essayait de leur dire. Bree soupira intérieurement. Une fois de plus, elle prenait douloureusement conscience du fait qu'elle n'était pas comme la plupart des gens.

Tanner prétendait que cela ne le dérangeait pas, qu'il l'aimait telle qu'elle était et que pour rien au monde il n'aurait souhaité qu'elle change. Le plus souvent, elle-même se satisfaisait d'être différente des autres. Mais à certains moments, il lui arrivait de se demander si elle parviendrait un jour à s'intégrer réellement à son nouvel environnement.

Une heure plus tard, Bree et Cassandra se garèrent devant le bâtiment dont elles avaient récemment fait l'acquisition. Il avait été en partie rénové de façon à pouvoir accueillir les pensionnaires du foyer pour femmes battues qu'elles avaient fondé.

Les anciens bureaux avaient été reconvertis en

chambres et en espaces de vie confortables et lumineux. Un soin tout particulier avait été apporté à l'aménagement intérieur et à la décoration, de façon à rendre l'endroit le plus accueillant et le plus chaleureux possible.

Et comme chaque fois qu'elle pénétrait dans ce bâtiment, Bree sentit ses problèmes s'envoler. Pour la première fois de sa vie, elle avait l'impression de faire quelque chose de vraiment utile, quelque chose d'important.

Bree n'avait aucun mal à s'identifier aux femmes qui arrivaient ici. Tout comme elles, elle avait été maltraitée physiquement et moralement durant des années. Et elle n'avait dû son salut qu'au soutien inconditionnel de sa propre mère, qui était morte peu de temps après l'avoir arrachée à cet enfer.

Aujourd'hui, elle avait à son tour l'occasion de venir en aide à ces femmes que la vie n'avait pas ménagées. Le foyer leur permettait de se reconstruire dans un environnement sûr, loin des conjoints qui les avaient malmenées.

De plus, celles qui ne disposaient pas de qualifications pouvaient apprendre un nouveau métier qui leur permettrait à terme de devenir réellement indépendantes. C'était d'ailleurs ce qui avait inspiré le nom qu'elles avaient donné au foyer, « Nouveau Départ ».

En pénétrant dans le grand salon, Bree ne put s'empêcher de sourire. Cet endroit était le cœur même du refuge, un lieu de rencontre et d'échanges. Elles avaient fait abattre plusieurs cloisons de façon à créer une salle immense qui occupait presque la moitié du rez-de-chaussée.

Dans un coin de la pièce trônait un grand poste de télévision autour duquel étaient installés un immense canapé et plusieurs fauteuils. Le mur opposé était tapissé d'étagères sur lesquelles étaient alignés toutes sortes de livres, destinés aussi bien aux adultes qu'aux enfants.

Plusieurs tables étaient disposées dans la pièce de façon à ce que les gens puissent prendre le café, jouer à des jeux de société ou utiliser l'un des ordinateurs qui étaient mis à leur disposition.

L'idée de Cassandra avait été de restituer à plus grande échelle l'atmosphère d'un salon familial. Elle estimait que cela aiderait ces femmes et ces enfants à se reconstruire. Et même Bree qui n'avait jamais connu ce genre d'ambiance devait bien reconnaître que cette pièce avait sur elle un effet thérapeutique.

Ici, les gens parlaient plus librement, les enfants jouaient et riaient, oubliant leurs angoisses et leurs cauchemars. Ici, il était possible de mettre de côté momentanément les pères et les maris violents, les procédures de divorce douloureuses et les incertitudes d'une vie à reconstruire entièrement…

Bree fut tirée de ses réflexions par les cris de joie de Sam et Eva, les enfants de Marilyn. Tous deux se précipitèrent vers elle pour la serrer dans leurs bras.

— Laissez-la un peu respirer ! protesta leur mère en riant.

Marilyn Ellis était arrivée au refuge quatre mois auparavant. Elle sortait alors tout juste de l'hôpital, où elle avait été admise en soins intensifs après avoir été sauvagement battue par son mari.

Depuis lors, Marilyn s'était énormément investie dans la vie du foyer. Et lorsque Cassandra et Bree avaient ouvert le nouveau local, elles s'étaient naturellement tournées vers elle pour lui proposer d'en assurer la supervision au quotidien.

Au fil du temps, Marilyn avait assumé des responsabilités de plus en plus étendues et elle était aujourd'hui salariée de Nouveau Départ. Sa gentillesse et ses talents de conciliatrice faisaient des merveilles. Quant aux épreuves qu'elle avait traversées, elles lui conféraient une légitimité accrue vis-à-vis des autres pensionnaires.

— Je vous rappelle que vous avez des devoirs à faire, ajouta Marilyn à l'intention de ses enfants. Si vous ne finissez pas à temps, vous ne pourrez pas participer à la randonnée prévue la semaine prochaine.

Les deux petits échangèrent un regard accablé avant de retourner s'installer devant leurs cahiers et leurs livres de classe en laissant échapper des soupirs tragiques. Bree ne put s'empêcher de sourire.

Depuis qu'elle les connaissait, Sam et Eva n'avaient cessé de s'épanouir. Lorsqu'elle les avait rencontrés, les deux enfants étaient encore traumatisés par ce qui était arrivé à leur mère et par la séparation de leurs parents. Mais au fil des semaines, grâce à l'aide de la psychologue de Nouveau Départ et à l'environnement rassurant dans lequel ils évoluaient désormais, ils avaient retrouvé leur joie de vivre.

— On dirait que leur maîtresse n'est pas commode, plaisanta Bree.

C'était Marilyn qui les faisait travailler, depuis qu'ils avaient quitté le domicile familial. Elle n'avait pas voulu ajouter à leur déracinement l'adaptation difficile à un nouvel environnement scolaire. Si tout se passait comme prévu, cependant, les deux enfants feraient leur rentrée à l'école de Risk Peak dès l'année suivante.

— Ils sont si excités à l'idée de partir camper que j'ai vraiment beaucoup de mal à les faire travailler, cette semaine, avoua Marilyn.

— Je les comprends, acquiesça Bree.

— Est-ce que tout s'est bien passé, cette nuit ? s'enquit alors Cassandra.

Marilyn hocha la tête.

— Rien de particulier à signaler. À part une petite fuite d'eau dans la salle de bains du rez-de-chaussée. J'ai coupé le robinet et appelé le plombier. Il m'a promis de passer dans l'après-midi.

— Pas de nouvelles de Jared ? s'enquit Bree.

En entendant prononcer le nom de son mari, Marilyn ne put réprimer un frisson. Suite à son dernier accès de violence, Jared Ellis avait été arrêté et il devait comparaître pour violences conjugales d'ici quelques semaines. En attendant le procès, l'avocat de Jared avait sollicité une libération sous caution, et Bree savait que cette éventualité inquiétait beaucoup Marilyn.

— Rien pour le moment, répondit-elle.

— Tiens-nous au courant dès qu'il y aura du nouveau, d'accord ?

Marilyn hocha sobrement la tête.

— Pas de nouvelles d'Angel non plus ? demanda Cassandra.

— Non, hélas, soupira Marilyn. Chandler manque beaucoup aux enfants.

Angel était arrivée deux semaines auparavant avec son fils. Malheureusement, elle avait décidé de retourner auprès de son petit ami, affirmant qu'il regrettait le mal qu'il lui avait fait et qu'il était décidé à s'amender.

Bree et Cassandra avaient dû faire face à suffisamment de situations de ce genre pour savoir que de telles résolutions n'étaient généralement que de courte durée. Le pauvre Chandler ne tarderait probablement pas à se retrouver de nouveau pris au piège de cette relation toxique.

Ce n'était pas la première fois qu'une telle chose se produisait. Dans les premiers temps, Bree avait eu beaucoup de mal à admettre le fait que tant de femmes puissent retourner auprès de compagnons qui les maltraitaient.

Mais elle avait fini par comprendre qu'il y avait dans la violence conjugale une forme de codépendance malsaine à laquelle il était très difficile de se soustraire.

Malheureusement, le fait de saisir intellectuellement ce phénomène ne suffisait pas à dissiper la déception et la tristesse qu'elle ressentait chaque fois qu'elle voyait repartir l'une de leurs pensionnaires. Elle s'efforçait donc de se concentrer sur celles qui restaient et qu'elle pouvait aider.

Après avoir pris le temps de boire un café et d'échanger quelques mots avec chacune des personnes qui se trouvaient dans le salon, Bree, Marilyn et Cassandra allèrent s'installer à l'une des tables pour discuter de l'avancement des travaux.

La moitié du bâtiment avait été restaurée et pouvait accueillir à présent une vingtaine de personnes. Mais lorsque la rénovation serait terminée, ce nombre serait presque triplé. Pour Nouveau Départ, cela constituait à la fois une opportunité extraordinaire et un nouveau défi que les deux administratrices étaient bien décidées à relever.

Comme elles étaient en train de passer en revue les dernières factures que leur avait envoyées le maître d'œuvre, un brusque silence se fit soudain dans le salon. Bree n'eut pas même besoin de se tourner vers la porte pour savoir qu'un homme venait de pénétrer dans la pièce.

2

En entrant dans le grand salon du refuge, Tanner s'efforça d'adopter une expression souriante et une attitude décontractée.

Tous les regards étaient braqués sur lui et il avait parfaitement conscience que, en tant qu'homme, il représentait une menace pour la plupart des femmes présentes, ainsi que pour bon nombre d'enfants qui avaient eu à souffrir de violences domestiques.

Aucun homme adulte n'était d'ailleurs admis au refuge sans y avoir été expressément invité. Tanner avait lui-même veillé à ce que le foyer soit équipé de portes renforcées, de caméras et d'un bon système d'alarme. Il ne tenait pas à ce qu'un mari ou un amant ne décide un jour de venir se venger.

En tant que représentant local des forces de l'ordre, Tanner possédait une clé de l'établissement et connaissait le code de l'alarme. Mais il se faisait un devoir de toujours demander l'autorisation d'entrer. Cette fois-ci, c'était Susan, l'une des pensionnaires, qui l'avait aperçu alors qu'il descendait de voiture et qui lui avait ouvert.

Paradoxalement, l'uniforme de policier qu'il portait ne rassurait pas forcément ces femmes qui avaient bien souvent été confrontées à l'indifférence ou au mépris des forces de l'ordre au moment où elles auraient eu le plus besoin de leur soutien.

Il demeura immobile sur le pas de la porte, laissant le temps à tous les occupants de la pièce de l'identifier et de se convaincre qu'il ne représentait pas un danger. La plupart des gens qui se trouvaient là le connaissaient déjà de vue et ne tardèrent pas à surmonter leur réticence initiale.

Se tournant vers les enfants qui se trouvaient là, il posa un doigt sur ses lèvres et leur adressa un clin d'œil. Puis, sur la pointe des pieds, il se dirigea vers Bree qui se tenait de dos. Les enfants se mirent à pouffer mais sa fiancée fit mine de ne rien remarquer.

— Personne ne peut échapper au terrible Capitaine Bisous ! s'exclama-t-il avant de consteller de petits baisers le crâne, les joues et le cou de la jeune femme.

— Oh non ! s'écria Bree d'un air faussement effrayé. Pas le terrible Capitaine Bisous !

Une vague d'éclats de rire enfantins résonnèrent dans le salon. Ils furent remplacés par une exclamation de dégoût lorsque Bree se retourna enfin, offrant ses lèvres à un chaste baiser de Tanner.

Il s'agissait d'un rituel que tous deux avaient mis au point au cours des dernières semaines. Il leur paraissait en effet important de montrer aux enfants que tous les hommes n'étaient pas nécessairement des brutes, et que la vie en couple pouvait être une source de joie et d'épanouissement.

Les rires des enfants furent remplacés par le bourdonnement des conversations à mesure que chacun revenait à ses activités. Bree se leva et lui décocha l'un de ces sourires irrésistibles dont elle avait le secret. Une pointe de malice brillait dans ses beaux yeux verts.

— Comment s'est passée ta journée ? lui demanda-t-elle.

— La routine, répondit-il. Et je t'avoue que, après tout ce qui nous est arrivé ces derniers temps, cela me convient assez bien. Et toi ? Comment s'est déroulée cette session d'essayage ?

— Ça aurait pu être pire, répondit-elle. Mais très franchement, j'ai hâte que tous ces préparatifs soient terminés. Je n'ai vraiment pas l'habitude d'être au centre de l'attention.

— Je sais, acquiesça gravement Tanner. Mais dis-toi que le mariage ne durera qu'une journée. Ensuite, nous serons mariés pour toute notre vie. Et tu seras au centre de toutes mes attentions, ajouta-t-il d'un ton suggestif.

Elle lui décocha une bourrade.

— Je te rappelle que, s'il ne tenait qu'à moi, ce serait déjà le cas. Cette histoire d'abstinence avant le mariage est de loin l'idée la plus débile que tu aies jamais eue.

— Je suis d'accord, reconnut Tanner. Mais sur le moment, ça m'a paru romantique...

— Ça l'est, soupira-t-elle en haussant les épaules. C'est romantique *et* débile.

— Dites donc, tous les deux, les interpella alors Cassandra, je vous rappelle que nous avons du travail.

— C'est vrai, acquiesça Bree à regret.

Tanner et elle prirent place face à Cass et Marilyn. Ils avaient pris l'habitude d'organiser régulièrement des réunions de ce genre pour discuter des projets et des difficultés de Nouveau Départ.

Tanner s'y intéressait à plusieurs titres. En tant que capitaine de la police, il était responsable de la sécurité des pensionnaires du foyer. En tant que frère de Cassandra et fiancé de Bree, il tenait à les aider autant qu'il le pouvait. Et en tant qu'homme, il avait à cœur de démontrer que tous ses semblables n'étaient pas forcément des monstres incapables de contrôler leurs plus bas instincts.

Il contribuait donc autant qu'il le pouvait à la vie du

foyer, que ce soit en effectuant un peu de bricolage, en organisant des sorties et des activités, en participant à la préparation de la kermesse annuelle ou en servant d'intermédiaire avec les différents services administratifs de la ville et de l'État.

Cassandra commença par les informer de l'avancement des travaux dans la nouvelle aile. Le chantier progressait rapidement et l'ouverture pourrait se faire d'ici la fin de l'année.

Bree lui transmit ensuite la liste des nouvelles pensionnaires. La plupart d'entre elles étaient protégées par des ordonnances restrictives qui interdisaient à leurs ex-conjoints de les approcher de trop près. Si l'un d'eux se présentait à Risk Peak, Tanner serait donc chargé de faire respecter la décision du juge.

Le reste de la réunion ne le concernait pas directement et il s'écarta pour laisser les trois jeunes femmes aborder les différents sujets à l'ordre du jour.

— Capitaine Bisous ?

Tanner baissa les yeux vers la petite fille qui venait de l'aborder.

— Bonjour, Eva, lui dit-il. Comment vas-tu depuis hier ?

Sam, le frère de la fillette, se trouvait légèrement en arrière, semblant veiller sur elle. Il avait déjà constaté l'extraordinaire solidarité qui existait entre les deux enfants de Marilyn. Sans doute avait-elle été renforcée par la violence à laquelle ils avaient été confrontés dès leur plus jeune âge.

— Très bien, répondit gravement Eva. Et vous ?

— Tu peux me tutoyer, lui rappela-t-il. Et je vais très bien, je te remercie. Mais dis-moi, est-ce que tu es prête pour la randonnée que vous devez faire la semaine prochaine ?

Eva hocha la tête.

— Je suis prête, déclara-t-elle. Par contre, maman a dit qu'on ne pourrait pas emmener Tromso.

Tromso était le nom du chiot que son frère Noah avait offert aux deux enfants. Il portait le nom d'une ville de Norvège qui voyait converger chaque année des milliers de personnes venues admirer les aurores boréales.

C'était l'un des chiots de Corfou, la chienne du frère de Tanner. Star, la sœur de Tromso, avait quant à elle été adoptée par Bree quelques semaines auparavant.

— Ta maman a raison, princesse, approuva-t-il. Tromso est encore beaucoup trop petit pour faire un si long voyage. Il risquerait de se perdre ou de se blesser. Mieux vaut qu'il reste ici en sécurité. Vous pouvez compter sur Bree et sur Star pour prendre soin de lui.

— Maman a aussi dit que, si nous ne finissions pas tous nos devoirs, nous n'aurions pas le droit de partir en randonnée, ajouta Eva d'un air préoccupé.

Connaissant l'amour inconditionnel de Marilyn pour ses enfants, Tanner n'était absolument pas dupe de cette menace. Il savait que pour rien au monde elle ne les aurait privés de cette sortie qu'ils attendaient depuis si longtemps. Mais il se garda de le leur dire et joua le jeu.

— Dans ce cas, déclara-t-il gravement, vous feriez bien de vous remettre très sérieusement au travail.

— Est-ce que tu viendras avec nous ? s'enquit Eva.

— Je ne pense pas, princesse. J'ai du travail. Mais Cassandra connaît ces montagnes aussi bien que Noah et moi. Nous allions souvent nous y promener avec notre papa quand nous étions petits…

Tanner crut discerner une pointe de tristesse dans les yeux de la fillette. Sans doute pensait-elle à son propre père qui était aujourd'hui en prison. D'après les informations dont Tanner disposait, Jared Ellis, le mari de Marilyn, n'avait jamais levé la main sur ses enfants. En revanche, ceux-ci avaient dû assister à des scènes extrêmement violentes entre leurs parents.

Il bavarda encore un moment avec Eva, jusqu'à ce que Bree le rejoigne, à la fin de sa réunion. Tous deux prirent alors congé de Cassandra, de Marilyn et des pensionnaires qui se trouvaient là.

Ce soir-là, ils avaient décidé d'aller manger au Sunrise, le restaurant de la ville où Bree avait été employée comme serveuse avant de travailler à plein temps pour le foyer. Ils aimaient beaucoup cet endroit qui leur rappelait les tout premiers temps de leur relation.

Ils discutèrent avec leurs amis Dan et Cheryl, les propriétaires, du mariage qui se rapprochait et des nombreux préparatifs qu'il leur restait à effectuer avant le grand jour.

La cérémonie constituerait en effet un temps fort de la vie sociale de Risk Peak, non seulement parce que Tanner était le chef de la police locale, mais aussi parce que sa famille était l'une des plus anciennes et des plus nombreuses de la région.

Après un délicieux dîner en tête à tête, Tanner raccompagna Bree jusqu'au foyer. En temps normal, elle habitait avec lui au ranch, dont il était copropriétaire avec son frère Noah. Mais vivre ensemble au quotidien aurait très sérieusement compromis la règle de chasteté qu'ils s'étaient imposée à l'approche du mariage.

Bree avait donc momentanément élu domicile dans l'une des chambres libres du foyer. Cela lui permettait également d'être plus disponible à un moment où Nouveau Départ était en pleine mutation.

Sur le chemin du retour, Tanner constata que sa

fiancée paraissait préoccupée. Sa belle humeur avait laissé place à un silence songeur.

— Qu'est-ce qui ne va pas ? lui demanda-t-il enfin.

Bree secoua doucement la tête.

— Je m'inquiète à propos de Marilyn, répondit-elle.

— Je croyais que son travail vous donnait entièrement satisfaction ? objecta Tanner, étonné.

— C'est le cas, lui confirma-t-elle. Elle fait un travail extraordinaire et nous nous reposons chaque jour un peu plus sur elle.

— Alors quel est le problème ?

— Elle a peur que son mari ne soit libéré sous caution dans l'attente de son jugement.

— Si tel était le cas, elle en serait aussitôt informée, lui rappela Tanner. Et de toute façon, il se trouve sous le coup d'une ordonnance restrictive et n'aurait pas le droit de s'approcher des enfants ou d'elle.

— Je le sais bien, acquiesça Bree. Mais je doute fort que Jared Ellis soit le genre d'homme à respecter scrupuleusement la loi.

— Écoute, répondit Tanner, j'ai lu le dossier de Marilyn. Très sincèrement, je ne vois pas comment un juge pourrait courir le risque de libérer un tel salopard. Mais, même si c'était le cas, il serait certainement placé sous surveillance électronique et confiné à domicile.

Cette idée parut la réconforter légèrement.

— Je ne veux pas qu'il lui arrive quelque chose, soupira-t-elle. Et j'espère qu'elle ne décidera pas de partir à l'autre bout du pays ou même à l'étranger si Jared Ellis venait à être libéré…

Tanner s'abstint de tout commentaire. Il comprenait parfaitement que Bree ne veuille pas se séparer de la jeune femme, qui était devenue à la fois une précieuse collègue et une amie.

Mais, au fond de lui, il était convaincu qu'il aurait mieux valu pour Marilyn partir loin, très loin du monstre qu'elle avait commis l'erreur d'épouser.

3

Bree ne parvenait pas à trouver le sommeil.

C'était en grande partie dû aux baisers passionnés qu'elle avait échangés avec Tanner au moment où tous deux s'étaient séparés, ce soir-là – et plus encore à la décision absurde qu'ils avaient prise de s'interdire toute relation sexuelle jusqu'au mariage. Mais il y avait un autre sujet qui la perturbait peut-être plus encore que cette période de chasteté forcée.

Tanner et elle avaient décidé d'écrire eux-mêmes leurs vœux pour la cérémonie. Sur le moment, cela lui avait paru terriblement romantique. Mais plus la date du mariage se rapprochait et moins elle savait ce qu'elle allait bien pouvoir dire.

Elle avait déjà couvert des pages entières de phrases qui, sur le moment, lui paraissaient exprimer les sentiments qu'elle éprouvait à l'égard de Tanner. Mais lorsqu'elle les relisait, toutes semblaient sonner faux.

Certaines étaient trop banales, d'autres trop ampoulées, d'autres encore lui paraissaient tout droit sorties d'un film de série B. Elle avait toujours eu beaucoup de mal à exprimer ses sentiments. Mais la perspective de le faire en présence de dizaines de gens, dont un certain nombre d'inconnus, ajoutait encore à la difficulté de l'exercice.

Incapable de fermer l'œil, elle finit par se relever.

Elle enfila un pantalon de yoga, un vieux T-shirt et par-dessus un sweat frappé du logo de l'un de ses groupes de rock préférés. Quittant la chambre qu'elle occupait momentanément au refuge, elle descendit les escaliers et se dirigea vers son bureau.

Là, elle alluma son ordinateur et se laissa tomber sur son fauteuil. Durant ce qui lui parut durer une éternité, elle se contenta de fixer l'écran désespérément blanc de son traitement de texte et le petit marqueur noir qui clignotait en début de ligne.

Elle avait vaguement espéré qu'en se retrouvant face à une page vierge l'inspiration lui viendrait tout naturellement. Mais elle comprenait à présent que les choses ne seraient pas aussi simples. Prenant une profonde inspiration, elle commença à taper.

Tanner, je t'aime.

Elle considéra ce qu'elle venait d'écrire et trouva cela plutôt encourageant.

Dès le jour où je t'ai rencontré, j'ai compris que tu étais l'homme de ma vie.

Elle fronça les sourcils. En réalité, lorsqu'elle avait rencontré Tanner, elle était en train de voler des couches et du lait pour bébé dans les rayons du supermarché de Risk Peak. Tout ce qu'elle avait pensé en voyant Tanner en uniforme, c'était qu'il allait la jeter en prison.

Elle effaça donc ce qu'elle venait d'écrire.

Nous avons toujours été faits l'un pour l'autre.

Un policier sympathique et attachant vivant dans un coin perdu du Colorado et une hackeuse antisociale fuyant d'une grande ville à une autre ? Vraiment ?

À tes côtés, je me suis tout de suite sentie en sécurité.

Bree ne put réprimer un gémissement : depuis qu'ils étaient en couple, ils avaient tous deux failli se faire tuer à plusieurs reprises, Tanner avait été accusé à tort d'homicides multiples et, à leurs heures perdues, ils avaient joué au chat et à la souris avec un tueur psychopathe…

Elle effaça de nouveau son texte et se renversa en arrière, cherchant désespérément une source d'inspiration. C'est alors que, du coin de l'œil, elle aperçut la rangée de moniteurs qui étaient reliés aux différentes caméras de sécurité installées sur le site.

Elles étaient activées par des détecteurs de mouvement. Or l'écran qui venait de s'allumer correspondait à l'une des caméras qui se trouvaient dans l'aile en construction. À cette heure, personne n'aurait dû s'y trouver.

Ce n'était pas la première fois que quelqu'un s'introduisait de nuit dans le bâtiment désert. Moins de quinze jours auparavant, un couple d'adolescents avait eu la bonne idée de choisir cet endroit comme décor de leurs premiers ébats amoureux.

Cette fois-ci, en revanche, l'écran qui s'était allumé ne montrait aucun être humain. Il était d'ailleurs étrangement sombre. Bree tenta vainement de régler l'image avant de comprendre que le problème ne provenait pas de l'écran mais de la pièce elle-même qui était envahie d'une épaisse fumée noire.

Prenant brusquement conscience du fait qu'un incendie venait de se déclarer, Bree décrocha son téléphone pour appeler les secours.

— Debbie, c'est Bree Daniels ! s'exclama-t-elle en reconnaissant la voix de l'opératrice. Il y a le feu à Nouveau Départ ! Pas dans l'aile principale, Dieu merci, mais dans celle qui est actuellement en réfection. Est-ce que tu peux nous envoyer un camion de pompiers ? En attendant, je vais essayer d'éteindre les flammes avec un extincteur.

— Le mieux que tu puisses faire, c'est de rester en ligne avec moi…, objecta Debbie.

Mais Bree ne l'écoutait déjà plus. Debbie avait passé toute sa vie à Risk Peak et n'avait pas besoin de ses indications. Elle connaissait précisément la disposition des lieux et savait où envoyer les pompiers.

Quittant son bureau, Bree récupéra l'extincteur qui se trouvait dans le couloir. Elle en profita pour enclencher la sirène d'alarme, qui se mit à retentir à travers tout le bâtiment. C'était le moyen le plus rapide pour avertir toutes les pensionnaires du danger potentiel que représentait l'incendie.

Elle hésita alors quelques instants, se demandant s'il valait mieux qu'elle supervise l'évacuation ou qu'elle commence à lutter contre les flammes.

Mais les chambres se trouvaient de l'autre côté du bâtiment, loin de l'incendie. Bree estima donc que les pensionnaires ne craignaient strictement rien. En revanche, les bureaux dans lesquels elle se trouvait jouxtaient la nouvelle aile.

Elle avait peut-être une chance d'arrêter l'incendie avant qu'il ne se propage au reste de l'immeuble. Remontant le couloir au pas de course, elle alla ouvrir la porte qui donnait sur l'aile en rénovation. Elle poursuivit sa route, se dirigeant vers la salle à l'intérieur de laquelle le feu semblait s'être déclaré.

De la fumée s'infiltrait déjà sous la porte, envahissant rapidement le couloir. Elle devenait de plus en plus âcre et irritante au fur et à mesure que Bree approchait de son point d'origine. Elle n'était plus très sûre d'être capable de venir à bout de l'incendie à l'aide d'un simple extincteur mais ne pouvait courir le risque de voir Nouveau Départ se consumer sous ses yeux.

Il lui sembla alors percevoir un bruit sourd provenant de l'intérieur de la pièce. Était-il possible que quelqu'un se trouve dedans ? Et s'il s'agissait d'adolescents qui avaient mis le feu par accident et s'étaient retrouvés bloqués ?

Bree se baissa pour tenter de passer sous la fumée. Il lui sembla alors entendre quelqu'un qui appelait son nom, sans qu'elle sache exactement d'où provenait le son. La visibilité était quasiment nulle à présent, et chaque bouffée d'air qu'elle inspirait s'accompagnait d'une épaisse fumée qui la faisait tousser de façon convulsive.

Luttant contre une brusque sensation de vertige et de désorientation, elle se concentra sur le bruit sourd qu'elle pouvait toujours percevoir, quelque part en avant de l'endroit où elle se tenait.

Convaincue qu'une personne était prise au piège, elle continua à avancer et atteignit enfin la porte de la pièce. Alors qu'elle tendait la main vers la poignée, elle se sentit saisie par la taille et quelqu'un la tira violemment en arrière.

— Pas par là, Bree ! C'est de la folie !

Sidérée, elle reconnut la voix de Tanner et se tourna vers lui. La fumée était si épaisse désormais qu'elle pouvait à peine distinguer son visage.

— J'ai entendu quelqu'un appeler mon nom, lui dit-elle en toussant. Je crois que ça venait de cette pièce !

— C'est moi qui t'appelais, objecta-t-il. Et je me trouvais sur ta droite…

— Mais j'ai entendu un bruit à l'intérieur, insista-t-elle

en désignant la porte. Là ! Tu entends ? ajouta-t-elle tandis qu'un nouveau bruit sourd résonnait devant eux.

Tanner poussa un juron et la prit par la main. Avant qu'elle ait compris ce qu'il s'apprêtait à faire, il l'entraîna en courant à toute vitesse dans la direction opposée à la porte. Elle était sur le point de protester lorsqu'une énorme explosion retentit derrière eux.

S'ils étaient demeurés là où ils se trouvaient quelques instants auparavant, ils auraient été touchés de plein fouet. Et elle n'osait imaginer ce qui se serait produit si elle avait ouvert la porte.

— Cette aile est en travaux, lui cria alors Tanner. Il doit y avoir des tas de produits explosifs. Les bruits que tu as entendus, ce devait être des aérosols qui explosaient.

Il la reprit par la main et l'entraîna jusqu'au couloir qui desservait les bureaux. Il prit soin de refermer la porte de communication derrière lui et tous deux purent respirer un peu plus librement. Ils furent alors saisis d'une quinte de toux particulièrement douloureuse.

— Nous devons laisser les pompiers faire leur travail, lui dit-il lorsqu'il fut enfin parvenu à recouvrer son souffle. Il n'y a rien que tu puisses faire, à part sortir et te mettre à l'abri.

— Tu m'as encore sauvé la vie, déclara-t-elle, le cœur battant à tout rompre sous le coup de la terreur rétrospective qu'elle éprouvait à présent. Comment as-tu su que j'avais un problème ? Je viens à peine d'appeler les secours…

— Debbie m'a contacté juste après avoir prévenu les pompiers, expliqua-t-il. Et par chance, je me trouvais en patrouille tout près d'ici.

Pendant qu'ils parlaient, Bree avait pris soin de récupérer son ordinateur portable, et tous deux avaient quitté les bureaux pour gagner la porte d'entrée principale qui était grande ouverte.

Ils rejoignirent les pensionnaires du refuge, qui s'étaient regroupés au centre de la pelouse et considéraient l'immeuble d'un air étonné.

— Bree ! s'exclama Marilyn en se portant à leur rencontre. Que se passe-t-il ? C'est toi qui as déclenché l'alarme ?

— Oui, répondit-elle. Il y a le feu dans la nouvelle aile.

Elle se remit à tousser.

— Ce n'est pas un exercice, précisa Tanner. Tout le monde doit se tenir à l'écart du bâtiment.

Cette information provoqua un léger vent de panique au sein de la petite foule. Les mères se mirent à appeler leurs enfants, les enfants à pleurer sous le coup de l'angoisse, et les gens à s'interpeller les uns les autres pour s'assurer que personne n'était resté à l'intérieur.

Au milieu de cette tourmente, Eva et Sam paraissaient étrangement calmes, tenant à la main la laisse de leur chien Tromso. Ce dernier gémissait piteusement, gagné sans doute par l'inquiétude des humains qui l'entouraient.

Tanner se tourna alors vers Marilyn.

— Je crois que nous devrions aller faire le tour des chambres pour nous assurer que plus personne ne se trouve à l'intérieur, lui dit-il.

— Je viens avec vous, proposa Bree avant d'être secouée par une nouvelle quinte de toux.

— Il vaut mieux que tu restes ici avec les enfants, objecta Tanner. Tu as besoin d'air frais.

Bree fut tentée de protester mais se ravisa. Il était évident qu'elle avait inhalé beaucoup trop de fumée. En insistant pour les accompagner, elle serait probablement plus une gêne qu'autre chose.

— Eva, Sam, restez avec Bree, leur ordonna Marilyn. Et surtout, pas de bêtises !

Sur ce, elle suivit Tanner à l'intérieur. Quelques instants plus tard, un camion de pompiers suivi d'une ambulance et d'une voiture de police débouchèrent dans la rue, l'illuminant de leurs gyrophares colorés.

De nombreux badauds étaient sortis des maisons avoisinantes pour voir ce qui se passait. Cela ne faisait qu'ajouter à l'hystérie et au chaos. Cette ambiance eut rapidement raison du calme dont les enfants avaient fait preuve jusque-là.

Bree les entraîna donc un peu à l'écart de la foule. Au bout de quelques instants, ils furent rejoints par un urgentiste.

— Mademoiselle, je vous ai entendue tousser, lui dit-il. Si vous avez été exposée à la fumée, vous devriez aller vous faire examiner par mes collègues. Je peux rester auprès des enfants, si vous voulez.

Bree hésita un instant avant de secouer la tête. Sam et Eva étaient déjà suffisamment inquiets comme cela sans qu'elle les confie à un parfait inconnu, fût-il médecin.

— Je vais attendre que leur mère revienne, répondit-elle.

L'urgentiste hocha la tête et se tourna vers les enfants.

— Vous n'avez pas trop peur ?

Sam secoua la tête mais ses yeux trahissaient une certaine angoisse.

— Est-ce que notre nouvelle maison va brûler ? demanda Eva d'un ton penaud.

— Je ne pense pas, répondit l'urgentiste avec un sourire.

Bree se remit à tousser.

— Vous devriez vraiment faire quelque chose, vous savez. Ce n'est sûrement l'affaire que de quelques bouffées d'oxygène, histoire de dégager les bronches.

Je vous assure que cela ne m'ennuie pas de surveiller les petits.

Bree hésita de nouveau.

— Ce genre de situation peut être assez traumatisante, ajouta l'homme.

Elle hocha la tête, songeant que c'était justement la raison pour laquelle elle devait rester auprès d'eux. Ils avaient besoin d'une présence familière et rassurante.

— Je vous promets que j'irai me faire examiner dès que leur mère sera revenue, assura-t-elle à l'urgentiste.

Il parut être sur le point de soulever une nouvelle objection mais jeta un coup d'œil aux alentours et se ravisa. Tandis qu'il s'éloignait à grands pas, Bree se tourna vers la nouvelle aile, autour de laquelle les pompiers s'activaient à présent.

Une épaisse fumée noire s'échappait par les fenêtres du bâtiment mais les flammes proprement dites paraissaient circonscrites à deux ou trois pièces. Bree espéra que personne ne s'était trouvé à l'intérieur lorsque l'incendie s'était déclenché.

Quelques instants plus tard, elle fut rejointe par Marilyn et par Tanner. Ce dernier la serra affectueusement contre lui.

— Tout le monde est sorti, lui indiqua-t-il. Il n'y a aucun blessé et, d'après les pompiers, l'aile principale n'a pas du tout été touchée.

Bree sentit un profond soulagement l'envahir. Au cours de ces dernières semaines, Cassandra et elle n'avaient pas ménagé leur peine pour faire de ce nouveau foyer un lieu de vie et de partage, où toutes ces femmes abîmées par la vie pouvaient réapprendre à vivre et se reconstruire. Le voir partir en fumée en l'espace d'une nuit lui aurait fendu le cœur.

— Est-ce qu'ils savent ce qui a pu se passer ? demanda-t-elle à Tanner.

Ce dernier jeta un bref coup d'œil alentour, s'assurant que personne ne les écoutait.

— Ils pensent qu'il s'agit d'un incendie d'origine criminelle, répondit-il enfin.

À ces mots, Bree sentit un frisson glacé dévaler le long de son échine.

4

Tanner avait bien failli perdre Bree.

Deux jours plus tard, cette idée le hantait toujours. S'il était arrivé quelques minutes après, elle aurait ouvert cette porte, créant un appel d'air qui aurait attisé l'incendie. Le feu se serait brusquement engouffré dans le couloir, brûlant gravement Bree au passage.

Au lieu de préparer son mariage, Tanner serait peut-être aujourd'hui en train d'organiser les funérailles de la femme qu'il aimait plus que tout au monde.

Cette idée l'emplissait d'un terrifiant sentiment d'effroi et d'impuissance. Une fois de plus, il prenait conscience de la fragilité de l'existence et du bonheur que Bree et lui avaient trouvé.

Depuis qu'ils s'étaient rencontrés, ils avaient failli mourir à plusieurs reprises l'un et l'autre. Il lui arrivait de se demander s'ils n'étaient pas victimes d'une malédiction. Et en contemplant la pièce carbonisée dans laquelle il se trouvait à présent, il lui était difficile de ne pas se poser la question.

— C'est assez impressionnant, déclara Randall Abrahams, l'inspecteur en sécurité incendie du comté.

— Quand je pense que Bree a failli ouvrir la porte…

— Si elle l'avait fait, je serais probablement sur le point d'ouvrir une enquête pour homicide au lieu d'un simple incendie d'origine criminelle.

Tanner ne put réprimer un frisson.

— Tu es sûr qu'il s'agit d'un acte délibéré ? demanda-t-il.

Randall hocha la tête sans hésiter.

— Vu l'étendue des dégâts, je doute fort qu'il s'agisse d'un simple accident…

— Cette partie du bâtiment était en travaux, remarqua Tanner. Les ouvriers avaient peut-être stocké des produits inflammables…

— C'est ce que je me suis dit initialement, concéda Randall.

— Qu'est-ce qui t'a fait changer d'avis ?

— Lorsque j'ai discuté avec ta fiancée, elle m'a indiqué que le bâtiment était équipé de caméras de surveillance. C'est même grâce à cela qu'elle s'est rendu compte qu'il se passait quelque chose d'anormal. La fumée a activé le détecteur de mouvement et la caméra s'est mise en marche.

— Exact, acquiesça Tanner.

— Est-ce que c'est toi qui as installé ces caméras ?

— Non. Cassandra et Bree ont insisté pour le faire elles-mêmes. Je me suis contenté de leur indiquer les modèles qui semblaient les plus fiables. J'ai jeté un coup d'œil à leur installation, après coup, et j'ai eu l'impression qu'elles avaient fait du bon boulot.

— Se pourrait-il que quelqu'un ait trafiqué les caméras par la suite ?

— Ce ne serait pas très difficile, répondit Tanner. Il s'agissait surtout de dissuader les jeunes qui étaient venus squatter l'endroit, pas d'assurer une sécurité à toute épreuve. Après tout, cette aile du bâtiment est vide, pour le moment…

— La caméra se trouvait dans ce coin, indiqua Randall en désignant l'un des angles de la pièce.

On voyait toujours le support métallique sur lequel elle avait été fixée. La caméra elle-même était réduite à un bloc informe de plastique fondu et noirci.

— J'ai consulté les images de la soirée, remarqua Tanner. On ne voit rien de particulier : juste les flammes qui envahissent rapidement la pièce. Il n'y a que quelques minutes d'enregistrement, par contre. La chaleur a dû rapidement endommager la caméra.

— Est-ce que tu as regardé les enregistrements antérieurs ?

— Il n'y en avait pas, répondit Tanner. Je voulais m'assurer que personne ne se trouvait à l'intérieur avant le déclenchement du feu, mais je n'ai trouvé aucun enregistrement sur les deux jours précédant l'incendie.

— Et au-delà ?

— Les enregistrements s'effacent automatiquement au bout de quarante-huit heures.

— Je vois, acquiesça Randall. Laisse-moi te montrer sur quoi j'ai mis la main, dit-il en sortant un sachet en plastique de la poche de son blouson.

Il le tendit à Tanner qui l'observa avec curiosité.

— Tu vas devoir m'en dire un peu plus, remarqua-t-il. A priori, cela ressemble à quelque chose que j'aurais pu trouver au fond de ma cheminée.

— Peu probable, répondit Randall en souriant. Il s'agit d'un minuteur. J'ai aussi déniché plusieurs composants qui indiquent que quelqu'un s'est servi d'un dispositif de mise à feu assez sophistiqué.

Tanner laissa échapper un juron.

— Il ne peut donc pas être question d'un simple accident ou d'une mauvaise blague des jeunes qui sont déjà venus ici.

— À moins que ces jeunes n'aient eu des connaissances relativement poussées en matière de démolition, il y a peu de chances pour qu'ils soient responsables, lui assura Randall. Ce n'est pas non plus l'œuvre d'un simple pyromane. Celui qui a fabriqué ce dispositif savait parfaitement ce qu'il faisait. Et il s'agissait d'un geste prémédité. Le système de mise à feu était probablement relié à un réservoir de matière inflammable. J'ai fait des relevés que je vais analyser et je ne tarderai pas à t'en dire plus à ce sujet, mais il devait s'agir d'une substance solide ou liquide plutôt que gazeuse, puisque Bree n'a pas entendu d'explosion.

— Je comprends mieux tes questions au sujet de la caméra…

Randall hocha la tête.

— Tu m'as dit que cette aile était en travaux. J'imagine donc que cette bombe incendiaire a été installée il y a moins de quarante-huit heures, probablement dans la journée. Si elle avait été placée avant, elle aurait probablement été découverte avant de se déclencher.

— Donc, si je te suis bien, celui qui a fait ça a également trafiqué la caméra.

— Pas forcément. S'il savait qu'elle se trouvait là, il s'est peut-être débrouillé pour ne pas se trouver dans le champ…

— Dans un cas comme dans l'autre, il s'agit d'un acte prémédité.

— Je n'ai aucun doute à ce sujet.

— Mais dans quel but ? murmura Tanner. Détruire le foyer ?

— Je ne pense pas, répliqua Randall. Même si Bree n'avait pas appelé les pompiers aussi rapidement, l'incendie se serait probablement arrêté de lui-même avant d'atteindre la partie habitée du bâtiment. Je crois que celui qui a fait ça cherchait au contraire à éviter de causer des victimes.

— Bree aurait pourtant pu se faire tuer, objecta Tanner.

— C'est exact. Mais je ne pense pas que cela ait été voulu. À cette heure-là, personne n'aurait dû se trouver dans les bureaux.

— D'après toi, quelles connaissances faut-il pour réaliser une bombe incendiaire de ce type ? J'imagine que ce n'est pas le genre de chose qu'on peut apprendre sur YouTube…

— Tu serais surpris, rétorqua Randall. Cela dit, je ne pense pas qu'il s'agisse d'un amateur, dans le cas présent. Nous avons probablement affaire à quelqu'un qui a de bonnes notions en matière de démolition : militaire, ouvrier du bâtiment, mineur, artificier… Évidemment, il ne s'agit pas forcément du commanditaire. C'est peut-être quelqu'un qui a été recruté uniquement pour cette mission…

— Tout cela ne me dit rien de bon, soupira Tanner. J'aurais presque préféré que tu m'annonces qu'il s'agissait de l'œuvre d'un pyromane…

— L'avantage c'est que, contrairement à un pyromane, la personne en question doit avoir un objectif. Si tu le découvres, tu mettras la main sur le coupable.

— Oui mais, le problème, c'est que toutes les femmes qui vivent dans ce foyer ont des ex-conjoints furieux qui ne demandent sans doute qu'à se venger d'elles d'une façon ou d'une autre. Déterminer lequel est responsable ne va pas être une partie de plaisir…

— C'est la raison pour laquelle je préfère être à ma place qu'à la tienne, rétorqua Randall en souriant.

Il fit ensuite le tour du bâtiment avec Tanner, lui montrant où l'incendie s'était déclaré et où il se serait arrêté si les pompiers n'étaient pas intervenus. Tanner dut se rendre à l'évidence : si Bree ne s'était pas aventurée dans cette partie du bâtiment, il y aurait eu peu de chances pour que quelqu'un fût blessé.

Lorsqu'ils eurent terminé, Randall prit congé, promettant de lui envoyer un rapport complet aussi rapidement que possible. Tanner rejoignit alors Ronnie Kitchens, son adjoint, qui avait interrogé tous les résidents du foyer.

— Tu as découvert quelque chose d'intéressant ? lui demanda-t-il.

— Personne n'a rien remarqué d'anormal, répondit Ronnie. La plupart des gens ne se sont rendu compte que quelque chose n'allait pas que lorsque l'alarme s'est mise à sonner. Que t'a dit Randall ?

— Que le sinistre avait été causé par une bombe incendiaire fabriquée par un professionnel.

Ronnie grimaça.

— Il s'agit donc probablement d'un des maris.

— C'est aussi ce que je pense, acquiesça Tanner. J'imagine que l'idée était de convaincre les pensionnaires qu'elles n'étaient pas en sécurité ici.

— Ce ne serait pas une raison pour rentrer chez elles, objecta Ronnie.

— N'en sois pas si sûr. À en croire Bree et Cass, les rapports de ces femmes avec leurs conjoints sont bien plus complexes qu'il n'y paraît. Malgré la violence conjugale qu'ils leur font subir, elles éprouvent souvent des sentiments ambigus à leur égard : de la soumission, de la fascination et même une forme d'amour un peu masochiste…

— C'est triste, commenta Ronnie en secouant doucement la tête.

— Complètement déprimant, renchérit Tanner. Mais le fait est que bon nombre de ces femmes seraient prêtes à retourner vivre auprès d'eux à la première occasion. Évidemment, ajouta-t-il, il existe une autre possibilité…

Son adjoint lui lança un regard interrogatif.

— En attendant que le bâtiment soit inspecté et nettoyé, Nouveau Départ va devoir se réinstaller dans ses anciens locaux, expliqua Tanner. Et ils sont nettement moins sécurisés que les nouveaux. J'espère qu'il ne s'agit pas de préparer quelque chose de plus grave.

— Tu penses à un enlèvement ?

Tanner hocha la tête.

— Nous ne pouvons prendre aucun risque, déclara-t-il. Nous allons éplucher soigneusement les dossiers de chacune des résidentes. Nous nous concentrerons sur leurs ex-conjoints. Nous commencerons par établir si l'un d'entre eux a des connaissances en matière d'explosifs et de démolition. Ou s'ils sont en contact avec des artificiers.

Les deux hommes gagnèrent leurs voitures respectives pour se rendre au poste. En chemin, Tanner appela Bree et Cassandra afin de les informer des premiers développements de l'enquête.

Toutes deux lui promirent de redoubler de vigilance et de le téléphoner si elles remarquaient quoi que ce soit d'étrange. Tanner leur assura en retour qu'il les recontacterait dès qu'il aurait du nouveau.

Malheureusement, après trois heures de travail acharné, Ronnie et lui durent se rendre à l'évidence : ils avaient fait chou blanc. Seuls trois des conjoints semblaient avoir les compétences nécessaires pour fabriquer la bombe incendiaire que Randall avait retrouvée sur les lieux, et aucun d'eux ne pouvait être responsable de cet incendie.

Deux de ces hommes vivaient en dehors de l'État et avaient de solides alibis : jamais ils n'auraient eu le temps de faire l'aller-retour jusqu'au Colorado puis de revenir assez tôt pour prendre leur service là où ils travaillaient.

Le troisième habitait bien le Colorado, mais son alibi était plus solide encore puisqu'il se trouvait actuellement en prison. Il s'agissait de Jared Ellis, le mari de Marilyn, qui possédait une entreprise de construction. Évidemment, il avait pu faire appel à l'un de ses employés. Mais dans ce cas, ce serait sans doute très difficile à prouver.

— Il y a une hypothèse que nous n'avons pas encore explorée, remarqua Ronnie au bout d'un moment. Je n'osais pas t'en parler mais, puisque nous n'avons rien trouvé de concret, je crois qu'il est temps de le faire.

— Je t'écoute.

— Ne pourrait-il pas s'agir de quelqu'un qui en voudrait à Bree ? Un membre du Cercle, par exemple ?

Le Cercle en question était une dangereuse organisation de hackers à laquelle Bree avait appartenu autrefois et qu'elle avait aidé à démanteler. Michael Jeter, son fondateur et chef incontesté, était mort depuis en tentant de se venger.

— La plupart des membres du Cercle sont sous les verrous, objecta Tanner. Et les autres cherchent probablement à faire profil bas, après ce qui est arrivé à Jeter. Mais tu as raison : nous ne pouvons pas complètement écarter cette éventualité. Je ferais peut-être mieux d'appeler Gregory Lightfoot, le procureur qui était responsable de l'affaire.

Alors que Tanner s'apprêtait à mettre son idée à exécution, son téléphone portable se mit à sonner.

— Tanner Dempsey, j'écoute, répondit-il.

— Capitaine Dempsey, Conrad Parnam à l'appareil. Je travaille pour le bureau de probation de Denver.

— Que puis-je pour vous, monsieur Parnam ?

— Je cherche à joindre Marilyn Ellis. D'après les informations dont je dispose, elle séjourne actuellement à Nouveau Départ, un foyer qui se trouve sur votre commune. J'ai essayé de la contacter là-bas mais personne ne répond.

— Il y a eu un incident, déclara Tanner. Mais je connais bien Marilyn et les personnes qui s'occupent du foyer. Voulez-vous que je leur transmette un message ?

— Je vous en serais très reconnaissant. Et je pense que vous devriez également en être informé. Je ne sais pas si vous êtes au courant mais Marilyn Ellis a obtenu une ordonnance de protection à l'encontre de son mari, Jared Ellis, qui s'est rendu coupable de violences conjugales à plusieurs reprises.

— Je suis au courant, en effet, confirma Tanner.

— Jared Ellis se trouvait en prison dans l'attente de son jugement. Mais son avocat a réussi à obtenir la libération sous caution.

Tanner fronça les sourcils.

— Quand a-t-il été libéré, exactement ?

— Laissez-moi vérifier…

Un bruit de feuilletage se fit entendre tandis que Parnam recherchait l'information.

— Il est sorti de prison il y a trois jours de cela, répondit-il enfin.

5

Tanner prit une profonde inspiration, s'efforçant de maîtriser la colère qui montait en lui. Comment les services sociaux avaient-ils pu attendre trois jours avant de prévenir Marilyn ? Ne se rendaient-ils pas compte du danger qu'ils lui faisaient courir ?

— Comment se fait-il que Mme Ellis n'en ait pas été avertie immédiatement ? demanda-t-il d'une voix glaciale. Je vous rappelle que Jared Ellis est considéré comme une menace pour son épouse ainsi que pour ses enfants.

— Vous savez ce que c'est, répondit Parnam en soupirant. Nous sommes débordés…

Tanner faillit lui répondre que, dans ce cas précis, il s'agissait de non-assistance à personnes en danger. Mais il savait que ce genre de remarque ne servirait qu'à envenimer ses rapports avec Parnam et qu'en fin de compte ce serait Marilyn qui aurait à en souffrir.

Attrapant le bloc-notes qui était posé sur son bureau, il griffonna : « Appelle Noah », et tendit le papier à Ronnie. Ce dernier hocha la tête et sortit son propre téléphone portable de sa poche avant de quitter la pièce pour ne pas déranger Tanner.

— J'aurais besoin que vous me communiquiez tous les détails dont vous disposez au sujet d'Ellis, déclara ce dernier.

— Est-ce qu'il y a un problème ? s'enquit Parnam.

Pour la première fois depuis le début de leur conversation, son ton laissait transparaître un semblant d'intérêt.

— Bien sûr qu'il y a un problème, répondit Tanner d'un ton glacial. Je suis chargé d'assurer la sécurité d'une femme qui a failli se faire battre à mort par son mari. Mais personne n'a jugé bon de me prévenir qu'il était en liberté depuis trois jours et parfaitement susceptible de recommencer…

— Écoutez, protesta Parnam, se sentant pris en faute, je ne fais que transmettre les informations qui me parviennent du bureau du juge. C'est étrange, d'ailleurs. D'ordinaire, les magistrats refusent les libérations sous caution pour les maris violents. Attendez un instant, je vais voir ce que nous avons sur ce Jared Ellis…

Tanner entendit cliqueter les touches d'un ordinateur.

— Je comprends mieux, reprit Parnam. Apparemment, c'est Oscar Stobbart qui défend Ellis. C'est l'un des avocats les plus tenaces de Denver. Il a l'art d'obtenir des relaxes et des allégements de peine. Mais il n'est pas donné. Ellis doit être plein aux as pour pouvoir se payer ses services…

Tanner prit alors conscience du fait qu'il ne savait pas grand-chose de Jared Ellis. Lorsque Marilyn était arrivée au refuge, il avait contacté les autorités de Denver. Mais en apprenant qu'Ellis était en prison, il n'avait pas jugé utile de pousser plus loin ses investigations. Peut-être avait-il commis une erreur…

— Est-ce que vous connaissez son adresse ? demanda-t-il à Parnam.

— J'ai mieux que cela, répondit ce dernier. Le juge a consenti à lui accorder une libération sous caution à condition qu'il soit placé sous surveillance électronique. Il porte un bracelet qui permet de le géolocaliser à tout moment. J'imagine que c'est la raison pour laquelle on n'a pas jugé urgent de contacter Mme Ellis. Son mari ne peut s'éloigner de plus de deux kilomètres de son lieu de résidence, dans le centre de Denver.

La nouvelle rassura un peu Tanner. Si le bracelet était réellement efficace, cela signifiait que ce n'était pas Ellis qui avait mis le feu au refuge. Évidemment, il avait très bien pu payer quelqu'un pour le faire. Après tout, il semblait avoir les moyens de s'offrir les services de l'un des avocats les plus chers de l'État.

— Que se passe-t-il s'il quitte la zone de confinement qu'il est tenu de respecter ? s'enquit Tanner.

— Sa position est suivie en temps réel, expliqua Parnam. S'il venait à outrepasser les conditions de sa libération sous caution, le bureau des marshals serait immédiatement alerté et il ne leur faudrait que quelques dizaines de minutes pour le retrouver et l'appréhender.

— Est-ce que le système est fiable ?

— D'après ce que j'ai entendu dire, il est impossible à pirater.

Tanner ne put s'empêcher de songer à ce que Bree lui avait si souvent répété : aucun système n'était inviolable. D'après elle, tout était question de temps et de puissance de calcul. Et après l'avoir vue à maintes reprises pirater des sites hautement sécurisés, il était parfaitement disposé à la croire sur parole.

— Vous pourriez donc me dire où se trouvait Ellis la nuit dernière ?

— Bien sûr. Je peux même vous envoyer l'ensemble des données concernant ses déplacements depuis que le bracelet électronique a été posé. Cela nous fera gagner du temps à l'un comme à l'autre. Mais je peux déjà vous dire que si aucune anomalie n'a été signalée, c'est qu'Ellis se trouvait à proximité de chez lui.

— Envoyez-moi quand même ces données, répondit Tanner, auquel Parnam n'inspirait qu'une confiance très limitée.

— Donnez-moi votre adresse e-mail et je vous fais parvenir ça dans la demi-heure.

— Parfait, répondit Tanner.

Il dicta son adresse à Parnam avant de raccrocher.

Sa priorité, désormais, consistait à protéger Marilyn et ses enfants. Tanner devait reprendre l'initiative. Il ne pouvait se contenter de réagir avec un temps de retard comme il l'avait fait jusqu'ici.

Il commença par solliciter officiellement une procédure de surveillance renforcée auprès du bureau des marshals de Denver, tout en sachant que sa demande n'avait que peu de chances d'aboutir. Les cas de violence domestique étaient rarement considérés comme prioritaires.

Il rédigea également un mail destiné au bureau du juge pour demander un accès en temps réel à la géolocalisation de Jared Ellis. Cela leur permettrait de prendre toutes les mesures nécessaires au cas où ce dernier déciderait de se rendre à Risk Peak.

En attendant, il allait devoir assurer la protection de Marilyn et de Nouveau Départ au quotidien. Et pour cela, il aurait besoin d'aide. Alors même que Tanner se faisait cette réflexion, son téléphone se mit de nouveau à sonner.

— Tanner ? C'est Noah. Ronnie vient de m'appeler. Il m'a dit que tu avais besoin de moi.

— Exact. Tu sais qu'il y a eu un incendie, cette nuit, au refuge ?

— C'est ce que maman vient de m'apprendre. Est-ce que Cass et Bree vont bien ?

— Oui.

— Tant mieux. Si j'ai bien compris, Nouveau Départ

va être obligé de se réinstaller dans ses anciens locaux. J'espère vraiment que cet accident sera couvert par l'assurance du maître d'œuvre !

— Il ne s'agissait pas d'un simple accident.

— Qu'est-ce que tu veux dire ?

— Que l'incendie était d'origine criminelle.

Noah demeura quelques instants silencieux.

— Vous avez des suspects ? s'enquit-il enfin.

— Je viens tout juste d'avoir le bureau de probation de Denver. Jared Ellis, l'ex-mari de Marilyn, a été libéré sous caution il y a trois jours. Je doute que ce soit une coïncidence.

— Tu crois que c'est lui qui a fait le coup ?

— Apparemment, il se trouve confiné à domicile sous surveillance électronique, répondit Tanner. Mais il a très bien pu engager quelqu'un.

— Que comptez-vous faire ?

— C'est à ce sujet que je voulais te parler. Je vais demander à mes hommes de garder un œil sur le foyer, mais nous ne sommes pas assez nombreux pour le surveiller vingt-quatre heures sur vingt-quatre.

— Tu peux compter sur moi, déclara Noah sans hésiter. Je vais m'installer au refuge jusqu'à ce qu'on vous envoie des renforts ou qu'Ellis soit remis derrière les barreaux.

Noah avait servi durant plusieurs années dans les forces spéciales et, s'il y avait quelqu'un sur qui Tanner savait pouvoir compter pour assurer la protection de Cassandra, Bree et des pensionnaires de Nouveau Départ, c'était bien lui.

— Tu es sûr que tu auras le temps ?

— Je demanderai à Mac de me remplacer.

— J'organiserai une surveillance le matin, de façon

à ce que tu puisses repasser au ranch tous les jours pendant quelques heures.

— Bonne idée. Mais je suppose que, si quelqu'un tente quelque chose, ce sera probablement de nuit.

— Probablement, concéda Tanner. Est-ce qu'on peut se retrouver au foyer ?

— Laisse-moi un quart d'heure et je te rejoins là-bas.

Après avoir informé Ronnie de la situation, Tanner se rendit à pied jusqu'à l'ancien bâtiment de Nouveau Départ.

Cass et Bree avaient eu beaucoup de chance : le propriétaire n'avait pas encore trouvé de nouveaux locataires et l'endroit était toujours inoccupé. En apprenant ce qui s'était passé, il n'avait pas hésité à leur proposer une location de courte durée à tarif préférentiel.

Les lieux bourdonnaient d'activité. Il fallait en effet retransférer d'un endroit à l'autre tout ce dont les pensionnaires auraient besoin : lits, vêtements, et bien sûr provisions.

Pendant que Cassandra organisait le déménagement du nouveau local, Marilyn et Bree supervisaient le réaménagement de l'ancien. Tanner demanda à s'entretenir avec elles, et tous trois s'installèrent dans une petite pièce qui était destinée à servir de bureau.

— Est-ce que tout se passe bien ? leur demanda-t-il tandis que Marilyn remplissait trois tasses de café à l'aide du thermos qu'elle avait préparé.

— Aussi bien que possible étant donné les circonstances, répondit Bree. Cassandra a appelé la compagnie d'assurances et ils vont prendre en charge la location et les frais du déménagement. Nous devrons nous serrer un peu mais ce ne sera que temporaire. D'ici une semaine ou deux, nous devrions pouvoir nous réinstaller dans le nouveau bâtiment.

— Tant mieux.

— Est-ce que tu as du nouveau au sujet de l'incendie ?

Tanner hocha la tête.

— Comme je vous l'ai dit, c'était bien un acte prémédité. Ronnie et moi avons passé la matinée à étudier les profils des différents suspects. Pour le moment, l'un d'entre eux a retenu notre attention : il s'agit de votre mari, Marilyn.

La jeune femme fronça légèrement les sourcils.

— Mais Jared est en prison, objecta-t-elle. Vous pensez qu'il a engagé quelqu'un ?

— À vrai dire, il n'est plus en prison, répondit sobrement Tanner.

Il vit Marilyn pâlir brusquement.

— Il a réussi à obtenir une libération sous caution ? articula-t-elle.

— Il y a trois jours de cela, acquiesça Tanner.

— Trois jours…, murmura la jeune femme, horrifiée. Comment se fait-il que personne ne m'ait rien dit ?

Tanner pesta intérieurement. Il pouvait lire la terreur qui envahissait Marilyn et il s'en voulait d'être porteur de si mauvaises nouvelles.

— Ils auraient dû vous prévenir, répondit-il. J'étais furieux qu'ils ne l'aient pas fait et je ne me suis pas privé de le leur dire. Je suis vraiment désolé, Marilyn.

Les mains de la jeune femme étaient crispées sur sa tasse de café tandis qu'elle luttait contre la panique.

— Il y a tout de même quelque chose de rassurant, reprit-il. Jared porte un bracelet électronique. Il ne peut quitter son quartier sans que les marshals n'en soient immédiatement avertis. Je devrais recevoir la liste de tous ses déplacements au cours des trois derniers jours. J'ai aussi demandé que nous puissions suivre sa position en direct. Nous saurons ainsi où il se trouve à chaque instant.

— Mais je croyais que Jared n'avait aucune chance d'être libéré avant le procès, objecta Bree.

— Cela aurait dû être le cas, en effet. Et je t'avoue que j'ai été assez choqué d'apprendre que le juge avait donné son accord. Mais apparemment, il a fait appel à l'un des meilleurs avocats de Denver.

— Jared a un tas d'amis très puissants, acquiesça Marilyn. Je crois qu'ils étaient membres de la même fraternité, à l'université.

— Est-ce que le nom d'Oscar Stobbart vous dit quelque chose ?

— Oui, répondit-elle d'une toute petite voix.

Le visage blême de Marilyn et l'horreur qui se lisait dans son regard trahissaient l'effroi que lui inspirait la seule mention de ce nom. Tanner comprit que les mauvais traitements dont elle avait fait l'objet ne se limitaient peut-être pas à de simples coups.

Il sentit monter en lui une colère froide et se jura une fois encore de la protéger contre ces hommes qui lui avaient fait tant de mal.

Quelqu'un frappa alors à la porte de la cuisine et Bree alla ouvrir, révélant la silhouette de Noah.

— J'ai demandé à mon frère de venir, expliqua Tanner. Noah a proposé de séjourner ici pour assurer votre protection le temps que nous appréhendions celui qui a mis le feu au foyer. Je sais que cela enfreint les règles de Nouveau Départ mais, étant donné les circonstances, je pense que c'est la meilleure solution.

— Je suis d'accord, répondit Bree. Pour le moment, la sécurité des pensionnaires doit être notre priorité absolue.

— Je vous promets de me faire aussi discret que

possible, leur assura Noah. Vous ne saurez même pas que je suis là.

— Et ce n'est pas une simple figure de style, renchérit Bree en se tournant vers Marilyn. Noah a servi dans les forces spéciales. Du temps où j'étais menacée par le Cercle, il a veillé sur moi. Je ne le voyais quasiment jamais mais je savais qu'il était là, et ça me rassurait.

— Cela ne m'étonne pas, murmura Marilyn qui observait Noah d'un air un peu intimidé.

Elle s'avança gauchement pour lui tendre la main.

— Je suis Marilyn Ellis, se présenta-t-elle.

— Noah Dempsey, répondit-il. Enchanté de faire votre connaissance, Marilyn.

Elle lui décocha un pâle sourire.

— Je vous suis très reconnaissante, lui dit-elle. Mais dans l'intérêt de tout le monde, il vaudrait peut-être mieux que ce soit moi qui parte. Ma présence met en danger les autres pensionnaires et je m'en voudrais s'il leur arrivait quelque chose. Je pourrais aller habiter chez ma mère jusqu'au procès…

— C'est le premier endroit où Jared irait vous chercher, objecta Tanner. D'ailleurs, nous ne sommes même pas encore certains qu'il soit responsable de ce qui s'est passé.

— Je suis sûre que c'est lui, murmura Marilyn. Il ne reculera devant rien pour nous forcer à revenir, les enfants et moi.

— D'autant que, s'il y parvenait avant le procès, cela fragiliserait grandement le réquisitoire du procureur, remarqua Bree.

Tanner hocha la tête.

— Je n'avais pas envisagé les choses sous cet angle, reconnut-il.

— Si c'est lui ou quelqu'un qui agissait pour son

compte qui a mis le feu, il cherchait peut-être à faire sortir tout le monde, suggéra Noah. Dans la panique, il lui aurait été nettement plus facile d'enlever Marilyn et les enfants…

— Mon Dieu, s'exclama Bree, j'ai failli laisser les enfants seuls avec l'un des urgentistes. Si ça se trouve, c'était Jared ou quelqu'un qui travaillait pour lui…

— Ne sombrons pas dans la psychose, objecta Tanner. Pour le moment, nous n'avons aucune preuve. Mais par acquit de conscience, il serait préférable que Marilyn montre une photo de Jared à toutes les autres pensionnaires, juste au cas où.

— Il vaudrait mieux que je parte, répéta la jeune femme d'une voix blanche.

— Pas question, déclara Noah en croisant les bras sur sa poitrine d'un air décidé. Nous ne laisserons pas un salopard tel que votre mari nous dicter qui a le droit de séjourner dans cette ville ! Risk Peak n'a jamais repoussé ceux qui cherchaient un sanctuaire.

Tanner jeta un coup d'œil étonné en direction de Noah. Il n'était pas dans ses habitudes de s'exprimer de façon à la fois si solennelle et si passionnée. Mais son frère avait visiblement trouvé une cause pour laquelle il était prêt à se battre, et Tanner plaignait presque ceux qui oseraient s'opposer à un combattant aussi féroce.

— Je suis d'accord avec Noah, renchérit Bree. Lorsque j'étais menacée, les gens de la ville m'ont protégée. Et ils en feront autant pour toi.

— Dans ce cas, c'est entendu, conclut Tanner. Noah séjournera ici le temps qu'il faudra. Quant à moi, j'aimerais être sûr que le bracelet électronique dont est équipé Jared est fiable. Le bureau des probations m'a assuré qu'il était impossible de le pirater…

Bree laissa échapper un grognement dubitatif.

— Aucun système n'est inviolable, déclara-t-elle. C'est juste une question de temps et de moyens.

— J'étais sûr que tu dirais ça, remarqua Tanner avec un demi-sourire.

Elle haussa les épaules.

— C'est un fait.

— Je ne doute pas que tu sois capable de pirater ce bracelet électronique. Mais je ne suis pas certain que Jared Ellis ait la chance de disposer de l'un des meilleurs informaticiens au monde.

— C'est vrai, concéda Bree.

Tanner la connaissait suffisamment bien désormais pour savoir qu'il ne s'agissait pas d'un manque de modestie de sa part mais juste d'un diagnostic objectif : elle connaissait parfaitement sa valeur et savait que peu de gens étaient capables d'égaler ses aptitudes exceptionnelles dans ce domaine.

— Nous ne pouvons cependant nous contenter de nous reposer sur la fiabilité présumée d'un système sans l'avoir testé et avoir évalué ses failles et ses limites, ajouta-t-elle. C'est une simple question de bon sens.

Tanner ne pouvait lui reprocher la réserve dont elle faisait preuve : la facilité avec laquelle elle accédait régulièrement aux banques de données les plus sécurisées des services de police prouvait qu'ils avaient de sérieux progrès à faire dans ce domaine.

— Comment est-ce que nous pourrions nous assurer que le système est fiable ?

— Commençons déjà par vérifier que Jared n'a pas quitté Denver, suggéra-t-elle. Est-ce que vous avez reçu son fichier de géolocalisation ?

Tanner sortit son téléphone portable et consulta ses e-mails.

— Je l'ai bien reçu, confirma-t-il au bout d'un

moment. Et s'il faut en croire ce listing, Jared n'a pas quitté son quartier depuis qu'on lui a posé le bracelet.

— Bien, acquiesça Bree. De deux choses l'une : soit il a effectivement respecté les conditions de sa libération – ce qui ne l'empêche pas d'avoir engagé un complice pour mettre le feu au refuge – soit il a fait appel à quelqu'un pour trafiquer son bracelet électronique…

— Est-ce que tu pourrais déterminer si c'est le cas juste en étudiant le fichier de données ? lui demanda Tanner.

Bree secoua la tête.

— Aucune chance. Si le bracelet a été piraté, les données envoyées paraîtront parfaitement authentiques. Ce n'est qu'en analysant le logiciel que je pourrais savoir s'il a été trafiqué.

— Je vois, murmura Tanner. Dans ce cas, que dirais-tu de reprendre du service ?

— Que veux-tu dire ?

— Que nous pourrions rendre une petite visite au bureau des probations de Denver, histoire de nous assurer que tout est en ordre, de leur côté.

Un sourire malicieux se dessina sur les lèvres de sa fiancée.

— Impliquer un civil dans une affaire judiciaire en cours ? Cela ne me semble pas tout à fait conforme au règlement, capitaine Dempsey.

— Ce ne sera pas la première fois que je fais une exception à la règle, en ce qui te concerne, répondit Tanner avec un haussement d'épaules fataliste. Mais n'est-ce pas toi qui dis toujours que, en matière de lois, l'esprit est plus important que la lettre ?

6

— Lorsque nous serons à l'intérieur, laisse-moi parler, d'accord ?

Bree leva les yeux au ciel.

— Tu es mon fiancé, lui rappela-t-elle. Tu devrais savoir que parler à des inconnus n'a jamais été mon fort. Tant que tu me laisses un moment en tête à tête avec leur terminal, tu peux bien leur raconter ce que tu voudras…

Ils venaient tout juste de se garer à proximité du tribunal de Denver. Tanner aurait préféré s'y rendre la veille, dès qu'il avait été informé de la libération de Jared Ellis. Mais la personne qui était chargée de programmer les bracelets était absente ce jour-là, et ils avaient dû attendre le lendemain matin.

Cela avait laissé le temps à Bree de se renseigner sur les systèmes de géolocalisation qui étaient utilisés par les forces de l'ordre. Il en existait apparemment deux différents. Le plus courant, conçu pour le suivi des petits délinquants, était très facile à pirater.

Celui que portait Jared, en revanche, était nettement plus sécurisé. Il était utilisé depuis quelques années à travers l'ensemble du pays et, à ce jour, personne ne semblait encore être parvenu à pirater le système.

Pourtant, en matière d'informatique, aucun procédé

n'était infaillible, et Bree comptait bien s'assurer par elle-même de l'intégrité du bracelet de Jared.

Certes, cela ne l'empêcherait pas d'agir de façon indirecte, en recrutant des hommes de main. Mais au moins, Marilyn et les enfants ne risqueraient pas de le voir arriver à Risk Peak à l'improviste.

— Je ne compte pas leur expliquer en détail ce que nous prévoyons de faire, reprit Tanner. Parnam n'est peut-être pas un mauvais bougre mais j'ai l'impression que moins il en fait et mieux il se porte. Quant aux marshals, ils n'apprécieraient sans doute pas beaucoup que nous venions surveiller la façon dont ils font leur travail. Moins ils en sauront et mieux cela vaudra…

— Tu ne crois pas qu'il serait préférable de les mettre au courant ? objecta Bree.

Tanner lui lança un regard étonné.

— Je sais qu'il n'est pas dans mes habitudes de prendre le parti des forces de l'ordre, concéda Bree. Mais si nous leur parlons de l'incendie au refuge, ils renforceront peut-être leur surveillance.

— Malheureusement, Jared n'est pas le seul criminel qu'ils doivent surveiller. Et il ne constitue probablement pas un cas prioritaire pour eux. De plus, ils n'ont strictement aucune raison de penser que c'est lui le responsable. Après tout, il porte justement l'un de ces bracelets électroniques réputés infaillibles…

— Même s'il l'était, il n'empêcherait pas physiquement Jared de se rendre à Risk Peak. Et le temps que les marshals s'en aperçoivent et se lancent à sa poursuite, il s'en sera peut-être déjà pris à Marilyn et aux enfants.

— C'est la raison pour laquelle j'ai demandé à Noah de veiller sur eux, déclara Tanner. Ronnie a également accepté de surveiller le refuge chaque fois que mon frère devra s'absenter. Et je suis certain que, lorsque

Richard apprendra ce qui s'est passé, il nous proposera ses services.

Richard Whitaker était l'homologue de Tanner pour la zone septentrionale du comté. Les deux hommes avaient longtemps éprouvé une certaine défiance l'un envers l'autre, mais les événements de ces derniers mois les avaient rapprochés. Et Tanner avait même proposé de convier Whitaker à leur mariage.

— À ce propos, est-ce qu'il a répondu à notre invitation ? s'enquit Bree.

— Il m'a promis qu'il serait là, acquiesça Tanner.

— Je me disais que nous pourrions peut-être lui présenter Marilyn…

— Ne me dis pas que tu veux jouer les entremetteuses, s'exclama Tanner en riant.

Elle haussa les épaules.

— Pourquoi pas ? Richard est quelqu'un de bien. Et il est célibataire. Tu ne penses pas qu'ils pourraient s'entendre, tous les deux ?

— Je connais quelqu'un d'autre qui pourrait s'entendre avec Marilyn, avança Tanner.

Bree l'interrogea du regard.

— Tu n'as pas remarqué la façon dont Noah l'a regardée lorsque je la lui ai présentée ?

— Noah ? répéta Bree, stupéfaite. À vrai dire, il est si sauvage et solitaire que je n'aurais jamais imaginé qu'il puisse vouloir sortir avec quelqu'un…

— Je ne suis pas sûr qu'il s'en soit rendu compte lui-même, concéda Tanner. Mais je le connais assez pour savoir que Marilyn ne l'a pas laissé indifférent.

Bree songea qu'une telle relation ferait certainement beaucoup de bien à Marilyn : elle l'aiderait à tourner la page une fois pour toutes sur son histoire avec Jared et à entamer un nouveau chapitre de son existence.

Tanner et Bree sortirent de la voiture et se dirigèrent vers l'entrée du bâtiment.

— Espérons que l'on ne me demandera pas qui je suis exactement, remarqua-t-elle. Je ne me suis pas créé de fausse identité pour cette opération. Je me suis dit que tu désapprouverais.

— Et tu as eu raison. Je vais te présenter comme une experte en informatique, ce que tu es. Je les laisserai en conclure que tu travailles aussi pour la police. Une fois que j'aurai montré ma plaque, je doute qu'ils te demandent de prouver que tel est bien le cas.

De fait, le planton qui se trouvait à l'entrée se contenta de leur faire signer un registre avant de leur indiquer où se trouvait le bureau de Parnam. Ce dernier était un homme d'une cinquantaine d'années dont le visage trahissait un ennui presque constant. En les voyant s'approcher de la porte entrebâillée de son bureau, il leur fit signe d'entrer.

Ils prirent place devant lui tandis qu'il concluait le coup de téléphone qu'il était en train de donner.

— Vous êtes le flic de Risk Peak, n'est-ce pas ? demanda-t-il à Tanner lorsqu'il eut raccroché.

— Tanner Dempsey, acquiesça ce dernier. Et je vous présente Mlle Daniels, spécialiste en technologies de l'information.

Lorsque le regard du fonctionnaire se posa sur elle, la lassitude qui s'y lisait reflua momentanément pour laisser place à de la curiosité.

— Enchanté de faire votre connaissance, mademoiselle Daniels, lui dit-il avec un large sourire.

Elle répondit par un sobre hochement de tête. Déçu, Parnam se tourna de nouveau vers Tanner.

— Vous avez dû recevoir le fichier concernant les déplacements de Jared Ellis, lui dit-il. Comme vous avez pu le constater, il n'a quasiment pas quitté son domicile depuis qu'il est sorti de prison.

— J'aurais tout de même préféré être averti, objecta Tanner. Cela m'aurait permis de prendre toutes les mesures de sécurité nécessaires.

— Je sais, soupira Parnam. Je vous le concède : Mme Ellis aurait dû être avertie. Je suis désolé de ne pas l'avoir fait plus tôt mais je vous avoue que je suis complètement débordé. Deux de mes collègues ont pris leur retraite au cours des six derniers mois et ils n'ont toujours pas été remplacés.

— Espérons que cela ne porte pas préjudice à d'autres personnes…

— Je m'efforce de traiter les cas les plus urgents, leur assura Parnam. Or Jared Ellis est équipé d'un bracelet électronique. S'il quittait Denver, je serais aussitôt prévenu.

— Sauf s'il parvenait à pirater le système, remarqua Tanner.

— C'est impossible, lui assura Parnam.

Bree réprima à grand-peine un grognement ironique. Elle avait grandi sous la férule d'une organisation qui exploitait systématiquement la confiance aveugle que les gens comme Parnam vouaient à leurs systèmes informatiques. Et elle savait combien ce genre de fausses certitudes pouvaient s'avérer dangereuses.

— Quoi qu'il en soit, reprit Tanner, Mlle Daniels est venue pour s'assurer que tout est en ordre et qu'il n'y aura pas de problème de compatibilité entre nos systèmes informatiques, au cas où nous aurions besoin de recevoir de nouvelles données de géolocalisation.

— De quoi avez-vous besoin ?

— D'accéder au système en question, répondit-elle.

Cela ne devrait pas me prendre plus d'une dizaine de minutes. Il ne s'agit que de vérifications de routine.

— Très bien, acquiesça Parnam en se levant. Suivez-moi, je vais vous montrer où se trouve le terminal.

Il les conduisit jusqu'à une petite pièce située au rez-de-chaussée du bâtiment où étaient installés plusieurs ordinateurs ainsi que du matériel électronique.

— C'est ici que nous équipons ceux qui doivent porter des bracelets électroniques, expliqua Parnam. Ils sont contrôlés et recalibrés chaque semaine par un technicien. Et toutes les données sont stockées sur un serveur sécurisé jusqu'à la fin de la période de surveillance.

— Est-ce que le bracelet d'Ellis a déjà été contrôlé ? s'enquit Tanner.

— Il n'aurait pas dû l'être avant quelques jours, répondit Parnam, Mais lorsque vous m'avez appris ce qui s'était passé à Risk Peak, j'ai demandé qu'on vérifie que tout était en règle. Il devrait passer dans la journée.

— Excellente initiative, approuva Tanner. Mais dites-moi, si jamais Jared enfreignait les conditions de sa libération surveillée, que se passerait-il exactement ?

— Le bureau des marshals serait immédiatement prévenu, de même que le bureau du shérif de Denver.

— Pas vous ?

— Pas officiellement, non. Je m'occupe uniquement de l'aspect administratif et je suis souvent le dernier averti. Mais comme j'ai de très bons rapports avec les marshals et qu'ils travaillent juste à côté, ils me tiennent généralement au courant.

Tanner jeta un regard entendu à Bree. Cette organisation impliquait qu'eux-mêmes ne seraient avertis que très tardivement – trop tardivement pour pouvoir réagir de façon efficace. Elle allait donc devoir trouver un moyen d'installer un cheval de Troie qui leur permettrait d'être informés des allées et venues de Jared en temps réel.

Elle répondit à Tanner par un discret hochement de tête en direction de Parnam. Elle doutait fort que ce dernier s'y connaisse assez en informatique pour deviner ce qu'elle s'apprêtait à faire, mais elle préférait éviter qu'il ne s'y intéresse de trop près. Tanner lui retourna un acquiescement à peine perceptible.

— J'imagine qu'on ne vous le dit pas assez souvent mais votre travail est crucial, déclara-t-il à Parnam. Ce sont les gens comme vous qui mettent de l'huile dans les rouages de nos administrations et nous permettent d'être plus efficaces. Si vous n'étiez pas intervenu, Mme Ellis ne serait sans doute même pas encore au courant de la libération de son mari…

— Je ne fais que mon devoir, répondit Parnam, visiblement flatté.

Bree faillit lever les yeux au ciel. Elle ne cessait de s'émerveiller de la facilité avec laquelle Tanner parvenait à charmer tous ceux qui l'entouraient – à commencer par elle-même, bien sûr. Il savait faire preuve d'un mélange de charisme et de bagout auquel peu de personnes pouvaient résister.

— Vous savez, ajouta Parnam, chaque fois que quelque chose ne va pas, les gens ne se privent pas pour me rendre responsable. Mais lorsque tout fonctionne comme prévu, ils trouvent cela normal…

— Je connais ça, approuva Tanner. À ce propos, est-ce que cela vous ennuierait de me présenter les marshals qui sont responsables de Jared Ellis ? Je tiens à m'assurer qu'ils sont aussi conscients que vous l'êtes vous-même de la gravité de la situation.

— Bien sûr, s'exclama Parnam. Cela ne vous ennuie

pas que nous vous laissions toute seule, mademoiselle Daniels ?

— Pas du tout, répondit-elle en lui décochant son sourire le plus cordial. Prenez tout votre temps.

Tanner et Parnam quittèrent la pièce et s'éloignèrent en devisant comme de vieux amis. Bree se mit aussitôt au travail. Il ne lui fallut que quelques instants pour s'assurer que les données figurant sur l'ordinateur correspondaient à celles qu'on leur avait envoyées.

Cela signifiait au moins que Parnam ne jouait pas un double jeu, ce qui ne la surprenait pas vraiment. À défaut d'être très consciencieux, l'homme ne semblait pas malhonnête.

Bree téléchargea le programme qu'elle avait rédigé. Il était conçu pour vérifier l'intégrité du logiciel. Elle s'assura ensuite qu'aucun cheval de Troie n'était déjà présent et que les données GPS n'avaient pas été altérées à distance. Mais elle ne trouva aucune trace de telles manipulations.

Au bout de quelques minutes, elle finit par se rendre à l'évidence : le bracelet électronique de Jared fonctionnait correctement et ne semblait pas avoir été piraté. S'il était réellement à l'origine de l'incendie de l'avant-veille, il avait dû faire appel à quelqu'un d'autre pour se rendre à Risk Peak.

Par acquit de conscience, elle installa le cheval de Troie qu'elle avait créé et qui lui permettrait d'accéder à tout moment aux coordonnées de géolocalisation de Jared Ellis.

Elle décida ensuite de profiter de son accès au terminal pour consulter le dossier de Jared. Il ne lui fallut que quelques instants pour pirater le compte de Parnam et y accéder. Elle ne tarda pas à se rendre compte qu'Ellis n'était pas seulement un mari violent.

Il avait été mis en cause à plusieurs reprises pour des affaires de blanchiment d'argent.

Aucune de ces accusations n'avait débouché sur une inculpation mais, s'il fallait en croire les annotations qui figuraient dans le dossier, la police de Denver le soupçonnait de travailler pour Viper, un gang auquel Tanner avait déjà été confronté par le passé et qui contrôlait une bonne partie du marché de la drogue dans le Colorado.

L'avocat de Jared, Oscar Stobbart, était également considéré comme un complice potentiel, et Bree se demanda si les camarades de fraternité dont avait parlé Marilyn n'étaient pas en réalité des membres de la pègre locale.

Comme elle se faisait cette réflexion, quelqu'un frappa à la porte. Elle eut tout juste le temps de se déconnecter avant que le battant ne s'ouvre, révélant un homme d'une trentaine d'années au physique avantageux. Il était grand et plutôt athlétique, avait les cheveux blonds, des yeux d'un bleu très clair, et arborait un sourire charmant.

À sa vue, Bree sentit un frisson glacé courir le long de son échine. Car ce visage était celui qui s'affichait encore quelques instants auparavant sur l'écran de l'ordinateur.

— Bonjour, lui dit l'homme d'une voix cordiale. Je suis Jared Ellis. On m'a dit que je devais venir vous voir au sujet de mon bracelet électronique…

7

Bree était bien trop stupéfaite pour savoir quoi répondre. Mais le silence fut de courte durée car un autre homme pénétra à son tour dans la pièce. Moins grand que Jared Ellis, il était vêtu d'un très élégant costume trois-pièces qui semblait être taillé sur mesure.

— C'est du harcèlement, déclara-t-il tout de go. Mon client a scrupuleusement respecté les règles de sa libération conditionnelle. Il n'y a strictement aucune raison de le faire revenir ici. Je vous promets que le juge en entendra parler !

— Si j'ai bien compris, il s'agit d'une simple vérification de routine, répondit Bree.

— Au bout de quatre jours ?

Visiblement, Ellis et son avocat prenaient Bree pour la technicienne en charge des bracelets électroniques. Elle comprit qu'elle tenait une chance inespérée de vérifier que celui de Jared fonctionnait normalement.

— Je suis vraiment désolée, monsieur Stobbart, dit-elle.

Elle s'interrompit un instant, se demandant si une simple technicienne était censée connaître le nom de l'avocat. Mais Stobbart ne parut pas s'en étonner outre mesure.

— Nous avons constaté quelques dysfonctionnements sur certains modèles de bracelets, improvisa-t-elle.

— C’est votre problème, répliqua Stobbart. Pas celui de mon client.

— Ne sois pas trop dur avec elle, Oscar, intervint Jared en décochant à Bree un clin d’œil complice. Elle ne fait que son travail.

— Merci pour la compréhension dont vous faites preuve, déclara-t-elle en se forçant à lui sourire. Vous n’avez rien constaté d’anormal, depuis que vous portez ce bracelet ?

— Non, répondit Jared en haussant les épaules.

— Si vous voulez bien, je vais y jeter un coup d’œil, annonça-t-elle.

Jared s’approcha de l’une des chaises en plastique qui se trouvaient dans la pièce et posa le pied dessus. Relevant la jambe de son pantalon, il révéla le bracelet qui enserrait sa cheville.

— Je suis à vous, lui dit-il d’un ton doucereux.

Il y avait dans son regard une telle concupiscence qu’elle ne put réprimer un frisson de dégoût. Cet homme était plus odieux encore qu’elle ne l’avait imaginé.

— Avez-vous essayé de retirer le bracelet ? lui demanda-t-elle en s’efforçant de ne pas laisser transparaître sa répugnance.

— Non, lui assura-t-il. J’ai parfaitement conscience que, si j’essayais de le faire, on pourrait me renvoyer en prison.

— Certaines personnes ne supportent pas d’être forcées à porter un tel appareil, expliqua-t-elle tout en inspectant attentivement le bracelet qui ne laissait apparaître aucune rayure ou trace révélatrice. Cela leur donne une sensation de claustrophobie…

— Ce n’est pas mon cas, déclara Jared en haussant les épaules. C’est tout au plus un désagrément mineur dont j’espère être bientôt débarrassé.

Il ne semblait pas en douter, comme si l'issue du procès qui l'attendait ne faisait strictement aucun doute. Bree avait pourtant étudié le dossier et savait que les maltraitances qu'il avait infligées à Marilyn étaient documentées. Surestimait-il le talent de son avocat ? Ou bien espérait-il pouvoir convaincre son épouse de ne pas témoigner contre lui ?

— Je vais effectuer une série de tests diagnostiques, indiqua-t-elle en allant chercher son ordinateur portable.

Elle le connecta au bracelet électronique et contrôla l'activité de celui-ci. Cet examen approfondi lui confirma rapidement que le programme fonctionnait parfaitement. Elle vérifia également le calibrage de la balise GPS et ne trouva rien d'anormal.

Si quelqu'un avait modifié ce bracelet électronique, il avait été suffisamment doué pour ne laisser strictement aucune trace. Or, à sa connaissance, une seule personne aurait été capable d'un tel exploit. Mais Michael Jeter était mort et enterré.

— Est-ce que vous en avez terminé ? demanda Stobbart d'un ton sec. Mon client s'est montré plus que coopératif. Vous lui faites perdre un temps précieux.

Bree ravala la réplique cinglante qui lui montait aux lèvres et se força à hocher la tête.

— J'ai terminé, répondit-elle.

Jared lui décocha un nouveau sourire et rajusta la jambe de son pantalon.

— Si vous voulez, nous pourrions poursuivre cette discussion dans un endroit plus chaleureux, dit-il à Bree.

— Jared…, intervint Stobbart en adressant un regard de mise en garde à son client.

— Ne t'en fais pas, Oscar, protesta Jared en riant. Je suis sûr que ce joli brin de fille et moi aurions des tas de choses à nous dire…

Tendant la main vers Bree, il effleura sa joue de façon suggestive.

— Je ne crois pas, rétorqua-t-elle en reculant précipitamment.

— Vous ne savez pas ce que vous perdez, lui dit-il avec une pointe d'amusement.

— Des coups ? ne put-elle s'empêcher de répliquer.

Jared la considéra d'un air étonné.

— Qu'est-ce que vous dites ?

— Nous ferions mieux de partir, suggéra Stobbart.

— Non, protesta Jared sans quitter Bree du regard.

Ses yeux bleus étaient devenus aussi glacés et perçants que des lames d'acier. Bree prit alors conscience du danger que représentait cet homme et se détourna brusquement, incapable de soutenir son regard.

— Est-ce que vous connaissez Marilyn ? lui demanda-t-il.

— Jared, intervint de nouveau Stobbart, pas ici…

— Ne te mêle pas de ça, Oscar, répliqua froidement Jared.

Ses mains se refermèrent sur les bras de Bree et elle sentit ses doigts s'enfoncer cruellement dans sa chair.

— Vous savez où elle se trouve, n'est-ce pas ? lui demanda-t-il d'une voix rendue sifflante par la rage. Dites-lui que je veux la voir. Dites-lui qu'elle n'a pas le droit de me voler mes enfants…

Avant qu'elle ait pu lui répondre, elle prit conscience du fait que Tanner et Parnam venaient de les rejoindre. Son fiancé agrippa Jared par le revers de sa veste et l'écarta d'elle avant de le repousser sans ménagement. Il s'interposa alors entre elle et le mari de Marilyn.

— Que se passe-t-il ici ? s'exclama Parnam en se tenant prudemment à l'écart des deux hommes.

Jared fit mine de parler mais Stobbart ne lui en laissa pas le temps.

— Je vais vous dire ce qui se passe ! s'exclama-t-il vivement. Mon client est victime de violences policières !

— Votre client était en train de malmener ma collègue, rétorqua Tanner sans se démonter. Étant donné ses antécédents, je ne suis pas sûr qu'une plainte pour harcèlement arrangerait ses affaires.

— C'est ridicule, s'emporta Jared. Nous étions juste en train de discuter, elle et moi.

— Je pense que nous devrions y aller, lui conseilla Stobbart.

Jared fit mine de protester, mais la mise en garde muette qui se lisait dans le regard de son avocat le fit se raviser.

— Tout ceci est un malentendu, articula-t-il d'un ton faussement détaché.

— Est-ce que ça va ? demanda Tanner à Bree.

Elle hocha la tête.

— À votre place, je viderais rapidement les lieux, ajouta-t-il en se tournant vers Jared.

— Vous n'avez pas à parler de cette façon à mon client, objecta Stobbart d'une voix glaciale. Je vous rappelle qu'à ce jour il est toujours présumé innocent des crimes dont on l'accuse.

— Et moi, je vous assure qu'il sera bientôt condamné pour la façon inqualifiable dont il a traité la femme qu'il avait juré d'aimer et de protéger, répondit Tanner sur le même ton. Et ce jour-là, je me ferai un plaisir de sabler le champagne.

Les mâchoires de Jared se crispèrent, faisant saillir ses muscles maxillaires. Il parvint cependant à résister à la tentation de répondre aux provocations de Tanner.

La tension qui régnait désormais dans la pièce était presque palpable.

— Est-ce que vous avez effectué toutes les vérifications que vous désiriez ? demanda Stobbart à Bree.

— Tout est en ordre, acquiesça-t-elle.

Parnam lui lança un coup d'œil étonné mais s'abstint de tout commentaire.

— Dans ce cas, nous allons vous laisser, déclara l'avocat. Mais je vous préviens : nous nous sommes montrés suffisamment conciliants comme cela. La prochaine fois que vous voudrez voir mon client, il vous faudra me faire parvenir une demande écrite du juge en bonne et due forme. Quant à vous, capitaine Dempsey, je vous donne rendez-vous au tribunal. Vous pourriez être étonné de la conclusion qui sera rendue, une fois que j'aurai terminé mon plaidoyer…

Sur ce, Stobbart quitta la pièce. Jared lui emboîta le pas, non sans avoir adressé un dernier regard haineux à Bree. Dès qu'ils eurent disparu, Tanner se tourna de nouveau vers elle.

— Tu es sûre que ça va ? lui demanda-t-il. Il ne t'a pas fait de mal ?

— Je vais bien, lui assura-t-elle. Mais tu as remarqué ? Stobbart t'a appelé par ton nom. Il savait précisément qui tu étais.

Tanner hocha la tête.

— Il connaissait aussi mon grade et devait donc savoir d'où je viens. Cela tendrait à indiquer que Jared sait que sa femme se trouve à Risk Peak. De là à penser qu'il est à l'origine de cet incendie, il n'y a qu'un pas.

— Il a deviné que je connaissais Marilyn, avoua Bree. C'est pour cela qu'il me menaçait, lorsque tu es entré…

— Est-ce que vous allez m'expliquer ce qui se passe, exactement ? leur demanda Parnam.

— C'est très simple, répondit Tanner. Cette entrevue avec Jared Ellis et son avocat a renforcé mes soupçons.

— Je vous l'ai dit : il ne pouvait pas se trouver à Risk Peak.

Tanner interrogea Bree du regard et elle confirma d'un hochement de tête.

— Ni le programme informatique, ni le bracelet électronique n'ont été piratés, assura-t-elle à Tanner.

— Tu en es sûre ?

— Certaine. J'ai tout passé en revue et tout est parfaitement en règle. Il n'y a ni bug, ni cheval de Troie, ni défaut de calibration du GPS…

— Très bien, acquiesça Tanner. Si Jared ne se trouvait pas sur place, c'est qu'il a fait appel à quelqu'un d'autre pour allumer cet incendie.

La nouvelle parut rassurer Parnam.

— Dans ce cas, leur dit-il, l'affaire concerne la police et non le bureau des probations.

— En effet, concéda Tanner. Votre service ne peut plus rien pour nous, j'en ai peur. Nous allons devoir mener l'enquête par nos propres moyens. Et je vous promets que, la prochaine fois que Jared Ellis sera arrêté, il ne risque pas d'être libéré sous caution.

— Le ciel vous entende, soupira Pranam.

8

Tanner avait beaucoup de mal à contenir la colère qui l'habitait depuis que Jared Ellis s'en était pris physiquement à Bree. Sur le moment, il avait bien failli y céder et lui infliger une correction. Mais il était parvenu à se maîtriser, ce dont il ne pouvait que se féliciter.

S'il avait cédé à la tentation, Oscar Stobbart se serait probablement fait un plaisir de le faire inculper. Tanner aurait alors risqué une suspension qui l'aurait tenu à l'écart de l'enquête. Pire encore, cela aurait pu compliquer la tâche du procureur et compromettre la condamnation de Jared Ellis.

— J'espérais vraiment trouver une preuve de sa culpabilité, soupira Bree tandis que tous deux prenaient place à bord de la voiture de Tanner.

— Je sais, acquiesça-t-il. Mais l'important, c'est que notre enquête ait progressé. Nous sommes désormais à peu près convaincus qu'il a fait appel à quelqu'un d'autre. Il va à présent nous falloir trouver de qui il peut bien s'agir. Il n'est pas si facile de trouver un artificier professionnel qui accepterait de se rendre complice d'un crime…

— Sauf si Jared fricote avec le gang Viper, remarqua Bree.

Tanner lui jeta un regard stupéfait.

— Qu'est-ce qui peut bien te faire penser une chose pareille ?

— Le dossier que la police de Denver a constitué sur Jared, répondit-elle.

— Ne me dis pas que tu as piraté leurs archives…

— Piraté est un bien grand mot, éluda-t-elle. En réalité, je me suis contentée…

— Je préfère ne pas le savoir, l'interrompit Tanner.

— D'accord, concéda-t-elle avec un sourire malicieux. Quoi qu'il en soit, s'il faut en croire le dossier en question, le gang Viper utiliserait régulièrement l'entreprise de Jared pour blanchir de l'argent.

— Cela ne figure pas dans son casier judiciaire, remarqua Tanner.

— Parce que rien n'a pu encore être prouvé. Mais il semble que Stobbart, le meilleur ami de Jared, soit également impliqué. Apparemment, il est le défenseur attitré de tous les membres du gang.

— Si tel est le cas, ils n'ont effectivement pas dû avoir beaucoup de mal à recruter quelqu'un. Je vais contacter les informateurs que je me suis faits à l'époque où j'ai infiltré Viper. Quelqu'un aura peut-être entendu parler de cette opération…

— Tu devrais aussi te renseigner sur la fraternité dont nous a parlé Marilyn, suggéra Bree.

— Excellente idée, approuva-t-il.

Après avoir déposé Bree à l'ancien foyer en cours de réaménagement, Tanner se rendit au poste de police. Il commença par expédier les affaires courantes avant de passer une série de coups de téléphone à ses indics. Ils lui confirmèrent le fait que Jared fréquentait plusieurs membres du gang Viper.

Trois d'entre eux avaient effectivement appartenu à la même fraternité étudiante que Jared et Stobbart.

Tous vivaient dans le Colorado et continuaient à se réunir régulièrement. Si certains avaient été arrêtés par le passé, aucun n'avait été inculpé.

Cela prouvait non seulement que Stobbart était un excellent avocat, mais aussi que Tanner avait affaire à des hommes prudents et avisés. S'il voulait avoir une chance de piéger Jared, il allait donc devoir procéder avec finesse.

Tout d'abord, il lui faudrait continuer à assurer la sécurité de Marilyn et de ses enfants. Il paraissait désormais évident que Jared savait où ils se trouvaient et qu'il avait les moyens de les atteindre.

Sa première tentative s'était soldée par un échec mais il ne s'en tiendrait probablement pas là. Et cela mettait en danger non seulement son épouse, mais également les autres pensionnaires de Nouveau Départ ainsi que la sœur et la fiancée de Tanner.

Mais protéger le foyer ne suffirait pas. Parallèlement, il allait lui falloir prendre l'initiative et prouver que Jared était bel et bien responsable de l'incendie. Comme il se faisait cette réflexion, il entendit frapper à la porte de son bureau.

Un instant plus tard, son frère entra sans attendre d'y être invité.

— Je viens de voir Bree, lui annonça-t-il de but en blanc.

Tanner attendit qu'il poursuive.

— Elle m'a dit qu'Ellis faisait partie du gang Viper, ajouta son frère.

— Je ne suis pas certain qu'il en soit membre à part entière, objecta Tanner. Mais il en est proche, c'est certain.

— Dans ce cas, il est bien plus dangereux que nous ne le supposions.

— Je suis d'accord.

— Nous ne pouvons pas nous contenter d'attendre qu'il sévisse de nouveau.

— C'est précisément ce que j'étais en train de me dire.

— Allons à Denver, suggéra Noah.

— Dois-je te rappeler que tu ne fais pas partie de la police ? répliqua Tanner. Ou que Denver se trouve légèrement en dehors de ma juridiction ?

— L'idée n'est pas d'aller arrêter Jared mais d'essayer de découvrir ce qu'il mijote.

— Rien ne nous dit qu'il n'en restera pas là.

Noah se contenta de hausser les épaules.

— Tu n'y crois pas toi-même.

— C'est vrai. Je pense qu'il va recommencer. J'ai bien vu la façon dont il s'est conduit avec Bree. Ce type n'a aucun respect pour les femmes. Il considère probablement Marilyn comme sa propriété. Et il paraît bien décidé à la récupérer.

Un éclat meurtrier passa dans les yeux de Noah.

— Je me suis déjà trouvé confronté à ce genre de type, tu sais, murmura-t-il. Lorsque j'étais dans les forces spéciales, j'ai vu ce qu'ils étaient capables de faire à des femmes et à des enfants innocents… Tu n'as pas idée des scènes auxquelles j'ai pu assister…

Tanner percevait distinctement la tension qui habitait son frère en cet instant. Elle se lisait dans le ton froid et détaché sur lequel il venait de s'exprimer, comme s'il cherchait à tenir à distance les fantômes que l'on discernait dans son regard.

Une fois de plus, Tanner se demanda de quelles horreurs son frère avait bien pu être témoin pour revenir aussi profondément transformé. Mais, au fond de lui, il n'était pas certain de vouloir le savoir.

— Nous ne sommes pas sûrs que Jared soit responsable, remarqua-t-il.

— Tu sais comme moi ce qu'il a fait à Marilyn, objecta Noah. Ce type est un monstre.

— Peut-être, concéda Tanner. Mais même si tel est le cas, il n'est pas question que nous fassions justice nous-mêmes. J'ai juré de défendre et de faire respecter la loi. Qu'il soit coupable ou non, Jared a droit à un procès équitable. Alors je veux que tu me promettes de ne pas laisser tes sentiments pour Marilyn t'aveugler.

Noah le considéra d'un air interdit.

— Mes sentiments pour Marilyn ? répéta-t-il. Mais qu'est-ce que tu racontes ?

Tanner se contenta de le regarder droit dans les yeux.

— Je n'éprouve pas de sentiments particuliers pour Marilyn, reprit son frère, visiblement mal à l'aise. Et même si c'était le cas, elle ne serait probablement pas intéressée. Elle sort d'une relation très difficile, et fréquenter un autre homme est certainement la dernière chose qu'elle ait à l'esprit…

— Je ne parlais pas de ses sentiments à elle, remarqua Tanner. Je tiens à être certain que, si nous allons ensemble à Denver, tu te conduiras de façon rationnelle et tu respecteras la légalité.

— Tu as ma parole, répondit gravement Noah. Tout ce qui m'importe, c'est que Jared Ellis croupisse en prison le plus longtemps possible. Et plus nous aurons d'éléments à apporter au procureur, mieux cela vaudra.

— Nous sommes bien d'accord.

Les deux frères quittèrent le poste de police et prirent la voiture de Tanner.

— J'ai commencé à lui donner quelques cours de self-défense, déclara Noah au bout d'un moment.

— À Marilyn ?

Noah hocha la tête.

— Je voudrais l'aider à être plus forte, expliqua-t-il. Comme Bree. Ta fiancée a dû apprendre à se battre dès son plus jeune âge. Marilyn, elle, a toujours subi. Tu sais que son père était alcoolique ? Il la battait. Ensuite, ça a été le tour de son mari… Ça me rend malade.

— Je crois qu'elle est plus forte que tu ne sembles le penser, objecta Tanner. Sans cela, elle n'aurait jamais eu le courage de quitter son mari.

Noah considéra longuement cette remarque avant de hocher la tête.

— Tu as sans doute raison, concéda-t-il enfin. Pas seulement au sujet de son courage, mais aussi de mes sentiments pour elle. J'imagine que c'est pour cette raison que j'ai cette envie irrationnelle de la protéger alors même que, au fond de moi, je sais que ce n'est pas une bonne idée…

— Pourquoi pas ? s'enquit Tanner, étonné.

— Parce que ce dont Marilyn a besoin ce n'est pas de quelqu'un qui la protège, mais de quelqu'un qui lui apprenne à se battre pour qu'elle puisse devenir réellement indépendante.

Tanner considéra son frère d'un air admiratif. Ce n'était pas la première fois que Noah le surprenait par le discernement dont il faisait preuve depuis qu'il avait quitté l'armée et était revenu vivre au ranch.

Si Tanner ignorait quelles épreuves il avait pu traverser lors de ses missions à l'étranger, il lui paraissait évident qu'elles avaient fait naître en lui une forme de sagesse. Le jeune homme fougueux et bagarreur qu'il était autrefois avait cédé la place à un homme introspectif et lucide.

Les deux frères parlèrent peu pendant le reste du trajet, se contentant d'écouter la radio. Ils arrivèrent à Denver en fin d'après-midi, au moment où commençait la sortie des bureaux. Il leur fallut donc un certain temps pour traverser la ville jusqu'au quartier huppé dans lequel résidait Jared Ellis.

Il habitait une élégante maison en pierre de taille entourée d'un jardin enceint de hauts murs. Il était impossible de l'observer de la rue mais Noah avait repéré sur le plan un petit immeuble du haut duquel ils auraient une vue plongeante sur le bâtiment.

Ils allèrent donc s'installer sur le toit et sortirent les jumelles qu'ils avaient pris soin d'emporter pour observer la maison. De là où ils se trouvaient, ils pouvaient parfaitement apercevoir le salon, la cuisine et la salle à manger.

— Que savons-nous exactement des relations de Jared Ellis avec le gang Viper ? s'enquit Noah.

— En dehors d'Oscar Stobbart qui est l'avocat attitré du cartel, il fréquente assidûment trois personnes qui sont soupçonnées d'en faire partie, indiqua Tanner. Marius Nixon possède une entreprise d'import-export et passe unc bonne partie de son temps à l'étranger, principalement en Amérique du Sud.

Noah hocha la tête.

— George Pearson est propriétaire d'une banque d'affaires qui ne s'occupe que de grands comptes. Il est spécialisé dans les placements à l'étranger et la défiscalisation. Paul Wyn, quant à lui, possède une chaîne de restaurants répartis dans tout le nord-ouest des États-Unis.

— En d'autres termes, autant de couvertures parfaites pour un gang faisant dans l'importation et la vente de cocaïne, ce qui se trouve être la spécialité de Viper. Nixon gère les relations avec les cartels sud-américains. Ellis et Wyn se servent probablement de leurs entreprises pour blanchir l'argent. Et Pearson veille à placer leurs bénéfices. Quant à Stobbart, il intervient dès que quelque chose cloche…

— C'est en substance ce que pensent mes homologues de Denver, acquiesça Tanner.

— Est-ce que ces hommes sont mariés, eux aussi ?

— Figure-toi que les épouses de Pearson et Wyn sont toutes deux décédées au cours des cinq dernières années, l'une dans un accident de voiture, l'autre en montagne.

— Curieuse coïncidence, tu ne trouves pas ?

— Si, bien sûr. Mais une fois de plus, on n'a rien pu prouver. Ces types sont de véritables anguilles.

— Tout le monde finit par commettre une erreur, tôt ou tard.

— C'est précisément ce sur quoi je mise, reconnut Tanner. Je suis convaincu que ces gens voient d'un très mauvais œil le fait que l'un d'eux doive comparaître devant un tribunal. Si Jared venait à être condamné, non seulement cela risquerait de désorganiser leur filière, mais de plus cela pourrait attirer l'attention sur eux. Ils chercheront donc certainement à étouffer l'affaire dans l'œuf.

— Et pour cela, il leur faudra faire pression sur Marilyn, murmura Noah.

— Exact. J'imagine que le plus simple pour eux sera de menacer ses enfants pour l'obliger à témoigner en faveur de son mari. Mais pour cela, ils devront se rendre à Risk Peak. Et nous serons là pour les cueillir.

— Je n'aime pas trop l'idée que Marilyn se retrouve forcée de jouer les appeaux, remarqua Noah.

— Que nous le voulions ou non, elle se trouve au centre de cette affaire. Et Jared n'a d'autre choix que de tenter quelque chose contre elle.

— Ne pourrais-tu pas l'arrêter avant ?

— Pas tant que je ne dispose pas de preuves contre lui. Je te rappelle qu'il vient tout juste d'être libéré sous caution.

— J'imagine que nous n'avons guère le choix, concéda Noah à contrecœur.

Ils braquèrent de nouveau leurs jumelles en direction de la maison.

— C'est bien lui, murmura Tanner. Les deux hommes avec lesquels il se trouve sont Pearson, le plus grand aux cheveux blond platine, et Wyn, le petit brun. Ils sont en train de regarder quelque chose sur la table… Je ne vois pas bien ce que c'est…

— On dirait une carte, répondit Noah.

— Si seulement nous pouvions entendre ce qu'ils racontent, soupira Tanner.

— Je pourrais me procurer des micros, suggéra Noah. Il ne devrait pas être trop difficile de s'introduire de nuit dans la maison pour les installer.

— C'est trop dangereux, objecta Tanner. Nous ne pouvons nous permettre de commettre la moindre erreur qui donnerait à Jared une chance de jouer les victimes. Si tu te faisais surprendre, Stobbart ne manquerait pas de crier au harcèlement. J'ai déjà pris un risque en emmenant Bree, ce matin…

— Si nous décidons de passer à l'action, je te promets que je ne me ferai pas prendre. J'ai effectué des tas de missions d'infiltration bien plus délicates.

— Commençons par voir ce que nous pouvons apprendre en toute légalité, suggéra Tanner. Il sera toujours temps d'employer des méthodes plus radicales si nous n'obtenons rien.

Noah acquiesça, visiblement à contrecœur. Tous deux continuèrent à observer les trois hommes. Au bout d'un moment, ceux-ci se firent livrer des plats chinois qu'ils mangèrent tout en continuant à discuter. Ce n'est que trois heures plus tard qu'ils mirent un terme à leur réunion.

— Un véhicule vient de se garer devant la maison, indiqua Noah en désignant la grosse berline noire.

— Jared a jeté un coup d'œil à son portable à l'instant. Dix contre un qu'il s'agit d'un Uber.

— Tu crois que nous devrions les suivre ?

Tanner haussa les épaules.

— Nous n'avons rien à perdre.

Ils redescendirent du toit de l'immeuble sur lequel ils s'étaient postés et regagnèrent leur propre voiture. Quelques instants plus tard, Ellis, Pearson et Wyn sortirent de la maison et montèrent à bord de la berline. Tanner commença à la prendre en filature.

— Au moins, nous allons pouvoir vérifier si le bracelet de Jared fonctionne, commenta-t-il.

— Tu crois qu'il a l'intention de violer les conditions de sa libération sous caution ?

— Honnêtement, j'en doute. Tout ce que nous avons découvert sur ces types semble indiquer que nous avons affaire à de véritables professionnels. Ils ne commettraient probablement pas une telle erreur, à moins bien sûr d'avoir énormément à gagner…

De fait, l'intuition de Tanner ne tarda pas à se vérifier. La berline déposa les trois hommes devant un club de strip-tease situé à moins de deux kilomètres de chez Jared.

— Tu devrais les suivre à l'intérieur, suggéra Tanner en se garant à proximité. Jared me connaît. En revanche, il ne t'a encore jamais vu et n'aura donc aucune raison de te soupçonner.

— D'accord, répondit Noah. Garde ton téléphone à portée de main, au cas où.

Sur ce, il descendit de voiture et se dirigea vers le club. Quelques instants plus tard, Tanner le vit disparaître à l'intérieur après avoir échangé quelques mots avec l'un des videurs. Il ralluma la radio, choisit une station qui diffusait de vieux standards de jazz et s'installa confortablement pour attendre son frère.

Trois heures plus tard, Tanner vit revenir la berline noire. Elle se gara devant le club et, quelques minutes après, Ellis, Pearson et Wyn ressortirent et s'engouffrèrent à l'intérieur. Alors que le véhicule s'éloignait, Noah émergea à son tour de la boîte de nuit et rejoignit Tanner.

— Alors ? Est-ce que tu as vu quelque chose d'intéressant, en dehors des danseuses, bien sûr ?

Noah hocha la tête.

— Jared et ses amis les ont à peine regardées. Je peux te dire qu'ils n'étaient pas là pour s'encanailler. Ils avaient rendez-vous avec deux types, un Caucasien et un Portoricain. Vu la façon dont ils étaient habillés, je serais prêt à parier qu'ils étaient membres d'un gang de rue – probablement des dealers travaillant pour Viper. Malheureusement, la musique était bien trop forte à l'intérieur pour que je puisse espérer entendre ce qu'ils se racontaient.

— C'est probablement la raison pour laquelle ils ont choisi cet endroit.

Pendant qu'ils discutaient de la sorte, Tanner avait repris la berline en filature. Sans surprise, il constata qu'elle regagnait le domicile de Jared. Les trois hommes en descendirent et prirent congé les uns des autres. Pearson et Wyn regagnèrent leurs propres voitures qui étaient garées un peu plus loin dans la rue.

— Est-ce que tu veux suivre l'un d'eux ? s'enquit Noah sans grand enthousiasme.

— Je ne pense pas que ce soit très utile. Je serais prêt à parier qu'ils vont rentrer tranquillement se coucher.

— J'ai bien peur que nous n'ayons perdu notre temps.

— Pas complètement, objecta Tanner. Tout ce que nous avons vu ce soir tend à confirmer que mes collègues de Denver ne se sont pas trompés : ces hommes sont probablement liés au gang Viper. Et si nous ne parvenons pas à faire impliquer Jared dans l'incendie du refuge, nous réussirons peut-être à prouver qu'il est mêlé à un trafic de drogue international…

— Tanner, l'interrompit Noah d'une voix tendue. Regarde ! J'ai l'impression que nous n'avons pas été aussi discrets que nous ne l'aurions souhaité…

Suivant le regard de son frère, Tanner aperçut Jared qui s'avançait dans leur direction d'un pas presque nonchalant. Il laissa échapper un juron.

— Je ne te le fais pas dire, souffla-t-il. Qu'est-ce qu'on fait ?

— Au point où nous en sommes, autant écouter ce qu'il a à nous dire. Mais quoi que ce puisse être, tâche de garder ton sang-froid. Si ça se trouve, Stobbart est planqué dans un coin, caméra au poing. Nous ne pouvons nous permettre de céder à la moindre provocation.

— C'est compris, acquiesça sobrement Tanner.

Ils descendirent tous deux de voiture pour se porter à la rencontre de Jared.

— Bonsoir, messieurs, leur dit ce dernier d'un ton faussement cordial. Nous ne cessons de nous croiser, capitaine…

— On dirait bien, en effet.

— Vous devez être Noah Dempsey, ajouta Jared en se tournant vers son frère. Enchanté de faire votre connaissance. J'espère que le spectacle de tout à l'heure vous a plu. Mes amis et moi venons tout juste de faire l'acquisition de ce club et nous comptons bien en faire l'un des hauts lieux de la vie nocturne de Denver.

— Comment savez-vous qui je suis ? rétorqua Noah en le considérant attentivement.

Si Jared était impressionné par la carrure imposante du frère de Tanner, il n'en laissa rien paraître.

— Je me suis laissé dire que vous donniez des cours de gym à mon épouse, répondit-il.

— Ex-épouse, le reprit Noah.

Jared tiqua visiblement mais se força à poursuivre sur un ton badin.

— Marilyn et moi sommes toujours mariés, déclara-t-il. Et je suis certain qu'elle ne tardera pas à se rendre compte qu'elle a commis une erreur en quittant le domicile conjugal. Elle me suppliera bientôt de la reprendre. Et comme je suis grand prince, je passerai l'éponge sur cette légère incartade…

Il laissa échapper un petit rire qui sonnait faux.

— Vous savez comment sont les femmes, ajouta-t-il. Ce qu'il leur faut, c'est une poigne de fer dans un gant de velours…

Tanner perçut distinctement la tension qui habitait Noah en cet instant. Il était évident que Jared cherchait à les provoquer et il espéra que son frère ne tomberait pas dans le piège.

— Je ne pense pas que vous revoyiez jamais Marilyn, déclara Noah d'une voix glaciale. Vous ne tarderez pas à croupir en prison et elle n'aura alors aucun mal à obtenir le divorce.

— Vous vous trompez, déclara Jared sans se départir de sa belle assurance. Mon avocat a déjà obtenu ma libération sous caution. Soyez sûrs qu'il balaiera les accusations infondées dont je fais l'objet.

— Vous oubliez que j'ai consulté votre dossier, objecta Tanner. Je sais exactement ce que vous avez fait à Marilyn. Les preuves sont accablantes. Et je doute fort que vous trouviez un jury qui accepte de vous acquitter.

— Vous savez ce que l'on dit, capitaine : il ne faut jamais vendre la peau de l'ours avant de l'avoir tué. Qui sait ? Avec un peu de chance, les charges qui pèsent contre moi tomberont d'elles-mêmes.

Jusqu'à cet instant précis, Tanner n'avait pas tenu sa culpabilité pour acquise. Il restait toujours une chance que l'un des autres conjoints soit responsable de l'incendie du foyer. Il aurait également pu s'agir d'un membre du Cercle comptant venger la mort de Michael Jeter.

Mais les paroles de Jared faisaient figure d'aveux. Il venait de confirmer qu'il comptait bien intimider Marilyn et la pousser à retirer la plainte qu'elle avait déposée contre lui. Et il était suffisamment sûr de lui – ou suffisamment irresponsable – pour le leur dire.

— Je n'ai pas l'âme d'un joueur, reprit Jared d'un ton moqueur, mais si tel était le cas, je vous assure que je n'hésiterais pas à parier sur ma relaxe prochaine. Et dès que j'aurai retrouvé ma liberté, j'enseignerai à ma chère et tendre épouse ce que signifient les vœux qu'elle a prononcés lors de notre mariage. Elle est à moi. Jusqu'à ce que la mort nous sépare, en tout cas…

Tanner vit les poings de son frère se crisper convulsivement. Il se garda cependant de céder aux provocations de Jared.

— Je vous souhaite une bonne soirée, conclut ce

dernier d'un ton goguenard. Nous nous reverrons lors du procès. D'ici là, portez-vous bien…

Sur ce, il tourna les talons et se dirigea d'un pas tranquille vers sa maison.

9

D'après l'entrepreneur qui était chargé des travaux, les conséquences de l'incendie seraient relativement mineures. Il faudrait compter quelques semaines supplémentaires pour rénover la partie du bâtiment qui avait été touchée, mais la nouvelle aile pourrait ouvrir comme prévu d'ici la fin de l'année.

Le nettoyage des locaux fut plus rapide que prévu et les pensionnaires purent réintégrer leur nouveau foyer au bout de trois jours seulement. Et pour ce nouveau déménagement, ils purent compter sur l'aide de nombreux habitants de Risk Peak qui vinrent leur prêter main-forte.

Durant tout ce temps, Bree avait vérifié très régulièrement les données de géolocalisation de Jared Ellis, s'assurant qu'elles correspondaient aux informations que leur transmettait périodiquement le bureau des marshals de Denver.

Elle passa également plusieurs heures à chercher un moyen de pirater le système, allant même jusqu'à s'introduire illégalement sur les serveurs de la compagnie qui l'avait conçu pour récupérer des informations à son sujet. Mais force était de reconnaître qu'il était impossible de hacker le programme sans laisser de traces.

Elle était désormais convaincue que Jared n'avait pas quitté Denver. Mais loin de la rassurer, cette certitude ajoutait encore à son inquiétude. Car cela signifiait que, jusqu'au procès, Marilyn devrait se méfier de tout le monde. N'importe quel inconnu était susceptible d'être un kidnappeur à la solde de son mari.

Or Tanner et Noah étaient convaincus que Jared ne se laisserait pas décourager par le premier revers qu'il avait essuyé. D'après eux, il mijotait quelque chose. C'était la seule façon d'expliquer l'assurance dont il avait fait preuve en évoquant son procès à venir.

Depuis leur rencontre avec lui, Tanner avait passé au crible tous les éléments de l'enquête : les indices matériels laissés par l'incendiaire, le dossier de Jared et de ses complices ainsi que les preuves de violences conjugales sur lesquelles le procureur entendait fonder son réquisitoire lors du procès. En vain.

Mais l'inquiétude de Bree et de Tanner ne pouvait se comparer à celle qui habitait Marilyn. Le fait que Jared puisse être en liberté après tout le mal qu'il lui avait fait la déprimait profondément.

Et la confiance dont il faisait preuve à l'approche de son procès la minait. Elle redoutait continuellement de le voir surgir, lui ou l'un de ses séides. Pire encore, elle était terrifiée à l'idée qu'il puisse lui enlever leurs enfants pour faire pression sur elle.

Bree espérait que la randonnée qui se préparait l'aiderait à chasser ces idées noires. Mais ce matin-là, alors qu'elle venait d'arriver au foyer, Cassandra vint la trouver dans son bureau. L'expression lugubre qu'elle arborait n'était guère encourageante.

— Nous allons devoir annuler l'excursion, déclara-t-elle. Je ne pourrai pas vous emmener. Je vais devoir rester joignable tant que cette histoire d'assurance ne sera pas close. Et on ne capte pas dans les montagnes.

Bree sentit son cœur se serrer. Elle savait combien Eva

et Sam se réjouissaient à l'idée de partir en randonnée. En cas d'annulation, ils seraient anéantis. Mais il existait peut-être une autre solution.

— Tanner connaît très bien la région, remarqua-t-elle. Il pourrait peut-être te remplacer et accompagner le groupe. À condition qu'il n'ait rien de particulier à faire au cours des jours qui viennent, bien sûr…

— Il serait tout à fait capable de le faire, reconnut Cassandra. Tout comme Noah, d'ailleurs. Papa nous emmenait souvent en montagne tous les trois. Et par la suite, ils allaient régulièrement chasser ensemble. Mais il y a tout de même un problème.

— Lequel ?

— À cause de notre assurance, justement. Elle ne s'applique que si l'une de nous deux est présente. Et puis, nous ne pouvons pas laisser Tanner partir seul avec trois femmes qui ont de bonnes raisons de se méfier des hommes…

— Dans ce cas, j'irai aussi, déclara Bree. Cela me donnera une occasion de voir comment mon fiancé se comporte en milieu sauvage…

Cassandra la considéra avec une pointe de stupeur.

— Tu as conscience du fait que nous ne sommes qu'à sept jours de ton mariage ? Tu comptes vraiment en passer trois à randonner en montagne alors qu'il reste des tas de choses à organiser ?

Bree se garda de dire à Cassandra que cela lui donnait au contraire une raison supplémentaire de partir. Son instinct lui soufflait que plus la date du mariage se rapprocherait et plus l'ambiance des préparatifs deviendrait hystérique. Or elle n'avait absolument aucune envie de se trouver mêlée à un tel psychodrame.

De plus cette randonnée en pleine nature lui donnerait tout le temps de réfléchir aux vœux qu'elle allait devoir prononcer et dont elle n'avait toujours pas écrit le premier mot. Avec un peu de chance, le cadre enchanteur des montagnes du Colorado lui offrirait même une inspiration qui lui faisait cruellement défaut.

— Je ne peux pas te demander de faire une chose pareille, déclara Cassandra. Il vaudrait peut-être mieux que je parte comme prévu et que tu te charges de cette histoire d'assurance.

— Tu es beaucoup plus compétente que moi pour t'occuper de ce genre de problèmes, objecta précipitamment Bree. Et je te fais entièrement confiance pour ce qui est du mariage : je suis certaine que tu feras les bons choix. N'hésite pas à déléguer à Cheryl et à Judy, en cas de besoin, elles seront ravies de te prêter main-forte.

Cassandra ne put réprimer un sourire.

— Très bien, répondit-elle. De toute façon, c'est déjà moi qui prends l'essentiel des décisions. J'ai parfois l'impression d'organiser un second mariage pour moi-même.

— Tant que tu me laisses épouser ton frère ce jour-là, tu es libre d'en profiter pour réépouser Graham. Ça ne m'ennuie pas du tout.

Cassandra éclata de rire.

— C'est d'accord, dit-elle. Je me charge du mariage et toi de la randonnée. Tâche de ne pas attraper de coups de soleil et de ne pas trop t'écorcher les bras et le visage lorsque vous serez en forêt. Il faut tout de même que tu sois présentable pour le jour J…

Tanner était heureux de se retrouver de nouveau en pleine nature. Cela faisait bien trop longtemps qu'il n'était pas retourné marcher en montagne et chaque pas lui donnait l'impression de se libérer un peu plus des tensions qui s'étaient accumulées en lui au cours de ces derniers jours.

Il n'aurait su dire combien de fois il était venu ici avec son père, puis avec son frère Noah. Depuis sa plus tendre enfance, il avait arpenté ces sentiers, escaladé ces rochers, nagé, navigué et pêché dans ces rivières… Il aimait ces paysages, ces forêts profondes d'arbres centenaires auxquelles succédaient brusquement des prairies offrant des panoramas à couper le souffle sur les cimes des montagnes Rocheuses.

Le fleuve Colorado serpentait au cœur de ces terres sauvages, souvent paisible et majestueux, parfois impétueux et impitoyable.

Tanner avait été très surpris lorsque Bree lui avait demandé de venir jouer les guides de montagne pour leur petit groupe. L'idée de partir en randonnée avec sa fiancée était loin de lui déplaire, même s'il aurait préféré le faire dans un contexte plus intime.

La joie des autres participants atténuait pourtant un peu ces regrets et lui donnait l'impression de se rendre réellement utile. Sam et Eva, en particulier, étaient aux anges. De larges sourires illuminaient leurs visages tandis qu'ils progressaient d'un bon pas à travers bois.

Deux autres enfants de leur âge auraient dû faire partie du voyage mais avaient été forcés d'y renoncer parce que leur mère était tombée malade. Cela n'avait pas suffi à décourager le fils et la fille de Marilyn.

Même leur mère paraissait avoir retrouvé un peu de son enthousiasme habituel. Elle semblait en tout cas nettement plus détendue que toutes les fois où il l'avait croisée au cours de ces derniers jours. Barbara et Frances, les deux autres jeunes femmes qui participaient à la randonnée, paraissaient également ravies de se trouver là.

Même Noah souriait. Son frère avait proposé de se joindre à eux au dernier moment, expliquant que de cette façon ils pourraient emprunter deux radeaux pneumatiques au lieu d'un, ce qui serait nettement plus confortable pour tout le monde.

L'argument était recevable mais Tanner n'était absolument pas dupe. Il savait que Noah espérait surtout profiter de cette randonnée pour faire un peu mieux connaissance avec Marilyn. Et il était prêt à parier que celle-ci l'avait également deviné.

Tous deux n'avaient pourtant pas pu passer beaucoup de temps en tête à tête. Sam semblait en effet s'être entiché de Noah qu'il paraissait considérer comme un modèle. Il ne cessait de le bombarder de questions, lui demandant le nom de chaque plante et de chaque arbre qu'il voyait, l'interrogeant sur les animaux de la région ou sur la chasse.

Noah se prêtait au jeu de bonne grâce, répondant à toutes les interrogations du petit garçon et prenant le temps de lui enseigner les rudiments de la survie en milieu sauvage. C'était un sujet qu'il connaissait sur le bout des doigts et qu'il avait le don de rendre passionnant.

— Tout va bien ? s'enquit Bree qui s'était rapprochée de Tanner. Est-ce que nous sommes dans les temps ?

— Parfaitement, acquiesça-t-il. Nous serions même plutôt en avance. Ne sachant pas quel était le niveau sportif des différents participants, j'ai prévu des étapes assez courtes. Mais même les enfants marchent d'un bon pas.

— Ils sont très motivés, approuva Bree en souriant.

Tanner détacha la gourde qui était accrochée à sa ceinture, la déboucha et avala une gorgée d'eau avant de la tendre à Bree. Elle but à son tour.

— Je suis vraiment heureuse que nous ayons l'occasion de nous évader un peu, déclara-t-elle alors. Après tout ce qui s'est passé au cours de ces derniers mois, nous avons bien mérité quelques jours de vacances…

— C'est vrai, acquiesça Tanner en souriant. Mais tu n'as pas peur que Cass change toute l'organisation du mariage pendant que nous aurons le dos tourné ?

— Grand bien lui fasse, répondit Bree. Très franchement, ces préparatifs la passionnent beaucoup plus que moi. Je me passerais volontiers de la cérémonie, de la réception et même de cette stupide robe de mariée…

Tanner éclata de rire.

— Qu'est-ce que ça a de drôle ?

— Je crois que tu dois être l'une des seules femmes au monde à considérer ton propre mariage comme une corvée.

Bree ne put s'empêcher de rougir jusqu'à la racine des cheveux.

— Ce n'est pas ce que je voulais dire, balbutia-t-elle, embarrassée. Tout ce que je veux, c'est devenir ta femme. Le reste me paraît juste superflu.

— Je sais, la rassura Tanner. Et crois-moi, si je ne craignais pas de me faire assassiner par ma mère, ma sœur et la moitié des habitants de Risk Peak, je ne demanderais pas mieux que de filer discrètement dans l'État voisin pour nous marier sans prévenir personne.

— Ça m'apprendra à tomber amoureuse d'une sommité locale, soupira Bree, feignant la résignation.

— En attendant, reprit Tanner, tâchons de profiter au maximum de ce moment de répit en pleine nature, loin des pièces montées, des bouquets de fleurs, des playlists du DJ ou des essayages de robes et de costumes…

Ce soir-là, ils installèrent leur camp près d'une petite rivière. Tanner et Noah commencèrent par monter les tentes avec les enfants de Marilyn tandis que les pensionnaires du foyer allaient chercher du bois.

Puis ils organisèrent une séance de pêche à la ligne qui leur permit d'attraper plusieurs truites arc-en-ciel qu'ils vidèrent et préparèrent. Ils allumèrent ensuite un feu sur lequel ils les firent cuire. Ce délicieux dîner fut complété par les provisions que Tanner avait pris soin d'emporter.

Les randonneurs mangèrent avec appétit en discutant de ce qu'ils avaient vu ce jour-là et de ce qui les attendait encore le lendemain. L'humeur était au beau fixe et, après le repas, le petit groupe se mit à chanter avec entrain.

Seul Noah demeurait à l'écart, le visage fermé. Devinant que quelque chose le tracassait, Tanner se rapprocha de lui pour lui parler à mi-voix.

— Il y a un truc qui ne va pas ?

— Rien de concret, répondit son frère.

— Mais tu penses que quelque chose se prépare ?

— Je n'en suis pas encore certain…

Noah observa la forêt qui les entourait et Tanner fit de même. Il ne discerna rien de particulier. C'était une belle nuit et ils semblaient être seuls au monde.

— Si tu penses que quelque chose cloche, il y a de fortes chances pour que ce soit le cas, déclara Tanner. De tous les gens que je connais, tu es celui qui a l'instinct le plus sûr.

— Depuis cet incendie, je me sens constamment tendu, comme si j'attendais qu'un truc se passe.

— Il y a de bonnes raisons pour cela, concéda Tanner. Le procès de Jared approche et nous sommes tous les deux convaincus qu'il tentera quelque chose d'ici là.

— Ce n'est plus une conviction, en ce qui me concerne, mais une certitude.

Tanner fronça les sourcils. Il connaissait suffisamment bien son frère pour savoir qu'il ne parlait pas à la légère.

— Est-ce que tu as obtenu des informations dont je n'aurais pas connaissance ? lui demanda-t-il.

Noah hocha la tête.

— J'ai demandé à Mike Lennon, l'un de mes amis, de mener une petite enquête au sujet de Jared.

— C'est risqué, remarqua Tanner. Je te rappelle que Stobbart a déjà contacté le shérif Duggan pour lui signaler que j'enquêtais en dehors de ma juridiction. Fort heureusement, il ne semble pas avoir pu identifier Bree. Dans le cas contraire, j'aurais probablement déjà été suspendu. Je ne tiens pas à ce que Jared soit relaxé à l'issue du procès pour des erreurs que nous avons commises.

— Je sais, et c'est précisément pour cette raison que je ne t'ai pas parlé de ce que je comptais faire. Je tenais à ce que, le cas échéant, tu puisses nier avoir eu connaissance de mes agissements.

— On dirait que tu as changé d'avis.

— Parce que Mike m'a transmis de nouveaux éléments. C'est la raison pour laquelle j'ai décidé de vous accompagner.

— Quel genre d'éléments ? s'enquit Tanner.

— Tout d'abord, il s'est introduit chez Jared et a placé un micro dans son salon. Et il a pu constater que la pièce était équipée d'un brouilleur.

Tanner poussa un juron.

— Je ne te le fais pas dire, acquiesça Noah. Ces types ne sont pas des amateurs. Cela ne fait que confirmer nos soupçons quant à leur appartenance au gang Viper.

— Effectivement.

— Il y a autre chose, qui nous touche de plus près. Mike a pu jeter un coup d'œil à la carte qui se trouvait sur la table de la salle à manger. Et il a pris une photo.

Tanner haussa un sourcil interrogatif et Noah sortit de sa poche son téléphone portable. Il le ralluma, ouvrit le répertoire contenant les images et le tendit à son frère. À la vue du plan que Mike avait photographié, un nouveau juron lui échappa. Il représentait la ville de Risk Peak et ses environs, et était copieusement annoté.

Parmi les lieux qui avaient été marqués, on trouvait l'ancien et le nouveau foyer, le poste de police, la caserne des pompiers ou le ranch des Dempsey.

— Nous ne nous étions pas trompés, murmura Tanner. C'est bien Jared qui a commandité l'incendie.

— Et il est évident qu'il s'apprête à tenter quelque chose d'autre. Mike m'a dit que Jared et ses amis s'étaient réunis à plusieurs reprises autour de cette carte. Et avant-hier soir, ils ont été rejoints par Stobbart et un autre homme. Mike a identifié ce dernier comme étant Marius Nixon, l'homme d'affaires qui serait chargé des relations de Viper avec les cartels d'Amérique du Sud…

— Leur petite bande est au complet, on dirait.

— Et prête à passer à l'action. À leur place, je crois que je profiterais de ton mariage.

Tanner le considéra avec stupeur et Noah hocha la tête.

— La quasi-totalité des habitants de la ville y assistera, expliqua-t-il. Cassandra, Bree et toi aurez l'esprit ailleurs. Même moi je serai occupé puisque tu m'as choisi comme témoin. La bande de Jared aura donc les mains libres pour passer à l'action.

— Bon sang, je n'avais vraiment pas pensé à ça, murmura Tanner.

— C'est un mariage, répondit son frère. Tu n'es pas censé prévoir ce genre de choses.

— Que préconises-tu ?

— De renforcer la sécurité en faisant appel à des hommes du comté. Je suis sûr que Whitaker ne refusera pas de nous donner un coup de main. Je pourrais aussi demander à Mike et à quelques amis de confiance.

— Cela me semble être une bonne idée, concéda Tanner. Si le gang Viper gâche la cérémonie, Cass et maman ne me le pardonneront jamais.

Noah ne put s'empêcher de rire.

— Et Bree ?

Tanner lui décocha un sourire complice.

— La connaissant, je pense qu'affronter un gang de trafiquants de drogue l'impressionnerait moins que prononcer ses vœux en public.

— Tu as vraiment de la chance de l'avoir trouvée, répondit gravement Noah.

— À ce propos, est-ce que tu as décidé de faire quelque chose au sujet de tes sentiments pour Marilyn ?

— Je ne sais pas, avoua Noah. Je ne suis pas sûr qu'elle soit encore prête à sortir avec quelqu'un.

— Si tu ne le lui demandes pas, tu ne le sauras jamais…

Noah lui jeta un regard noir et Tanner haussa les épaules.

— Si tu attends trop longtemps, tu risques de te rendre compte qu'elle est prête le jour où tu la verras sortir avec quelqu'un d'autre.

— Si c'est ce qu'elle veut, je ne peux pas l'en empêcher…

— Et moi qui avais demandé à Bree de ne pas jouer les entremetteuses…

— Qu'est-ce que tu veux dire ?

— Eh bien, elle voulait présenter Marilyn à Whitaker,

expliqua Tanner. Je lui ai dit qu'il ne valait mieux pas. Mais si tu n'es pas intéressé…

— Ça va ! s'exclama Tanner. Ne lui dis rien. Je vais inviter Marilyn à dîner dès notre retour de randonnée. Si elle refuse, je serai fixé. Et si elle accepte… Eh bien, nous verrons où cela nous mène.

— En tout cas, j'ai l'impression que tu as déjà fait la conquête de ses enfants. Sam te regarde comme si tu étais le messie en personne.

Un léger sourire flotta sur les lèvres de Noah.

— Je suis content de pouvoir les aider à se changer les idées, répondit-il. Ces gamins méritent mieux que Jared Ellis.

— Je suis bien d'accord avec toi.

Noah observa de nouveau les bois qui les entouraient.

— Est-ce que tu penses que les hommes de Jared pourraient nous avoir suivis jusqu'ici ?

— J'en doute, concéda Noah en haussant les épaules. Les membres de Viper sont des citadins, et ce genre de terrain ne serait pas à leur avantage. Mais je ne compte courir aucun risque et je vais monter la garde, cette nuit.

— Prends le premier tour et viens me chercher au bout de quatre heures, suggéra Tanner. Je te relèverai. Nous aurons une longue journée, demain, et il faudra que nous soyons en forme, tous les deux.

10

La deuxième journée de randonnée débuta aussi bien que la première. Le temps était au beau fixe. Après avoir pris un solide petit déjeuner et levé le camp, la petite troupe se remit en marche le long de la rivière avant d'emprunter un pont suspendu qui la traversait.

Sur l'autre rive, ils s'enfoncèrent de nouveau dans les bois. Tanner et Noah les guidaient avec assurance, ne perdant jamais une occasion de leur en apprendre un peu plus sur la nature qui les entourait.

Ils leur désignaient les traces laissées par les animaux, les plantes comestibles, celles qui pouvaient servir de médicaments et celles qui étaient dangereuses. Les deux frères semblaient connaître le nom de chaque fleur et de chaque arbre.

L'amour qu'ils portaient à cette région transparaissait dans chacun de leurs commentaires. Mais il se doublait d'un profond respect et nombre d'anecdotes qu'ils leur relataient visaient à leur rappeler que, si la nature pouvait être source constante d'émerveillement, elle pouvait également se révéler impitoyable.

Ayant pour la plupart grandi en ville, les pensionnaires du foyer étaient ravis de l'occasion qui leur était donnée de découvrir ces terres sauvages et préservées. Bree ne faisait pas exception. Mais en dépit de la bonne humeur générale, elle percevait distinctement la tension qui habitait Tanner et Noah.

Elle les connaissait suffisamment pour savoir que quelque chose clochait. Mais ils semblaient résolus à ne pas en parler et elle décida d'attendre un moment où elle pourrait aborder le sujet discrètement.

À la pause de midi, elle se porta donc volontaire pour accompagner Tanner jusqu'à la rivière et y remplir toutes leurs gourdes. Dès qu'ils se retrouvèrent en tête à tête, elle lui posa la question qui lui brûlait les lèvres depuis plusieurs heures.

— Que se passe-t-il, Tanner ?

Il la considéra avec un brin d'étonnement.

— Qu'est-ce que tu veux dire ?

— N'essaie pas de me faire croire que tout va pour le mieux dans le meilleur des mondes. J'ai bien vu les regards que vous échangiez, Noah et toi. Je sais que quelque chose ne va pas.

Tanner dut comprendre qu'il était inutile de le nier : s'il s'avisait de le faire, elle le presserait de questions jusqu'à ce qu'il finisse par tout lui dire.

— Il n'y a aucune raison de t'inquiéter, pour le moment tout du moins. Mais Noah m'a dit qu'il avait chargé l'un de ses amis de surveiller Jared. Et il a découvert que lui et ses complices préparaient quelque chose. Ils ne choisiront probablement pas de s'en prendre à Marilyn ici, au beau milieu des bois, mais nous avons tout de même décidé de redoubler de vigilance.

— À ton avis, qu'est-ce qu'ils ont en tête ?

— J'y ai pas mal réfléchi, depuis que nous sommes allés à Denver, et j'en suis venu à la conclusion que la meilleure façon de faire pression sur Marilyn et de la forcer à témoigner en faveur de Jared serait d'enlever les enfants.

Bree fronça les sourcils.

— Mais dans ce cas, elle risquerait de prévenir la police. Et cela ne ferait qu'alourdir les charges qui pèsent déjà sur Jared.

Tanner secoua la tête.

— Rappelle-toi, lui dit-il. Quand tu fuyais le Cercle, es-tu allée trouver la police ?

— Non, reconnut-elle.

— Parce que tu avais peur que cela aggrave encore la situation. Je suis prêt à parier que c'est exactement la façon dont réagirait Marilyn. Tu ne dois pas oublier qu'elle a été une femme battue, Bree. Elle a vécu dans la peur et la soumission, et tu sais comme moi que c'est un cercle vicieux dans lequel il est très facile de retomber.

Bree ne put réprimer un soupir. Tanner avait malheureusement raison. Si Jared parvenait à détruire l'équilibre qu'elle avait trouvé au foyer, Marilyn risquait fort de retomber sous son emprise.

— Tu comprends maintenant pourquoi Noah s'est joint à nous, conclut Tanner en ramassant les gourdes qu'ils venaient de remplir. Nous devons veiller sur Marilyn et les enfants jusqu'au moment du procès.

Ils rejoignirent les autres, qui avaient fini de préparer le déjeuner. Après le repas et un petit temps de repos, la troupe se remit en marche à travers bois. Au cours de l'après-midi, ils aperçurent plusieurs oiseaux et même un serpent qui effraya tout le monde à l'exception de Sam.

Plus loin, Noah leur montra une sorte de sentier tracé en droite ligne à travers bois.

— À votre avis, quel animal est passé par là ? leur demanda-t-il.

— Un cerf ? suggéra Eva.

Noah secoua la tête.

— Un sanglier ? proposa Sam.

— Non, leur répondit le frère de Tanner. Regardez par ici…

Il désigna un étron à moitié dissimulé par des feuilles.

— Beurk ! s'exclama Eva en plissant le nez. C'est dégoûtant.

— Il faut bien que les ours fassent leurs besoins quelque part, remarqua Noah en souriant.

— Un ours ? s'écria la petite fille, horrifiée.

— Ne t'inquiète pas, la rassura Tanner. Il est déjà loin.

— Comment est-ce que tu le sais ? demanda Sam, qui paraissait plus curieux qu'effrayé.

— Parce que la crotte qu'il a laissée est toute sèche, répondit Noah.

— Comment on peut se défendre, si on est attaqué par un ours ? s'enquit Sam.

— Le mieux est d'éviter de s'en approcher, expliqua Tanner. La plupart des ours se méfient des humains. Il suffit généralement de parler fort pour qu'ils s'en aillent.

— Et s'ils décident d'attaquer quand même ? insista Sam.

Tanner jeta un coup d'œil en direction d'Eva dont les yeux étaient écarquillés sous l'effet de la terreur. Pour faire diversion, il alla la prendre par la main et l'entraîna un peu à l'écart pour lui montrer une chenille. Noah vint alors s'agenouiller auprès de Sam pour lui parler tout bas.

Du coin de l'œil, Bree vit Marilyn froncer les sourcils.

— Ne t'en fais pas, lui dit-elle, je suis sûre que Noah ne lui racontera rien d'horrible…

— Oh ! ce n'est pas cela, objecta précipitamment Marilyn.

Bree la considéra attentivement.

— Tu sais que Noah ne lui ferait jamais de mal, n'est-ce pas ?

— Oui, bien sûr ! s'exclama la jeune femme.

Bree l'interrogea du regard et la vit s'empourprer légèrement.

— Sam est en adoration devant Noah, lui dit-elle enfin. Je ne peux pas le lui reprocher, d'ailleurs. Pour une fois qu'il rencontre un homme qu'il peut admirer et auquel il peut s'identifier… C'est juste…

Elle s'interrompit, ne sachant comment formuler ce qu'elle avait à l'esprit.

— Tu as peur qu'il ne s'attache trop, n'est-ce pas ? suggéra Bree.

Marilyn hocha la tête.

— Noah est quelqu'un d'extraordinaire, déclara-t-elle. Et je l'apprécie beaucoup. Mais ma vie me paraît si incertaine, pour le moment… Je ne sais vraiment pas ce qui m'attend. Il y a le procès, bien sûr. Mais même si Jared est condamné, même si j'obtiens le divorce, je ne sais pas où je vivrai, ni ce que je ferai…

— Sache en tout cas que tu pourras rester au refuge tout le temps que tu le voudras. Pas uniquement en tant que pensionnaire, mais pour continuer à y travailler. Ton aide nous a été cruciale, au cours de ces derniers mois. Et je ne sais pas ce que nous ferions sans toi…

À ces mots, un grand sourire se dessina sur les lèvres de Marilyn.

— Quant à Noah, reprit Bree, le plus simple est peut-être de laisser les choses se faire naturellement…

— C'est ce que je me suis dit, acquiesça Marilyn. Nous nous voyons souvent, ces derniers temps.

— Vous sortez ensemble ?

— Ce n'est pas cela, répondit Marilyn en rougissant de plus belle. Noah vient régulièrement au foyer pour me donner des cours de self-défense.

— Des cours de self-défense ? répéta Bree, passablement sidérée par cet aveu inattendu.

Marilyn hocha la tête.

— Il pense que cela peut m'aider à prendre confiance en moi, expliqua-t-elle.

— Et c'est le cas ?

— Un peu, acquiesça Marilyn avec une pointe de malice dans le regard. Mais c'est sans doute moins grâce au cours proprement dit que grâce à l'intérêt que me porte le professeur. Lorsqu'il me regarde, j'ai l'impression d'être quelqu'un d'intéressant…

— Tu es quelqu'un d'intéressant, Marilyn ! s'exclama Bree. Et je suis vraiment contente pour Noah et toi. Après tout ce que tu as traversé, tu mérites vraiment d'être heureuse.

— Je le suis, confirma la jeune femme. Et c'est peut-être cela qui me fait le plus peur…

Bree se rappela alors ce que Tanner lui avait dit près de la rivière. Dans la lutte qu'elle menait pour son émancipation, Marilyn n'avait probablement pas de plus grand ennemi qu'elle-même. Malheureusement, c'était un combat qu'elle devait mener seule et rien de ce que Bree pourrait dire ou faire n'y changerait rien.

Le groupe se remit en marche et progressa pendant une demi-heure jusqu'à ce que Tanner, qui marchait en tête, s'arrête de nouveau pour leur désigner une bande de marmottes qui se tenaient sur un rocher et les observaient avec curiosité. Noah prêta ses jumelles à tous les randonneurs pour qu'ils puissent observer les rongeurs.

— C'est la période de l'année qu'elles préfèrent, commenta Tanner. Lorsqu'il fait chaud, elle passe des jours entiers à se prélasser au soleil sans rien faire.

— Elles doivent s'ennuyer, remarqua Sam.

Tanner lui ébouriffa affectueusement les cheveux.

— Pas du tout, lui assura-t-il. Les marmottes adorent ne rien faire. En automne, lorsque la température commence à baisser, elles s'enferment sous terre pour six mois, jusqu'au retour des beaux jours. On estime que ces animaux passent la moitié de leur vie à hiberner.

— Mais comment font-elles pour manger, si elles restent dans leurs terriers ? s'enquit Eva.

— Elles mangent énormément avant de s'enfermer. Ensuite, elles attendent presque sans bouger, en se contentant de respirer et de survivre.

— Ce sont les animaux les plus ennuyeux de la terre ! s'exclama Sam en secouant la tête.

— Elles sont exactement comme moi, murmura alors Marilyn. J'ai passé la moitié de ma vie enfermée en me contentant de survivre…

Elle avait parlé à voix basse, de façon à ce que seule Bree qui se trouvait à ses côtés puisse l'entendre. Mais Noah, qui avait l'ouïe très aiguisée, dut surprendre sa remarque.

— Moi, je ne pense pas que les marmottes soient ennuyeuses, répondit-il à Sam tout en regardant Marilyn droit dans les yeux. Je trouve au contraire que ce sont des animaux fascinants. Elles ne possèdent ni crocs, ni griffes, ni carapace, elles ne sont pas particulièrement rapides ou agiles. Et pourtant, elles sont capables de survivre et d'endurer des privations durant des mois par la seule force de leur volonté. C'est quelque chose d'admirable.

Marilyn détourna les yeux et Bree perçut le trouble qui l'habitait.

— Nous devrions nous remettre en marche, déclara alors Tanner. Les radeaux ne sont plus qu'à deux kilomètres d'ici environ.

Sam laissa échapper un joyeux hourra. Il avait aimé marcher en pleine nature et camper mais, la partie de la randonnée qu'il attendait avec le plus d'impatience, c'était le voyage en radeau qu'ils s'apprêtaient à effectuer.

— Nous ne naviguerons que durant quelques heures, expliqua Tanner. Et nous éviterons les rapides.

Sam ne put réprimer un soupir de déception et Noah posa affectueusement la main sur son épaule.

— Chaque chose en son temps, moussaillon, lui dit-il. Avant d'affronter les rapides, il faut commencer par apprendre à naviguer. Lorsque tu sauras te débrouiller, nous pourrons organiser une nouvelle expédition un peu plus loin sur la rivière, là où le courant est plus fort.

— Je suis sûr que, Tanner et toi, vous avez directement appris à naviguer dans les rapides, objecta le petit garçon.

— Détrompe-toi, lui rétorqua Noah. Nous avons appris ici même, avec notre père, il y a des années de cela.

— C'est vrai ? s'exclama Sam, visiblement très excité de marcher dans les pas de son héros.

— C'est vrai, confirma Noah. Tu t'en souviens, Tanner ?

— Comme si c'était hier, acquiesça ce dernier. Et moins d'un an plus tard, nous nous aventurions dans des rapides de troisième catégorie. Alors, tu sais ce qu'il te reste à faire, Sam.

Grisé par cette perspective, le petit garçon écouta très attentivement les conseils de sécurité que Tanner leur donna ensuite. Lorsqu'ils arrivèrent à l'endroit où les attendaient les radeaux, il sortit la carte de sa poche pour leur montrer le parcours qu'ils devaient effectuer.

— Nous suivrons la rivière vers l'ouest, indiqua-t-il en pointant le tracé du doigt. Parvenus à cet embranchement, nous prendrons la voie de gauche. Elle est nettement plus paisible que l'autre. Nous la suivrons jusqu'à l'endroit où nous camperons ce soir.

— Comment voulez-vous que nous nous répartissions dans les bateaux ? s'enquit Barbara.

— Si cela vous convient, Bree et moi prendrons les deux moussaillons et le plus gros des bagages. Noah aura l'honneur de vous escorter toutes les trois.

Bree était sur le point de proposer de changer de place avec Marilyn, de façon à ce que celle-ci puisse rester avec ses enfants. Mais elle vit alors la jeune femme hocher la tête et garda le silence. Tout ce qui pouvait encourager Marilyn à sortir de sa coquille était bienvenu et elle était prête à parier que c'était précisément la raison pour laquelle Tanner avait opéré une telle répartition.

Après avoir pris place à bord des radeaux, ils se mirent en route. Le courant était assez rapide, ce qui permettait à Tanner et Noah d'économiser leurs efforts. Ils ramèrent pendant quelque temps, avant de laisser leurs passagers essayer chacun à leur tour.

L'exercice était nettement moins aisé que l'on aurait pu le croire en voyant la facilité avec laquelle les deux frères manœuvraient leurs embarcations. Et les tentatives maladroites des uns et des autres donnèrent de nouveau lieu à de grands éclats de rire.

Les enfants encouragèrent ensuite Tanner et Noah à faire la course, ce à quoi ils consentirent sans trop se faire prier. Bree en profita pour admirer sans vergogne le torse dénudé de son futur époux.

Ils pagayèrent avec une belle énergie jusqu'à la fourche que leur avait indiquée Tanner. Ce dernier décéléra alors légèrement pour laisser son frère prendre l'avantage.

— Ils nous dépassent ! protesta Sam. Accélère, Tanner !

— Il vaut mieux que je les laisse passer devant pour qu'ils puissent accoster les premiers, expliqua ce dernier. De cette façon, ils pourront nous aider à débarquer tous les sacs.

— Ah, d'accord, acquiesça le petit garçon, un peu déçu.

— De toute façon, il faut bien que je laisse Noah gagner de temps en temps, ajouta malicieusement Tanner.

Les deux enfants éclatèrent de rire.

À mesure qu'ils approchaient de la fourche, le courant devenait plus rapide et la manœuvre un peu plus délicate. Tanner accéléra pour prendre l'embranchement. Mais, alors même qu'ils étaient sur le point de s'engager du bon côté de la rivière, un bruit sourd se fit entendre et le radeau frémit de part en part.

— Qu'est-ce que c'était ? s'enquit Bree, surprise.

La stupéfaction qui se lisait sur le visage de Tanner ne contribua guère à la rassurer. Et comme il était sur le point de lui répondre, un nouveau bruit se fit entendre, à l'avant du radeau cette fois. Horrifiée, Bree vit la proue s'affaisser brusquement.

Un flot de grosses bulles s'échappa alors et le radeau s'enfonça sous l'eau. Bree eut tout juste le temps de se jeter sur Eva qui se trouvait le plus près d'elle avant d'être avalée par la rivière glacée.

Aussitôt, elle fut emportée par le courant. Et avant qu'elle ait compris ce qui était en train de se passer, elle se retrouva happée par des rapides qui lui arrachèrent Eva des mains.

11

Tanner eut tout juste le temps de prendre conscience du fait que ce qui était en train de se produire était totalement anormal. Le radeau n'avait aucune raison d'éclater de cette façon, particulièrement à un endroit où la rivière était aussi profonde.

Mais il écarta presque instantanément cette pensée. Tout ce qui importait, en cet instant, c'était le fait que Bree et les enfants venaient de tomber à l'eau. Il se leva donc, prit appui sur la partie du radeau qui continuait de flotter, et plongea dans la rivière.

Le froid le paralysa durant quelques secondes. Même au mois de mai, les torrents qui dévalaient le long des pentes des montagnes Rocheuses étaient encore glaciaux. Mais la pensée que Sam et Eva s'y trouvaient exposés en ce moment même lui procura un surcroît d'énergie et il se mit à bouger les bras et les jambes pour chasser la sensation d'engourdissement qui s'était emparée de lui.

Le courant l'emportait rapidement, et ils avaient depuis longtemps dépassé la fourche où ils auraient dû prendre sur la gauche. Cela signifiait qu'ils étaient en train de filer tout droit sur des rapides.

Noah ne leur serait donc d'aucune aide : même s'il bifurquait pour les suivre, il lui serait impossible de manœuvrer pour venir les secourir. Tanner était donc le seul à pouvoir agir. Fort heureusement, Bree et les enfants portaient des gilets de sauvetage qui devaient les maintenir à flot.

— Tanner ! entendit-il alors Bree crier, quelque part derrière lui. J'ai Sam ! Attrape Eva !

Il se retourna vers la jeune femme et la vit qui nageait vigoureusement vers la rive en remorquant Sam derrière elle. Ils étaient désormais tout proches de la berge et ne devraient avoir aucun mal à s'y hisser. Rassuré par ce constat, il chercha des yeux le troisième gilet de sauvetage et finit par apercevoir une tache jaune fluorescente sur sa gauche.

Tanner se mit à nager dans sa direction aussi vigoureusement qu'il le pouvait. Eva se trouvait presque au milieu de la rivière, là où le courant était le plus puissant. S'il ne parvenait pas à la rattraper à temps, elle risquait de se retrouver happée par les rapides qu'il entendait gronder quelque part devant lui.

Il accéléra encore, se propulsant aussi rapidement qu'il en était capable en direction de la petite fille. Fort heureusement, à mesure qu'il se rapprochait à son tour du centre du cours d'eau, sa vitesse augmentait.

Il ne serait probablement pas facile de s'arracher à ce véritable tapis roulant aquatique, une fois qu'il aurait rejoint Eva. Mais pour le moment, c'était le cadet de ses soucis. Accélérant davantage, il couvrit les dix derniers mètres qui le séparaient encore d'elle.

— J'arrive, Eva ! Tiens bon !

— Tanner, j'ai froid ! lui cria-t-elle en claquant des dents.

Sa voix trahissait la terreur qui l'habitait en cet instant, mais elle était vivante et ne paraissait pas être blessée. C'était tout ce qui importait.

— Je vais t'attraper au passage et ensuite, nous essaierons de nager vers la rive, d'accord ?

— Je ne nage pas très bien, répondit la fillette d'une toute petite voix.

— Tu te débrouilles parfaitement, lui assura-t-il en tendant la main vers elle pour la saisir par le haut de son gilet de sauvetage. Là ! Je te tiens !

— Je suis glacée, lui dit-elle.

Il passa un bras autour de sa poitrine et la serra contre lui avant de se mettre à nager aussi vite qu'il le pouvait, perpendiculairement au courant. Eva s'efforçait courageusement de l'aider en battant des jambes.

— Tu nages très bien, lui dit-il d'une voix encourageante.

— J'ai pris des cours de piscine, expliqua-t-elle. Mais je ne suis pas très bonne.

— Je suis sûr que ton maître nageur serait fier de toi.

— Où est Sam ? lui demanda-t-elle alors, inquiète.

— Il est avec Bree. Ils sont probablement déjà sur la rive.

Eva hocha la tête et il s'émerveilla du courage dont elle faisait preuve en de telles circonstances. Elle ne pleurait pas, ne paniquait pas et continuait obstinément à battre des jambes. Tanner était convaincu que bien des adultes auraient depuis longtemps cédé à l'affolement, à sa place.

S'arracher au courant s'avéra plus difficile encore qu'il ne l'avait imaginé. Il s'obstina pourtant durant de longues minutes, progressant centimètre par centimètre mais refusant de baisser les bras. Il savait en effet que, s'il renonçait à lutter, ils seraient emportés vers les rapides.

Enfin, au bout de ce qui lui parut être une éternité, il sentit la puissance du flot diminuer. Quelques brasses plus tard, il parvint à s'en extraire complètement. Ses bras et ses jambes étaient engourdis et il se sentait totalement fourbu, mais il avait réussi. Ils étaient sains et saufs, et ne tarderaient pas à se trouver en sécurité.

Au prix d'un dernier effort, il parvint à atteindre la berge et aida Eva à s'y hisser avant de se traîner à son tour sur l'herbe. L'espace de quelques instants, il demeura allongé là, haletant, les muscles en feu. Mais un brusque accès d'angoisse le fit se redresser et chercher des yeux Bree et Sam.

Il ne les vit nulle part.

Tanner se força à se relever et scruta les alentours. Il était pourtant certain que Bree se trouvait à proximité du rivage lorsqu'il l'avait aperçue. Se pouvait-il qu'elle ait été entraînée vers le centre de la rivière ? Ou, pire encore, qu'elle ait été aspirée par un trou d'eau ?

— Bree ! appela-t-il à tue-tête. Sam ! Où êtes-vous ?

Aucune réponse ne lui parvint et il s'élança vers un gros rocher qui se trouvait non loin de là, surplombant la rivière. Il se hissa péniblement au sommet pour scruter les alentours. Le froid avait engourdi ses membres, rendant l'escalade difficile, et il manqua tomber à plusieurs reprises.

Il parvint cependant en haut du rocher et observa les environs. Il aperçut presque aussitôt Sam qui était assis au bord de l'eau, à quelques centaines de mètres de l'endroit où ils avaient touché terre. Pour une raison qu'il ne s'expliquait pas, Bree se tenait debout dans la rivière, avec de l'eau jusqu'à la taille.

Rassuré sur le fait qu'ils étaient tous deux sains et saufs, Tanner redescendit de son perchoir et rejoignit Eva.

— Ton frère et Bree sont par là-bas, lui dit-il en désignant sa gauche. Ça te dit qu'on aille les rejoindre ?

La fillette hocha la tête et se leva courageusement. Tanner lui prit la main et ils suivirent la rive jusqu'à Sam, qui se jeta aussitôt dans les bras de sa sœur. Bree venait visiblement de ressortir de l'eau et elle tenait à la main l'un de leurs sacs. En apercevant Tanner, elle le lâcha puis couvrit la distance qui les séparait et l'étreignit.

— Dieu merci, vous n'avez rien, lui dit-elle.

Tanner la serra contre lui. Ils demeurèrent quelques instants enlacés avant de se séparer.

— Tu as récupéré le sac de secours ! s'exclama alors Tanner, admiratif.

— J'en ai vu passer plusieurs mais c'est le seul que j'aie réussi à repêcher.

— C'est le plus important, lui assura Tanner. Il contient tout ce dont nous pourrions avoir besoin.

Il déposa un petit baiser sur les lèvres de Bree avant de se tourner vers les enfants.

— Nous allons faire un grand feu pour nous réchauffer, leur dit-il. Mais avant tout, je sais que ça va vous paraître bizarre mais il va falloir enlever vos vêtements trempés. Ne gardez que vos culottes. Vous vous réchaufferez beaucoup plus vite au soleil.

Eva et Sam devaient être transis, et pourtant ni l'un ni l'autre n'émirent la moindre objection. Ils commencèrent à se défaire de leurs vêtements tandis que Bree et Tanner faisaient de même. Ils étalèrent leurs habits sur l'herbe pour les faire sécher puis Sam et Tanner commencèrent à ramasser du bois.

— L'histoire se répète, déclara Tanner en souriant. Lorsque nous étions petits, Noah et moi sommes tombés à l'eau, une fois. Et mon père a fait un feu pour nous réchauffer.

— C'est vrai ?

— Oui. Et je peux te dire que nous n'avons pas été aussi courageux que ta sœur et toi. Ne dis pas à Noah que je te l'ai raconté, parce qu'il a pleuré comme une madeleine ce jour-là.

— Je ne te crois pas, protesta Sam à qui une telle idée devait paraître presque sacrilège.

— C'est pourtant la vérité. Remarque, moi aussi, je pleurais. Il faisait vraiment terriblement froid…

Dès qu'ils eurent rassemblé suffisamment de bois, Tanner alluma un feu. Pendant ce temps, Eva s'était endormie sur les genoux de Bree, enveloppée dans une couverture de survie que celle-ci avait sortie du sac de secours.

— Est-ce qu'elle va bien ? lui demanda-t-il en désignant la fillette.

— C'est juste le contrecoup de l'émotion, répondit-elle. Je lui ai donné une barre de céréales à manger et elle s'est écroulée juste après l'avoir avalée.

— Est-ce que tu as mangé quelque chose, toi aussi ?

— Oui. Mais il n'y a pas grand-chose dans le sac.

Lorsque le feu commença à crépiter, Tanner alla chercher une autre couverture de survie qu'il tendit à Sam. Il lui donna aussi une barre de céréales et en prit une autre pour lui.

— Que s'est-il passé ? lui demanda alors Bree. Est-ce que nous avons heurté un rocher ?

Tanner jeta un coup d'œil en direction de Sam et constata avec soulagement que le petit garçon était en train de sombrer à son tour. Il ne tenait pas à l'inquiéter plus que nécessaire.

— Même si nous avions heurté un rocher, le radeau aurait dû tenir le coup, déclara-t-il à mi-voix. Ces embarcations sont faites pour être malmenées.

Il jeta quelques branches supplémentaires dans le feu.

— Est-ce que tu as trouvé un téléphone satellite, dans le sac ? demanda-t-il.

— Non. Il se trouvait dans l'autre sac de secours, celui que portait Barbara. Il y a juste une corde, une trousse de secours, des couvertures de survie, à manger, une gourde et un pistolet de détresse.

— Je vais me servir de ça pour prévenir les autres que tout va bien. Je suis sûr que Marilyn doit être folle d'inquiétude, à l'heure qu'il est.

— Je le serais aussi si j'avais vu mes enfants précipités dans une rivière glacée sans pouvoir les aider.

Tanner hocha la tête. S'agenouillant près du sac, il récupéra le pistolet et deux des quatre fusées de détresse qui se trouvaient à l'intérieur.

— Deux fusées tirées successivement indiqueront à Noah que nous n'avons pas besoin d'aide. Cela lui évitera de partir en courant jusqu'au prochain pont qui se trouve à plusieurs heures de marche de là. Mieux vaut qu'il reste auprès des trois autres et monte le camp pour ce soir.

Tanner s'éloigna pour éviter que le bruit des fusées ne réveille les deux enfants. Il en tira une, attendit quelques instants, puis fit partir la deuxième. Il savait qu'en les voyant son frère comprendrait le message. Toute la question était de savoir s'il parviendrait à calmer l'angoisse de Marilyn…

Tanner alla chercher une nouvelle brassée de bois puis revint prendre place à côté de Bree.

— Quel est le programme, à présent ? lui demanda-t-elle.

Il admira le calme exemplaire dont elle faisait preuve en de telles circonstances.

— Il ne va pas changer beaucoup, en fait, déclara-t-il. Nous allons camper ici ce soir et nous nous remettrons en route demain matin pour rejoindre le prochain pont. Noah et les filles feront de même de leur côté et nous nous retrouverons là-bas. Nous serons obligés d'écourter la fin de la randonnée mais je crois que nous l'aurions fait de toute façon. Le vent est en train de tourner et il risque d'y avoir de l'orage.

Bree grimaça.

— Et moi qui commençais tout juste à sécher.

— Oh ! ce ne sera pas pour ce soir, la rassura Tanner. Plutôt pour demain dans la soirée. Et d'ici là, nous devrions être de retour à nos véhicules.

— Tant mieux.

— Le campement sera peut-être un peu moins confortable qu'il n'aurait dû l'être. Et le dîner moins nourrissant. Mais en dehors de cela, la journée de demain devrait être aussi plaisante que les précédentes. Peut-être plus intéressante, à vrai dire, car les enfants auront une histoire incroyable à raconter à leurs petits camarades lorsqu'ils retourneront à l'école.

— J'aime assez ta façon de voir les choses, déclara Bree en souriant. Est-ce qu'il vous est déjà arrivé quelque chose de ce genre ?

— Une telle avarie, tu veux dire ? Non, jamais. Et pourtant, cela fait des années que je fais du rafting dans le coin. Et j'ai affronté des rapides autrement plus méchants. Très franchement, je ne m'explique pas du tout ce qui a pu se passer. D'autant que les radeaux sont inspectés sous toutes les coutures avant d'être amenés ici. S'il y avait eu le moindre défaut, le loueur l'aurait immédiatement repéré.

— En tout cas, il ne s'agissait pas d'une simple fuite, remarqua Bree. Le radeau a éclaté en deux endroits : d'abord au milieu puis à l'avant.

— C'est ce que j'ai remarqué aussi, acquiesça Tanner. Et cela non plus n'a aucun sens : ces bateaux sont prévus pour affronter des rapides de cinquième catégorie. Ils ne devraient pas exploser – et encore moins en deux endroits distincts…

Tanner secoua la tête.

— J'aimerais bien pouvoir mettre la main sur l'épave, déclara-t-il pensivement. Cela me permettrait peut-être de comprendre ce qui s'est passé. S'il s'agit réellement d'une malfaçon, nous devrons le signaler au fabricant.

— Tanner, murmura Bree d'une voix hésitante. Serait-il possible que quelqu'un ait saboté le radeau ?

Tanner réfléchit à cette éventualité, se rappelant brusquement ce que Noah lui avait dit la veille au soir.

— Ce serait théoriquement possible, répondit-il prudemment. Mais je ne vois pas vraiment l'intérêt que cela aurait bien pu avoir. Le saboteur n'aurait eu aucun moyen de savoir qui serait dans quel bateau. De plus, quel intérêt y avait-il à nous faire tomber à l'eau ? Ce n'est pas une portion particulièrement dangereuse de la rivière…

— Tu as raison, acquiesça pensivement Bree. Je dois être en train de devenir un peu paranoïaque…

— Après l'incendie et la discussion que nous avons eue avec Jared, je ne peux pas vraiment te le reprocher.

À vrai dire, lui-même regrettait déjà le pistolet qui devait à présent reposer au fond du fleuve Colorado.

— Mon père avait coutume de dire que lorsqu'on part en randonnée il faut toujours s'attendre à faire face à des imprévus, déclara-t-il avec un demi-sourire. Sur ce plan-là, nous sommes servis.

— Espérons que nous ayons épuisé notre quota de malchance et qu'il ne nous en reste plus pour le mariage, répondit Bree sur le même ton.

Tanner se demanda s'il devait lui parler de la théorie de Noah mais y renonça. Il serait toujours temps d'en discuter et de prendre les mesures nécessaires lorsqu'ils seraient de retour à Risk Peak.

— Rien ne se passe jamais tout à fait comme prévu, avec nous, remarqua-t-il.

— Il est vrai que nous n'avons guère eu le temps de souffler, au cours de ces derniers mois. Tu crois que ce sera pareil pour le restant de nos jours ?

— J'espère que non. Franchement, je trouve que nous avons bien mérité un peu de tranquillité, et même d'ennui, au besoin.

Bree secoua la tête.

— S'il y a une chose dont je suis sûre, c'est que tant que nous serons ensemble je ne m'ennuierai jamais.

Tanner passa un bras autour des épaules de sa fiancée et elle posa doucement sa tête sur son épaule. Tous deux contemplèrent en silence le feu de camp qui crépitait joyeusement.

Lorsque les enfants se réveillèrent, un peu plus tard, le jour commençait déjà à décliner. Ils enfilèrent leurs vêtements qui étaient à présent presque secs et firent une grande corvée de bois pour pouvoir alimenter le feu durant toute la nuit.

Ils dînèrent de barres de céréales et de baies sauvages sur lesquelles Tanner était tombé en ramassant des branches mortes. Puis ils se serrèrent tous ensemble sous les couvertures de survie de façon à se tenir chaud.

Tanner décida de prendre le premier tour de garde et promit de réveiller Bree au bout de quatre heures pour qu'elle prenne la relève. La nuit promettait d'être longue mais, tout bien considéré, la situation aurait pu être bien pire si Bree n'avait pas eu la présence d'esprit de repêcher le sac.

12

Le lendemain matin, après un en-cas tout aussi frugal que leur dîner de la veille, ils se remirent en marche pour gagner le pont qui traversait la rivière, et où Noah et les autres les rejoindraient certainement.

En dépit des circonstances ou peut-être justement parce que l'incident ajoutait un peu de piquant à cette randonnée, les deux enfants étaient d'excellente humeur. Ils devisaient gaiement et bombardaient Tanner de questions. Ce dernier y répondait de bonne grâce, heureux de les voir si enthousiastes.

La marche qu'ils devaient effectuer serait moins longue que celle qui attendait l'autre groupe et ils n'étaient donc pas particulièrement pressés. Avant de se mettre en route, Tanner avait donc pris le temps de pêcher et de faire cuire quelques poissons qui leur garantiraient un solide déjeuner.

En chemin, il se fit aider par les enfants pour récupérer également des baies, de la salade sauvage et de petites pommes un peu acides sur lesquelles ils tombèrent par hasard.

Ils parcoururent ainsi plusieurs kilomètres, avant que Sam ne se rapproche soudain de Tanner. Il ne dit rien mais l'expression de son visage trahissait le fait qu'il avait quelque chose à l'esprit.

— Que se passe-t-il, Sammy ? lui demanda Tanner.

— Je voulais te demander… Tu ne crois pas que Noah sera trop fâché contre nous, n'est-ce pas ?

— Pourquoi le serait-il ? s'étonna Tanner.

— Eh bien… à cause de ce qu'il y avait dans le bateau…

Tanner faillit répondre par une boutade mais l'inquiétude qui se lisait dans le regard du petit garçon était authentique. Il se rappela alors qu'il avait affaire au fils de Jared Ellis. Étant donné la façon dont ce dernier traitait son épouse, il était probable qu'il ne se montrait guère plus patient à l'égard de ses enfants.

L'idée que Jared ait pu lever la main sur eux rendait Tanner malade. Malheureusement, il ne pouvait rien changer à ce qui s'était déjà produit. Tout ce qu'il pouvait espérer, c'était démontrer à Sam et à Eva que tous les hommes n'étaient pas faits sur le même moule.

— Je peux te promettre que Noah ne sera pas du tout fâché, déclara-t-il. Au contraire, il sera probablement très soulagé d'apprendre que vous allez bien, Eva et toi.

— Mais on a perdu son sac avec toutes ses affaires.

— Il sait bien que ce n'est pas notre faute, lui assura Tanner. C'était un accident.

— J'espère que lui aussi il réussira à trouver à manger, déclara Sam.

— Ne t'en fais pas pour lui : je suis certain qu'il trouvera tout ce qu'il faut. Il s'est entraîné à survivre dans des conditions beaucoup plus difficiles lorsqu'il était dans l'armée.

— C'est ce qu'il m'a dit, acquiesça le petit garçon. C'est aussi là qu'il a appris à se battre. Tu savais qu'il donnait des leçons à maman pour qu'elle puisse se défendre, elle aussi ?

— Il me l'a dit, oui.

— Ce serait bien qu'elle y arrive, énonça l'enfant

d'un ton très grave. Si elle avait su le faire avant, papa ne lui aurait pas fait du mal…

La voix de Sam se brisa et Tanner sentit son cœur se serrer dans sa poitrine.

— Ce que ton papa lui a fait, c'est très mal, déclara-t-il. Tu le sais, n'est-ce pas ?

— Oui. J'ai essayé de l'aider, tu sais. Mais papa nous enfermait dans nos chambres lorsqu'il la tapait.

Tanner s'arrêta et s'agenouilla devant le petit garçon. Bree et Eva qui marchaient un peu en arrière ne tardèrent pas à les rattraper mais sa fiancée continua à avancer comme si de rien n'était, entraînant la fillette avec elle.

— Écoute, Sammy, déclara gravement Tanner lorsqu'elles se furent un peu éloignées. Je sais que nous ne nous connaissons pas encore très bien, tous les deux. Mais nous venons de vivre une sacrée aventure ensemble et ça fait de nous des amis.

Sam hocha la tête.

— Alors je vais te dire quelque chose d'homme à homme, en tant qu'ami. Le mal que ton père a fait à ta mère, il en est le seul et unique responsable. Ni toi, ni ta sœur, ni ta maman n'avez quoi que ce soit à vous reprocher. Et puis, tu sais, même si tu avais réussi à sortir de la chambre où tu étais enfermé, tu n'aurais rien pu faire.

Sam ne paraissait pas complètement convaincu par ce qu'il venait de lui dire mais cela n'avait rien d'étonnant. Il faudrait bien plus que quelques phrases d'un quasi-inconnu pour réparer tout le mal que Jared Ellis lui avait fait. Tout ce qu'on pouvait espérer, c'était qu'à force de s'entendre répéter qu'il n'était pas responsable Sam finirait par y croire.

— Ce que je ne comprends pas, lui dit alors ce dernier, c'est pourquoi maman ne va pas mieux, maintenant que papa n'est plus là. Elle pleure souvent, tu sais, et certains jours elle dit qu'elle a du mal à sortir de son lit…

Le cœur de Tanner se serra une fois encore. En entendant Sam parler, il prenait conscience de la chance que lui-même avait eue. Sa propre jeunesse avait été idyllique. Il n'avait jamais eu de graves différends avec ses parents ou avec son frère et sa sœur. Il avait toujours régné dans leur maison une atmosphère emplie d'allégresse et de bonne humeur.

— Ce n'est pas facile pour elle de refaire sa vie, expliqua-t-il. Elle doit se familiariser avec une nouvelle ville, un nouveau métier, de nouveaux amis… Et les adultes ne s'adaptent pas aussi facilement aux changements que les enfants.

— Je me demande si Noah va devenir son petit ami, remarqua soudain Sam.

Cette fois, Tanner ne put s'empêcher de rire.

— Je vais te confier un secret : je suis sûr que, si ta maman est d'accord, Noah le sera aussi.

— Il la trouve peut-être trop bizarre, objecta Sam.

— Ne t'en fais pas pour ça. Il a l'habitude. Tu sais qui est la sœur de Noah ? Cassandra. Et il n'y a pas plus bizarre qu'elle !

— C'est vrai, reconnut le petit garçon avec un sourire malicieux. Mais ce n'est pas le même genre de bizarrerie. Cassandra n'est pas comme maman ou comme Bree : elle parle tout le temps !

— Et encore, tu ne l'as pas connue lorsqu'elle était petite ! s'exclama Tanner en riant de plus belle.

Tout en se remettant en marche, il entreprit de raconter à Sam la fois où Cassandra, furieuse contre Noah et lui, leur avait lancé une batte de base-ball. Ils l'avaient évitée de justesse et celle-ci était allée fracasser l'une des fenêtres de la maison.

Tout en discutant, Tanner évaluait la distance qu'il leur restait à parcourir. Ils atteindraient bientôt le pont et les autres les rejoindraient probablement vers une heure ou deux de l'après-midi.

Il leur resterait encore six bonnes heures de marche pour regagner l'endroit où ils avaient garé leurs véhicules. Si tout se passait bien, ils pourraient donc tous dîner en ville le soir même et dormir dans leurs lits.

Comme Tanner parvenait à cette encourageante conclusion, il aperçut un scintillement sur la crête située juste en face d'eux. Il chercha à déterminer de façon plus précise d'où il provenait, mais celui-ci ne se reproduisit plus. Une chose était certaine, en revanche : une lueur de ce genre signalait forcément la présence d'autres êtres humains. Il s'agissait probablement d'un reflet du soleil sur les verres d'une paire de jumelles, sur la lentille d'un appareil-photo ou sur un écran de téléphone.

En soi, cela n'avait rien de très étonnant. Quoique relativement isolée, la zone qu'ils avaient choisie n'était pas située totalement en dehors des sentiers battus. Il était tout à fait possible d'y croiser d'autres promeneurs ou des gens qui venaient y faire du rafting.

Tanner ne s'en inquiéta donc pas outre mesure, mais décida de demeurer vigilant. Moins d'un quart d'heure plus tard, il aperçut un nouvel éclat de lumière dans la même direction. Il ne remarqua pourtant aucun mouvement sur les hauteurs. Se pouvait-il que quelqu'un soit en train de les observer, à l'abri des rochers ?

Rationnellement, il savait qu'il n'avait toujours aucune raison particulière de s'inquiéter. Mais il n'avait jamais cru aux coïncidences. Or elles commençaient à s'accumuler : le mauvais pressentiment de Noah, l'accident du radeau, et maintenant ce scintillement à répétition… Tout cela ne lui disait rien qui vaille.

Il pressa donc légèrement l'allure, impatient d'atteindre l'endroit où ils étaient censés retrouver les autres. Il aperçut une dernière fois la lueur sur les hauteurs, peu de temps avant d'arriver au pont suspendu. Mais ce fut en découvrant ce dernier qu'il comprit qu'il ne s'était pas trompé.

Le pont était hors d'usage.

Les cordes et les planches de bois qui le formaient étaient toujours accrochées à l'autre rive. Mais de leur côté, il ne restait plus que des rondins fortement endommagés et des fragments de cordes effilochés.

Tanner sut aussitôt qu'il ne s'agissait pas d'un simple accident lié à l'usure. Il avait toujours connu ce pont, qui était soigneusement entretenu par les rangers en charge de la région. Il avait résisté aux tempêtes, aux crues, à de rudes hivers et à des étés très secs. Rien ne pouvait expliquer qu'il se soit dégradé de façon aussi brusque.

— Houston, nous avons un problème, commenta Bree. J'espère qu'il y a un autre moyen de traverser la rivière…

— Il y a trois autres ponts qui se trouvent plus en aval.

Il se garda de faire part de ses doutes, ne tenant pas à effrayer inutilement les enfants.

— Je pense que nous avons bien mérité une pause, déclara-t-il en retirant son sac à dos.

Il le posa devant lui et en tira deux barres de céréales qu'il tendit à Sam et Eva.

— Ne bougez pas, je vais regarder quelque chose.

Se détournant, il s'avança vers le pont et s'agenouilla pour observer plus attentivement les rondins et les cordes. Le doute n'était pas permis : ils avaient été méticuleusement détruits, probablement à l'aide d'une hache.

— Tu as trouvé quelque chose d'intéressant ? fit la voix de Bree derrière lui.

Se retournant vers elle, il vérifia que les deux enfants étaient hors de portée de voix.

— Ce qui s'est passé ici n'est pas l'œuvre de mère Nature, déclara-t-il d'un air sombre.

Elle fronça les sourcils.

— Je ne comprends pas, objecta-t-elle. Qui pourrait avoir intérêt à détruire un pont comme celui-là ?

C'était une excellente question et Tanner avait peur de connaître la réponse. Pour accéder à l'un des trois ponts suivants, ils devraient en effet traverser un défilé au fond duquel ils se trouveraient terriblement exposés. Et si le ou les personnes qui étaient responsables des scintillements aperçus avaient des intentions néfastes à leur encontre, ils ne tarderaient pas à se retrouver complètement pris au piège.

Il étouffa un juron.

— Qu'y a-t-il ? lui demanda Bree qui le connaissait suffisamment bien pour savoir que quelque chose n'allait pas. Est-ce que je dois commencer à m'inquiéter ?

Le premier réflexe de Tanner fut de vouloir la rassurer et de minimiser le problème. Mais au cours des mois précédents, elle lui avait prouvé à maintes et maintes reprises qu'elle était de taille à faire face aux situations les plus difficiles. Ils s'étaient aussi promis de se dire la vérité en toutes circonstances.

— Il n'y a pas encore de quoi paniquer, répondit-il enfin. Mais je pense effectivement que nous devrions nous inquiéter. Tout ce qui s'est passé au cours des dernières vingt-quatre heures ne se résume probablement pas à une série de coïncidences malheureuses…

— Tanner ? appela alors Eva.

— Oui ?

— Est-ce que tu vas pouvoir réparer le pont ?

Il secoua la tête.

— Non, Eva. Il est beaucoup trop abîmé.

— Alors on ne va pas pouvoir revoir maman ? demanda-t-elle d'une voix légèrement tremblante.

— Bien sûr que si, ma choupette ! Il va juste nous falloir aller jusqu'au pont suivant.

— Et maman saura que nous sommes allés là-bas ?

— Noah le saura, lui.

— Alors on va encore devoir marcher ? soupira la fillette.

— Si tu veux, je peux te porter un peu sur mon dos. Et puis, dans quelques minutes, on échangera. Tu es d'accord ?

Eva pouffa et il la souleva tandis que Bree ramassait le sac de secours et le plaçait sur ses épaules. Elle devait sentir que le temps pressait.

— Sam ? reprit alors Tanner en se tournant vers ce dernier. Est-ce que tu te sens prêt à relever le défi ?

— Quel défi ?

— Si nous voulons arriver au deuxième pont avant Noah et ta maman, nous allons devoir marcher un peu plus vite que nous ne l'avons fait ce matin. Tu te sens d'attaque ?

— Bien sûr ! s'exclama le petit garçon avec son enthousiasme habituel.

Ce que Tanner espérait, en réalité, c'était prendre de vitesse les gens qui les surveillaient. Ils se remirent donc en route à un rythme nettement plus soutenu. Bree faisait la conversation aux deux enfants, discutant avec eux de jeux vidéo – sujet que, au grand étonnement de Tanner, elle paraissait maîtriser sur le bout des doigts.

Mais ce n'était peut-être pas si surprenant que cela, au fond : avant qu'ils ne se rencontrent, Bree avait passé la majeure partie de sa vie totalement seule. Et elle demeurait alors l'essentiel du temps devant son ordinateur.

Elle entreprit de leur conter par le menu les aventures d'un personnage qu'elle avait incarné dans un jeu de rôle en ligne, et les deux enfants l'écoutaient avec fascination. Cette diversion leur évitait de penser à la faim et à la fatigue.

Elle permettait aussi à Tanner de se concentrer sur leur environnement. Au bout d'un kilomètre ou deux, il repéra de nouveau le scintillement sur la crête voisine. Bree marqua alors une pause et il comprit qu'elle aussi avait remarqué cette lueur inhabituelle. Mais elle reprit le fil de son récit comme si de rien n'était.

Mais quelques minutes plus tard, Tanner aperçut un deuxième scintillement, sur la crête opposée, cette fois. Ils étaient donc confrontés à au moins deux personnes – ou pire, deux groupes – qui cherchaient à les prendre en sandwich. La situation devenait de plus en plus délicate.

Si Tanner et ses compagnons demeuraient sur le sentier qu'ils étaient en train de suivre, ils se retrouveraient pris en tenaille. Et leurs adversaires auraient l'avantage de se situer en hauteur par rapport à eux.

Bien sûr, il pouvait parfaitement se tromper. Il ne s'agissait peut-être que de deux groupes de promeneurs indépendants l'un de l'autre. Ou de chasseurs qui les avaient effectivement remarqués mais ne leur voulaient strictement aucun mal.

Mais si tel n'était pas le cas, s'ils avaient affaire à des gens qui avaient saboté leur radeau avec l'intention de les séparer, si ceux-ci les attendaient pour les piéger et enlever les enfants de Marilyn, Tanner ne pouvait se permettre de jouer leur jeu.

Il allait devoir entraîner Bree, Sam et Eva hors du sentier et couper à travers bois. C'était le seul moyen de vérifier s'il avait vu juste ou s'il était victime de son imagination.

Une fois de plus, Bree se garda de tout commentaire lorsqu'ils bifurquèrent brusquement sur la droite et commencèrent à s'éloigner du chemin principal. Leur progression devint rapidement plus difficile. Ils durent ralentir pour négocier le terrain nettement plus accidenté.

Cette difficulté accrue, qui se couplait avec le rallongement du parcours, fatiguait beaucoup plus les deux enfants et Tanner se sentait désolé de leur imposer ce surcroît d'efforts. Il porta un moment Sam sur son dos et Bree, courageusement, fit de même avec sa sœur.

Lorsqu'il jugea qu'ils s'étaient suffisamment éloignés, Tanner reprit la direction du deuxième pont. Ils progressaient désormais parallèlement au sentier. Par moments, Tanner laissait ses compagnons faire une pause et revenait discrètement jusqu'au chemin principal pour chercher une quelconque trace de passage ou d'activité.

Au bout de plusieurs kilomètres, il en vint à se demander s'il ne s'était pas montré un peu trop paranoïaque. Rien n'indiquait que leur brusque disparition ait provoqué la moindre réaction de la part de leurs supposés observateurs.

— Alors ? lui demanda Bree lorsqu'il revint de sa dernière reconnaissance.

— Je me demande si je n'ai pas péché par excès de zèle, répondit-il. Je n'ai vu aucun signe de vie.

— Mieux vaut être trop prudent pour rien que trop

négligent, remarqua-t-elle. Nous avons la responsabilité de ces enfants.

— Eh bien, je crois qu'ils ne devraient pas courir de risques si nous revenons sur le sentier, déclara Tanner.

Ils prirent donc cette direction et ne tardèrent pas à parvenir jusqu'à une clairière qui se trouvait à quelques centaines de mètres du chemin.

— Beurk, s'exclama soudain Eva. C'est dégoûtant.

Tanner se dirigea vers elle, s'attendant à la trouver en arrêt devant une crotte d'animal sauvage ou un insecte particulièrement repoussant. Mais ce que contemplait la petite fille réveilla d'un seul coup l'inquiétude qu'il était parvenu à museler quelques minutes auparavant.

Il s'agissait en effet de trois mégots de cigarettes que quelqu'un avait écrasés au sol.

— Ils n'auraient pas dû mettre leurs cigarettes dans la forêt, déclara Eva d'un ton réprobateur. C'est sale et c'est dangereux.

— Tu as parfaitement raison, acquiesça Tanner en ramassant l'un des mégots et en l'approchant de ses narines.

L'odeur était encore très forte et il aurait été prêt à parier que le fumeur avait dû se trouver là moins d'une heure auparavant. Il ne pouvait s'agir d'un chasseur : ceux-ci savaient que l'odeur des cigarettes serait instantanément repérée par la majorité des animaux. Et s'il s'agissait d'un simple randonneur, pourquoi serait-il resté dans cette clairière le temps de fumer trois cigarettes ? Il n'y avait aucune trace de campement à proximité.

Il était plus que probable que l'homme qui s'était trouvé là les avait attendus, eux.

— Demi-tour ! s'exclama Tanner en entraînant sa petite troupe sous le couvert des arbres.

Il savait que son brusque revirement risquait d'inquiéter

les enfants mais, en de telles circonstances, il estimait qu'il s'agissait d'un moindre mal. Car il n'avait plus aucun doute : ils étaient bel et bien observés.

Observés et traqués, très probablement.

13

Bree prit les mains des deux enfants et les guida à travers bois, jusqu'à ce que Tanner s'arrête de nouveau, estimant qu'ils étaient suffisamment dissimulés. Manifestement, la vue des mégots de cigarettes dans la clairière avait ravivé sa méfiance.

— Je vais encore devoir aller vérifier quelque chose, leur dit-il en se forçant à sourire aux enfants.

Bree lui lança un coup d'œil interrogateur.

— J'ai besoin d'informations, expliqua-t-il. Je dois savoir à quoi nous sommes confrontés, exactement.

Elle hocha la tête.

— Nous allons t'attendre tranquillement ici. Nous en profiterons pour nous reposer au cas où il faudrait nous remettre en marche ensuite.

— Bonne idée, approuva Tanner. Et n'hésitez pas à manger pour reprendre des forces…

Bree comprit ce qu'il voulait dire : ils devaient faire le plein d'énergie, ce qui signifiait que Tanner s'attendait à devoir entreprendre une marche forcée à travers bois. De toute évidence, la situation était plus critique encore qu'elle ne l'avait imaginé.

— C'est compris, répondit-elle. Nous t'attendons tranquillement ici. Fais attention à toi.

Il hocha la tête et se détourna pour s'enfoncer dans la forêt. Quelques instants plus tard, il avait disparu et l'on n'entendait plus un son. Ce calme qui lui avait semblé si agréable au cours de la randonnée prenait à présent un caractère presque menaçant.

— Bree, qu'est-ce qui se passe ? lui demanda alors Eva.

— Je ne suis pas complètement sûre, éluda Bree. Je crois que Tanner joue à une espèce de cache-cache.

L'explication ne parut guère convaincre les deux enfants qui la considérèrent d'un œil ouvertement dubitatif.

— Que diriez-vous de manger un morceau ? suggéra-t-elle pour faire diversion.

Ils acceptèrent avec enthousiasme et partagèrent les dernières barres de céréales qui se trouvaient dans le sac en en gardant une pour Tanner. Lorsqu'ils eurent terminé cet en-cas, les enfants commencèrent à dodeliner de la tête. Ils avaient déjà bien marché, ce jour-là, probablement plus que la veille et en un temps nettement plus court.

Elle leur conseilla donc de s'allonger et ils ne tardèrent pas à sombrer tous les deux dans le sommeil. Elle-même ne pouvait s'offrir ce luxe. Elle se força à garder les yeux grands ouverts et les oreilles aux aguets.

Elle avait conscience d'être terriblement exposée. Si elle se targuait d'être passée maître dans l'art de la survie en milieu urbain, il n'en allait pas de même ici, dans les montagnes. Elle se promit que, dès qu'elle serait de retour à Risk Peak, elle se documenterait de façon approfondie sur la survie en milieu naturel.

Elle ne put réprimer une grimace en songeant que, avant de s'intéresser à ce fascinant sujet, il faudrait qu'elle règle une fois pour toutes la question des vœux qu'elle devait prononcer. Elle n'avait toujours pas la moindre idée de ce qu'elle pourrait bien répondre à

Tanner lorsqu'il lui ferait l'une de ces magnifiques déclarations dont il avait le secret.

Elle avait déjà éliminé « Merci beaucoup » – jugé trop minimaliste —, « Moi aussi je t'aime » – trop convenu —, et « Je pense exactement la même chose » – trop opportuniste. Et elle commençait à se demander s'il n'existait pas sur Internet des auteurs que l'on pouvait charger de rédiger ce genre de choses.

Au bout de trois quarts d'heure, Tanner les rejoignit aussi discrètement qu'il s'était éclipsé – si discrètement, en fait, qu'elle ne le vit surgir d'entre les arbres qu'au tout dernier moment.

— Tu m'as fait peur, lui dit-elle.

Il ne lui sourit même pas, se contentant de jeter un coup d'œil aux deux enfants pour s'assurer qu'ils étaient bien endormis.

— Nous avons un sérieux problème, déclara-t-il enfin.

— Je t'écoute, répondit Bree en lui tendant la barre de céréales qu'ils avaient gardée pour lui.

Il ôta l'emballage et commença à la manger à petites bouchées.

— Il y a trois personnes placées en embuscade, un peu plus loin, expliqua-t-il. Ils s'attendent visiblement à ce que nous arrivions par le sentier principal et se sont cachés dans les bois.

— Est-ce que tu sais qui ils sont ?

— Je n'ai pas pu m'approcher suffisamment pour voir leurs visages, répondit Tanner. Tout ce que je sais, c'est qu'ils se sont disposés de façon à pouvoir nous encercler dès que nous passerons à leur niveau.

— Que suggères-tu, alors ?

— De les éviter, bien sûr. Nous allons nous enfoncer plus profondément dans les bois. J'ai passé une bonne partie de ma vie dans la région et je connais bien le terrain. C'est un avantage dont nous devons nous servir. Le temps qu'ils comprennent que nous avons opté pour un autre chemin, il se sera écoulé une heure ou deux. C'est un second avantage.

L'assurance avec laquelle s'exprimait Tanner rassura quelque peu Bree.

— Nous avons un certain nombre de désavantages, et non des moindres : nous nous déplaçons avec deux enfants qui sont déjà épuisés. Et nous n'avons pas d'armes. Je pourrais tenter de les mettre hors de combat un par un mais ce serait dangereux. De plus, je ne tiens pas à ce que vous vous retrouviez sans défense, en cas d'échec.

— Sans défense et complètement perdus, renchérit-elle.

— Il y a aussi l'orage, ajouta Tanner. Le vent s'est levé et il sera sur nous plus tôt que prévu. Dans les prochaines vingt-quatre heures.

— J'en déduis que tu n'envisages plus d'être de retour à Risk Peak dès ce soir, soupira-t-elle.

— Cela paraît peu probable, en effet. Nous allons devoir tenter de les contourner. Je ne sais pas si ces gens ont un bon pisteur dans leurs rangs. Mais nous ne pouvons courir aucun risque : il nous faudra effacer nos traces du mieux que nous le pourrons. Ce ne sera pas facile pour les enfants. Cela risque même d'être un peu effrayant pour eux. Mais je ne vois pas d'autre solution.

— Je leur ai déjà dit que nous jouions à une sorte de cache-cache mais ils ne m'ont pas vraiment crue.

— C'est pourtant ce que nous allons faire, remarqua Tanner avec un pâle sourire. Un jeu de cache-cache à très grande échelle.

Pas plus que lui, Bree n'avait envie d'ajouter aux traumatismes qu'avaient déjà subis les deux enfants. Mais ils n'avaient pas le choix. Les hommes qui les surveillaient avaient probablement été envoyés par Ellis, et ils ne pouvaient courir le risque de les laisser tomber entre leurs mains.

Ils réveillèrent donc Sam et Eva, et Tanner leur expliqua qu'il avait décidé d'organiser un entraînement à la survie dans la nature. Il prit soin de préciser que c'était le genre de formation que Noah avait suivie, ce qui lui permit de remporter l'adhésion de Sam.

— Mais je ne veux pas devenir un soldat, protesta Eva. Je veux devenir footballeuse professionnelle et créatrice de jeux vidéo.

— Moi non plus, je ne veux pas devenir soldat, lui dit Bree en s'agenouillant devant elle pour boutonner son manteau. Je préfère travailler sur ordinateur. Mais je me suis dit que ça pourrait être utile de participer au jeu de Tanner. Comme ça, si un jour on se retrouve toutes seules dans la nature, on pourra se débrouiller sans l'aide des garçons.

Eva hocha la tête.

— C'est une bonne idée, concéda-t-elle. Les garçons se croient toujours plus malins que nous, mais nous allons leur montrer que nous sommes au moins aussi douées qu'eux.

Sam laissa échapper un petit reniflement dédaigneux.

— Si vous voulez réussir cette épreuve, il va falloir que nous travaillions tous ensemble, déclara Tanner. L'entraînement consiste à être aussi discrets que possible. Il ne faut pas faire de bruit et essayer de laisser le moins de traces possible.

— Bree avait raison alors, remarqua Eva. C'est une sorte de cache-cache.

— Exact, acquiesça Tanner. Mais c'est plus difficile. Car dans la nature, il faut aussi éviter de casser des branches ou de marcher là où la terre est trop molle.

— Parce qu'on laisserait des empreintes, expliqua Sam à sa sœur.

— Exactement ! approuva Tanner. Bree passera devant et elle essaiera de marcher sur les parties les plus solides – des pierres, par exemple. Essayez de mettre vos pas dans les siens. Moi, je fermerai la marche et j'effacerai les traces que nous aurons laissées.

Bree ne put s'empêcher de songer qu'un jour Tanner ferait un père formidable. Malgré la gravité de la situation, il parvenait à rester parfaitement calme, à employer des mots simples et à faire l'effort de motiver les enfants.

Sam et Eva se prirent d'ailleurs rapidement au jeu. Ils suivirent scrupuleusement les instructions de Tanner et continuèrent à marcher bien plus longtemps que ne l'auraient fait la plupart des enfants de leur âge. Peut-être était-ce parce que, contrairement à eux, ils avaient déjà traversé des épreuves au moins aussi difficiles que celle-ci.

Mais ils ne pouvaient rien contre la fatigue et, lorsqu'ils commencèrent à trébucher, puis que Sam tomba et s'écorcha le coude, Bree comprit qu'ils ne pourraient aller beaucoup plus loin ce jour-là.

De plus, le soleil commençait déjà à décliner et la visibilité dans l'épais sous-bois devenait de plus en plus mauvaise. Tanner dut s'en rendre compte car il leur fit faire halte, le temps d'avaler quelques gorgées d'eau.

— Nous ne pourrons jamais atteindre le pont ce soir, déclara-t-il enfin.

Bree hocha la tête. Elle-même se sentait épuisée, et elle n'osait imaginer ce que les enfants pouvaient bien éprouver en cet instant.

— Est-ce que nous avons un plan B ? demanda-t-elle.

— Le mieux serait de nous écarter encore un peu plus du sentier et de nous cacher pour la nuit…

— Ce n'est pas juste une partie de cache-cache, intervint alors Eva. Il y a vraiment des méchants, n'est-ce pas ?

Tanner parut hésiter.

— Oui, répondit-il enfin, sentant probablement qu'en continuant à mentir il risquait juste de perdre la confiance des enfants. Il y a des méchants qui nous cherchent. Mais si nous nous cachons, ils ne réussiront jamais à nous trouver, dans ces montagnes. Et demain matin, lorsque la voie sera libre, nous repartirons en direction du pont.

— Mais maman va être inquiète quand elle ne nous trouvera pas là-bas, remarqua Sam.

— Je sais, mon grand. Malheureusement, nous n'avons aucun moyen de la prévenir, pour le moment. Mais je suis sûr qu'elle et les autres nous attendront jusqu'à demain. Et lorsque nous les retrouverons, ils seront si contents de nous voir qu'ils oublieront la peur qu'ils ont eue.

Tanner se tourna alors vers Bree.

— Je dois pouvoir les porter tous les deux si tu prends le sac, lui dit-il.

— Mais tu ne pourras pas continuer à effacer nos traces, objecta-t-elle. Il vaut mieux que je porte Eva, et toi Sam.

— Pas besoin de me porter, protesta ce dernier. Je ne suis pas un bébé.

— Moi non plus, renchérit Eva.

— Ce n'est pas ce que nous voulions dire, leur assura Tanner. Mais nous allons devoir aller très vite avant que la nuit tombe. Il faudra bien vous accrocher à nous, d'accord ? Tenez bien nos épaules, nouez vos jambes autour de nos tailles et restez collés à nous. Faites attention aux branches. C'est bien compris ?

Les deux enfants acquiescèrent solennellement. Tanner se tourna de nouveau vers Bree et la regarda droit dans les yeux.

— Ça ne va pas être une partie de plaisir, lui dit-il gravement. Il va nous falloir nous écarter aussi loin que possible du sentier pendant qu'il fait encore jour.

— Ne t'en fais pas pour moi, lui dit-elle avec plus d'assurance qu'elle n'en éprouvait réellement. Je tiendrai le coup.

Il déposa un rapide baiser sur ses lèvres.

— Je ne le demanderais pas si je ne pensais pas que tu en étais capable, déclara-t-il.

Il enfila les lanières du sac par-devant et le plaça sur son ventre, puis aida Sam à monter sur son dos tandis que Bree faisait de même avec Eva. Lorsque Tanner s'élança en avant, elle comprit qu'il n'avait pas exagéré : le rythme allait être vraiment très soutenu et les enfants auraient été physiquement incapables de suivre.

Il ne ralentissait jamais, pas même lorsqu'ils devaient traverser d'épais halliers ou gravir des éboulis. Bree ne le quittait pas des yeux, s'efforçant de ne pas se laisser distancer. Jamais elle ne s'était sentie aussi épuisée. Ses jambes étaient engourdies de fatigue, ses épaules lui faisaient mal et ses pieds étaient couverts de douloureuses ampoules.

Elle espérait que Tanner prêtait attention à leur environnement car elle-même en était incapable. Elle ne voyait plus rien d'autre que le dos de Sam et de Tanner, n'entendait rien d'autre que sa propre respiration haletante. Si quelqu'un était sorti de la forêt, elle ne l'aurait probablement pas remarqué avant qu'il ne soit sur elle.

Lorsque Tanner s'arrêta enfin, il faisait nuit noire et Bree ne distinguait rien à plus d'un mètre.

— Nous y voici, déclara Tanner d'un ton soulagé. C'est sans doute le meilleur endroit que nous puissions espérer trouver pour passer la nuit. Restez ici, tous les trois, et attendez-moi. Je vais m'assurer qu'il n'y a pas d'animal à l'intérieur.

Bree n'avait aucune idée de ce dont il pouvait parler mais elle se sentait bien trop épuisée pour poser la question. Ils déposèrent les enfants à terre et elle leur prit les mains tandis que Tanner s'éloignait, comme happé par les ténèbres.

— Qu'est-ce qu'il fait ? s'enquit Sam dont la voix trahissait une extrême fatigue.

— Je crois qu'il a trouvé un endroit où dormir, répondit-elle. Il ne va pas tarder à revenir.

De fait, quelques instants plus tard, il les rejoignit.

— La voie est libre, leur annonça-t-il. Vous pouvez entrer.

— Entrer où ? s'enquit-elle en plissant les yeux pour tenter de percer l'obscurité.

— Suis-moi, répondit Tanner.

Elle s'exécuta sans lâcher la main des enfants. Ils contournèrent un gros rocher. De l'autre côté, elle distingua vaguement une tache plus sombre.

— C'est une grotte ? demanda-t-elle.

— Oui, répondit-il. Nous venions y jouer, autrefois, avec Noah. Fais attention à ta tête en entrant.

Elle se baissa et pénétra dans la caverne. Une fois à l'intérieur, Tanner se servit de la lampe torche qu'il avait récupérée dans le sac de secours pour leur faire découvrir l'endroit.

— Je ne vais pas pouvoir laisser allumé trop longtemps, leur dit-il. Tâchez de bien mémoriser les lieux, d'accord ?

Bree et les enfants observèrent attentivement la petite grotte au milieu de laquelle un cercle de pierres entourait une surface noircie.

— En temps normal, nous pourrions faire du feu, ajouta Tanner. Mais nous risquerions de nous faire repérer de l'extérieur. Nous allons nous installer tout au fond, sous les couvertures de survie. Nous finirons le poisson que j'ai pêché ce matin et les baies que nous avons trouvées sur le chemin. Ensuite, il nous faudra dormir pour récupérer des forces.

Les deux enfants hochèrent la tête. Bree était convaincue que cette dernière instruction ne leur poserait aucun problème. Tanner sortit la nourriture dont ils disposaient et ils commencèrent à manger avec les mains.

Lorsqu'ils eurent terminé, Bree déplia les couvertures de survie, dans lesquelles elle enveloppa les enfants et elle-même. Mais Tanner refusa celle qu'elle lui tendait.

— Je reviens tout de suite, lui dit-il. Je vais devoir prendre la lampe.

Elle hocha la tête et le regarda disparaître une fois de plus.

— Bree, murmura Eva lorsqu'ils se retrouvèrent plongés dans le noir, j'ai un peu peur.

Elle serra la petite fille contre elle et sentit Sam se rapprocher de l'autre côté.

— Que diriez-vous d'une petite histoire avant de nous endormir ?

— Raconte-nous la suite de ce qui est arrivé à ton personnage lorsque tu as vaincu le dragon de l'ombre, lui demanda Sam.

Bree ne put s'empêcher de sourire. Qui avait dit que les jeux vidéo constituaient une perte de temps ?

Elle reprit le récit de ses aventures. Et tandis qu'elle parlait, elle sentit les deux enfants se détendre. Elle parvint même à les faire rire.

Quelques minutes plus tard, ils furent interrompus par le retour de Tanner. Il avait rapporté deux épais bâtons, à peu près de la taille d'une batte de base-ball.

— Ce n'est peut-être pas l'idéal mais cela nous permettra de nous défendre en cas de besoin, expliqua-t-il.

Un frisson glacé courut le long de l'échine de Bree. Jusqu'à présent, la présence de leurs adversaires lui était apparue comme un obstacle qu'il leur fallait éviter. Mais elle n'avait pas réellement envisagé qu'ils puissent les rencontrer et, pire encore, les affronter. L'idée qu'elle puisse être forcée de se battre contre eux ne lui avait jamais traversé l'esprit.

Elle s'efforça de réprimer l'angoisse qui montait en elle : Tanner devait savoir qu'il pouvait se reposer sur elle. Elle prit donc l'arme improvisée qu'il lui tendait et la posa derrière elle, à portée de main. Elle constata alors que Sam et Eva s'étaient tous deux endormis à ses côtés.

— Vous devriez être en sécurité tant que vous resterez dans cette grotte, déclara alors Tanner. Mais si jamais nos ennemis découvrent cet endroit, vous serez acculés. Il vaut donc mieux que je passe la nuit à l'extérieur, de façon à pouvoir vous couvrir, le cas échéant. Je pourrais aussi en profiter pour tenter d'en éliminer un ou deux, si c'est possible…

— C'est de la folie, objecta-t-elle. S'il s'agit bien de membres du gang Viper, ils seront certainement armés. Et tu ne sais même pas combien il y en a.

— C'est bien pour cela que je vais partir en reconnaissance, insista-t-il. Je pourrai découvrir combien ils sont et où ils se trouvent. Cela nous sera d'une aide précieuse, demain. Mais si jamais je ne revenais pas avant le lever du soleil, il faudra impérativement que tu te mettes en route avec les enfants. À l'aube, sers-toi de la boussole pour te diriger droit vers le nord-ouest. Tu devrais atteindre la rivière au bout de deux heures de marche. Suis-la vers la droite et tu ne tarderas pas à voir le pont. Noah s'y trouve peut-être avec Marilyn. Si tel n'est pas le cas, c'est qu'ils seront repartis pour Risk Peak. Dans ce cas, cachez-vous et attendez leur retour. Dès que Noah et Ronnie seront là, envoie-les à ma rescousse.

— Je ne veux pas que nous nous séparions, déclara-t-elle.

— Il le faut, Bree. Si je reste ici, nous risquons de nous retrouver pris au piège. Tu dois me promettre que, quoi qu'il arrive, tu te mettras en marche à l'aube – avec ou sans moi.

— Écoute, je comprends que tu veuilles monter la garde dehors, concéda-t-elle à regret. Mais ce n'est pas une raison pour tenter le diable. Ces hommes sont armés et Jared a déjà prouvé qu'il était prêt à tout lorsqu'il a commandité l'incendie du refuge. Alors, je t'en prie, sois prudent. Contente-toi de les observer à distance et ne t'approche pas d'eux. N'essaie surtout pas de les mettre hors d'état de nuire.

— Je te promets de faire très attention, lui dit-il.

Elle avait parfaitement conscience du fait qu'une telle promesse ne l'engageait à rien.

— Je te préviens, lui dit-elle, si jamais tu te montres imprudent et que tu es blessé, notre mariage sera repoussé d'un an. Et la règle que nous nous sommes imposée d'ici là sera toujours en vigueur…

Tanner ne put s'empêcher de rire.

— Je vois que tu as de solides arguments, dit-il. Je vais *vraiment* faire attention. Je compte bien pouvoir profiter de ma nuit de noces dans un avenir très proche.

Sur ce, il planta un petit baiser sur les lèvres de Bree et se redressa pour quitter la grotte, son bâton à la main.

14

Tanner se déplaçait aussi silencieusement que possible à l'abri des arbres. Il passait d'une ombre à l'autre, s'arrêtant régulièrement pour tendre l'oreille et tenter de repérer le moindre bruit suspect.

Il n'était sans doute pas aussi doué à ce petit jeu que son frère Noah, mais il savait que la sécurité de Bree et des enfants était en jeu, et c'était une puissante source de motivation. Il possédait également un avantage non négligeable sur ses adversaires : contrairement à lui, ces derniers ne cherchaient pas particulièrement à être discrets.

Il pouvait voir de loin le faisceau de leurs puissantes lampes torches et entendre le grésillement de leurs talkies-walkies. Le fait qu'ils aient pensé à s'équiper de ces appareils compliquait cependant les choses. S'il parvenait à éliminer l'un d'eux, les autres s'en apercevraient rapidement.

Fort heureusement, ils étaient encore loin de l'endroit où Bree et les enfants étaient cachés. Mais la nuit était encore jeune et ils avaient tout le temps de réorienter leurs recherches. Devait-il tenter de les attirer dans la mauvaise direction, au risque de se faire capturer ?

Il était convaincu que Bree ferait ce qu'il lui avait demandé. Elle détesterait fuir alors qu'il se trouvait aux mains de leurs ennemis mais elle le ferait – pour les enfants et pour Marilyn.

Comme il se faisait cette réflexion, il entendit un nouveau grésillement sur sa droite, bien plus près qu'il ne s'y attendait. Se plaquant contre un arbre, il demeura parfaitement immobile, cherchant à localiser plus précisément ses adversaires.

— Combien de fois faudra-t-il que je te le répète ? Baisse le son au maximum. S'ils sont dans le coin, ils nous repéreront à des kilomètres !

Tanner sentit les battements de son cœur s'accélérer. Il venait de reconnaître cette voix : c'était celle d'Oscar Stobbart, l'avocat de Jared. Il n'y avait désormais plus le moindre doute quant à l'identité et aux motivations de leurs mystérieux adversaires.

— Et combien de fois faudra-t-il que je te répète qu'ils ne sont plus là depuis longtemps ?

— Ils ont perdu leurs sacs et n'ont donc plus de lampe torche. Et ils sont accompagnés de deux enfants qui doivent être épuisés. Ils se sont donc forcément arrêtés pour la nuit. Toute la question est de savoir où.

— Peut-être qu'ils ont décidé de faire demi-tour…

— Ne sois pas ridicule, Paul, répliqua Stobbart avec humeur. Cela les aurait forcés à parcourir une distance bien plus importante. Et ils n'ont aucune raison de penser que nous les attendons.

— Je n'en suis pas si sûr, objecta Paul. Ils ont quitté le sentier juste après avoir découvert le pont détruit.

— Parce qu'ils pensaient trouver un raccourci, répondit Stobbart. D'ailleurs, en constatant qu'ils avaient fait fausse route, ils sont revenus vers le chemin principal.

— Mais ils ont de nouveau bifurqué dans une autre direction. Et cette fois, ils ont pris soin de couvrir leurs traces.

— S'ils n'avaient pas trouvé tes mégots de cigarettes, ils auraient repris le sentier et nous les aurions cueillis comme prévu, objecta Stobbart.

— Comment sais-tu qu'ils les ont trouvés ?

— Tu crois peut-être que c'est un hasard s'ils ont bifurqué juste après la clairière où tu les avais bêtement laissés ?

Paul laissa échapper un juron.

— Nous aurions peut-être mieux fait de laisser tomber lorsque Marilyn a décidé de prendre un autre bateau que ses enfants, déclara-t-il.

— Je ne suis pas d'accord. Ici, nous avions l'avantage de la surprise. Et ce shérif à la manque ne peut espérer l'aide de ses adjoints ou des habitants de la ville. Et de toute façon, si nous parvenons à mettre la main sur les enfants, elle fera tout ce que Jared voudra.

— Je persiste à penser que nous aurions dû déclencher les détonateurs sur les deux bateaux.

— Nous aurions couru le risque qu'ils s'échouent du même côté de la rivière, objecta Stobbart. Et même s'ils avaient été séparés, nous n'aurions pas pu poursuivre efficacement deux groupes différents. De plus, ils auraient su immédiatement qu'il s'agissait d'un acte de sabotage.

— C'est vrai, reconnut Paul.

— Quoi qu'il en soit, ce n'est pas le moment de changer notre fusil d'épaule, déclara Stobbart. Nous avons pris une décision sur le moment et nous devons nous y tenir – même si l'idée d'abattre un flic me met mal à l'aise.

— Il est un peu tard pour te découvrir une conscience, remarqua Paul en riant.

— Ce n'est pas une question de conscience mais de

logique, objecta l'avocat. En tuant ce flic, nous sommes sûrs de rameuter toutes les forces de police du Colorado.

— Pas si sa mort passe pour un accident, objecta Paul. Nous sommes au beau milieu des montagnes, sur des terres sauvages. Ici, tout peut arriver…

Tanner comprit qu'il n'avait pas le choix. Ces hommes étaient visiblement résolus à les tuer, Bree et lui. Il devait donc profiter du fait qu'ils étaient isolés de leurs complices pour les mettre hors d'état de nuire. D'autant qu'Oscar Stobbart et Paul Wyn étaient probablement ceux qui dirigeaient l'opération.

Ils étaient tous deux armés, mais Tanner avait l'avantage de la surprise. Et même s'il ne parvenait à en éliminer qu'un, Bree et les enfants auraient une meilleure chance de s'en sortir.

Jugeant que le jeu en valait la chandelle, il se ramassa sur lui-même, prêt à bondir. Mais alors qu'il allait s'élancer en avant, quelqu'un l'agrippa par-derrière, pressant sa main sur sa bouche. Il tenta de se débattre mais les bras de son agresseur paraissaient aussi durs que du métal.

— Du calme, frérot, murmura Noah à son oreille. Ce n'est que moi.

Tanner cessa aussitôt de lutter et Noah le libéra.

— C'est un piège, ajouta son frère dans un souffle. Attends.

Ils demeurèrent parfaitement immobiles, comme figés dans un silence oppressant. Le temps ralentit, chaque seconde paraissant durer une éternité.

— Je ne pense pas qu'il soit dans les parages, fit alors une autre voix. Sinon, il serait probablement déjà passé à l'action.

— Cela valait le coup d'essayer, déclara Stobbart.

Reformons nos équipes et reprenons les recherches. Ils sont forcément cachés quelque part dans les parages.

— Et s'ils avaient déjà atteint le pont ?

— Avec deux enfants de cet âge et en faisant un détour à travers la montagne ? objecta Stobbart. Je n'y crois pas un seul instant.

— Très bien, soupira Paul. C'est reparti pour un tour. Qu'est-ce qu'il ne faut pas faire pour les amis…

Des bruits de pas se firent entendre et le groupe s'éloigna. Tanner se força à compter jusqu'à cent avant de faire mine de bouger. Mais Noah secoua la tête et il s'immobilisa, puis se remit à compter. Il en était presque arrivé à cinq cents lorsque son frère se détendit enfin.

— Tu m'as sauvé la vie, murmura Tanner. Merci.

— Il n'y a pas de quoi.

— J'ai vraiment cru qu'ils n'étaient que deux.

— C'était le but, acquiesça Noah. En réalité, ils étaient au moins quatre.

— Et tu es sûr qu'ils sont partis ?

— Pour le moment. Nous ferions mieux d'y aller. Tu vas me conduire là où tu as caché Bree et les enfants. Mais il faut que je récupère quelque chose au passage.

— Dis-moi que c'est une pizza, plaisanta Tanner. Je meurs de faim.

— Ce n'est pas une pizza, répondit sobrement Noah.

Il se mit en route à travers bois et Tanner lui emboîta le pas. Il se considérait comme plutôt discret en forêt mais, par comparaison, Noah lui faisait l'effet d'être un fantôme.

— Comment as-tu su où j'étais ? lui demanda-t-il.

— Ce n'est pas toi que je traquais mais eux, répondit son frère. Lorsque nous sommes arrivés au deuxième pont, en fin d'après-midi, vous n'étiez pas là. Or d'après mes calculs, même avec les enfants, vous auriez dû arriver bien avant nous. Alors j'ai franchi la rivière. Je n'ai eu aucun mal à découvrir les traces qu'avaient laissées les hommes de Jared. Et je les ai suivies jusqu'ici. Je voulais connaître l'état des forces en présence.

Ils continuèrent à marcher pendant quelques minutes, longeant un petit ruisseau jusqu'à une cascade qui dévalait le long d'un à-pic. Tanner remarqua que la falaise formait une anfractuosité naturelle. Comme ils s'approchaient, une silhouette s'en détacha, brandissant un bâton.

— Du calme ! Ce n'est que nous !

— Noah ? s'exclama Marilyn en s'avançant vers eux. Où sont les enfants ?

— C'est vous, la pizza ? s'exclama Tanner, sidéré.

— Tu parles d'une pizza, soupira son frère. Au lieu de retourner à la voiture avec Frances et Barbara comme je le lui avais demandé, elle m'a suivi !

— Tu ne pensais tout de même pas que j'allais rester les bras croisés sans rien faire alors que la vie de mes enfants était en jeu, protesta vivement Marilyn.

Jamais Tanner ne l'avait vue aussi ferme et décidée. Mais il savait que l'instinct maternel était un moteur puissant. Il était d'ailleurs prêt à parier que c'était pour le bien de ses enfants plus que pour le sien que Marilyn avait trouvé la force de quitter Jared.

— Est-ce qu'ils vont bien ? lui demanda-t-elle. Noah m'a assuré que les fusées que vous avez envoyées signifiaient que tout allait bien.

— C'est le cas. Les enfants sont sains et saufs, tout comme Bree. Mais nous ne sommes pas encore tirés d'affaire.

— Je n'arrive pas à croire que Jared ait saboté le radeau ! s'exclama Marilyn en secouant la tête. Il aurait pu tuer ses propres enfants.

— Comment savez-vous qu'il s'agissait d'un sabotage ?

— Le radeau n'aurait jamais dû éclater de cette façon, expliqua Noah. Vous n'étiez même pas passés sur des rochers. Alors, par acquit de conscience, nous avons sorti notre embarcation de l'eau pour y jeter un coup d'œil. Et nous avons trouvé les explosifs qui étaient fixés au-dessous. Il y en avait juste assez pour déchiqueter la structure en caoutchouc en deux endroits.

— Est-ce que Jared est là ? s'enquit Marilyn d'une voix angoissée.

— Sans doute pas personnellement, répondit Noah. Mais nous savons qu'au moins deux de ses amis sont ici : Oscar Stobbart et Paul Wyn. J'imagine que le fameux Nixon n'est pas loin puisqu'ils ont attendu son retour pour passer à l'action.

L'expression qui se peignait sur le visage de la jeune femme trahissait la terreur que lui inspiraient ces hommes.

— Il faut que nous allions chercher les enfants, déclara-t-elle.

— Je suis d'accord, acquiesça Tanner. Ils sont bien dissimulés mais aucune cachette n'est sûre à cent pour cent. Et ces hommes n'hésiteront pas à tuer Bree s'ils parviennent à la découvrir.

— Allons-y, opina Noah à son tour. Et lorsque nous serons tous réunis, nous mettrons au point un plan pour traverser les lignes ennemies sans nous faire remarquer.

15

Bree devait lutter pour garder les yeux ouverts en dépit de la fatigue. Fort heureusement, le moindre craquement de branche, le moindre bruissement du feuillage la faisait sursauter. Elle se rendait compte à présent que la nature qui lui avait paru si calme et si silencieuse les autres nuits était en réalité emplie de bruits qu'elle était parfaitement incapable d'identifier.

Par acquit de conscience, elle était allée se poster près de l'entrée de la grotte, bien décidée à faire barrage de son corps si quelqu'un tentait d'entrer. Elle avait conscience que le bâton dont Tanner l'avait équipée serait dérisoire face aux armes à feu que possédaient sans doute leurs adversaires. Au moins, elle s'efforcerait de vendre chèrement sa peau et leur ferait regretter de s'en être pris à elle.

Mais, si elle s'était résignée à l'éventualité de son propre sacrifice, elle avait beaucoup plus de mal à accepter celui de Tanner. C'était d'ailleurs très étrange : après tout, elle savait qu'il risquait régulièrement sa vie dans le cadre de son métier et elle admirait le courage dont il faisait preuve. Jamais il ne lui serait venu à l'idée de l'empêcher d'accomplir son devoir.

Pourtant, cette fois-ci, c'était différent. Elle savait que, s'il lui arrivait quelque chose au cours de cette nuit, elle s'en sentirait responsable. Elle ne voulait pas qu'il se sacrifie pour elle – elle voulait au contraire qu'il vive pour elle et pour tout ce qu'il leur restait encore à traverser ensemble.

Parmi ces multiples expériences à venir, il en était une qu'elle brûlait de connaître. C'était curieux, d'ailleurs, car contrairement à la plupart des femmes de son âge qu'elle avait pu rencontrer, l'envie d'avoir des enfants ne l'avait jamais tenaillée.

Elle s'était toujours imaginé qu'elle en aurait un jour mais, jusque-là, cela n'avait été qu'une perspective lointaine et un peu abstraite. Cependant, en voyant la façon dont Tanner se comportait avec Eva et Sam, elle s'était dit qu'il serait merveilleux de devenir la mère de ses enfants.

Il était donc hors de question qu'il aille se faire tuer ce soir-là.

Comme s'il avait entendu son souhait, Tanner surgit soudain de l'obscurité, paraissant se matérialiser devant elle. Elle fut si surprise qu'elle ne put réprimer un petit cri d'effroi.

— Je suis désolé, s'excusa-t-il aussitôt. Je ne voulais pas te faire peur…

Il la prit dans ses bras et l'embrassa tendrement.

— Tout va bien, lui dit-il. Et j'ai trouvé des amis en chemin.

Passablement sidérée, Bree vit Noah et Marilyn s'avancer derrière lui. La jeune femme ne lui prêta aucune attention et se précipita vers ses enfants endormis. S'agenouillant auprès d'eux, elle se mit à sangloter sous l'effet du soulagement qu'elle devait éprouver en cet instant.

Le bruit réveilla Eva qui se redressa à demi.

— Maman ? articula-t-elle d'une voix ensommeillée. C'est toi ?

— Oui, ma chérie. Fais dodo.

— Nous avons joué à cache-cache avec les méchants, murmura Eva en se recouchant.

— Tu me raconteras tout ça demain, mon ange.

Bree se tourna alors vers Noah.

— Comment nous avez-vous retrouvés ? s'enquit-elle.

— Figure-toi que j'ai suivi les mêmes personnes que Tanner. Et pour information, il s'agit bien des amis de Jared.

— Ils cherchent à capturer les enfants, précisa son fiancé.

— Nous n'avons pas de temps à perdre, déclara Noah. Pour le moment, ils ignorent où vous vous trouvez, mais cela ne durera pas indéfiniment.

— Il faut que nous fassions diversion, annonça Tanner. Je vais faire en sorte qu'ils me suivent, et vous n'aurez qu'à gagner le pont et traverser. Ensuite, je profiterai de l'orage pour les semer dans les montagnes.

— Cela pourrait marcher, murmura Noah, pensif.

— C'est la seule solution.

Noah se tourna vers Marilyn.

— Selon toi, quelles sont les intentions de Jared ? lui demanda-t-il.

— Je pense qu'il veut récupérer les enfants, répondit-elle en les rejoignant. Il les aime à sa façon. Plus comme des objets qu'il posséderait que comme des êtres humains à part entière sans doute, mais il considère qu'ils sont à lui et que je les lui ai volés.

— Et toi ? Crois-tu qu'il s'en prendrait à toi ?

— S'il parvenait à me capturer, il me punirait, c'est certain. Mais je ne pense pas qu'il me tuerait. Même lorsqu'il m'a envoyée à l'hôpital, je ne pense pas que son intention était de se débarrasser de moi. Ce qu'il veut, c'est me contrôler physiquement et mentalement.

Bree jeta un coup d'œil à Noah. Il était évident que ce qu'il entendait le mettait hors de lui. Et elle n'aurait pas donné cher de la vie de Jared s'il s'était trouvé là en cet instant. Pourtant, lorsqu'il parla, le ton de sa voix était parfaitement calme et détaché.

— Et nous ? s'enquit-il. Que ferait-il de nous ?

Marilyn secoua doucement la tête.

— Il est sans pitié envers ceux qui interfèrent avec ses activités, répondit-elle. Il ne parle jamais de ses affaires en ma présence mais je l'ai déjà entendu faire des allusions qui m'ont fait froid dans le dos. Et ses amis ne valent pas mieux que lui. Très franchement, je pense qu'ils n'hésiteront pas à se débarrasser de vous s'ils considèrent que vous en savez trop à leur sujet.

— Dans ce cas, je partage l'opinion de Tanner. Il nous faut créer une diversion. L'important est de mettre Bree, Marilyn et les enfants en sécurité. Mais je pense que c'est moi qui devrais attirer nos ennemis pendant que Tanner vous conduit à l'abri.

Ce dernier secoua la tête.

— J'ai considéré cette option, répondit-il. Après tout, ta formation de commando te prédispose à ce genre de mission. Mais elle fait aussi de toi le meilleur combattant au corps à corps. Et si les choses en arrivent là, tu auras de meilleures chances de les protéger que moi. Je ne cherche pas à jouer les héros : c'est juste la façon la plus rationnelle de procéder.

Bree se tourna de nouveau vers Noah, s'attendant à ce qu'il proteste. Mais il n'en fit rien. Lui aussi avait dû considérer la situation d'un point de vue tactique et il était parvenu à la même conclusion que son frère.

— Dans ce cas, je viens avec toi, décréta Bree à l'intention de son fiancé.

— Il n'en est pas question !

— Ces hommes ne sont pas tombés de la dernière pluie, objecta-t-elle. S'ils ne voient qu'une seule piste, ils penseront que les enfants et moi sommes partis d'un autre côté. Et ils se mettront aussitôt à notre recherche. Si je viens avec toi, en revanche, ils verront bien que nous sommes au moins deux et n'auront aucune raison de penser que nous avons pu nous débarrasser des enfants.

— Elle n'a pas tort, remarqua Noah. Tu ne les tromperas pas très longtemps, si tu es tout seul. Il est évident que l'un d'entre eux au moins a des compétences de pisteur.

— Ça ne me plaît pas du tout, murmura Tanner.

La formulation de sa phrase laissait pourtant entendre qu'il partageait leur analyse.

— Moi non plus, lui dit-elle. Je préférerais vraiment que nous rentrions tous ensemble à Risk Peak, mais il est évident que ce n'est pas possible.

— Si tu viens avec moi, je ne suis pas sûr de pouvoir assurer ta protection, objecta-t-il.

— Tu n'as pas à être le seul responsable de notre protection, rétorqua-t-elle. Nous devons veiller l'un sur l'autre. C'est ce que nous avons appris à faire depuis que nous nous sommes rencontrés, n'est-ce pas ?

— Tu as raison, reconnut Tanner. J'ai perdu le compte du nombre de fois où nous nous sommes sauvé mutuellement la vie.

Bree lui décocha un sourire complice. Elle savait combien il devait lui en coûter d'accepter de la voir prendre un tel risque. Elle n'aurait su dire ce qu'elle préférait chez lui : son tempérament chevaleresque ou sa capacité à se remettre en cause par amour pour elle.

— Je vais partir en reconnaissance, déclara alors Noah. De cette façon, nous saurons exactement où ils se trouvent et quel trajet nous devrons emprunter pour minimiser les chances de les croiser.

Il jeta un coup d'œil à sa montre.

— Laissez-moi une heure. Et tenez-vous prêts à décoller dès que je reviendrai. Statistiquement, c'est à ce moment-là qu'ils seront le moins vigilants. Il est même possible que certains d'entre eux s'arrêtent pour se reposer un moment. Cela jouera à notre avantage.

Sur ce, il disparut dans les ténèbres. Tanner prit Bree dans ses bras et la serra affectueusement contre lui.

— Tu es vraiment la fille la plus courageuse et la plus têtue que je connaisse, lui dit-il.

— Alors nous sommes faits pour nous entendre, capitaine Dempsey.

— Tu devrais te reposer un peu avant que Noah ne revienne, lui conseilla-t-il. Nous allons devoir être très mobiles, une fois qu'ils nous auront repérés.

— Et toi ? lui demanda-t-elle. Tu ne dors pas ?

— Trop d'adrénaline dans le sang, répondit-il.

Bree hocha la tête et s'arracha à contrecœur à son étreinte pour aller s'étendre auprès des enfants. Marilyn s'approcha alors d'elle.

— Je suis vraiment désolée, lui dit-elle.

— Pourquoi donc ?

— C'est à cause de moi que vous vous retrouvez tous dans une telle situation…

Bree secoua la tête.

— Tu n'es pas responsable du fait que Jared et ses amis sont de dangereux psychopathes, répliqua-t-elle. Ni du fait qu'ils t'aient fait subir Dieu sait quels sévices. Lorsque tu es arrivée au refuge, tu t'es placée sous ma protection. Tanner te protège parce que tu es une habitante de Risk Peak. Il en ferait autant pour n'importe lequel d'entre eux. Quant à Noah, je crois que tu sais aussi bien que moi ce qu'il éprouve pour toi. Nous sommes tous à tes côtés parce que nous l'avons choisi, Marilyn. Nous ne sommes pas et ne serons jamais des victimes de salopards comme Jared ou Stobbart. Et s'ils s'en prennent à l'un des nôtres, nous leur rendrons coup pour coup.

— Merci, balbutia Marilyn, les larmes aux yeux. Tu ne peux pas savoir à quel point ça me fait du bien de t'entendre dire ça.

— Il n'y a pas de quoi, répondit Bree en posant une main sur son épaule. Nous allons nous en tirer, Marilyn. Nous survivrons à cette nuit, et nous ferons en sorte que Jared et ses sbires croupissent en prison pour le reste de leurs jours. Ensuite, je me marierai. Et lorsque tout ça sera derrière nous, nous pourrons enfin tous reprendre une vie normale.

Marilyn laissa échapper un rire légèrement tremblant.

— Tu as conscience que tu parles de ton mariage comme d'une nouvelle catastrophe à laquelle tu vas devoir faire face.

— Tu n'as pas vu la liste de choses à faire que Cassandra a concoctée pour moi. Et c'est sans parler de mes vœux que je n'ai toujours pas commencé à écrire…

Sur ce, Bree alla s'allonger auprès de Sam et Eva. À peine avait-elle posé sa tête sur le sac de secours qu'elle sombra dans un profond sommeil.

Lorsque Tanner la secoua doucement pour la réveiller, elle avait l'impression qu'il ne s'était écoulé qu'une poignée de minutes. Son corps et son esprit étaient totalement engourdis, n'aspirant qu'à replonger dans cette douce inconscience.

— Noah est de retour, lui dit-il. Je t'ai laissée dormir jusqu'au dernier moment mais il va nous falloir y aller.

Elle se redressa et massa doucement sa nuque douloureuse. Noah se tenait près de l'entrée de la grotte. Sa respiration était légèrement haletante et son visage couvert de sueur. Il était en train de se désaltérer à l'aide de sa gourde.

— J'ai réussi à créer une première diversion de façon à dégager l'accès au pont, expliqua-t-il. Ceux qui le gardaient devraient passer quelque temps à me chercher en aval de la rivière avant de s'apercevoir qu'ils se sont fait avoir.

Pendant qu'il faisait son rapport, Marilyn avait réveillé les deux enfants. Après les avoir longuement serrés contre son cœur, elle leur expliqua rapidement la situation.

— Je porterai Sam, déclara Noah. Toi, Marilyn, tu prendras Eva.

Il se tourna alors vers Bree et Tanner.

— Vous vous chargerez de ceux qui se trouvent aux alentours de la clairière, leur dit-il. Nous n'avons pas besoin de beaucoup de temps – dix minutes, un quart d'heure tout au plus.

— Quelle direction nous conseilles-tu de prendre ?

— Le mieux est d'aller vous positionner près de la cascade pour attirer leur attention. De là, vous pourrez contourner la falaise, ce qui vous mettra à l'abri des tirs. Surtout, ne vous exposez pas inutilement : dès que vous sentez que cela devient dangereux, prenez la fuite. Avec un peu de chance, ils vous prendront tous en chasse et vous devriez pouvoir les semer dans les montagnes. Au pire, ils laisseront une personne ou deux en arrière, mais nous aurons nettement plus de chances de passer inaperçus.

— C'est compris, acquiesça Tanner. Soyez prudents,

vous aussi. Et contactez Ronnie et Whitaker dès que vous aurez du réseau.

— Tu peux compter sur nous. Nous viendrons à la rescousse aussi vite que possible.

Les deux frères s'étreignirent affectueusement.

Tanner récupéra le sac de secours qu'il plaça sur ses épaules, ajustant les lanières de façon à ce qu'il lui colle au corps. Noah et Marilyn prirent les enfants, et tous émergèrent de la grotte avant de se séparer en deux groupes.

Tanner prit la main de Bree dans la sienne et s'élança à travers bois en s'efforçant de ménager un bon compromis entre vitesse et discrétion. Elle n'arrivait pas réellement à comprendre comment il parvenait à se repérer dans ces bois.

Il s'arrêtait parfois pour tendre l'oreille, avant de se remettre en marche. Au bout d'un moment, il changea brusquement de direction. Bree se demanda s'il s'était trompé mais ne tarda pas à comprendre que tel n'était pas le cas lorsqu'ils débouchèrent face à une falaise le long de laquelle dévalait une cascade.

— Nous y voilà, murmura Tanner.

Ils burent abondamment et remplirent la gourde qui se trouvait dans leur sac à dos.

— Est-ce que tu es prête ? lui demanda-t-il.

— À ameuter des criminels armés de fusils qui ne demandent qu'à nous transformer en passoires ? Toujours ! rétorqua-t-elle d'un ton ironique.

Tanner plaqua un baiser sur ses lèvres.

— Est-ce que je t'ai déjà dit que je t'aimais à la folie, Bree Daniels ?

— Pas aujourd'hui, répondit-elle. Comment comptes-tu attirer leur attention ?

— Je me disais que tu pourrais pousser un cri.

Imagine-toi… je ne sais pas, moi… que tu es poursuivie par une bande de tueurs, par exemple.

Bree hocha la tête. Après avoir pris une profonde inspiration, elle hurla aussi fort qu'elle le pouvait.

16

En entendant le cri déchirant que poussa Bree, Tanner ne put réprimer un frisson. C'était un hurlement de pure terreur, d'angoisse absolue. Il ne pouvait qu'espérer que cela ne reflétait pas son état d'esprit en cet instant.

Lorsqu'elle s'arrêta enfin, un profond silence s'établit. Même les animaux nocturnes s'étaient tus, se demandant probablement quelle créature pouvait bien être responsable d'un tel vacarme. Puis ils aperçurent en contrebas des lueurs dans les bois. Leur stratagème avait fonctionné et les hommes de Jared se dirigeaient à présent vers eux.

— Nous ferions mieux de ne pas nous attarder ici, lui dit-il en lui prenant la main.

Elle hocha la tête et ils s'élancèrent vers la pente qui permettait de contourner la falaise. Contrairement à ce qu'ils avaient fait durant toute la journée, ils veillèrent à laisser une trace bien visible de leur passage.

Tanner savait que les premiers kilomètres seraient critiques. Ils devaient gagner du terrain sur leurs poursuivants pour être certains de pouvoir leur échapper, le moment venu. Mais ils ne devaient pas les semer complètement s'ils voulaient éviter d'éventer leur subterfuge. Ils étaient en effet censés se déplacer avec deux enfants qui les retardaient.

Tanner opta donc pour une course à petite foulée

qu'ils maintinrent sur plusieurs kilomètres. En temps normal, un tel parcours ne les aurait pas particulièrement fatigués. Mais ils avaient marché toute la journée, porté deux enfants durant deux bonnes heures et très peu ou pas dormi.

Leurs organismes commençaient à s'en ressentir et il fallait faire assaut de volonté pour se forcer à maintenir le rythme. Au-dessus d'eux, le jour finit par se lever. Mais le soleil était voilé par de lourds nuages annonciateurs d'orage. Il y avait déjà de l'électricité dans l'air et Tanner savait que les éléments pouvaient se déchaîner à tout moment, abattant sur eux des trombes d'eau.

Cela jouait plutôt en leur faveur, limitant la visibilité. Tanner s'efforçait cependant de les maintenir sous le couvert des arbres. Il ne tenait pas à ce que leurs adversaires ne les aperçoivent s'ils étaient munis de jumelles – ou pire, de fusils à lunette.

Vers le milieu de la journée, leurs poursuivants n'avaient toujours pas renoncé à les suivre. Ils se trouvaient maintenant en plein cœur des montagnes, loin de toute civilisation. Le ciel s'était graduellement couvert et le soleil avait à présent beaucoup de mal à percer l'épaisse couche de nuages. On aurait presque pu se croire au crépuscule.

Depuis la veille au soir, ils n'avaient avalé que quelques baies récupérées en route. Si cette folle poursuite devait continuer, leurs organismes risquaient fort de lâcher prise. Tanner ne parvenait d'ailleurs même pas à comprendre comment Bree parvenait à soutenir ce rythme effréné.

Jamais il n'aurait imaginé qu'elle puisse posséder une telle endurance. Elle ne s'était pas plainte une seule fois, se contentant d'avancer encore et encore, sans jamais demander grâce.

Malgré l'héroïsme de sa fiancée, malgré la connaissance intime qu'il avait de ces montagnes, ils perdaient inexorablement du terrain face à des poursuivants mieux nourris, mieux équipés et plus reposés. À moins d'un miracle, ils ne tarderaient plus à se faire rattraper.

Leur seul espoir, désormais, c'était que Noah fût parvenu à s'enfuir et à appeler des renforts. Mais même dans ce cas de figure, rien ne permettait d'assurer qu'il parviendrait à les localiser à temps.

Comme Tanner parvenait à cette inquiétante conclusion, il entendit Bree pousser un cri d'alarme derrière lui et s'arrêta net. Se tournant vers elle, il constata qu'elle venait de trébucher sur le terrain caillouteux qu'ils étaient en train de traverser. Elle se redressa péniblement et massa ses avant-bras écorchés en grimaçant.

— Nous ne pouvons pas continuer à ce rythme, déclara Tanner. Si l'un d'entre nous se foule la cheville, c'en sera fini.

— Est-ce qu'ils nous suivent toujours ? lui demanda-t-elle.

— Je pense que oui. Le manque de luminosité les rend beaucoup plus difficiles à repérer qu'hier, lorsque le soleil se reflétait sur leur équipement. Mais je les ai vus derrière nous chaque fois que nous nous sommes trouvés en hauteur par rapport à eux.

— Alors nous devons continuer, décréta Bree d'une voix blanche.

Son visage était livide et il était évident que, sous l'effet de la fatigue, elle avait de plus en plus de mal à coordonner ses mouvements. Se rapprochant d'elle, il la prit par les épaules et la guida jusqu'à un tronc d'arbre abattu sur lequel il la fit asseoir.

— Tu es sûr que nous avons le temps de nous reposer ?

Tanner n'en était pas certain du tout.

— Oui, répondit-il avec une assurance feinte. Il nous faut souffler un peu. Ensuite, nous nous remettrons en route vers la civilisation.

— Tu crois que nous leur avons laissé assez de temps ?

— Ce n'est plus pour eux que je m'inquiète, répliqua-t-il. Ils ont eu mille fois le temps de regagner les voitures. En revanche, je n'avais pas imaginé que notre diversion fonctionnerait aussi bien. Je pensais qu'à cette heure-ci nos ennemis auraient abandonné la poursuite depuis longtemps.

— Que suggères-tu que nous fassions ? Nous ne pouvons tout de même pas rester ici à les attendre…

— Tout dépend de comment tu te sens, lui dit-il.

— Cela fait des heures que je suis épuisée, répondit-elle. Mais cela ne m'a pas empêchée de continuer. Et je peux encore le faire pendant quelques heures, si c'est nécessaire.

Tanner savait que son corps ne résisterait pas éternellement au rythme inhumain qu'elle s'imposait. Tôt ou tard, il finirait par céder, non pas de façon progressive mais brutalement. Elle s'écroulerait et serait tout bonnement incapable de se relever. Toute la question était de savoir combien de temps il leur restait d'ici là.

Alors qu'il essayait d'évaluer le délai qui leur était imparti, un éclair s'abattit sur l'un des sommets voisins, illuminant brièvement le paysage. Il fut suivi par un coup de tonnerre retentissant. Puis un véritable déluge de pluie s'abattit sur eux sans discontinuer.

— Cette météo exécrable va peut-être jouer en notre faveur, déclara Tanner. Elle devrait retarder un peu nos poursuivants et nous rendre nettement plus difficiles à pister. Cela va nous laisser un peu plus de temps que prévu. Je pense que nous devrions en profiter pour rejoindre la vallée.

Bree hocha la tête et se redressa péniblement. Tous deux se remirent en marche à un rythme nettement moins soutenu qu'auparavant. Car si la descente était moins éprouvante physiquement, elle exigeait une vigilance accrue. Le moindre faux pas pouvait entraîner une chute ou, pire, une blessure.

Le temps épouvantable n'arrangeait rien, rendant le terrain glissant. Ils étaient à présent trempés de la tête aux pieds, ce qui accentuait les effets du froid. Les lèvres de Bree avaient pris une teinte violacée et elle ne pouvait s'empêcher de claquer des dents.

S'ils ne trouvaient pas rapidement un abri, ils s'exposaient à une hypothermie. Alors même que Tanner parvenait à cette conclusion, il prit conscience du fait qu'ils ne se trouvaient probablement plus très loin du refuge de Henrikson, l'endroit idéal pour faire une pause et se réchauffer un peu. Et il était quasiment certain que leurs poursuivants ignoraient son existence.

Henrikson était incontestablement l'individu le plus misanthrope que Tanner connaissait. Même Noah faisait figure de joyeux drille par comparaison. Le vieil homme limitait ses contacts avec le genre humain au strict minimum, se contentant de se rendre en ville une fois par mois pour faire le plein de provisions.

Personne ne savait d'ailleurs exactement comment il gagnait sa vie et cela avait donné naissance à toutes sortes de légendes urbaines. Certains prétendaient qu'il était bouilleur de cru, d'autres qu'il était l'héritier d'une richissime famille new-yorkaise, d'autres encore qu'il avait décidé de porter à jamais le deuil de la seule femme qu'il eût jamais aimée.

Tanner n'aurait su dire ce qui relevait du mythe ou de la réalité. Ce qu'il savait, en revanche, c'était que Henrikson passait une bonne partie de son temps à courir les montagnes, accompagné de Rolf, un imposant dogue allemand qui était probablement son seul véritable ami.

Avec l'autorisation des rangers, il avait bâti de ses propres mains un refuge près de la rivière dans lequel il séjournait régulièrement et qu'il tenait approvisionné. En échange, il s'était engagé à le laisser à la disposition des randonneurs de passage, le reste du temps.

— J'ai l'impression que l'orage empire, remarqua Bree.

De fait, les grondements de tonnerre se succédaient de façon presque continue, à présent. Fort heureusement, ils avaient quitté les hauteurs sur lesquelles s'abattaient les éclairs. Il allait cependant leur falloir traverser la forêt et ils feraient sans doute mieux de demeurer à l'écart des plus grands arbres.

Au moins, ils seraient de nouveau à couvert, ce qui compliquerait encore la tâche de leurs poursuivants. Contrairement au temps, le moral de Tanner s'améliorait au fil des minutes et il commençait à croire qu'ils allaient pouvoir s'en sortir par leurs propres moyens.

Cette perspective lui donna des ailes et il accéléra le rythme dès qu'ils se trouvèrent à couvert. Bree le suivait toujours mais son visage était un masque de souffrance et d'épuisement.

— Ne t'en fais pas, lui dit-il. C'est la dernière ligne droite. Nous allons bientôt pouvoir faire une pause.

— Alléluia, articula-t-elle d'une voix haletante.

Quelques minutes plus tard, ils débouchèrent sur une rivière au cours rapide.

— Nous ne sommes plus très loin, lui assura-t-il, heureux de constater qu'il ne s'était pas trop trompé dans ses estimations.

Si ses souvenirs étaient bons, le refuge se situait

en amont de l'endroit où ils se tenaient. Ils y parviendraient rapidement s'ils longeaient la berge. Mais ce faisant, ils se trouveraient en terrain découvert, à la merci d'un éventuel tireur posté sur la ligne de crête voisine. Mieux valait donc perdre un peu de temps en demeurant à l'abri des arbres.

Comme Tanner se tournait vers Bree pour lui faire part de sa décision, un claquement retentit qu'il prit pour un nouveau coup de tonnerre. Ce ne fut qu'en sentant la douleur fulgurante dans son épaule qu'il prit conscience du fait qu'il s'agissait en réalité d'un coup de feu.

Quelqu'un était en train de leur tirer dessus.

Sans même réfléchir, il se jeta sur Bree et la plaqua au sol juste à l'instant où un deuxième tir faisait voler un morceau d'écorce sur l'arbre situé juste derrière eux. Fort heureusement pour eux, leur adversaire n'employait pas un fusil. La dispersion leur aurait alors probablement été fatale.

S'il s'était agi d'une carabine, le premier tir aurait été plus précis. Le tireur devait donc utiliser une arme de poing, ce qui signifiait qu'il se trouvait dans le voisinage immédiat, probablement juste un peu plus loin sur la rive.

— Est-ce que ça va ? lui demanda alors Bree d'une voix inquiète. Tu as été touché ?

— C'est juste une égratignure, lui assura-t-il. Il faut que nous nous mettions à couvert.

Il lui prit la main et l'aida à se redresser avant de courir avec elle vers un gros rocher qui se trouvait près de la rivière. Ils se réfugièrent derrière au moment où retentissait un nouveau coup de feu. Au moins, songea Tanner avec une pointe de soulagement, ils n'avaient affaire qu'à un tireur isolé.

Il ne leur restait plus qu'à espérer que le bruit serait noyé par le tonnerre et qu'il n'attirerait pas l'attention de ceux qui les avaient poursuivis dans les montagnes et qu'ils étaient momentanément parvenus à semer.

— Il tire au pistolet, expliqua-t-il. Cela signifie qu'il ne doit pas se trouver très loin de nous. Je vais essayer de le prendre à revers. Tâche de l'occuper.

— Comment ?

— Dis-lui quelque chose… N'importe quoi. Qu'il sache juste que tu es toujours là…

Elle hocha la tête.

— Ne tirez pas ! cria Bree derrière lui. Nous pouvons discuter !

— Où sont les gamins ? fit une voix d'homme.

Elle provenait de derrière un amas de rochers situé un peu plus loin. Tanner comprit que l'homme était probablement en train de remonter le long de la berge lorsqu'il les avait vus sortir de la forêt. Ne sachant pas s'ils étaient armés, il s'était mis à couvert.

Cela signifiait aussi qu'en profitant de la visibilité réduite Tanner avait peut-être une chance de contourner sa position sans être repéré. Se pliant en deux, il se mit à courir jusqu'à un autre rocher qui se trouvait à mi-chemin de la forêt.

— Nous les avons cachés dans une grotte, répondit Bree derrière lui. Si vous nous tuez, vous ne les retrouverez jamais…

L'homme laissa échapper un juron. Bénissant la vivacité d'esprit de sa fiancée, Tanner s'élança vers la forêt. Une fois à l'abri des arbres, il ne perdit pas une seconde et se mit à courir parallèlement à la berge. Lorsqu'il eut dépassé l'amas de rochers derrière lequel le tireur était embusqué, il s'immobilisa et chercha ce dernier des yeux.

Le cœur battant, il s'aperçut qu'il n'était pas le seul à avoir profité de la diversion de Bree. Le tireur s'était subrepticement avancé vers elle, passant d'un rocher à l'autre. Il ne se trouvait plus qu'à quelques mètres de celui derrière lequel elle était dissimulée.

Tanner le vit alors éjecter le chargeur de son pistolet et en mettre un autre qu'il tira de la poche de son blouson. Il prit alors une profonde inspiration et s'élança vers le rocher de Bree. D'ici quelques secondes, il se retrouverait face à elle et pourrait l'abattre à bout portant.

Sans même réfléchir, Tanner s'élança en avant, tout en sachant qu'il n'arriverait jamais à temps pour sauver la jeune femme.

Le cœur battant à tout rompre, Bree se tenait le dos plaqué contre le rocher, inutile. Elle prit une profonde inspiration, s'efforçant de dominer l'angoisse qui l'étreignait. L'homme ne lui avait pas répondu mais, au moins, il avait arrêté de lui tirer dessus. À ce stade, elle était prête à considérer cela comme un progrès majeur dans leurs relations.

Mais comme elle commençait à songer que son coup de bluff avait peut-être dissuadé son adversaire de la transformer en passoire, elle le vit apparaître sur sa gauche, l'arme au poing.

— Ça alors ! s'exclama-t-elle, stupéfaite. Vous êtes l'ambulancier de l'autre soir !

— Oui. Et nous aurions gagné beaucoup de temps et d'énergie, tous les deux, si vous m'aviez remis les enfants comme je vous l'avais suggéré. Où est passé le flic ? lui demanda-t-il en fronçant les sourcils.

— Qui ça ? répondit-elle aussi innocemment que le permettait le tremblement de sa voix.

— Ne me prenez pas pour un imbécile, s'écria-t-il

en braquant son pistolet sur elle. Vous étiez avec ce maudit flic de Risk Peak. Alors dites-moi…

Avant qu'il n'ait eu le temps de terminer sa phrase, il fut percuté de plein fouet par Tanner qui semblait avoir surgi de nulle part. Surpris, son adversaire laissa échapper son arme qui tomba sur le sol.

Emportés par l'élan de Tanner, les deux hommes basculèrent dans la rivière et furent happés par le courant qui était particulièrement rapide à cet endroit. Bree s'approcha de la rive et les vit qui tentaient l'un et l'autre de regagner la berge à la nage. Ils semblaient avoir beaucoup de mal à y arriver.

Elle prit le sac de secours et ramassa le pistolet qui se trouvait sur le sol. Si elle parvenait à le donner à Tanner, il aurait un avantage majeur sur son adversaire. Elle suivit ensuite la rive en courant pour rattraper les deux hommes qui continuaient à dériver inexorablement.

Elle s'aperçut alors qu'un peu plus loin plusieurs rochers entravaient le cours du fleuve. Si Tanner percutait l'un d'eux à cette allure, il avait de fortes chances de s'assommer et de se noyer. Elle pressa le pas, cherchant des yeux une branche qu'elle aurait pu lui tendre pour l'aider à remonter sur la berge.

Mais aucun arbre ne poussait à proximité du cours d'eau. Et elle n'osait retourner dans la forêt de peur de perdre Tanner de vue.

Cela faisait plus de vingt-quatre heures que Tanner n'avait pas dormi, il n'avait quasiment rien avalé depuis l'avant-veille et il venait de se faire tirer dessus. Combien de temps encore parviendrait-il à soutenir l'effort qu'il devait déployer pour nager à contre-courant dans cette eau glaciale ?

Luttant contre la panique, elle suivit des yeux sa progression. Centimètre après centimètre, il se rapprochait de la berge, et il finit par atteindre un endroit où il avait pied. Mais son adversaire était juste derrière lui et ne lui laissa pas le temps de souffler. Émergeant à son tour, il se jeta sur Tanner.

Ce dernier réussit de justesse à éviter ses coups. Visiblement, il ne parvenait plus à se servir de son bras gauche, qui pendait mollement à son côté. La balle qu'il avait reçue avait dû faire plus de dégâts qu'il ne l'avait laissé entendre.

Son agresseur en profita pour le frapper en plein visage, le faisant légèrement vaciller. Il parvint cependant à tenir bon et contre-attaqua d'un crochet du droit qui cueillit l'homme en plein menton, le projetant violemment en arrière. Celui-ci coula à pic et se serait probablement noyé si Tanner ne s'était pas jeté en avant pour le rattraper.

Au prix d'un grand effort, il le remorqua jusqu'au rivage. Là, Tanner se laissa tomber à genoux, haletant. Il avait perdu son blouson et Bree constata avec angoisse que la partie gauche de son pull-over trempé était rouge de sang. Au moment où elle pressait le pas pour le rejoindre, elle vit l'autre homme se redresser à son tour.

Il sortit de sa poche un couteau à cran d'arrêt qu'il ouvrit et s'avança dans le dos de Tanner. Bree hurla pour prévenir ce dernier qui n'avait toujours rien remarqué. Mais la pluie battante et le tonnerre noyèrent son avertissement.

L'homme au couteau brandit son arme et s'apprêta à la planter dans le dos de Tanner. Sans même réfléchir, Bree braqua sur lui le pistolet qu'elle avait ramassé. Le tenant à deux mains comme Tanner le lui avait appris, elle fit feu à trois reprises.

Touché en pleine poitrine, l'homme s'immobilisa

brusquement, arborant une expression presque étonnée. Son arme lui échappa alors des mains et il s'écroula brutalement sur le sol.

Il fallut quelques instants à Bree pour prendre la mesure de ce qui venait de se passer. Elle venait de tuer un homme. Un frisson glacé la parcourut de part en part. Elle ne pouvait cependant se permettre de succomber au sentiment d'effroi qui menaçait de la submerger.

Tanner était blessé et continuait probablement à perdre du sang. Et si elle ne le conduisait pas rapidement au chaud, il ne tarderait probablement pas à succomber à l'hypothermie.

Lorsqu'elle le rejoignit, elle constata que sa blessure s'était aggravée, probablement à cause des efforts qu'il avait dû déployer en nageant. Son épaule était disloquée et il saignait abondamment.

Fort heureusement, ils avaient toujours le sac de secours et elle trouverait peut-être de quoi lui faire un bandage. Mais elle ne pouvait commencer à le soigner ici, alors que leurs ennemis pouvaient surgir à tout moment, attirés par les coups de feu qu'elle venait de tirer.

Bree enclencha la sécurité du pistolet et le glissa sous sa ceinture. Passant un bras autour de la taille de Tanner, elle l'aida à se redresser.

— Il faut que nous trouvions un endroit au chaud, lui dit-elle.

Il hocha la tête.

— Amont… rivière…, articula-t-il péniblement.

Il claquait tellement des dents qu'elle avait du mal à comprendre ce qu'il essayait de lui dire.

— Refuge, ajouta-t-il. Près du pont…

Elle se déplaça légèrement de manière à lui faire face.

— Tu es vraiment sûr ? lui demanda-t-elle en le regardant droit dans les yeux.

Son visage était livide et il tremblait de tous ses membres, mais son regard semblait parfaitement lucide.

— Tu sais qu'en remontant dans cette direction nous risquons de croiser les hommes de Jared ?

— Refuge…, répéta-t-il.

— D'accord, acquiesça-t-elle. Allons-y.

Ils commencèrent à remonter le long de la rivière, parcourant pas à pas le chemin qu'elle venait de faire en courant. Trop épuisé pour tenir debout par lui-même, Tanner se reposait entièrement sur elle. Au bout d'un moment, il la supplia de faire une pause. Mais elle savait que, si elle le laissait faire, elle aurait beaucoup de mal à le relever par la suite.

— Il faut que tu tiennes le coup, lui dit-elle. Nous y sommes presque…

Il hocha la tête et tous deux se remirent en marche, plus lentement encore qu'auparavant. Il était évident que Tanner endurait un véritable supplice. Son visage était un masque de pure souffrance et chaque pas lui arrachait un tressaillement douloureux.

Elle-même était transie de froid. Loin de s'apaiser, l'orage avait redoublé sur les hauteurs et, s'ils n'avaient rien à craindre des éclairs, la pluie battante continuait de tomber sans discontinuer.

Au bout de ce qui sembla à Bree une éternité, ils parvinrent au pont détruit devant lequel ils étaient passés la veille.

— Nous y sommes ! s'exclama-t-elle. Quelle direction devons-nous prendre, maintenant ?

Tanner secoua la tête.

— Laisse-moi ici, articula-t-il. Trop fatigué…

— Tu ne vas pas te mettre à jouer les martyrs

maintenant que je t'ai porté pendant des kilomètres ! protesta-t-elle.

Il ne répondit pas mais s'arrêta de marcher.

— Peux plus…

Bree se dégagea doucement et se plaça face à lui en le tenant par son épaule valide de façon à ce qu'il puisse la fixer droit dans les yeux. Son regard traduisait l'épuisement et la résignation les plus complets. Jamais elle ne l'avait vu ainsi et elle sentit son cœur se serrer dans sa poitrine.

Elle comprit qu'il avait dû perdre plus de sang qu'elle ne l'avait imaginé. Et il continuait sans doute à en perdre. Mais si elle prenait le temps de panser sa blessure ici, il risquait vraiment de ne plus pouvoir repartir.

— Tu veux que j'attrape une pneumonie ? lui demanda-t-elle. Parce que je tiens à ce que les choses soient parfaitement claires entre nous : si tu ne m'accompagnes pas jusqu'à ce refuge, je n'irai pas. Ça n'est pas négociable. Tu dois puiser au plus profond de toi, Tanner, mais je suis sûre que tu trouveras la force d'avancer encore un tout petit peu.

Il ne répondit pas et rien dans son expression ne laissait voir qu'il l'avait entendue. Mais il leva mollement la main pour désigner le chemin qui partait sur leur gauche. Bree hocha la tête et passa un bras autour de sa taille. Ils reprirent leur route.

Fort heureusement, le refuge dont avait parlé Tanner ne se trouvait pas très loin de là. Il était niché au milieu d'une clairière, à l'écart du sentier principal. Bree dut quasiment porter Tanner sur les trois cents derniers mètres. Elle l'adossa alors au mur du petit bâtiment de bois, tira son arme de sa ceinture et s'approcha à pas de loup de la porte d'entrée.

Ôtant le cran de sûreté, elle ouvrit brusquement la

porte et pénétra dans le refuge, pistolet au poing. Fort heureusement, elle constata très rapidement que l'endroit était désert. Déposant son arme sur la table en bois qui se trouvait près de la cheminée de la salle principale, elle retourna chercher Tanner et le conduisit jusqu'à la seconde pièce qui servait de dortoir.

Précautionneusement, elle l'allongea sur l'un des lits superposés. À peine eut-il posé la tête sur l'oreiller qu'il sombra dans l'inconscience. Inquiète, Bree décida de commencer par s'occuper de sa blessure. Après s'être débarrassée de son propre blouson trempé, elle déshabilla Tanner, révélant la plaie.

Constatant avec soulagement que le saignement s'était presque entièrement résorbé, elle sortit la trousse à pharmacie qui se trouvait dans le sac de secours et alla se laver les mains. De retour auprès de Tanner, elle désinfecta sa blessure avant de la bander du mieux qu'elle pouvait.

Puis elle le couvrit de toutes les couvertures qu'elle put trouver. Regagnant la salle principale, elle alluma un feu à l'aide du papier journal et du petit bois qui se trouvaient près de la cheminée. Lorsqu'il fut suffisamment puissant, elle y posa trois énormes bûches qui tiendraient plusieurs heures.

Elle fut tentée de bloquer la porte à l'aide d'une chaise mais y renonça en songeant que non seulement cela ne retiendrait pas les hommes de Jared très longtemps, mais aussi que de toute façon, s'ils venaient réellement jusqu'ici, Tanner et elle ne disposeraient d'aucune voie de sortie alternative.

Elle acheva alors de se déshabiller et plaça leurs vêtements sur les dossiers des chaises, près du feu. Puis elle retourna auprès de son fiancé et s'allongea contre lui pour le réchauffer. Son corps était toujours glacé.

Aussi, luttant contre sa propre fatigue, elle commença à le masser de la tête aux pieds à l'aide de ses mains mais aussi de son corps tout entier.

Lorsqu'elle sentit enfin la température de son corps remonter un peu, elle se blottit contre lui, peau à peau. Elle aurait voulu pouvoir demeurer éveillée mais l'épuisement physique et émotionnel ne tarda pas à avoir raison de sa résistance.

Elle dormit d'un sommeil inquiet et se réveilla en sursaut à plusieurs reprises en revoyant le visage de l'homme qu'elle avait tué, ce jour-là. Le reste du temps, elle rêvait de Tanner.

À un moment, elle se leva pour aller chercher quelque chose à manger et trouva des boîtes de conserve dans le placard de la cuisine. Elle en ouvrit une qui contenait des haricots à la sauce tomate et les mangea sans même prendre la peine de les réchauffer.

Après avoir remis du bois dans le feu, elle retourna auprès de Tanner. Il dormait toujours profondément et elle se demanda si elle ne ferait pas mieux de le réveiller. N'était-ce pas ce que l'on conseillait de faire lorsque quelqu'un avait souffert d'un traumatisme crânien ?

Elle y renonça en se convainquant que ce n'était probablement pas valable pour une blessure à l'épaule. D'ailleurs, même si elle avait eu des raisons de soupçonner un tel traumatisme – ou même une hémorragie interne – elle n'aurait strictement rien pu y faire.

La nuit était tombée et elle ne pouvait espérer trouver de l'aide au-dehors. Elle se promit cependant que, s'il ne reprenait pas connaissance au matin, elle irait chercher les secours elle-même.

En attendant, elle avait besoin de se reposer et d'emmagasiner des forces car le trajet jusqu'à la ville serait long et pénible. Elle se recoucha donc aux côtés de Tanner, puisant un peu de réconfort dans les battements puissants et réguliers de son cœur.

C'est alors qu'elle eut une révélation.

Allongée auprès de l'homme qu'elle aimait, au milieu des bois, cernés peut-être par des gens qui voulaient leur mort, avec dans la bouche le goût des haricots à la tomate, elle prit conscience du fait qu'elle savait très précisément ce qu'elle voulait dire à Tanner, le jour de leur mariage.

Bree avait enfin réussi à formuler ses vœux. Il ne lui restait plus qu'à espérer que celui devant qui elle voulait les prononcer serait encore là pour les entendre.

17

Lorsqu'il ouvrit les yeux, Tanner était étendu sur la couche inférieure d'un lit superposé. Bree était allongée tout contre lui, ce qui le rassura quelque peu. Il prit alors conscience de la douleur lancinante qu'il avait à l'épaule gauche et la mémoire lui revint brusquement.

Il se rappelait s'être fait tirer dessus, près de la rivière. Il se souvenait avoir sauté sur son agresseur et être tombé dans l'eau. Ils s'étaient battus ensuite… Un frisson le parcourut tandis qu'il revoyait le visage de Bree au moment où elle avait pressé la détente…

Elle avait tué un homme.

Étant donné les circonstances, elle n'avait pas eu le choix. Si elle ne l'avait pas fait, il se serait certainement retrouvé avec un couteau planté dans le dos. Mais Tanner savait que, justifié ou non, un tel acte était toujours traumatique.

Que s'était-il passé, ensuite ?

Penchant la tête de côté, il aperçut la pièce voisine par la porte grande ouverte. Il comprit alors où il se trouvait. Il était venu souvent dans ce refuge et y avait même croisé une fois le vieil Henrikson qui l'avait accueilli avec un fusil à la main.

Il lui sembla alors se rappeler quelque chose que Bree lui avait dit la veille.

« Si tu ne m'accompagnes pas jusqu'à ce refuge, je n'irai pas… »

Un sourire se dessina sur ses lèvres. Une fois de plus, la volonté farouche dont Bree était dotée s'était avérée payante. Il replia le bras pour toucher du bout des doigts le bandage qu'elle avait dû lui faire. Elle lui avait sauvé la vie à deux reprises en l'espace de quelques heures…

Bree bougea dans son sommeil, se serrant un peu plus contre lui. Elle était nue, ce qui éveilla en lui un accès de désir qui acheva de le rassurer sur son propre état de santé.

Mais elle émit alors un petit son étranglé qu'il n'eut aucune peine à interpréter, bien qu'il ne l'ait que rarement entendu. Bree ne pleurait pas souvent, en effet. Elle avait généralement beaucoup de mal à exprimer ses émotions, qu'elle avait appris dès son plus jeune âge à dissimuler en toutes circonstances.

Il caressa doucement ses cheveux pour tenter de l'apaiser. Mais elle ouvrit alors les yeux et le considéra durant quelques instants d'un air incertain.

— On peut dire que tu ne recules devant rien pour m'attirer dans ton lit, lui dit-il malicieusement.

Elle sourit et se redressa.

— Comment te sens-tu ?

— Beaucoup mieux, répondit-il. Mais mon épaule me fait toujours atrocement souffrir.

— C'est normal, acquiesça-t-elle. Je pense qu'elle est déboîtée. Je n'ai pas osé te la remettre en place, de peur de rouvrir ta blessure. D'ailleurs, ajouta-t-elle, je ne suis pas sûre que j'aurais réussi à le faire même sans cela. Je pense que le mieux serait de faire une écharpe pour éviter que tu ne tires trop sur ton bras. Dès que nous serons à l'hôpital, il faudra aussi qu'ils vérifient que tu ne souffres pas d'un traumatisme crânien…

— Le plus important, c'est qu'aucune de ces blessures n'est réellement dangereuse. Elles ne devraient pas non plus m'empêcher de marcher, ce qui fait que nous devrions pouvoir rentrer à pied à Risk Peak.

— En tout cas, tu dois être affamé. Apparemment, quelqu'un veille à entretenir ce refuge. Il y a tout un tas de boîtes de conserve dans la cuisine. Rien de particulièrement exaltant, j'en ai peur, mais cela devrait te caler.

— C'est M. Henrikson qui a construit cet endroit. Et c'est lui qui s'en occupe tout au long de l'année.

— Le vieux fou au fusil ? s'exclama Bree, sidérée. Je croyais que cet homme détestait tout le monde ?

— J'ai entendu dire que son fils avait été pris dans une tempête de neige, il y a des années de cela, expliqua Tanner. Il s'est cassé la jambe et est resté bloqué en montagne. Il serait mort si le refuge jusqu'auquel il s'est traîné n'avait pas été approvisionné par un bûcheron de la région, quelques jours auparavant.

— Je ne savais pas que Henrikson avait un fils, remarqua Bree.

— Je ne suis pas sûr que cette histoire soit vraie, admit Tanner en souriant. Il y en a tellement qui courent sur son compte. La plupart ne sont que des légendes.

— Quoi qu'il en soit, que ce vieux fou soit béni ! Son refuge nous a sauvé la vie.

Bree quitta le lit et il ne put s'empêcher d'admirer sa silhouette magnifique tandis qu'elle traversait la chambre pour aller lui chercher à manger. Une fois de plus, il regretta amèrement la résolution qu'ils avaient prise à la veille de leur mariage.

Malheureusement, lorsqu'elle revint avec un plat de lentilles fumant, elle s'était rhabillée. Un peu déçu, il se mit à manger avec appétit et ne tarda pas à dévorer tout le contenu de son assiette.

— À ton avis, est-ce que nous sommes en sécurité, ici ? lui demanda-t-elle.

— Je l'espère, répondit-il. Si les amis de Jared ont connaissance de l'existence de cet endroit, ils l'ont probablement déjà visité. Il y a peu de chances pour qu'ils y reviennent. Après tout, ils doivent penser que nous chercherons à regagner nos véhicules ou, au moins, la route qui mène à Risk Peak. Et ces deux destinations se trouvent beaucoup plus loin en aval.

— Ce qui signifie que nous sommes coincés ici, alors…

— Je ne sais pas, répondit Tanner, pensif. Au bout d'un moment, ils vont bien devoir se résigner à partir. Ils ne peuvent pas courir le risque de demeurer ici indéfiniment alors qu'une partie de notre groupe a déjà rallié Risk Peak. Ils savent que des renforts ne tarderont pas à arriver. Et s'ils ont découvert le corps de Wyn, ils sauront que nous sommes résolus à nous battre…

À ces mots, Bree blêmit et ne put réprimer un léger frisson.

— Est-ce que ça va ? lui demanda Tanner, inquiet.

Elle secoua la tête.

— Je n'ai pas arrêté de faire des cauchemars à propos de ce qui s'est passé, lui avoua-t-elle.

Tanner lui prit la main et la serra doucement dans la sienne.

— Le contraire serait étonnant, lui dit-il. Ôter une vie n'est jamais quelque chose de facile. Mais Wyn ne t'a pas laissé le choix. Si tu ne l'avais pas fait, c'est moi qui serais mort, à l'heure actuelle.

— Je sais, répondit-elle. Et je ne regrette pas d'avoir tiré sur lui. C'est juste…

Elle conclut sa phrase d'un haussement d'épaules.

— Si cela peut te réconforter un peu, sache que

ce type était une véritable ordure. Tout comme Jared, il faisait partie du gang Viper. Ces types gèrent l'un des plus gros réseaux de trafiquants de drogue de la région. Ils ont probablement des centaines de morts sur la conscience…

— J'aurais préféré qu'il soit arrêté, jugé et condamné, soupira-t-elle.

— C'est tout à ton honneur, répondit Tanner. Et nous allons faire en sorte que ses complices le soient.

— Sauf que nous n'avons aucune preuve, n'est-ce pas ? objecta-t-elle. S'ils décident de faire profil bas et de rentrer à Denver, il sera très difficile de démontrer qu'ils étaient bien ici et qu'ils comptaient nous tuer…

— Pas forcément. Le fait que tu aies abattu Wyn aura au moins le mérite de prouver qu'un ami proche de Jared était impliqué. La police scientifique devrait également récupérer un certain nombre d'éléments : il y a les explosifs qu'ils ont utilisés pour faire couler le radeau, le pont qu'ils ont détruit, les balles, les traces de pas et de pneus… Nous ne parviendrons peut-être pas à les arrêter tous, mais nous devrions pouvoir démontrer sans trop de peine que le coup a été monté par Jared.

— Je l'espère, murmura Bree.

Elle lui décocha un pâle sourire.

— Cette expédition aura au moins eu un mérite, ajouta-t-elle.

— Lequel ?

— J'ai enfin trouvé ce que j'allais dire au mariage.

— Tu n'étais pas sûre de répondre « oui » ? demanda Tanner en riant.

— Je voulais parler de mes vœux, répliqua-t-elle. Cela faisait dix jours que je séchais et ça a failli me rendre complètement folle.

— À t'entendre, on pourrait croire qu'écrire des

vœux est plus angoissant que de se faire poursuivre par des trafiquants armés de fusils, remarqua Tanner.

Bree parut considérer très sérieusement la question avant de lui répondre.

— En terme de stress, je dirais que c'est à peu près équivalent, déclara-t-elle.

S'il s'était agi de qui que ce soit d'autre, Tanner aurait pris la remarque pour une plaisanterie. Mais il savait combien Bree pouvait être mal à l'aise en société. Elle avait vécu entièrement seule durant la majeure partie de son existence. Et l'idée d'exprimer ses sentiments en présence de plusieurs dizaines de personnes devait effectivement lui sembler très intimidante.

— Tu sais que tu n'es pas obligée de dire quoi que ce soit, lui assura-t-il. Tout ce qui m'importe, c'est que nous soyons mariés…

— Moi aussi, acquiesça-t-elle. Et je comprends que tu veuilles partager ce moment avec tes proches. Mais il y aura aussi des tas de gens que je ne connais pas. Et je t'avoue que la perspective de me donner en spectacle devant tout ce monde me rend terriblement nerveuse.

Tanner éprouva un brusque accès de culpabilité. Il s'était tellement réjoui à l'idée de ce mariage qu'il n'avait pas considéré à quel point cela pouvait être intimidant pour sa fiancée.

Elle n'avait que très peu d'amis, et sa famille se limitait à une cousine, l'époux de celle-ci et leurs deux enfants. Contrairement à elle, Tanner avait invité des dizaines d'amis et de membres de sa famille. Il avait également convié des collègues de travail, des notables de la région, d'anciens camarades d'université…

La liste des convives comptait au moins cinq cents personnes, dont quatre-vingt-dix pour cent étaient ses invités. Lorsqu'il en avait parlé avec Bree, désireuse de lui faire plaisir, elle n'avait soulevé aucune objection. Mais il aurait dû comprendre qu'une telle cérémonie la mettrait mal à l'aise.

— Je suis désolé, lui dit-il gravement. Je n'avais pas vraiment pris la mesure de ce que cela pouvait représenter pour toi. C'était très égoïste de ma part. Nous avons souvent plaisanté à l'idée de nous échapper en douce pour aller nous marier en secret. Mais rien ne nous empêche de le faire réellement, tu sais…

— Tu n'es pas sérieux, s'exclama-t-elle. Le mariage doit avoir lieu dans quatre jours !

— Nous ne sommes pas obligés d'annuler complètement, répondit-il. Nous pouvons nous marier dans la plus stricte intimité puis organiser une grande fête pour célébrer l'événement. De cette façon, tu ne seras pas obligée de prendre la parole en public…

— Tu ferais vraiment ça ? lui demanda-t-elle, sidérée.

— Bien sûr. Tout ce qui compte, à mes yeux, c'est que tu sois heureuse.

Elle lui décocha le plus beau des sourires.

— La semaine dernière, je t'aurais probablement pris au mot, lui avoua-t-elle enfin. J'ai passé des soirées entières à plancher sur ces maudits vœux. C'est même pour cela que je me trouvais dans mon bureau, le soir de l'incendie, et que j'ai failli me faire tuer !

Elle secoua la tête d'un air incrédule.

— J'y ai passé des heures, tu sais. Et rien ne me venait… Et là, soudain, j'ai eu une révélation. J'ai su précisément ce que je voulais te dire.

— Tu veux me les dire maintenant ?

— Pas question ! répliqua-t-elle. Tu devras attendre quatre jours. Enfin… si je ne les oublie pas d'ici là. Je ferais peut-être mieux de les écrire.

— Tu n'es pas sérieuse, n'est-ce pas ? s'exclama

Tanner. Je t'ai vue mémoriser des pages et des pages de code informatique en les lisant une seule fois.

— Ça n'a rien à voir ! protesta Bree. Le code est un langage rationnel, logique. C'est tout le contraire des sentiments. À mes yeux, il n'y a rien de plus difficile que de trouver les mots justes pour exprimer ce que l'on ressent.

— Tu pourrais peut-être intégrer tes vœux à une sorte de programme imaginaire, suggéra-t-il. Cela t'aiderait peut-être à les retenir…

Elle le considéra avec stupeur.

— Excellente idée ! s'exclama-t-elle. Tu es tout simplement génial, Tanner !

Le regard de Bree se fit distant et il comprit qu'elle était en train d'imaginer des lignes de code. Il ignorait à quoi pourrait bien servir un tel programme mais il était désormais certain qu'elle n'oublierait pas ses vœux de sitôt.

Tanner ne put s'empêcher de sourire. Bree Daniels ne faisait décidément rien comme les autres. Mais c'était en partie pour cela qu'il l'aimait tant…

18

Tanner venait de finir sa deuxième assiette de lentilles lorsque deux coups de feu retentirent successivement dans le lointain. Bree tourna vers lui un regard inquiet.

— Je ne pense pas qu'ils tirent sur Noah et Marilyn, la rassura-t-il aussitôt. S'ils avaient dû les rattraper, ils l'auraient fait il y a des heures de cela.

Deux nouveaux coups de feu se firent entendre.

— Je pense que ce sont les renforts que nous attendions ! s'exclama-t-il.

Il se mit péniblement debout, luttant contre la douleur qui rayonnait de son épaule et semblait se communiquer à l'ensemble de son corps.

— Tu as besoin d'aide ? lui demanda Bree.

Il secoua la tête.

— Ça ira, lui assura-t-il d'un ton bien plus confiant qu'il ne l'était réellement.

Il récupéra le pistolet que Bree avait posé sur la table de nuit, juste à côté de leur lit, et tous deux sortirent du refuge. La pluie avait cessé et le ciel était en train de se dégager.

Deux coups de feu furent encore tirés.

— C'est Noah, déclara Tanner.

— Tu en es sûr ?

— Certain. Deux coups rapprochés. C'est le code que j'ai utilisé après que le radeau a coulé pour dire que tout allait bien. Noah est sain et sauf. Et s'il prend le risque de tirer en l'air, c'est qu'il a dû trouver de l'aide.

— Tu ne crois pas que tu devrais lui répondre ? suggéra Bree.

— Idéalement, c'est ce que je ferais, acquiesça-t-il. Mais nous aurons peut-être besoin des balles pour nous défendre.

Fort heureusement, ils n'eurent pas besoin de se servir de leur arme. Si les hommes de Jared se trouvaient toujours dans les parages, ils devaient faire profil bas. Il leur fallut en revanche plus de deux heures de marche pour rallier l'endroit où Noah les attendait. Ce dernier tirait régulièrement en l'air de façon à les guider.

Lorsque Bree et Tanner arrivèrent enfin, ils découvrirent que Noah n'était effectivement pas seul. Auprès de lui se tenaient le shérif Duggan, Richard Whitaker, l'homologue de Tanner pour la partie septentrionale du comté, ainsi que la moitié des policiers de Grand County.

Il y avait aussi deux rangers en charge du parc forestier, quatre citoyens de Risk Peak qui avaient offert leur aide, parmi lesquels se trouvaient M. Henrikson ainsi qu'un urgentiste qui s'occupa aussitôt de la blessure de Tanner. Il replaça son épaule déboîtée et félicita Bree pour le bandage qu'elle avait réalisé.

— Je devrais aussi apprendre à remettre une épaule en place, déclara-t-elle.

— Il vous arrive souvent de devoir jouer les secouristes ? lui demanda le médecin en souriant.

— Vous n'avez pas idée ! s'exclama-t-elle en secouant la tête. Depuis que nous nous connaissons, nous avons failli nous faire tuer je ne sais combien de fois…

Le regard que lui lança l'urgentiste montrait clairement qu'il ne savait trop s'il devait la prendre au sérieux. Tanner attendit qu'il ait désinfecté sa blessure et remis son bras en écharpe. Il avala une double dose d'ibuprofène.

Il aurait bien voulu pouvoir rentrer à Risk Peak en compagnie de Bree mais il avait beaucoup trop à faire pour cela. Il veilla donc à ce que l'un de ses hommes la reconduise jusque chez elle pour qu'elle puisse faire un brin de toilette et manger un morceau.

Puis il alla trouver son frère.

— Comment vont Marilyn et les enfants ? demanda-t-il à Noah.

— Très bien. Par prudence, j'ai demandé à Ronnie de les garder sous surveillance au poste de police, le temps que nous puissions mettre sous les verrous ceux qui nous ont attaqués. Cass est auprès d'eux. C'est elle qui a appelé la cavalerie dès que Barbara et Frances sont revenues en ville. Tes collègues nous attendaient à proximité du pont.

— Vous n'avez pas eu de mal à éviter les hommes de Jared ?

— Si. Votre diversion a parfaitement fonctionné et une bonne partie d'entre eux se sont élancés à votre poursuite. Malheureusement, nous sommes tombés sur l'un de ceux qui étaient restés en arrière.

— Il n'était pas armé ?

— Si, répondit Noah avec un sourire carnassier. Et il a commis l'erreur de penser que cela ne me laissait aucune chance. Il faudra que je te conduise jusqu'à l'endroit où se trouve le corps. Je n'en ai encore parlé à personne mais j'imagine que tu voudras faire cela selon les règles…

— Oui, répondit Tanner. D'autant que tu n'es pas le seul à avoir tué un homme en légitime défense. Bree a abattu Paul Wyn alors qu'il essayait de se débarrasser de moi. Figure-toi que c'est lui qui s'est fait passer pour un urgentiste, le soir de l'incendie.

— Cela devrait vous permettre de démontrer que c'est bien Jared qui est derrière tout ça.

— Malheureusement, cela ne sera pas si facile. Pour le moment, nous n'avons qu'une très forte présomption mais pas de preuve à proprement parler.

— Je ne comprendrai jamais comment tu peux supporter de voir tant de salopards remis en liberté alors que tout indique qu'ils ont commis un crime.

— Je sais, acquiesça Tanner en riant. C'est pour cela que tu ferais un très mauvais flic.

— Ne m'en parle pas ! s'exclama Whitaker qui les avait rejoints. Si je l'avais écouté, nous aurions organisé une descente chez Jared Ellis et ses copains.

— C'est tout ce qu'ils méritent, rétorqua Noah en haussant les épaules.

Whitaker leva les yeux au ciel.

— Dieu me préserve des frères Dempsey ! s'exclama-t-il d'une voix théâtrale.

Lorsque Tanner eut informé le shérif Blaine Duggan de la présence des deux cadavres, elle partit avec Noah voir l'homme que ce dernier avait tué. Tanner, quant à lui, emmena Whitaker jusqu'à l'endroit où gisait Paul Wyn.

— Tu as vraiment la fâcheuse habitude de t'attirer des ennuis, commenta Whitaker en s'agenouillant auprès de la dépouille.

— Au moins, j'espère que tu ne m'arrêteras pas, cette fois-ci, répliqua Tanner.

Son ami lui décocha un sourire plein d'autodérision. Quelques mois plus tôt, il l'avait en effet accusé d'avoir commis une série de meurtres. Ce malentendu était depuis longtemps dissipé mais Tanner ne manquait jamais une occasion de le taquiner à ce sujet.

Après avoir recueilli le témoignage de Tanner et effectué tous les relevés nécessaires, Whitaker appela l'équipe de la police scientifique et le bureau du coroner qui prirent le relais. Lorsqu'ils rentrèrent au poste de police, la nuit était déjà en train de tomber.

Ronnie les informa que l'homme que Noah avait abattu avait été identifié : il s'agissait de Marius Nixon, un autre des proches amis de Jared Ellis. L'étau se resserrait autour de ce dernier, mais aucune preuve directe ne permettait de l'inculper.

Il avait été entendu par la police de Denver, bien sûr, mais son bracelet électronique indiquait qu'il était demeuré confiné chez lui durant les trois derniers jours. George Pearson s'était même porté garant pour lui, affirmant qu'il avait passé la majeure partie du temps en sa compagnie pour étudier un projet d'investissement.

Le lendemain matin, le shérif Duggan contacta le juge Osborne, l'un des magistrats du tribunal de Denver avec lequel elle entretenait d'excellentes relations. Elle parvint à le convaincre d'organiser une confrontation avec Jared Ellis cet après-midi-là.

Tanner s'y rendit en compagnie de sa supérieure. Le juge Osborne écouta très attentivement le compte rendu précis qu'il lui fit de ce qui s'était passé dans les montagnes. Tanner conclut son récit en précisant l'identité des deux hommes qui avaient été tués par Noah et Bree.

— Je vois, acquiesça gravement le juge, avant de se tourner vers Oscar Stobbart. Maître, qu'avez-vous à dire pour la défense de votre client ?

Stobbart feignit la surprise.

— Pour sa défense, Votre Honneur ? Eh bien, pas grand-chose. À vrai dire, je ne suis pas sûr de comprendre pourquoi mon client a été convoqué. Il ne se trouvait pas à Risk Peak mais ici même, à Denver.

— Votre Honneur, plaida Tanner. Paul Wyn et Marius Nixon étaient tous deux de proches associés de Jared Ellis. De plus, ainsi que je l'ai précisé dans ma déposition, j'ai entendu Paul Wyn discuter avec un autre homme et lui expliquer que M. Ellis comptait bien récupérer ses enfants au plus vite.

Tanner aurait pu préciser que l'homme en question n'était autre qu'Oscar Stobbart lui-même. Mais il savait que, s'il mentionnait ce détail, l'ensemble de son témoignage paraîtrait suspect.

— Votre Honneur, objecta Stobbart, je vous rappelle que le capitaine Dempsey vient de traverser un moment très éprouvant. J'ai lu son rapport. Il stipule qu'il n'a quasiment pas fermé l'œil au cours des trois derniers jours et qu'il a été blessé. N'est-il pas possible qu'il ait mal interprété une phrase prononcée par M. Wyn ? Ce dernier a pu faire allusion au fait que mon client désirait obtenir la garde de ses enfants – ce que nous ne nions pas…

— Ce n'est pas ce que j'ai entendu, objecta Tanner.

Oscar Stobbart haussa les épaules.

— De plus, ajouta-t-il, mon client ne saurait être tenu responsable de ce qu'ont bien pu faire ou dire messieurs Wyn et Nixon.

— Votre Honneur, protesta vivement Tanner, ces deux hommes n'étaient pas de simples connaissances de Jared Ellis. Ils étaient des amis très proches. Qui peut croire que leur présence à Risk Peak, l'endroit où s'est réfugiée l'épouse de M. Ellis, ait pu n'être qu'une coïncidence ?

— Votre Honneur, soupira Stobbart, je pense que le capitaine Dempsey se laisse aveugler par des considérations d'ordre personnel. Il semble éprouver envers mon client une animosité toute particulière. Il s'est même rendu coupable de harcèlement à son égard.

— Ce sont de graves accusations, maître, remarqua le juge Osborne en fronçant les sourcils.

— J'en ai bien conscience, acquiesça l'avocat. Et c'est la raison pour laquelle je n'avais pas jugé bon d'en parler jusqu'ici. Mais les choses vont beaucoup trop loin. Savez-vous par exemple que, la semaine dernière, la propre fiancée du capitaine Dempsey s'est fait passer pour un technicien du bureau des marshals afin de pouvoir inspecter le bracelet électronique de mon client ?

Le juge se tourna vers Tanner.

— Est-ce exact, capitaine ? lui demanda-t-il.

— Ma fiancée, Bree Daniels, se trouve être une spécialiste en matière d'informatique. Elle a collaboré avec les services de police de Grand County, de Denver et de Dallas à plusieurs reprises.

— Ce que le capitaine Dempsey oublie commodément de mentionner, intervint Stobbart, c'est le fait que Mlle Daniels est également l'une des deux administratrices du foyer dans lequel Mme Ellis s'est installée récemment. Elle n'est absolument pas objective, dans cette histoire.

— C'est vrai, Votre Honneur, répondit Tanner. Bree n'est pas objective, pas plus que moi ou n'importe quelle personne ayant étudié le dossier de Mlle Ellis. Son mari l'a tellement maltraitée qu'elle s'est retrouvée dans le coma. Nous avons tous à cœur de les défendre, elle et ses enfants. Jusqu'à présent, nous pensions que l'ordonnance de non-communication à laquelle M. Ellis a été soumis suffisait à la protéger. Mais après ce qui s'est passé ces derniers jours, il paraît évident que tel n'est pas le cas.

— Encore une fois, Votre Honneur, protesta Stobbart, toutes ces allégations sont infondées. Le capitaine Dempsey n'a strictement aucune preuve de l'implication de mon client dans ces regrettables événements.

Le juge regarda Tanner droit dans les yeux.

— Est-ce que vous avez vu Jared Ellis dans les bois ? lui demanda-t-il. Et avez-vous la moindre raison de penser que le bracelet électronique qu'il porte puisse dysfonctionner ?

Tanner aurait voulu pouvoir répondre par l'affirmative. Il savait pertinemment que, en disant la vérité, il mettrait Marilyn et ses enfants en danger. Mais s'il commençait à mentir, même avec les intentions les plus nobles qui soient, il trahirait tout ce en quoi il croyait.

— Je ne peux pas prouver que Jared Ellis se trouvait dans les bois, reconnut-il.

— Et pour cause ! s'exclama Stobbart. Il n'y était pas. Le bracelet électronique qu'il porte en témoigne. Et il est totalement fiable : jusqu'à ce jour, personne n'est parvenu à le pirater.

Stobbart posa un dossier sur le bureau du juge.

— Vous trouverez ici tous les chiffres concernant l'emploi de cet appareil, ajouta-t-il. Les conclusions de cette étude sont sans appel. J'ajouterai d'ailleurs que Mlle Daniels n'a découvert aucun dysfonctionnement du bracelet électronique de mon client ou du logiciel de traitement des données.

— Est-ce que vous le confirmez, capitaine Dempsey ?

— Oui, répondit Tanner, la mort dans l'âme. Bree n'a rien détecté d'anormal.

— Dans ce cas, conclut le magistrat, j'ai bien peur de

ne disposer d'aucun élément concret qui me permettrait d'annuler la libération sous caution de M. Ellis.

— Merci, Votre Honneur, fit Stobbart d'un ton obséquieux.

— Je tiens cependant à préciser que, si jamais d'autres connaissances de votre client venaient à se rendre dans les environs de Risk Peak avant la tenue du procès, je me verrais forcé de prendre des mesures drastiques.

— Je proteste, Votre Honneur. Mon client ne saurait être tenu pour responsable des actes de tierces personnes !

— Gardez vos objections pour le procès, maître, répliqua le juge en présentant une photographie du visage de Marilyn couvert de bleus et d'ecchymoses. Quelque chose me dit que vous en aurez besoin…

Le juge se tourna ensuite vers Tanner.

— Capitaine Dempsey, lui dit-il, je vais demander au bureau des marshals de Denver d'envoyer quotidiennement l'un de leurs représentants s'assurer que le bracelet électronique de M. Ellis fonctionne et ne présente aucun dysfonctionnement…

— Votre Honneur, s'exclama l'avocat. C'est du harcèlement !

— Maître Stobbart, le rappela sèchement à l'ordre le juge, votre client a la chance de demeurer en liberté jusqu'au procès. Je ne peux que lui conseiller d'en profiter. Quant à vous, vous devriez vous concentrer sur la façon dont vous comptez le défendre. Quelque chose me dit que vous aurez beaucoup de mal à convaincre un jury de son innocence.

— Votre Honneur, mon client et moi-même avons hâte de comparaître devant un tribunal pour dissiper les malentendus le concernant. Je suis certain que nous démontrerons qu'il n'est pas le monstre que l'on veut faire de lui.

Le regard que le juge lança à Stobbart indiquait clairement sa conviction que rien ne pouvait minimiser la responsabilité de Jared Ellis. L'avocat et son client quittèrent le bureau du juge. Tanner resta le temps de remercier ce dernier.

— Je suis désolé de ne pas avoir pu faire plus, soupira Osborne. Je suis également convaincu qu'Ellis avait connaissance des agissements de ses amis. Mais tant que nous ne pouvons le démontrer, je ne peux rien faire…

Tanner lui assura qu'il comprenait parfaitement la situation. Avant de rentrer à Risk Peak, il fit un crochet par le bureau des marshals et indiqua qu'il souhaitait qu'on le tienne informé quotidiennement.

Fort heureusement, ils avaient déjà été prévenus des récents événements et paraissaient prendre la situation très au sérieux. Ils assurèrent à Tanner qu'il serait mis au courant en temps réel. En sortant, ce dernier se sentait quelque peu rassuré.

Certes, Jared Ellis ne se trouvait pas encore derrière les barreaux comme il le méritait. Mais il savait à présent que tous les services concernés étaient sur le qui-vive, prêts à intervenir dès qu'il commettrait une erreur.

Avec un peu de chance, cela le dissuaderait de prendre des risques et Marilyn serait en sécurité jusqu'au procès.

19

— Cette robe est vraiment splendide, déclara Cassandra en admirant le vêtement qui était étalé sur le canapé du salon du petit meublé que Bree avait occupé en arrivant à Risk Peak.

Il appartenait à Cheryl et Dan Andrews, les propriétaires du Sunrise, le restaurant où elle avait travaillé avant de s'associer avec Cassandra. Tous deux avaient insisté pour qu'elle s'y installe durant les jours qui précédaient le mariage, estimant qu'elle y serait beaucoup plus tranquille qu'au foyer où elle était constamment sollicitée.

Si Bree avait accepté leur offre avec reconnaissance, c'était surtout parce que cet endroit lui rappelait sa première rencontre avec Tanner.

Rétrospectivement, leur histoire paraissait hautement improbable. Rien ne la prédisposait à atterrir un jour dans cette ville minuscule du Colorado, située au beau milieu des montagnes. Et curieusement, c'était au Cercle qu'elle devait cette rencontre. S'ils ne l'avaient pas poursuivie à travers tous les États-Unis, jamais elle ne serait arrivée jusqu'ici.

Aujourd'hui, il lui semblait que ces épreuves avaient constitué un long chemin initiatique qui les avait conduits l'un vers l'autre. Toute la souffrance et toutes les angoisses qu'ils avaient endurées n'avaient fait que renforcer les sentiments qu'ils se vouaient l'un à l'autre. Elles avaient forgé leur amour et l'avaient éprouvé.

À présent, elle était là, à la veille de son mariage, en compagnie de ses deux nouvelles amies – de ses deux premières véritables amies. Le dîner de répétition s'était déroulé sans la moindre anicroche. Et en dépit de la multitude de convives qui avaient assisté à l'événement, Bree avait réussi à se détendre et à profiter de la soirée.

Après ce qu'elle avait vécu dans les montagnes avec Tanner, elle était bien décidée à ne plus se laisser intimider par la cérémonie qui l'attendait. Et chaque fois qu'elle sentait son angoisse resurgir, elle pensait à la nouvelle vie qui l'attendait, aux côtés de Tanner.

En le regardant, ce soir-là, elle s'était dit qu'elle avait beaucoup de chance. Elle était sur le point d'épouser l'un des hommes les plus extraordinaires qui soient. Et il lui semblait que, après des années d'errance et de doute, elle-même avait enfin trouvé sa place dans le monde.

— Qu'est-ce qui te fait sourire ? s'enquit Cassandra.

— Je me disais que j'étais prête, répondit-elle. Prête à commencer une nouvelle vie avec Tanner.

— Lui aussi, tu sais, répliqua Cassandra. J'ai l'impression qu'il l'a su dès le moment où il a posé les yeux sur toi. Je crois que vous étiez vraiment faits l'un pour l'autre.

— Je ne vous connais pas aussi bien que Cass, tous les deux, remarqua Marilyn. Mais il y a vraiment quelque chose d'évident, entre vous. Vous donnez l'impression de vous compléter l'un l'autre.

— C'est le cas, acquiesça Bree avec un large sourire.

Elle porta son verre de vin blanc à ses lèvres et demeura quelques instants pensive.

— Je trouve toujours que cette robe est un peu trop sophistiquée pour moi, déclara-t-elle enfin.

— Je n'avais encore jamais entendu une mariée se plaindre d'avoir une robe trop élégante, déclara Cassandra en secouant la tête d'un air incrédule.

— De toute façon, ce n'est pas la robe qui compte, énonça sagement Marilyn. C'est l'homme qui va avec.

Bree approuva d'un hochement de tête. Mais en son for intérieur, elle persistait à penser que cette robe ne lui correspondait pas. Si elle avait suivi le mouvement de son cœur, elle aurait choisi quelque chose de beaucoup plus simple et dépouillé.

Ses pensées furent brusquement interrompues par une série de bips rapprochés émanant de l'ordinateur portable qui était posé sur le bureau. Il lui fallut quelques instants pour interpréter ce son. Et elle sentit alors les battements de son cœur s'emballer dans sa poitrine.

L'alarme du bracelet électronique de Jared Ellis venait de se déclencher.

Sans dire un mot, elle alluma l'ordinateur pour tenter d'obtenir plus d'informations. Quelques instants plus tard, leurs trois téléphones portables tintèrent successivement. Bree entendit Marilyn pousser un petit gémissement inarticulé en lisant le SMS qu'elle venait de recevoir.

Comprenant que Bree était déjà passée à l'action, Cassandra se rapprocha de leur amie pour tenter de la réconforter. Le téléphone de Bree se mit alors à sonner et, avisant le numéro de Tanner, elle décrocha aussitôt sans cesser de taper.

— Est-ce que tu as des informations ? lui demanda-t-il.

Il la connaissait suffisamment bien pour savoir que, même à la veille de leur mariage, il était totalement superflu de s'encombrer de précautions oratoires. Bree était déjà sur le pied de guerre.

— Apparemment, il se trouve toujours dans son

appartement, répondit-elle. Cela signifie que l'alarme s'est déclenchée parce qu'il a essayé d'ôter le bracelet.

— J'ai appelé Noah. Il ne devrait pas tarder à arriver à l'appartement. Je vous rejoins dès que j'aurai eu le bureau des marshals de Denver.

— C'est compris, répondit Bree.

Se tournant vers Marilyn, elle constata sans surprise que celle-ci était livide. Ses yeux étaient agrandis par la peur.

— Il est toujours dans son appartement, s'efforça-t-elle de la rassurer. Tâchons de ne pas paniquer inutilement et attendons les informations de la police, d'accord ?

Marilyn hocha la tête.

— Il faut que j'aille chercher les enfants, déclara-t-elle.

— Je vais appeler Barbara et lui demander de barricader le foyer, par acquit de conscience, annonça Cassandra. Mais rassure-toi : même si Jared était parvenu à se défaire de son bracelet électronique, il n'aurait pas eu le temps de venir jusqu'à Risk Peak.

— Tu as raison, articula Marilyn d'une voix qui manquait singulièrement de conviction.

Cassandra décrocha le téléphone et composa le numéro de Barbara. L'alarme de l'ordinateur de Bree retentit de nouveau, et celle-ci se tourna vers son écran. Le bracelet électronique de Jared n'émettait plus du tout, à présent.

Avant qu'elle ait pu faire part de la nouvelle à ses deux amies, la sonnerie de la porte d'entrée se fit entendre. Cassandra descendit jeter un coup d'œil au judas avant d'ouvrir pour laisser entrer Noah.

— Est-ce que tout va bien ? lui demanda-t-il d'un ton inquiet qui ne lui ressemblait pas.

— Oui, répondit Cassandra. Nous sommes juste un peu angoissées par la nouvelle.

Le frère et la sœur les rejoignirent dans le salon.

— Ronnie est déjà au foyer, indiqua-t-il à Marilyn. Les enfants n'ont rien à craindre.

— En revanche, le bracelet électronique de Jared a été déconnecté, leur indiqua Bree.

— Qu'est-ce que cela signifie, exactement ? s'enquit Marilyn.

— Que nous ignorons désormais où se trouve Jared, répondit-elle gravement.

Quelques minutes plus tard, ils furent rejoints par Tanner qui était en pleine conversation téléphonique. Comme à son habitude, il paraissait calme et décidé, et cela contribua à rassurer Bree. Lorsqu'il pénétra dans le salon, Cassandra recouvrit la robe d'un plaid pour ne pas que son frère la voie avant le mariage.

— J'appellerai Sowers moi-même pour vérifier, conclut Tanner au téléphone. J'ai déjà son numéro. Je vous remercie beaucoup, marshal.

Il marqua une pause.

— Je n'y manquerai pas, ajouta-t-il. Au revoir, marshal, et merci encore de m'avoir appelé en premier.

Il raccrocha et se tourna vers leur petit groupe.

— Adam Sowers est l'un des marshals que j'ai rencontrés en personne, il y a deux jours. Il se trouvait à proximité du domicile de Jared lorsque l'alarme s'est déclenchée et il s'est immédiatement rendu sur les lieux. Il est arrivé quelques minutes plus tard et Jared se trouvait toujours sur place.

— Mais le bracelet a été déconnecté, fit remarquer Bree.

— Effectivement. D'après Sowers, Jared a tenté de desserrer l'appareil, qui l'irritait, et ce faisant il l'a déconnecté.

— Tu es sûr que ce Sowers est réglo ? s'enquit Noah.

Bree était déjà en train de rechercher toutes les informations disponibles au sujet du marshal. Considérant que le temps pressait, elle n'hésita pas à pirater différents sites qui étaient susceptibles de les lui fournir. Elle se garda cependant de le signaler à son futur mari.

— Il est jeune, il aime son métier et il m'a fait l'effet d'être un idéaliste. Je vais l'appeler immédiatement pour vérifier que tout va bien.

Bree ne prêta aucune attention au coup de téléphone que passa Tanner. Il était bien meilleur qu'elle pour interroger les gens et sonder leurs intentions. Elle était beaucoup plus douée pour dénicher des informations confidentielles les concernant.

Ses recherches parurent rapidement confirmer l'évaluation que Tanner avait faite de Sowers. Il avait obtenu d'excellents résultats à l'académie de police de Denver, où il avait été formé. Dès sa sortie, il avait rejoint le bureau des marshals, pour lequel il travaillait depuis deux ans et demi.

Il était marié et avait une fille âgée de six mois. Rien ne laissait supposer qu'il puisse avoir des dettes, des relations extraconjugales ou une quelconque addiction. Son compte bancaire ne semblait présenter aucune anomalie.

— Je pense que Sowers est un bon flic, déclara Tanner lorsqu'il eut parlé à ce dernier. Je crois qu'on peut lui faire confiance.

— Moi aussi, acquiesça Bree.

Tanner lui lança un regard méfiant.

— Je préfère ne pas savoir ce qui te fait dire ça, commenta-t-il. Je serais désolé de devoir t'arrêter à la veille de notre mariage.

— Le mieux, dans ce cas, est de ne pas me poser

de questions, capitaine, répliqua-t-elle avec un sourire malicieux.

Cet échange contribua à alléger la tension qui régnait dans la pièce.

— Alors, tout va bien ? s'enquit finalement Marilyn.

— Tout va bien, acquiesça Tanner. Le temps que son bracelet électronique soit réactivé, Jared sera placé en détention ou en résidence surveillée. Et au cas où il se passerait quelque chose, nous en serons immédiatement tenus informés.

Marilyn hocha la tête. Elle ne paraissait pas complètement rassurée mais, après tout ce qu'elle avait traversé, Bree ne pouvait le lui reprocher.

— Ce qui est plutôt encourageant, déclara-t-elle pour tenter de calmer ses inquiétudes, c'est que le système fonctionne parfaitement. Si Jared comptait tester la réaction de la police, il sait désormais qu'elle est aussi rapide qu'efficace.

— Bree a raison, renchérit Tanner. Et cette fois-ci, nous pourrons peut-être convaincre le juge Osborne d'annuler sa libération sous caution jusqu'au procès. Il n'appréciera pas vraiment que Jared ait essayé de se débarrasser de son bracelet…

— Espérons-le, soupira Marilyn.

Elle se tourna vers Bree.

— Je sais que j'avais promis de passer le reste de la soirée avec Cassandra et toi, lui dit-elle. Mais si cela ne t'ennuie pas, j'aimerais m'assurer que les enfants vont bien.

— Je comprends tout à fait, lui assura Bree. Embrasse-les pour moi. Et nous nous retrouverons demain matin.

Lorsqu'ils avaient fixé l'heure du mariage, Bree et Tanner avaient choisi le milieu de la matinée, sachant que la vue sur les montagnes Rocheuses était magnifique, à ce moment de la journée. Bree n'avait pris conscience qu'après coup du fait qu'elle devrait se réveiller à l'aube si elle voulait avoir le temps de se préparer.

— D'accord, répondit Marilyn qui semblait déjà légèrement plus détendue. Tâche de dormir. Et vous, ajouta-t-elle à l'intention de Tanner, vous devriez rentrer chez vous. Vous n'êtes pas censé voir la mariée la veille de la cérémonie.

— C'est vrai, concéda-t-il.

— Moi aussi, je crois que je vais rentrer, déclara Cassandra. La journée a été longue et celle de demain le sera plus encore. N'oublie pas de suspendre ta robe à un cintre dès que Tanner sera sorti. Il ne faut pas qu'elle se froisse.

— Je vais ramener Marilyn au foyer, déclara Noah. Passez tous une bonne nuit. Et à demain !

Marilyn, Noah et Cassandra sortirent et rejoignirent leurs voitures qui étaient garées sur le parking. Tanner demeura seul avec Bree.

— Je suppose que tu ne me laisseras pas voir la robe ? lui demanda-t-il.

— S'il ne tenait qu'à moi, je le ferais sans hésiter, répondit-elle malicieusement. Mais Marilyn et Cassandra me tueraient pour cela. Elles pensent que tu vas défaillir en la voyant demain.

— Tu n'as pas l'air entièrement convaincue, remarqua Tanner.

Bree ne put s'empêcher de sourire en songeant que, en épousant un enquêteur aussi perspicace que Tanner, elle ne pourrait espérer lui cacher grand-chose.

— Tu me connais, répondit-elle en haussant les épaules, les frous-frous, ce n'est pas vraiment mon truc.

Mais tant que tu me promets de me l'enlever demain soir, je veux bien faire un effort…

Tanner éclata de rire.

— C'est d'accord, lui dit-il. Tu peux compter sur moi.

— Je pense qu'elle te plaira, reprit-elle. Je dois bien reconnaître qu'elle est vraiment très belle.

— Quoi que tu portes demain, tu seras magnifique, déclara Tanner.

Sur ce, il l'embrassa. C'était un baiser chaste et doux, qui lui rappela ceux qu'ils échangeaient aux premiers temps de leur relation, lorsqu'elle ne se sentait pas encore tout à fait prête à s'engager dans cette relation dont elle savait déjà qu'elle la ferait basculer dans l'inconnu. Quel chemin elle avait parcouru depuis !

— Tu te rends compte que c'est le dernier baiser que nous échangerons avant de devenir mari et femme ? lui dit-elle lorsqu'ils se séparèrent enfin.

— Je te promets que les suivants seront encore plus agréables. Mais je ferais vraiment mieux d'y aller avant qu'une chose en entraîne une autre et que nous n'oubliions nos bonnes résolutions au tout dernier moment…

— Ce sont *tes* bonnes résolutions, lui rappela-t-elle. Moi, je me considère uniquement comme une victime des traditions passéistes de la famille Dempsey…

Tanner rit de plus belle.

— Je te promets que notre nuit de noces n'en sera que plus inoubliable, lui dit-il.

— J'y compte bien, rétorqua Bree d'un ton pince-sans-rire.

— On se voit demain ?

— Je serai celle qui sera habillée en blanc.

— J'ai hâte d'y être, lui dit-il.

Il déposa un baiser sur son front et se dirigea vers

la porte. Bree prit soin de fermer à clé derrière lui et alla soulever la couverture qui dissimulait sa robe. L'observant d'un œil critique, elle parvint à la même conclusion que toutes les autres fois : elle était splendide mais elle ne lui ressemblait pas…

Comme elle s'apprêtait à aller chercher un cintre pour la suspendre, elle entendit frapper à la porte. Tanner avait dû oublier de lui dire quelque chose – ou alors, il avait finalement décidé de renoncer à sa stupide résolution.

En souriant, elle alla lui ouvrir… et se retrouva nez à nez avec Jared Ellis.

Le choc qu'elle éprouva alors la figea un instant sur place. Mais ce fut suffisant pour que son visiteur bloque la porte du pied, l'empêchant de la lui claquer au nez ainsi qu'elle en avait l'intention.

Il s'avança vers elle et, voyant qu'elle s'apprêtait à appeler à l'aide, il lui décocha un violent coup de poing qui l'atteignit à la pommette, la faisant vaciller. Pressant son avantage, il entra et referma la porte derrière lui.

— Vous allez m'aider à récupérer ma femme, lui dit-il d'une voix glaciale.

Bree se détourna et s'élança vers son bureau pour prendre son téléphone. Tanner ne devait pas être bien loin et, si elle parvenait à le joindre, il serait là en l'espace de quelques minutes.

Mais Jared ne lui laissa pas le temps de composer le numéro de son fiancé. Plongeant la main sous son blouson, il sortit un pistolet qu'il braqua droit sur elle.

— Posez ce téléphone ou je tire.

Bree fut presque tentée de presser le bouton d'appel. Elle savait ce dont Jared était capable et se faire tirer dessus n'était peut-être qu'un moindre mal. Mais son instinct de survie prit le dessus et elle reposa l'appareil.

— Comment avez-vous réussi à pirater votre bracelet électronique ? lui demanda-t-elle.

Ce n'était pas uniquement une façon pour elle de gagner du temps : elle ne comprenait vraiment pas comment quelqu'un comme lui était venu à bout d'un système qui lui avait semblé inviolable.

— Je n'ai pas eu à le faire, répondit-il. Il m'a suffi de trouver quelqu'un qui pouvait le faire pour moi…

— Qui ? lui demanda-t-elle.

— Quelqu'un qui était capable d'ôter le bracelet tout en prétendant ne pas l'avoir fait…

— Sowers, murmura-t-elle. Vous avez réussi à l'acheter, en fin de compte.

— Acheter n'est pas le terme adéquat, objecta Jared. D'ailleurs, je ne pense pas qu'il aurait accepté de se laisser corrompre. En revanche, je suis très doué pour trouver les points faibles des gens. Dans le cas de Sowers, il s'agissait de sa femme et de sa fille…

— Vous êtes un monstre, déclara Bree.

— On m'a traité de bien pire que cela, répondit-il.

Elle remarqua alors la froideur qui se lisait dans son regard. Il paraissait totalement dénué de sentiments. Elle comprit alors que Jared Ellis n'était pas uniquement un criminel et un mari violent, mais un véritable sociopathe.

— J'aimerais que vous appeliez Marilyn, à présent, lui dit-il.

— Elle ne répondra pas, improvisa Bree. Quand nous avons appris que l'alarme de votre bracelet électronique s'était déclenchée, ses enfants et elle se sont cachés. Ils ne ressortiront que lorsque le capitaine de la police leur aura donné le feu vert.

— Je suis sûr que, si vous lui dites que vous avez des doutes et que vous envisagez de vous enfuir avant votre mariage, elle viendra très rapidement. Elle est l'une de vos témoins, après tout. Alors appelez-la et laissez-lui un message.

— Vous ne pensez pas qu'elle trouvera ça un peu bizarre ? objecta Bree. Il y a moins d'une heure, je lui ai dit que j'étais folle de bonheur à l'idée de me marier. Et soudain, je déciderais de m'enfuir ? Et cela, précisément le soir où votre bracelet a dysfonctionné ? Vous ne croyez pas qu'elle se doutera de quelque chose ?

— Il n'y a qu'une façon de le savoir.

— Mais avez-vous pensé qu'elle pourrait contacter la police ? Si mon fiancé soupçonne votre présence, je peux vous dire qu'il ne tardera pas à débarquer avec tous ses hommes. Et vous ne sortirez pas d'ici vivant. Vous feriez mieux de partir, Jared. Vous avez peut-être une chance de gagner le Mexique ou le Canada avant qu'il ne soit trop tard…

— Vous vous croyez maligne, n'est-ce pas ? lui demanda Jared d'un ton vibrant de mépris. Savez-vous que Marilyn était comme vous, autrefois ? Fougueuse et rebelle. Mais je lui ai appris à se soumettre. Je peux vous l'apprendre aussi. Nous avons toute la nuit pour cela. Et qui sait ? Votre mari me remerciera peut-être…

À ces mots, Bree ne put réprimer un frisson de dégoût. Cependant, elle était bien décidée à ne pas se laisser intimider par une ordure telle que Jared. Mais alors qu'elle s'apprêtait à lui dire ce qu'elle pensait de lui, ils furent interrompus par des coups frappés à la porte.

— Bree ? C'est Marilyn. Je me suis dit que je ne pouvais quand même pas te laisser toute seule, la veille de ton mariage…

Le sourire qui se dessina alors sur les lèvres de Jared Ellis était presque plus terrifiant que les menaces qu'il venait de proférer…

20

Tanner franchit la porte du Micky's, l'un des deux seuls bars de Risk Peak. C'était là qu'il était venu boire son premier verre lorsqu'il avait atteint l'âge légal de vingt et un ans. Il estimait donc parfaitement approprié de venir y boire son tout dernier verre en tant que célibataire. Et ce soir encore, ce serait Noah qui le lui offrirait.

— Est-ce que les enfants de Marilyn allaient bien ? demanda-t-il à son frère tandis que tous deux prenaient place sur les banquettes de skaï.

— Très bien, acquiesça Noah. Ils dormaient profondément et ne se doutaient absolument de rien, bien sûr. J'aurais pu le dire à Marilyn mais je pense qu'elle avait besoin de s'en assurer de ses propres yeux.

— Après ce qui s'est passé dans les montagnes, j'avoue que je la comprends, déclara Tanner. Très franchement, j'avais un peu peur qu'elle ne décide de fuir le pays avec ses enfants.

— Je peux te dire qu'elle a déjà été tentée de le faire. J'ai réussi à la convaincre de rester. J'espère seulement que je n'ai pas eu tort. Parce que, entre Osborne qui refuse d'inculper Jared pour ce qui s'est passé dans la montagne et le bracelet électronique défaillant, je t'avoue que je commence à me poser des questions…

— Je te comprends, soupira Tanner. Je ne sais pas comment je réagirais, à ta place.

— Ce type est une ordure de la pire espèce, déclara Noah dont la voix trahissait une colère à peine contenue. Tu as lu le dossier de Marilyn et tu sais quelles violences physiques il lui a fait subir. Mais ce n'est rien comparé aux violences psychologiques et émotionnelles qu'elle a dû endurer. Et encore, je ne suis pas sûr qu'elle m'ait vraiment tout raconté…

— Je suis vraiment désolé, murmura Tanner. Mais je peux au moins t'assurer que, vu ce qui figure déjà dans le dossier de Marilyn, Jared en prendra pour huit à dix ans minimum.

— C'est bien moins que ce qu'il mérite, si tu veux mon avis…

— Je suis d'accord avec toi. Ce qu'il faudrait, c'est pouvoir démontrer son implication dans ce qui s'est passé au cours des derniers jours. Whitaker enquête là-dessus. Il épluche notamment les mails et les appels de Paul Wyn et Marius Nixon pour tenter de prouver qu'ils ont été en contact avec Jared juste avant leur petite expédition dans les montagnes Rocheuses. Whitaker est un bon flic, et il est particulièrement tenace. Si quelqu'un a une chance d'établir l'existence d'un lien entre Jared et eux, c'est bien lui !

— Tant mieux. J'imagine qu'une complicité de tentative de meurtre lui vaudra une sentence bien plus longue.

— Certainement. Et je t'avoue que cela me soulagerait, parce que Stobbart semble intimement convaincu qu'il parviendra à faire innocenter son client.

— C'est son métier de dire cela, n'est-ce pas ? En tant qu'avocat, il ne peut pas se permettre de reconnaître que le dossier de Jared est accablant.

— C'est vrai, concéda Tanner. C'est ce que je me suis dit au début. Mais je t'assure que Jared et lui ne semblaient pas inquiets du tout. C'est comme s'ils avaient un plan. Le problème, c'est que je ne vois vraiment pas quel genre de plan pourrait bien garantir la relaxe d'un homme contre qui les preuves sont aussi accablantes.

— Ils ont peut-être l'intention d'acheter les membres du jury ou de soudoyer le juge… Je sais que les avoirs de Jared ont été bloqués, mais je suis prêt à parier qu'il dispose de comptes à l'étranger et de réserves en liquide.

— C'est possible, en effet. Mais peut-être ne compte-t-il tout simplement pas se présenter au procès…

— Et fuir à l'étranger ?

— Je ne sais pas, murmura Tanner, pensif. C'est la première idée qui m'est venue à l'esprit, bien sûr. Mais tu as vu à quelle vitesse nous avons tous été avertis lorsqu'il a essayé de s'en débarrasser. Même Bree a reconnu que le bracelet électronique de Jared lui paraissait inviolable…

Tanner s'interrompit et fronça les sourcils. Il n'imaginait pas vraiment quelqu'un comme Jared faire appel à un informaticien de pointe pour pirater le bracelet électronique. Cet homme était une brute. Il l'avait prouvé en frappant sa femme puis en envoyant un véritable commando muni de fusils et d'explosifs pour récupérer ses enfants.

S'il avait voulu se débarrasser du bracelet, il aurait utilisé les seules méthodes qu'il connaissait : la force et la terreur. La question n'était donc pas de savoir comment il pouvait pirater le système, mais sur qui il était susceptible de faire pression pour dissimuler ses agissements…

Cette intuition se mua presque aussitôt en inquiétude. Car si Jared était réellement parvenu à ses fins, il pouvait parfaitement être en route pour Risk Peak en cet instant même. Sortant son téléphone portable de sa poche, Tanner rappela le dernier numéro qu'il avait composé.

Noah lui lança un regard interrogateur.

— Juste un doute que je voudrais lever, murmura Tanner.

Son frère hocha la tête.

Tanner tomba directement sur la messagerie vocale de Sowers.

— Qui essayais-tu de joindre ? s'enquit Noah.

— Le marshal qui est passé chez Jared. Il ne répond pas.

— Tu penses qu'il est complice, en fin de compte ?

— Je ne sais pas, reconnut Tanner. Disons que j'ai un mauvais pressentiment…

Par acquit de conscience, il réessaya de joindre Sowers sans obtenir plus de résultat. Il contacta alors Brickman, le responsable du bureau des marshals.

— Capitaine Dempsey ? répondit ce dernier. Qui puis-je faire pour vous ?

— J'ai tenté de joindre le marshal Adam Sowers à plusieurs reprises, expliqua Tanner. Mais il est sur répondeur. Je voulais juste m'assurer qu'il avait bien repris contact avec le bureau pour organiser le transfert de Jared Ellis.

— Je ne l'ai pas eu personnellement, répondit Brickman. Mais je peux vérifier auprès de la personne compétente. Ne quittez pas…

L'inquiétude de Tanner s'intensifia encore tandis qu'il patientait au téléphone. Plus il y réfléchissait et plus il lui semblait évident que Sowers était le maillon faible de la chaîne. S'il couvrait Jared pour une raison ou pour une autre, ce dernier disposerait de plusieurs heures pour disparaître dans la nature.

— Dempsey ? Vous êtes là ? fit alors la voix de Brickman.

Son intonation confirma les doutes de Tanner.

— Je vous écoute, répondit-il.

— Je ne comprends pas ce qui se passe. Sowers aurait effectivement dû reprendre contact avec nous mais il n'en a rien fait. Et nous ne parvenons pas non plus à le joindre. Je viens d'envoyer deux de mes hommes chez Ellis.

— Si Jared est passé à l'action, comme je le crains, il est déjà loin. Pourriez-vous envoyer des hommes à vous chez Sowers, plutôt ?

— Pour quelle raison ?

— Je viens tout juste de prendre conscience du fait que, si le bracelet électronique est totalement fiable, la seule façon pour Jared de prendre le large serait de s'assurer que le marshal qui constaterait sa fuite garderait le silence…

— Sowers est un bon flic, objecta Brickman. Jamais il ne se serait laissé corrompre.

— Je suis d'accord avec vous. En revanche, il a pu être victime d'un chantage. Demandez à vos hommes de s'assurer que sa femme et son bébé sont en sécurité.

Brickman laissa échapper un juron.

— J'espère vraiment que vous vous trompez, dit-il. Mais je vais envoyer une patrouille sur place. Je vous tiens au courant.

— Merci, marshal, répondit Tanner avant de raccrocher.

Noah avait déjà payé leurs consommations.

— Je suis peut-être un peu trop paranoïaque, lui dit

Tanner. Mais l'assurance dont Stobbart faisait preuve dans le bureau du juge me met très mal à l'aise.

— Si tu as le moindre doute, il vaut mieux retourner au foyer. Au pire, nous ferons le guet pour rien pendant une demi-heure, le temps que les marshals parviennent à localiser Jared et Sowers…

— J'espère juste que nous n'allons pas de nouveau inquiéter inutilement Marilyn.

— Très franchement, je préfère l'inquiéter inutilement qu'apprendre que tu as vu juste et que Jared se trouve effectivement en liberté.

Les deux frères quittèrent le bar et prirent la voiture de Tanner pour se rendre aux locaux de Nouveau Départ. Ils sonnèrent à la porte, prenant soin de se tourner vers la caméra qui surmontait la porte. Au bout de quelques dizaines de secondes, elle s'ouvrit et ils pénétrèrent dans le hall où ils furent très vite rejoints par Frances.

— Bonsoir, leur dit-elle en souriant.

Elle observa Tanner avec curiosité.

— Je croyais que vous étiez censé vous marier demain matin ? s'étonna-t-elle. Vous devriez aller vous reposer.

— Nous cherchons Marilyn, répondit-il.

Percevant la gravité de son ton, Frances fronça légèrement les sourcils.

— Elle n'est pas là. Est-ce qu'il se passe quelque chose ?

— Je ne comprends pas, objecta Noah. Je l'ai ramenée ici, il y a un peu plus d'une heure.

Frances tressaillit légèrement.

— Est-ce que les enfants sont là ? demanda Tanner d'une voix plus douce.

Il commençait à craindre que Marilyn n'ait décidé de fuir.

— Oui, le rassura Frances. Ils dorment. Marilyn a

juste décidé de retourner passer la soirée auprès de Bree comme elle lui avait promis de le faire initialement.

Cette réponse rassura quelque peu les deux frères.

— Tant mieux, déclara Tanner.

— Est-ce que tout va bien ? s'enquit Frances.

— Tout va très bien, acquiesça-t-il. Simplement, j'aimerais que vous redoubliez de prudence, ce soir. Ne laissez entrer personne que vous ne connaissiez pas personnellement, c'est d'accord ?

Frances hocha la tête.

— C'est toujours ce que je fais lorsque je suis de permanence, la nuit, lui assura-t-elle. Est-ce que vous avez une raison particulière de vous inquiéter ?

— Mettez cela sur le compte de la nervosité, à la veille de mon mariage. Je tiens à m'assurer que tout se passe bien, ce soir. Si nous sommes forcés de décaler la cérémonie à cause d'un quelconque problème de sécurité publique, ma mère et ma sœur me feront rôtir à petit feu.

— Ne vous en faites pas, répondit Frances en achevant de se détendre. Je veille au grain.

Alors même que Noah et Tanner quittaient le foyer, le téléphone de ce dernier se mit à sonner.

— C'est Brickman, indiqua-t-il à son frère. J'imagine qu'il m'appelle pour me dire que Jared est derrière les barreaux, que ses agents ont réveillé pour rien la femme et le bébé de Sowers, et que je suis un paranoïaque et un casse-pieds.

Noah croisa les doigts.

— Tanner Dempsey à l'appareil.

— Capitaine Dempsey, c'est le marshal Brickman. Vous aviez raison ! Nos agents ont trouvé deux amis de Jared Ellis qui retenaient Brenda Sowers et sa fille en otages. Quant à Ellis, il a disparu…

21

Bree ouvrit la bouche pour prévenir Marilyn et lui crier de prendre la fuite. Mais Jared avait anticipé cette réaction. Il lui décocha un violent coup de poing en plein visage qu'elle ne parvint pas totalement à esquiver. La force de l'impact la projeta en arrière et elle tomba à la renverse sur le canapé.

Son nez et sa gencive saignaient abondamment et maculèrent la robe qui était toujours posée sur le sofa. Curieusement, ce détail la mit hors d'elle. Elle ne raffolait peut-être pas de cette robe mais c'était *sa* robe, et Jared Ellis n'avait pas le droit de venir dans *sa* ville pour gâcher *son* mariage.

— Tenez-vous tranquille, lui ordonna Jared qui se rua vers la porte d'entrée.

Il l'ouvrit à la volée et, avant même que Marilyn n'ait eu le temps de prendre conscience de sa présence, il la tira à l'intérieur et claqua la porte derrière elle. Bree sentit son cœur se serrer en avisant l'expression d'horreur absolue mêlée de résignation totale qui se peignit alors sur le visage de son amie.

— On dirait que j'ai eu de la chance, cette fois-ci, déclara Jared avec un sourire cruel. Je suis ravi que tu sois là, Marilyn. J'imagine que tu ne t'attendais pas à me revoir de sitôt.

Marilyn fit mine de se précipiter vers la porte mais

Jared l'agrippa par la taille et la projeta de toutes ses forces contre le mur le plus proche.

— Tu es si prévisible, railla-t-il. Prévisible et stupide. C'est pour cela que tu ne parviendras jamais à m'échapper, Marilyn. Franchement, tu as de la chance que je veuille encore de toi…

Marilyn s'était effondrée sur elle-même comme une poupée de chiffon, repliant les bras pour se protéger des coups qui ne tarderaient probablement pas à pleuvoir.

Mais Bree refusait de laisser son amie se faire maltraiter. Elle était bien décidée à lutter de toutes ses forces. Elle entendait aussi prouver à cette ordure que les femmes n'étaient pas de simples objets dont on pouvait se servir à sa guise.

— À cause de vous, il y a du sang sur ma robe de mariage, déclara-t-elle en se redressant pour lui faire face. Est-ce que vous savez seulement combien c'est difficile à nettoyer ?

Il lui jeta un coup d'œil passablement sidéré, se demandant probablement si elle avait perdu la raison. Mais Bree cherchait surtout à gagner du temps. Elle n'aurait su dire pourquoi, au demeurant. A priori, personne ne savait que Jared se trouvait en ville. Marilyn était censée être au refuge. Et Tanner était probablement parti se coucher pour être en forme demain.

Jared pointa de nouveau son pistolet dans sa direction.

— Je crois que cette tache de sang est bien le cadet de vos soucis, ma jolie, lui dit-il. Puisque Marilyn est venue ici de son plein gré, je n'ai vraiment plus besoin de vous…

— Jared ! protesta Marilyn en se redressant à son tour.

Il se tourna vers elle et la fusilla du regard.

— Toi, je ne t'ai pas sonnée. Si nous sommes dans cette situation, c'est entièrement à cause de toi. Qu'est-ce qui t'a pris d'aller voir les flics pour déballer notre linge sale ? Tous les couples se disputent de temps en temps. La plupart d'entre eux ne mêlent pas la police à leurs histoires !

— Jared, laisse-la tranquille et je te promets que je t'accompagnerai de mon plein gré, plaida Marilyn.

— Ne fais pas ça, protesta Bree.

Il était hors de question qu'elle laisse son amie repartir auprès de ce monstre. Mais Marilyn ne tint aucun compte de son interruption. Elle fit un pas en avant sans quitter Jared des yeux.

— Si tu la laisses tranquille et si tu renonces à tout contact avec les enfants, j'irai où tu voudras et je ferai tout ce que tu voudras, ajouta-t-elle.

Jared la considéra avec un brin d'étonnement. Il n'avait visiblement pas l'habitude de la voir négocier avec lui de cette façon.

— Qu'est-ce qui m'empêche de lui coller une balle dans la tête avant de te traîner de force où cela me chante ? répliqua-t-il.

— Parce que, si tu fais cela, je me mettrai à hurler. Et si tu m'assommes, je recommencerai dès que j'aurai repris conscience. Je n'arrêterai pas de hurler – partout et tout le temps, jusqu'à ce que quelqu'un appelle la police ou que tu sois forcé de me tuer, moi aussi.

Marilyn fit un pas de plus en direction de Jared. Bree la regarda faire avec une pointe de stupeur. Jamais elle n'aurait cru que son amie puisse faire preuve de tant de courage et de détermination face à son bourreau. Mais il était évident qu'elle ne comptait plus se laisser faire.

— Regarde-toi ! s'exclama Jared, furieux. Cela fait à peine quelques mois que tu es partie et tu es déjà devenue impudente et irrespectueuse. Heureusement, je connais le moyen de te remettre au pas rapidement…

Marilyn tressaillit légèrement mais ne céda pas un pouce de terrain. Irrité de la voir lui tenir tête de cette façon, Jared leva le poing qui étreignait le revolver et l'abattit en direction de son visage. Il était très rapide mais Marilyn le fut plus encore.

Sidérée, Bree la vit s'écarter prestement. L'aisance avec laquelle elle venait de réagir témoignait des longues heures que Noah avait passées à lui apprendre des rudiments de self-défense. Visiblement, elle les avait parfaitement intégrés.

Jared avait frappé de toutes ses forces, sans s'imaginer un seul instant que Marilyn puisse chercher à se défendre. S'il l'avait touchée, il lui aurait probablement brisé la mâchoire. Mais de ce fait, il se trouva totalement déséquilibré. Marilyn en profita pour lui assener un prodigieux coup de genou à l'entrejambe tout en lui griffant furieusement le visage.

Il poussa un hurlement de douleur et de rage mêlées, et tituba en arrière. Il vint alors percuter la table basse du salon et tomba à la renverse. Bree eut tout juste le temps de s'écarter avant qu'il ne s'écroule sur sa robe de mariée.

Elle s'aperçut alors qu'il avait laissé échapper son arme, laquelle avait atterri aux pieds de Marilyn. Celle-ci se baissa pour la ramasser et la pointa droit sur Jared.

En se redressant péniblement, ce dernier émit une bordée de jurons orduriers. Il essuya rageusement son visage couvert de sang avec la manche de son blouson. Les ongles de Marilyn avaient laissé de profonds sillons dans sa chair.

— Je vais te faire payer ça ! hurla-t-il.

— Je crois plutôt que c'est vous qui allez payer, objecta Bree. Félicitations ! Ce soir, vous êtes passé d'une accusation pour coups et blessures et violences domestiques à une accusation pour tentative d'homicide !

Fou de colère, Jared plongea la main dans une poche de son pantalon et en sortit un couteau à cran d'arrêt. Il fit jaillir la lame et esquissa un pas en direction de Marilyn. Celle-ci releva le pistolet de façon à ce qu'il se retrouve braqué sur le visage de leur agresseur.

— Je ne crois pas que tu oseras tirer, Marilyn, lui dit-il. À vrai dire, je ne pense même pas que tu voulais sérieusement me quitter. Si tel avait été le cas, tu aurais pu quitter l'État, voire le pays. Au lieu de cela, tu es allée t'installer à quelques kilomètres seulement de Denver. C'est comme cela que j'ai compris que tu t'attendais à me voir revenir. Ce n'est pas la première fois, d'ailleurs.

Il fit un pas de plus.

— Au fond de toi, tu sais que tu as besoin de moi.

L'arme que tenait Marilyn se mit légèrement à trembler.

— Ne l'écoute pas, protesta Bree. Tu as pris les meilleures décisions que tu pouvais prendre, étant donné les circonstances. Ne le laisse pas tout gâcher. Rappelle-toi ce qui est arrivé à Angel…

Jared s'avança encore. Bree aurait voulu prendre son téléphone pour appeler Tanner. Mais elle savait que le temps qu'il arrive, la situation serait déjà résolue, d'une façon ou d'une autre.

— Ne bouge plus, ordonna Marilyn. Si tu fais un pas de plus, je n'hésiterai pas à tirer.

Malheureusement, le tremblement de sa voix paraissait contredire ses paroles. Jared fit donc un pas supplémentaire en direction de sa femme.

— Voyons, ma chérie, lui dit-il d'un air presque goguenard, nous savons tous les deux que tu n'auras jamais le courage d'aller jusqu'au bout. Très franchement, je suis déjà extrêmement surpris que tu aies osé lever la main sur moi. Mais je suis prêt à te pardonner cette incartade et même à accepter le marché que tu m'as proposé. Partons maintenant tous les deux et plus personne ne sera blessé.

Marilyn secoua la tête et écarta légèrement les jambes. Le canon du pistolet qu'elle tenait à la main cessa de trembler.

— Bree, appelle la police. Cette fois, c'est terminé, Jared. Tu vas sortir de ma vie une fois pour toutes. Je ne suis plus l'adolescente perdue et droguée que tu as ramassée dans le caniveau. Je sais qui je suis, à présent. Je sais ce que je vaux. Et je ne te laisserai plus jamais me rabaisser !

C'en était trop pour Jared qui poussa un hurlement de rage et se précipita sur elle en brandissant son couteau. Deux coups de feu claquèrent dans le petit salon, assourdissants.

La main de Marilyn n'avait pas tremblé et deux balles étaient venues se ficher dans la poitrine de Jared. Il fut de nouveau repoussé en arrière. Son visage trahissait une stupeur qui aurait pu paraître presque comique en d'autres circonstances. Il esquissa quelques pas en arrière et se laissa lourdement retomber sur le canapé tandis qu'un flot de sang s'écoulait de ses blessures.

Quasiment au même instant, la porte d'entrée et celle de la cuisine furent défoncées à coups d'épaule. Noah et Tanner firent irruption dans la pièce, pistolets au poing. Toujours un peu sonnée par la double détonation, Bree demeura figée sur place, s'efforçant de prendre la mesure de ce qui venait de se produire sous ses yeux.

Tanner s'approcha de Jared et se pencha sur lui pour prendre son pouls.

— Il est mort, annonça-t-il alors.

Noah s'était avancé vers Marilyn pour lui prendre

doucement l'arme des mains. Celle-ci se tourna vers lui, visiblement en état de choc.

— Tu m'as dit de frapper la première pour surprendre mon adversaire et c'est ce que j'ai fait, articula-t-elle d'une voix blanche. Mais ensuite, je me suis figée… S'il n'avait pas lâché son arme…

Sa voix se brisa et Noah s'approcha d'elle pour la prendre dans ses bras et la serrer doucement contre lui.

— Tu as frappé en premier et tu l'as pris par surprise. Tu l'as frappé en dernier et c'est toi qui as gagné. Le reste n'a aucune importance.

Tanner avait déjà appelé ses hommes ainsi que le coroner. Quelques minutes plus tard, ils envahirent l'appartement. Son fiancé rejoignit alors Bree, l'arrachant à l'état de stupeur dans lequel elle se trouvait.

— Tu tiens le coup ? lui demanda-t-il. Cela fait deux morts violentes auxquelles tu te trouves confrontée en moins d'une semaine. Il y a de quoi être un peu remuée…

Bree secoua la tête.

— Ne t'en fais pas pour moi, lui dit-elle. Je vais bien. Et je ne vais pas faire semblant de me sentir désolée pour cette ordure. J'ai une petite idée de ce qu'il a fait subir à Marilyn au cours de toutes ces années et il a mérité ce qui lui est arrivé. Au moins, je suis certaine qu'il ne pourra plus jamais lui faire de mal…

Elle fronça les sourcils.

— Il faut absolument que tu préviennes la police de Denver, ajouta-t-elle. L'épouse et la fille du marshal Sowers doivent être en danger…

— Elles l'étaient, confirma Tanner. Jared avait chargé Oscar Stobbart et George Pearson de les prendre en otage pour faire pression sur Sowers. Mais la police de Denver a réussi à les délivrer sans qu'il n'y ait de blessés. Stobbart et Pearson risquent de passer un petit moment en prison…

— Excellente nouvelle, déclara Bree. Il ne nous reste donc plus qu'un problème à résoudre.

— Lequel ? s'enquit Tanner, curieux.

Bree désigna le corps de Jared.

— Est-ce que tu vois le chiffon blanc imbibé de sang sur lequel il est allongé ?

— Oui.

— C'était censé être ma robe de mariée, soupira-t-elle.

22

Il était minuit passé.

Cassandra avait réuni un comité de crise au Sunrise pour discuter de la situation et prendre les mesures qui s'imposaient.

— Ils sont censés partir en voyage de noces demain en fin d'après-midi, rappela-t-elle. Ce serait quand même bien qu'ils se soient mariés d'ici là…

— D'autant que la salle que vous avez réservée risque de ne pas être disponible de sitôt, ajouta Judy.

— Et il y a aussi Melissa, la cousine de Bree, qui vient spécialement pour l'occasion avec les jumeaux, renchérit Cheryl. Ils n'ont prévu de rester que le temps du week-end…

— Sans parler du traiteur, du groupe, du DJ et des fleurs…, soupira Leah, la mère de Tanner.

Bree était assise au bout de la table et écoutait d'une oreille presque distraite cette conversation qui la concernait pourtant directement. Marilyn et elle sortaient tout juste du poste de police où elles avaient fait leur déposition.

Fort heureusement, la mort de Jared avait très rapidement été classée comme un cas de légitime défense. Le fait qu'il se soit introduit de force chez Bree, muni d'un pistolet et d'un couteau à cran d'arrêt, ne laissait aucune ambiguïté à ce sujet. Marilyn avait donc pu ressortir libre.

Bree lui avait conseillé de rentrer au foyer pour se reposer mais elle avait insisté pour se joindre à la réunion. Elle siégeait en face d'elle, à l'autre bout de la table, et participait à la discussion bien plus activement que ne le faisait Bree.

— Le plus important est de savoir ce que, toi, tu as envie de faire, déclara-t-elle. C'est ta fête, après tout. Est-ce que tu préfères repousser la cérémonie, le temps de trouver une nouvelle robe ?

— Il n'en est pas question, déclara Bree sans hésiter un seul instant. S'il n'avait tenu qu'à moi, Tanner et moi serions déjà mariés depuis longtemps. Et je refuse de perdre un jour de plus. Je me marierai demain, en chemise de nuit s'il le faut. Tant que mes deux témoins sont partantes, évidemment, ajouta-t-elle.

— Tu peux compter sur moi, assura Cassandra.

— Sur moi aussi, renchérit Marilyn. Après ce qui s'est passé ce soir, il me semble plus important que jamais de célébrer la vie et l'amour. Jared a fait beaucoup de mal, lorsqu'il était en vie. Ne le laissons pas continuer, maintenant qu'il n'est plus là.

— Bien, conclut Bree. Dans ce cas, c'est entendu. Le mariage aura bien lieu. L'une d'entre vous me prêtera une robe du soir quelconque, histoire que Tanner n'ait pas l'air trop ridicule dans son beau smoking, ajouta-t-elle avec une pointe de malice.

— Leah et moi en avons discuté, déclara alors Cheryl. Et nous avons peut-être une idée…

Bree leur jeta un regard intrigué.

— Nous nous disions que toutes celles d'entre nous qui le veulent pourraient faire don de leurs robes de mariage. Cela nous donnerait tout le matériau dont nous aurons besoin pour créer la tienne.

— Je ne peux pas vous demander de détruire vos robes, objecta Bree, aussi surprise que touchée par cette étrange suggestion.

— Franchement, je préfère que ma robe fasse de nouveau le bonheur de quelqu'un plutôt que de la garder indéfiniment dans la naphtaline, déclara Cheryl.

Plusieurs autres femmes présentes manifestèrent leur approbation, dont Cassandra. Bree lutta contre les larmes qui lui montaient aux yeux.

— C'est vraiment très gentil à vous toutes, dit-elle. Mais est-ce que tu es vraiment sûre que ce soit possible, Cheryl ? Nous n'avons que quelques heures.

— Raison de plus pour ne pas traîner, acquiesça son amie. Bien sûr, je ne te promets pas qu'elle sera aussi belle que celle que tu devais porter.

— Cela n'a pas d'importance, lui assura Bree.

Un sourire ironique se dessina sur les lèvres de Cheryl.

— Ça me fend le cœur de le dire mais Dan avait raison au sujet de cette robe.

— Qu'a-t-il dit ?

— Qu'elle était très belle mais qu'elle ne te ressemblait pas. Sur le moment, je n'y ai pas prêté attention. Qu'est-ce que les hommes peuvent bien connaître aux robes de mariée, après tout ? Mais j'ai fini par me rendre compte qu'il avait raison.

Bree se sentit un peu coupable. C'était effectivement Cheryl qui l'avait aidée à choisir la tenue en question et elle ne voulait pas lui paraître ingrate.

— C'était une très belle robe, déclara-t-elle. La plus belle de toutes celles que nous ayons vues lorsque je suis allée les essayer.

— C'est vrai, acquiesça Cheryl. Mais Dan n'en avait pas moins raison : ce n'était pas celle qu'il te fallait.

— Très franchement, je n'ai aucune idée de ce que j'aimerais porter.

— Quelque chose de différent, quelque chose de simple et d'unique, comme toi, en fait. Et j'ai peut-être une idée à ce sujet. Alors, nous ferions mieux de nous y mettre toutes parce que nous avons du pain sur la planche, d'ici demain matin !

— Merci beaucoup, articula Bree, la gorge nouée par l'émotion.

— Attends de voir le résultat final avant de nous remercier, répondit Cheryl en riant.

Elle se tourna alors vers les autres femmes présentes.

— Que celles qui veulent faire don de leur robe aillent la chercher. Il va aussi nous falloir des machines à coudre.

Il s'avéra rapidement que presque toutes celles qui avaient participé au comité de crise étaient d'accord pour sacrifier leur robe. Bree se sentait infiniment reconnaissante. Il lui semblait aussi que ce moment étrange résumait parfaitement ce qu'avait été sa vie depuis qu'elle était arrivée à Risk Peak.

La ville l'avait accueillie à bras ouverts. Elle lui avait donné du travail, un toit, une vocation, des amis et, surout, un merveilleux fiancé. Et il lui semblait aussi y avoir trouvé une nouvelle famille.

Tandis que les femmes allaient récupérer leurs robes et leur matériel de couture, Cheryl prit les mensurations de Bree. Pendant ce temps, Dan se chargea de préparer plusieurs litres de café ainsi que des en-cas qui permettraient aux couturières de tenir jusqu'au petit matin.

Déjà, les autres femmes commençaient à revenir. Elles se mirent rapidement au travail sous la supervision de

Cheryl et de Leah. Tout en cousant, elles se remémoraient des anecdotes ayant trait à leurs mariages respectifs.

Bree, quant à elle, fut sollicitée pour essayer des dizaines de robes différentes. À chaque fois, Cheryl lui demandait ce qui lui plaisait. Lorsque la pièce était récupérable ou adaptable, elle était soigneusement décousue pour servir à la fabrication de la robe de Bree.

C'est ainsi qu'elle hérita du bustier de Gayle Little, la doyenne des clients du Sunrise qui avait perdu son époux quelques mois auparavant, après soixante ans de vie commune.

Bree avait été très étonnée de découvrir que la vieille dame avait eu des mensurations presque identiques aux siennes, à son âge. Elle ne parvenait pas non plus à croire que Mme Little puisse être debout à une heure aussi tardive, prête à sacrifier ce souvenir précieusement conservé durant toutes ces années.

— Je suis heureuse que cette robe serve à quelqu'un, déclara-t-elle à Bree lorsque celle-ci l'eut remerciée profusément. Je n'ai jamais eu de fille. Et mes belles-filles ont préféré acheter leurs propres robes, ce que je peux comprendre. Stanley aurait d'ailleurs été ravi de savoir que mon bustier serait porté par l'épouse de Tanner. Il a toujours adoré ce garçon.

Mme Little ne se contenta pas de faire ce don généreux : elle prit aussi part activement à la fabrication de la nouvelle robe. Bree assista à sa naissance avec un mélange de fascination et d'émotion. Ne sachant comment se rendre utile, elle finit par ravitailler les couturières en thé et en café.

Alors que l'aube approchait, elle alla s'asseoir à l'une des tables en compagnie de ses deux témoins.

— Tout va bien ? lui demanda Cassandra.

— Comment est-ce que ça pourrait ne pas aller ?

répondit-elle. Je suis sur le point de me marier avec l'homme que j'aime et j'ai des dizaines de bonnes marraines pour s'occuper de moi.

— Tu devrais te reposer un peu en attendant que la robe soit prête, lui conseilla Marilyn. La journée va être longue…

Bree décida de suivre ce sage conseil et posa sa tête sur ses avant-bras.

Elle prit soudain conscience qu'elle était assise exactement à l'endroit où elle avait pris place le jour de son arrivée à Risk Peak. Elle était alors pourchassée par une organisation qui était prête à la tuer. Elle se sentait désespérée, complètement dépassée et terriblement seule.

Aujourd'hui, au contraire, elle se sentait totalement en paix avec elle-même et avec le monde, soutenue et aimée, plus heureuse, sans doute, qu'elle ne l'avait jamais été.

Sans même s'en rendre compte, elle sombra dans le sommeil. Elle n'aurait su dire combien de temps elle demeura endormie. Au bout d'un moment, elle sentit une main se poser sur son épaule et la secouer doucement. Elle se redressa et se frotta les yeux.

Elle se sentait un peu coupable de s'être endormie alors que tout le monde s'activait autour d'elle.

— Quelle heure est-il ? demanda-t-elle à Marilyn qui était toujours assise à ses côtés.

— Aucune idée, répondit son amie en bâillant à s'en décrocher la mâchoire. Moi aussi, je me suis endormie…

Bree se leva et observa la salle du restaurant qui était nettement plus calme qu'auparavant. On entendait encore le cliquetis de trois machines à coudre mais la plupart des femmes qui se trouvaient là paraissaient avoir terminé leur ouvrage. Elles s'étaient installées aux tables pour discuter en buvant le café.

Bree se dirigea vers Cheryl.

— Je suis désolée, lui dit-elle. Je me suis endormie…

— Est-ce que tu sais coudre ? lui demanda son amie.

— Non, avoua-t-elle.

— Dans ce cas, tu n'aurais pas servi à grand-chose. Tu as bien fait de te reposer. Tu auras meilleure mine, tout à l'heure. Après tout le mal que nous nous sommes donné, il serait dommage que Tanner s'enfuie en courant parce que sa fiancée ressemble à un zombie.

— Est-ce que la robe est prête ? s'enquit Bree, brûlante de curiosité.

— Oui. Nous sommes juste en train de terminer le voile.

Bree suivit Cheryl dans le petit bureau qui se trouvait non loin de la cuisine. Là, Cassandra l'attendait pour l'aider à enfiler sa nouvelle robe. La pièce était plongée dans la pénombre et la seule chose dont Bree put s'apercevoir en enfilant le vêtement, c'était qu'il formait un véritable patchwork de tissus et de matériaux différents.

Cassandra boutonna l'impressionnante rangée de petits boutons qui permettaient de fermer le bustier.

— Déboutonner cette robe sera un vrai jeu de patience, déclara-t-elle avec une pointe d'amusement machiavélique. Ça va rendre Tanner complètement fou après ces semaines de chasteté forcée…

Bree ne put s'empêcher de sourire en imaginant la scène. Sa future belle-sœur vérifia que la robe était parfaitement ajustée, avant de reculer de quelques pas pour juger de l'effet d'ensemble.

Bree s'efforça d'interpréter l'expression de son visage mais elle n'aurait su dire si les larmes qui brillaient dans ses yeux étaient causées par l'émotion ou par la frustration qu'elle éprouvait en cet instant. Après tout,

Bree savait combien Cassandra aimait la robe qu'elle aurait dû porter ce jour-là.

Elle n'osa pas lui poser la question. Au fond, cela n'avait strictement aucune importance. Étant donné tous les efforts qu'avaient déployés les femmes de Risk Peak au cours de la nuit, Bree ne pouvait se permettre de trahir la moindre déception.

D'ailleurs, même si elle devait ressembler à un sac de pommes de terre délavé, la seule chose qui comptait à ses yeux, se répéta-t-elle, c'était qu'elle était sur le point d'épouser l'homme de sa vie.

Cheryl les rejoignit alors et la considéra longuement avant de hocher la tête sans trahir la moindre émotion.

— Une chose est sûre, déclara-t-elle enfin, cette robe est vraiment très différente de l'autre. Voyons ce que tu en penses.

Bree suivit ses deux amies hors du bureau. Dans la salle principale du restaurant, tous les regards se tournèrent vers elle. Craignant de trahir son angoisse, Bree se dirigea résolument vers le miroir en pied qui avait été installé à proximité du guichet séparant la cuisine de la salle principale du restaurant.

Elle est magnifique. Je l'adore.

Elle se répéta ces mots, se forçant à arborer un sourire confiant. Mais lorsqu'elle aperçut enfin son propre reflet dans le miroir, elle se sentit submergée par un flot d'émotion parfaitement inattendu et fondit brusquement en larmes.

Aussitôt, toutes les femmes qui se trouvaient dans la pièce se rassemblèrent autour d'elle. Toutes parlaient en même temps, échangeant leurs impressions tandis que Bree cherchait vainement à recouvrer un semblant de self-control.

— Laissez-la un peu respirer, ordonna alors la mère

de Tanner. Alors, Bree, ajouta-t-elle en posant doucement une main sur l'épaule de sa future belle-fille, qu'est-ce que tu en penses ?

Bree ne parvenait pas à détacher son regard de la robe qui se reflétait dans la glace. Au lieu d'essayer de gommer les disparités entre les différentes robes de mariée qui étaient entrées dans la composition de la sienne, Cheryl les avait au contraire soulignées, superposant les couches de tissus de façon à former une mosaïque impressionniste de matières et de rendus différents.

Marilyn s'approcha alors pour fixer le voile qui parachevait cette création chamarrée, bohème, presque gothique et résolument anticonformiste.

— Elle est parfaite, articula Bree d'une voix enrouée par l'émotion qui l'étreignait. C'est exactement ce que je voulais sans même le savoir…

Ce verdict fut salué par un concert d'acclamations.

— Cette fois, ça ne fait aucun doute, déclara alors Dan qui s'était accoudé au guichet pour pouvoir l'admirer. C'est vraiment *ta* robe, Bree.

Bree hocha la tête. Elle comprenait exactement ce qu'il voulait dire par là. Car cette robe était à l'image de sa vie – déchirée, puis rapiécée, riche d'une multitude de moments auxquels elle avait assisté sans parvenir à les vivre elle-même. C'était un kaléidoscope de sentiments et d'émotions, un chaos qui n'appartenait qu'à elle et qui formait pourtant une étrange unité.

À travers ses larmes, elle vit Mme Little lui sourire.

— Tu portes un peu de l'amour que nous avons toutes éprouvé lors du plus beau jour de notre vie, lui dit la vieille dame. Je te souhaite qu'il vous accompagne très longtemps, Tanner et toi.

23

Tanner n'avait pas fermé l'œil de la nuit.

Sachant qu'il devait partir en voyage de noces le soir même, il avait veillé à remplir en personne le rapport concernant la mort de Jared Ellis et les circonstances qui avaient conduit à cette tragédie. Il voulait être certain que Marilyn ne serait pas inquiétée et que l'affaire serait bel et bien classée comme ce qu'elle était : un acte de légitime défense.

Fort heureusement, Richard Whitaker était demeuré à ses côtés pour l'épauler, alors que rien ne l'obligeait à le faire. Cela lui avait permis de gagner un temps précieux. Avant de repasser chez lui pour enfiler son smoking, Tanner prit donc soin de remercier chaleureusement son homologue.

— Il n'y a pas de quoi, répondit Whitaker en souriant. Je ne pouvais quand même pas te laisser rater ton propre mariage. Bree ne me l'aurait jamais pardonné. Et s'il y a quelqu'un qu'il vaut mieux éviter de mettre en colère, c'est bien elle. Je ne tiens pas à me réveiller un matin pour découvrir que je n'ai plus aucune identité ou que je suis recherché pour meurtre dans cinquante États différents…

Tanner ne put s'empêcher de rire. S'il doutait que Bree puisse faire quelque chose d'aussi radical, ce n'était certainement pas faute d'en avoir les moyens.

— Il y a quand même quelque chose que je voudrais te demander, ajouta Whitaker.

— Tout ce que tu voudras.

— Pendant votre lune de miel, au moins, tâchez de vous tenir à l'écart des problèmes. Faites ce que font les couples normaux dans ce genre de circonstances : allez à la plage, faites de la plongée ou des promenades à cheval, videz le minibar, entraînez-vous à faire des enfants… Mais surtout, promettez-moi de vous tenir à l'écart des tueurs psychopathes, des courses-poursuites mortelles en montagne, des vengeances personnelles, des maris violents et des conspirations internationales. C'est bien compris ?

Whitaker venait de résumer de façon assez fidèle ce qu'avait été leur vie au cours des derniers mois.

— Je te promets que nous ferons tout notre possible pour éviter ce genre de problèmes, lui assura Tanner en riant de plus belle.

— Bien, approuva son ami en lui décochant une bourrade affectueuse. Dans ce cas, on se retrouve à l'église.

— À tout à l'heure, acquiesça Tanner.

En route vers le ranch, il essaya de joindre Bree pour s'assurer qu'elle allait bien. Il ne savait pas trop ce que l'on était censé dire à sa fiancée, à quelques heures de son mariage. « Bonne chance » ? « À tout à l'heure » ? « Tu es vraiment sûre de toi ? » ?

Tout ce qu'il voulait, au fond, c'était lui dire qu'il l'aimait. Malheureusement, ce fut sa sœur qui décrocha le téléphone et elle refusa catégoriquement de lui passer Bree.

— Si tu as quelque chose à lui dire, tu le feras devant l'autel, déclara-t-elle avec son franc-parler habituel. Nous venons de passer vingt minutes à la maquiller pour dissimuler les ecchymoses que lui a laissées Jared, alors je ne tiens pas à ce qu'elle fonde en sanglots sous le coup de l'émotion et que tout soit à refaire ! Nous avons un planning très serré. Et toi aussi, d'ailleurs !

— Et si je te promets de ne pas la faire pleurer ?

— Vous aurez toute votre vie pour vous parler, objecta-t-elle. Alors fiche-lui la paix. Et lorsque tu verras notre abruti de frère, rappelle-lui qu'il est censé apporter l'alliance. S'il l'oublie, je le tuerai de mes propres mains.

— C'est compris, s'inclina Tanner.

— Tâchez d'être à l'heure, tous les deux.

Sur ce, elle lui raccrocha au nez.

Lorsque Tanner arriva au ranch, son frère était déjà habillé et il avait bien pensé à se munir de l'alliance de leur mère.

— Est-ce que tu as des nouvelles de Marilyn ? lui demanda-t-il.

— Pour le moment, elle a surtout été très absorbée par la fabrication de la robe de ta future femme, répondit Noah. Figure-toi que lorsque j'ai voulu aller prendre mon petit déjeuner au Sunrise, ce matin, je me suis fait refouler. Cheryl et Dan ont apparemment transformé leur restaurant en atelier clandestin.

Tanner n'était pas dupe des plaisanteries de son frère.

— Tu crois qu'elle tiendra le coup ?

— Marilyn est bien plus forte qu'elle ne le pense, déclara Noah.

Il y avait dans sa voix un mélange d'admiration et de fierté, et Tanner se demanda si c'était la façon dont lui-même parlait de Bree. Probablement.

— Tuer quelqu'un n'est jamais quelque chose d'anodin, déclara-t-il gravement. C'est valable pour Marilyn comme pour Bree. Lorsque la pression de ces derniers jours retombera et qu'elles prendront réellement conscience de ce qu'elles ont fait, ce sera probablement très dur pour elles. Et nous devons être là pour les soutenir et les aider à porter ce fardeau.

— Je serai là si Marilyn a besoin de moi, lui assura Noah.

Tanner n'en avait pas douté un seul instant. Il savait que son frère était un roc sur lequel la jeune femme pourrait se reposer en toutes circonstances.

— Mais c'est ton mariage, aujourd'hui, reprit Noah. Tu ne te sens pas trop nerveux ?

En réfléchissant à la question, Tanner constata presque avec étonnement qu'il n'éprouvait aucune tension particulière. En réalité, il se sentait totalement détendu et même légèrement euphorique.

— Non, répondit-il en souriant. Pour la première fois de ma vie, je sais très précisément ce que je veux. Et je suis sur le point de voir mon rêve le plus cher se réaliser. Pourquoi serais-je nerveux ?

Deux heures plus tard, alors qu'il attendait près de l'autel que sa fiancée fasse enfin son entrée dans l'église, Tanner était très loin de se sentir aussi détendu. Il ignorait comment il avait pu passer de la calme assurance qu'il affichait au ranch à la tension nerveuse presque insoutenable qui l'habitait en cet instant.

Il était terrifié à l'idée que Bree ait pu changer d'avis, qu'elle ait pu décider que ce mariage n'était pas fait pour elle. Après tout, elle avait passé la majeure partie de sa vie à fuir et à éviter toute forme d'engagement.

Et que lui offrait-il, au juste ? Une petite vie étriquée dans une bourgade minuscule perdue au fin fond du Colorado ? Comment avait-il seulement pu croire qu'une femme aussi brillante et aussi séduisante qu'elle puisse se contenter d'une existence aussi ordinaire ?

Chaque seconde qui s'écoulait lui paraissait durer une éternité et il commençait à croire qu'il allait finir par s'effondrer sous le poids de l'angoisse qui l'habitait.

Mais soudain, les premières notes de la marche nuptiale retentirent et Bree s'avança lentement dans l'église au bras de Dan Andrews. En l'apercevant, Tanner sentit tous ses doutes s'envoler, laissant place à une adoration totale.

Elle était magnifique, songea-t-il avant de prendre conscience que ce terme ne convenait pas.

Elle était *parfaite*.

Il sentit alors déferler en lui un mélange grisant de joie et de fierté à l'idée qu'elle ait pu le choisir, lui.

Elle s'immobilisa enfin à ses côtés et Dan souleva délicatement son voile, révélant ses splendides yeux verts qui le transpercèrent de part en part. Ils brûlaient du même amour inconditionnel que Tanner sentait pulser au fond de son propre cœur.

Lorsque le pasteur commença à parler, il eut énormément de mal à se concentrer sur ce qu'il pouvait bien être en train de dire. Son regard ne pouvait se détacher du visage de Bree. Fort heureusement, ils avaient répété à plusieurs reprises le déroulement de la cérémonie, ce qui lui permit d'éviter les erreurs.

Quand arriva enfin le moment d'échanger leurs vœux, il se rappela ce qu'elle lui avait dit quelques jours auparavant dans le refuge de montagne situé près du pont détruit.

Noah lui tendit alors l'alliance de leur mère et Tanner prit la main de Bree dans la sienne.

— Nous ne sommes pas obligés de dire quoi que

ce soit si tu n'en as pas envie, lui murmura-t-il. Nous pouvons juste échanger les alliances.

Il se demanda pourquoi il lui avait fallu tant de temps pour se résoudre à lui faire cette offre qui tombait pourtant sous le sens.

— Ne t'en fais pas, Capitaine Bisous, répondit-elle à mi-voix. Grâce à toi, j'ai retenu tout ce que j'avais à te dire.

Tanner sourit et hocha la tête.

— Bree, lui dit-il d'une voix suffisamment forte pour être entendu de tous, tu es cette partie de moi-même qui manquait sans même que j'en aie conscience. Je t'aime pour tout ce que tu es : belle, brillante, passionnée et courageuse. Et je fais le vœu de te chérir, de t'honorer et de te protéger jusqu'à la fin de mes jours. Tu es ma meilleure moitié, mon âme sœur, celle à côté de qui je veux me réveiller chaque matin et m'endormir chaque soir. Et je passerai probablement le reste de ma vie à remercier la Providence qui t'a conduite jusqu'à cette ville et jusqu'à moi.

Un sourire rayonnant illumina le visage de Bree tandis qu'il glissait l'alliance à son annulaire. Lorsqu'elle parla à son tour, ses yeux étaient toujours brouillés de larmes de joie mais sa voix était ferme et décidée.

— Nous avons connu beaucoup de souffrances, toi et moi. Nous avons perdu des gens qui nous étaient chers. Nous avons perdu pas mal d'illusions, aussi. Mais c'est ce qui nous a permis de devenir nous-mêmes, pour le meilleur et parfois pour le pire.

Quelques rires retentirent dans l'assistance.

— Nous avons fait des choix, parce que nous avons très vite compris que personne ne les ferait à notre place. Et comme nous sommes aussi têtus l'un que l'autre, nous avons essayé de vivre en accord avec eux.

Elle marqua une pause, le regardant droit dans les yeux.

— Aujourd'hui, reprit-elle, c'est toi que je choisis, Tanner. Pour que tu te tiennes auprès de moi lorsque j'aurai besoin d'un partenaire, derrière moi quand j'aurai besoin d'être soutenue, et devant moi lorsque tu croiras à tort que j'ai besoin qu'on me défende.

De nouveaux éclats de rire se firent entendre.

— Je continuerai à combattre à tes côtés comme nous l'avons fait depuis que nous nous sommes rencontrés. Contre les injustices, contre la folie, contre la cruauté… Je me battrai épaule contre épaule toutes les fois où il nous faudra faire front, dos à dos lorsque nous serons encerclés, et face à face chaque fois que tu te conduiras comme un imbécile.

Cette fois, même le pasteur ne put s'empêcher de rire.

— Tu m'as sauvé la vie, reprit-elle sur un ton nettement plus sérieux. Tu m'as sauvé des autres mais aussi de moi-même, parce que tu as su voir en moi quelque chose que j'avais oublié. Tu es mon héros, Tanner. Et je sais que, quels que soient les dangers auxquels nous devrons encore faire face, je pourrai toujours compter sur toi. Peu importe les variables, conclut-elle en glissant un anneau d'or à son doigt. Ma seule constante, c'est toi.

Incapable de résister, Tanner prit le visage de son épouse entre ses mains et l'embrassa avec toute la fougue, toute l'ardeur et toute la passion qu'elle lui inspirait.

— On dirait que je n'ai pas besoin de vous dire que vous pouvez embrasser la mariée, conclut le pasteur en riant. Quoi qu'il en soit, je vous déclare mari et femme.

Un tonnerre d'applaudissements retentit dans la petite église de Risk Peak tandis que les mariés continuaient à se dévorer de baisers.

Vous avez aimé ce roman ?
Retrouvez en numérique les autres titres de votre série
« Deux face au risque » !

1. *Des jumeaux à protéger*
2. *La vérité malmenée*
3. *Une femme sous tension*
4. *Cavale nocturne*

MELINDA DI LORENZO

Une troublante fugitive

Traduction française de
CAROLE PAUWELS

BLACK ROSE

HARLEQUIN

Titre original :
FIRST RESPONDER ON CALL

1

Il y eut d'abord cet étrange bourdonnement.

Une centaine – non, un millier – d'abeilles tournoyaient autour de sa tête, provoquant une vibration incroyablement douloureuse.

Puis vinrent les piqûres.

Sans relâche, des pointes acérées lui perforaient le visage.

Si elle avait pu émettre un son, c'eût été un gémissement.

Elle essaya de tourner la tête, d'échapper à la horde furieuse. Mais elle était bloquée. Quelque chose la maintenait immobile, lui interdisant le plus infime mouvement.

À peine pouvait-elle ciller, et même cela ne lui procurait guère plus qu'une image brouillée.

Elle n'était même pas sûre de ce qu'elle voyait. Le ciel nocturne, peut-être ? Un amas de nuages sombres qui masquaient les étoiles et laissaient à peine filtrer le clair de lune ?

C'était typique de Vancouver.

Cette pensée prit un instant le dessus sur la douleur, sans doute parce qu'il s'agissait de quelque chose de concret. Quelque chose qui lui offrait un ancrage.

Oui, le ciel d'un gris de cendres représentait on ne

peut mieux le climat de la ville. Même à la mi-juillet, on pouvait s'attendre à de la pluie.

D'ordinaire, elle considérait que c'était un bien petit sacrifice pour avoir la chance de vivre entre l'océan Pacifique et la montagne. Mais pour le moment, ça lui procurait surtout une sensation de froid.

La pluie…

C'était cela qui lui martelait le visage, la source du picotement.

Elle cilla à nouveau.

Une rangée de câbles, probablement des fils électriques, lui apparut.

Le bourdonnement…

Les gouttes de pluie tombaient aussi sur les fils, chargeant l'air d'électricité.

L'accident…

Un flux de souvenirs submergea son esprit. C'était fragmenté, comme les pièces d'un puzzle dispersées sur une table, mais il s'agissait néanmoins de souvenirs.

L'orage, surgissant de nulle part.

La route, glissante sous ses pneus.

Quelque chose qui heurtait sa voiture.

Puis le bruit horrible du métal contre le métal.

Et l'obscurité.

Le bourdonnement et les picotements avaient cessé à présent, s'effaçant devant l'énergie qu'elle déployait pour essayer de se rappeler quelque chose.

Quel genre de voiture conduisait-elle ?

Quelle était la source de cette douloureuse pression dans sa poitrine ?

Plus important encore… Quel était son nom ?

Oh ! Seigneur !

Elle n'en savait rien.

Elle ne parvenait pas à s'en souvenir.

Et pourtant, quand elle fermait les paupières, elle se représentait très bien son propre visage. Elle voyait ses boucles blond cendré et la multitude de taches de rousseur qui parsemaient sa peau. Et aussi ses yeux gris frangés de cils clairs.

Mais pour le reste, sa mémoire semblait bloquée.

Si seulement elle pouvait se rappeler quelque chose...

Et, par pitié, que quelqu'un lui vienne en aide.

Soudain, un son nouveau attira son attention. Des bruits de bottes sur l'asphalte, qui s'approchaient doucement, comme si leur propriétaire essayait d'atténuer ses pas. Mais son poids interdisait toute subtilité. Et la démarche avait une drôle de cadence, légèrement discordante, qui lui disait vaguement quelque chose.

Elle serra plus fort les paupières.

Ce n'était pas bon signe.

À peine eut-elle formulé cette pensée que son pouls s'accéléra brutalement. Son cœur battait si fort contre sa cage thoracique que le bruit couvrait la pluie, le bourdonnement et les pas de l'inconnu.

D'ailleurs, il était possible que l'homme botté – elle ne savait pas pourquoi elle était aussi certaine de ce qu'il portait, mais c'était le cas – ait entendu les battements de son cœur. Parce qu'il s'arrêta, et une question brutale, posée à proximité de là où elle se trouvait, parvint jusqu'à ses oreilles.

— Où est-il ?

La demande, tout comme la voix elle-même, lui inspirèrent une vive frayeur qui la fit trembler de tout son corps.

Elle ne pouvait pas répondre. Elle ne voulait pas répondre.

L'homme se répéta, un peu plus fort, et en détachant les mots.

— Où est-il ?

Elle essaya de secouer la tête, mais fut confrontée à la même résistance que précédemment.

Les bottes frappèrent à nouveau le sol.

Une fois encore, elle refusa de regarder.

Elle savait qu'il était suffisamment proche pour se pencher au-dessus d'elle, car sa silhouette bloquait partiellement la pluie.

Elle aurait dû être soulagée, mais ce n'était pas le cas.

Et le souffle d'air qui s'engouffra dans ses poumons quand il souleva ce qui l'écrasait et la maintenait au sol ne fut pas plus rassurant.

Parce qu'elle ne pouvait toujours pas bouger.

Et à présent, elle était à découvert.

— Je sais que tu es consciente, dit-il. Tu crois peut-être que je ne me souviens pas à quoi tu ressembles quand tu dors, mais tu te trompes. Je me souviens de tout.

Ça lui sembla terriblement injuste qu'il puisse se vanter d'une mémoire parfaite, alors qu'il ne lui revenait à l'esprit rien d'autre que quelques bribes.

Mais peut-être cela l'aiderait-il de l'écouter parler. Il lui donnerait peut-être un indice. Il était même possible qu'il prononce son nom.

Elle s'obligea à écouter son effrayant monologue.

— Ton odeur, disait-il. Ton obstination à croire que tu pouvais te cacher. Ta conviction que tu pourrais échapper à tout ça…

Finalement, elle parvint à bouger, au prix d'un immense effort qui lui arracha un frisson.

Elle eut la certitude qu'il l'avait remarqué parce qu'il rit, d'un ricanement plus sombre et plus menaçant que le temps.

Puis il lui toucha l'épaule du bout des doigts. Ce n'était qu'un contact léger, mais la panique l'envahit.

Elle sentait les mains de cet homme partout sur elle. Parfois repliées en poings, parfois la caressant avec une tendresse qui la révulsait.

Pourquoi l'accident lui laissait-il de telles images, mais lui enlevait son identité ?

Son estomac se révulsa, et la nausée l'envahit.

— Si tu ne me dis pas où il est, bébé, ça va très mal se terminer pour vous deux.

Bébé.

Ce surnom affectueux lui évoqua soudain un prénom. Pas le sien, ni celui de l'homme.

Xavier.

Elle pinça les lèvres pour s'empêcher de le dire à haute voix. D'une certaine façon, elle était certaine que ce prénom était lié à ce que lui demandait l'inconnu, et qu'il ne fallait pas qu'il lui échappe.

— Tu es consciente, répéta l'homme penché sur elle. Et maintenant, tu penses à lui. Parle-moi. Tu en as envie. Tu détestes le mensonge et les secrets.

Le ton enjôleur était aussi effrayant que la menace. Ça lui donnait envie de pleurer. Quelque chose lui disait que cela avait souvent été le cas autrefois, et elle détestait l'idée qu'on pouvait la manipuler aussi facilement.

Comme s'il percevait sa souffrance interne, et voulait aussi qu'elle souffre physiquement, il commença à serrer les doigts autour de son cou, appuyant le pouce contre sa trachée.

Des larmes silencieuses s'amassèrent derrière ses paupières fermées, brûlantes de l'incapacité à se libérer.

Si elle lui disait ce qu'il avait envie de savoir, il allait la tuer. Et peut-être même le ferait-il aussi si elle se taisait.

Et puis ça s'arrêta. Juste comme ça. Ses mains s'en

allèrent. Il jura entre ses dents. Puis ses pas s'éloignèrent, frappant le sol à un rythme lourd et rapide qui n'était pas tout à fait celui de la course.

Il lui fallut un moment pour en comprendre la raison. Des pneus crissèrent sur la chaussée. Une portière claqua. Et de nouveaux pas résonnèrent.

Merci, Seigneur.

Elle se moquait de savoir à qui appartenaient ces pas. Ce qui comptait, c'était que le nouvel arrivant avait mis en fuite l'homme cruel aux mains brutales.

— Sacré bon sang !

En dépit du fait que la voix était bougonne, et les mots quelque peu grossiers, elle se sentit envahie par le soulagement.

Son instinct lui souffla que cet homme ne lui voulait aucun mal, et la sensation s'amplifia quand il mit un genou à terre et posa les doigts à la base de son cou.

— Ça va, madame ? Battez des paupières si vous m'entendez.

Elle cilla.

Des yeux bleu vif, frangés de cils noirs, l'observaient. L'inquiétude qui s'y lisait céda la place au soulagement.

Elle regarda l'inconnu sortir un téléphone de sa poche. Il appuya sur une touche, tout en continuant à la regarder, et parla à voix basse.

Faisait-il cela pour elle, pour qu'elle ne s'inquiète pas ? Peut-être…

Après quelques secondes, il écarta le téléphone de sa bouche et s'adressa à elle.

— Ne bougez pas. Je reviens tout de suite.

Il se leva et s'éloigna de quelques pas.

La panique l'envahit, mais elle s'efforça de ne pas y céder. Elle l'entendait piétiner sur le sol mouillé et il ne tarda pas à réapparaître, en brandissant devant lui un sac à main en piteux état.

Il parla à nouveau dans le téléphone, mais cette fois assez fort pour qu'elle puisse l'entendre.

— J'ai trouvé son sac. Je m'assure de son accord pour l'ouvrir.

Il lui montra le sac, et elle donna son assentiment d'un battement de paupières.

— Pas de permis de conduire, et pas de carte d'assurance maladie. Mais, il y a une carte de la bibliothèque municipale de Port Moody. Elle est au nom de Celia Poller. C'est tout ce que j'ai.

Il y eut une pause.

— D'accord. Je vous attends. Faites vite.

Il mit fin à la communication, puis s'accroupit de nouveau à côté d'elle, ses cheveux sombres plaqués sur son front et dégoulinant d'eau.

— Madame Poller ? Celia ?

Elle se répéta le nom plusieurs fois dans sa tête.

Lui était-il familier ? Honnêtement, elle n'en était pas sûre. Mais quelque chose lui disait qu'elle devait le prétendre.

Elle battit une nouvelle fois des paupières.

— Je m'appelle Remo DeLuca, et je suis secouriste chez BC Ambulance Services. Vous venez d'avoir un accident de voiture, et je peux vous dire que vous avez eu beaucoup de chance.

Il marqua une pause et chercha son regard, avant de continuer :

— Normalement, il faudrait que vous restiez immobile jusqu'à l'arrivée de mes collègues. Mais un poteau électrique est tombé juste à côté, et avec toute cette pluie, nous risquons l'électrocution. Donc, Celia… J'ai besoin de votre accord pour dévier du protocole normal.

Comme pour ponctuer son constat, un éclair déchira le ciel, puis le tonnerre se déchaîna.

Et elle cilla de toutes ses forces.

Dix minutes auparavant, Remo aurait dit que l'orage s'accordait parfaitement à son humeur. Une garde de douze heures, un vendredi qui plus est, n'était pas ce qu'on pouvait appeler une partie de plaisir, et il n'aspirait qu'à rentrer chez lui. D'autant que la journée avait connu, encore plus que d'ordinaire, son lot d'appels fantaisistes et de canulars perpétrés par des individus éméchés. Mais, qu'il s'agisse d'une demande d'aide pour une machine à laver en panne, ou d'une suspicion d'AVC, tous les appels étaient traités avec la même attention, et ils perdaient souvent de précieuses minutes pour des broutilles, au détriment de personnes qui avaient vraiment besoin d'aide.

Oubliant son amertume, il ne pensait plus à présent qu'à la femme immobile sur le bas-côté de la route. On voyait bien qu'elle était en état de choc, et inconsciente des dangers qui l'entouraient.

À cela s'ajoutait un problème dont il ne lui avait pas parlé. Les autres secouristes locaux étaient tous mobilisés par l'incendie d'une maison, et ils allaient devoir attendre au moins quinze minutes que les renforts arrivent.

Les yeux gris de l'inconnue étaient rivés sur lui, emplis à la fois d'espoir et de peur. Il ne voulait pas la laisser tomber.

— Encore un instant, d'accord ?

Il se redressa et regarda une fois encore autour de lui, à la recherche de quelque chose qui pourrait lui servir de brancard, en négligeant ce qu'il savait être déjà là – la voiture et son avant complètement embouti, le poteau électrique arraché et les fils traînant à terre.

Certes, il lui serait facile de soulever la jolie blonde dans ses bras et de la mettre à l'abri, mais il n'était pas stupide. Il ne voyait aucune lésion externe, et son instinct lui soufflait que son incapacité à bouger était due au stress plutôt qu'à une blessure. Cependant, l'expérience lui avait appris à ne pas se fier uniquement à son intime conviction. Les blessures les plus graves étaient invisibles à l'œil nu. Il devait donc faire en sorte qu'elle reste la plus droite et immobile possible.

Soudain, il repéra le pare-brise de la voiture sur une bande d'herbe à quelques pas de là. Il était miraculeusement intact, et Remo en déduisit que l'impact l'avait délogé et projeté vers l'extérieur. C'était probablement cela qui avait sauvé la vie de la conductrice. En l'absence de pare-brise, elle avait pu ramper assez aisément hors du véhicule.

Il avait l'impression de voir défiler devant ses yeux la séquence des événements.

Incroyable.

Il baissa son regard vers elle. Se rendait-elle compte à quel point elle avait eu de la chance ? Il en doutait. Par pour le moment, en tout cas.

S'approchant du pare-brise, il se pencha et referma les doigts autour des contours rendus glissants par la pluie. Il le souleva avec une relative aisance, et le transporta jusqu'à Celia. Puis il le déposa prudemment par terre, reprit son souffle, et s'agenouilla pour le pousser contre elle.

— Bien, Celia. On va y aller.

Lentement, en prenant soin de maintenir sa tête et sa nuque bien stables, il fit glisser le panneau vitré sous elle.

Malgré la pluie, il sentait la sueur couler le long

de son front et de sa lèvre supérieure. Il n'y prêta pas attention.

Quand il eut terminé, il n'y voyait quasiment plus rien. Il pleuvait à torrent, et le ciel s'était encore obscurci.

Le souffle court, il tira le pare-brise et sa passagère à l'écart des fils électriques crépitants, et s'accroupit à côté du brancard de fortune.

— Vous êtes toujours avec moi, Celia ?

Elle cilla, puis inclina la tête.

— N'essayez pas de bouger, dit-il avec un sourire bienveillant. Pour le moment, il est difficile de dire si vous avez quelque chose de cassé.

— Xavier, murmura-t-elle.

L'espace d'une seconde, il crut qu'elle l'avait pris pour quelqu'un d'autre.

— Désolé, ma belle, je…

Elle l'interrompit.

— S'il vous plaît, Remo…

— Que voulez-vous ?

— Xavier.

— Où est-il ?

— À l'arrière.

— Comment cela, à l'arrière ?

Elle tourna les yeux vers la voiture accidentée.

Essayait-elle de lui faire comprendre qu'il y avait quelqu'un d'autre à l'intérieur ?

Il l'observa attentivement, s'attendant à voir une lueur d'agitation dans ses yeux. Il n'y vit que de la confiance.

Elle ne le connaissait pas, mais elle croyait en lui. Et il ne portait même pas son uniforme.

— Aidez-le.

Elle lui attrapa la main et serra les doigts autour des siens.

Il prit une profonde inspiration.

— Je ne pense pas que Xavier soit là, Celia.
— Si, il est là. À l'arrière.
Elle ferma un instant les paupières.
— J'ai mal.
— Où avez-vous mal ?
— Partout. À la jambe, surtout.
Inclinant la tête, Remo y regarda de plus près. Une tache sombre maculait sa cuisse droite. La pluie l'avait diluée, mais il était certain que ce n'était pas uniquement de l'eau.
Du sang.
— L'ambulance sera bientôt là, dit-il en veillant à ce que son inquiétude ne se communique pas à sa voix. Serrez ma main aussi fort que possible. Souvent, ça aide.
Elle lui pressa faiblement les doigts.
— Xavier.
Il jeta un coup d'œil du côté de la voiture. L'avant était réduit en miettes. La banquette arrière était vide.
Sauf que…
Remo y regarda à deux fois.
Un ours en peluche.
Son estomac se révulsa. Elle ne parlait pas simplement d'un autre passager. Il y avait un enfant dans la voiture.
Elle devait se tromper. Il n'y avait pas de siège spécial, aucune trace de la présence d'un enfant.
Et pourtant, un horrible pressentiment lui disait qu'il avait correctement évalué la situation.
— Celia ?
Elle avait fermé les paupières, et sa respiration s'était ralentie. Il vérifia son pouls. La fatigue et le stress avaient eu raison d'elle, et elle s'était endormie. Une ride s'était creusée entre ses sourcils, comme si l'inquiétude la poursuivait dans le sommeil.
Libérant sa main de celle de la jeune femme, Remo

passa le bout des doigts sur la ride. Elle s'effaça une seconde puis réapparut.

Il soupira.

— Très bien, ma belle. S'il y a vraiment un enfant avec vous, je vous promets de tout faire pour le retrouver.

Il se releva et s'approcha prudemment de ce qu'il restait de la voiture.

La banquette arrière était partiellement éventrée, le cuir fendu exposant son rembourrage de mousse. La pluie tambourinait sur les restes du toit, et s'égouttait sur la partie de plancher encore en place.

— Xavier ? appela-t-il d'une voix douce.

Il n'y eut pas de réponse.

— Tu es là, mon grand ?

Il s'approcha davantage et éleva la voix.

— Xavier ? Je suis avec une dame qui s'inquiète pour toi.

Toujours rien.

Il passa la main sur son visage trempé de pluie, et tourna les yeux vers Celia. À quelques pas de distance, elle semblait encore plus frêle et vulnérable.

Il n'aurait pas dû l'abandonner.

Il esquissait un demi-tour quand une sirène déchira le silence, le faisant sursauter.

Il vacilla, essayant de retrouver son équilibre, et se retrouva un genou à terre, le corps penché en avant.

Maudissant sa réaction pour le moins excessive, il s'apprêtait à se redresser quand il remarqua que la trappe dans le dossier, communiquant avec le coffre, était béante.

Et dans l'ouverture se trouvait une petite main inerte.

2

Les sirènes et les gyrophares, sur lesquels il comptait pourtant quelques instants auparavant, devinrent secondaires.

Impatient de libérer l'enfant qui se trouvait dans le coffre, Remo se précipita vers l'arrière de la voiture, dérapant dans la boue.

Le coffre. Mais, au nom du ciel, que pouvait-il bien faire là-dedans ?

Il considéra que cette question était elle aussi secondaire. Il se préoccuperait de cela plus tard.

Remo atteignit le coffre au moment où le premier véhicule de secours arrivait. Il nota vaguement qu'il s'agissait d'une ambulance, et s'en réjouit car cela signifiait qu'il connaissait probablement l'équipe d'intervention. Puis, sans plus attendre, il souleva l'abattant du coffre, qui céda sans trop de résistance.

L'enfant était étendu sur le dos, un bras en arrière, l'autre replié sur son torse. Ses yeux étaient grands ouverts et fixaient le vide.

Pendant un instant, Remo redouta le pire. Puis l'enfant – Xavier, se souvint-il – cilla lentement, avant de tendre les bras vers lui.

Le cœur serré par ce geste d'appel à l'aide, Remo décida d'ignorer le protocole, et se pencha pour glisser les mains sous le corps de l'enfant et le soulever contre lui.

— Tout va bien, Xavier, dit-il avec douceur. Je te tiens, mon poussin.

Il se redressa, pivota sur ses talons, et… tomba nez à nez avec l'un des secouristes. Il le reconnut immédiatement. Urgentiste senior, Isaac était connu pour son esprit tatillon et son respect quasi obsessionnel de la procédure. De tous ses collègues, c'était celui qu'il appréciait le moins. Celui sur lequel il avait le moins envie de tomber, même en des circonstances normales.

Il lui adressa un signe de tête courtois.

— Isaac.

— Remo ? Qu'est-ce que tu fiches ici ?

— Heureuse coïncidence.

— Et, on peut savoir ce que tu es en train de faire ?

— Je sauve la vie du gamin.

À son grand embarras, sa voix était altérée par l'émotion.

— Tu l'as déplacé ?

— Il le fallait.

Isaac balaya rapidement la scène du regard, évaluant la situation.

— Mouais… Et je suppose que tu as déplacé la femme aussi.

— Elle risquait l'électrocution.

Isaac fit la moue.

— Admettons… De toute façon, ce qui est fait est fait. Je vais chercher un brancard pour le gosse.

Xavier se blottit plus étroitement contre le torse de Remo, en s'agrippant de toutes ses forces à sa chemise.

— Pas besoin d'un brancard. Je vais monter à l'arrière et le garder dans mes bras.

— Quoi ?

— Tu m'as bien compris.

L'urgentiste senior eut une expression désapprobatrice.

— Tu as l'intention de continuer à ignorer la procédure ?

— Je crois que ça me réussit plutôt bien, non ? J'ai quand même sauvé une femme et un enfant.

— Je vais être obligé de le signaler dans le compte rendu d'intervention.

— Si ça t'amuse.

L'expression d'Isaac ne changea pas, mais la crispation de sa mâchoire apprit à Remo qu'il était agacé.

Les secondes s'écoulèrent, sans que ni l'un ni l'autre ne se décident à céder le moindre pouce de terrain.

Finalement, le deuxième secouriste, un jeune homme employé à mi-temps nommé Tyler, appela, refoulant la tension qui flottait dans l'air.

— Isaac ! J'ai besoin d'un coup de main par ici.

L'urgentiste senior sursauta, avant de pivoter sur ses talons pour aller prêter assistance à son collègue.

Remo ne s'autorisa pas à fanfaronner. Tout ce dont il se souciait, c'était de tenir la promesse qu'il avait faite à Celia, et de faire en sorte que l'enfant se sente en sécurité.

Il marcha vers l'ambulance, en murmurant à Xavier que sa mère allait bien, et qu'il veillerait personnellement à ce qu'elle soit bien soignée.

— Ça fera peut-être un petit peu peur dans l'ambulance, dit-il, mais c'est juste de la science, et il n'y a rien de vraiment effrayant.

Pour la première fois, Xavier rejeta la tête en arrière, et observa Remo. Ses yeux étaient du même gris que ceux de Celia et, tout comme elle, il avait le visage couvert de taches de rousseur. Il ne faisait aucun doute que c'était son fils.

— De la science ? répéta-t-il d'une petite voix intriguée.

— De la science, confirma Remo en hochant vigoureusement la tête. Tu aimes ça ?

L'enfant eut une expression hésitante.

— Oui.

— Moi aussi. Tu veux que je te fasse voir l'intérieur, avant qu'ils amènent ta maman ?

— Oui.

Remo se servit de son mètre quatre-vingt-treize – qui était souvent une gêne, mais qui représentait en l'occurrence un avantage – pour les hisser tous les deux à l'arrière du véhicule d'intervention.

— Un, compta-t-il d'une voix enjouée, deux…

— Trois, ajouta l'enfant d'un ton plus calme, et presque enthousiaste.

— Ça alors ! dit Remo en exagérant sa surprise.

— Quoi ?

— Tu sais compter.

— Bien sûr !

— Comment je pourrais le savoir ? Tu es assez grand pour compter ?

— J'ai cinq ans !

Remo laissa échapper un sifflement admiratif.

— Mince alors.

— Et toi, tu as quel âge ?

— Je suis vieux.

— Ce n'est pas un chiffre.

— Je suis peut-être tellement vieux que je ne m'en souviens pas.

— Cent ans ?

— Eh, dis donc, toi. J'ai l'air d'avoir cent ans ?

Xavier haussa les épaules.

— Comment je pourrais le savoir ?

Remo dissimula un sourire.

— Est-ce que j'ai des cheveux blancs ?

— Non.

— Est-ce que mon visage est plein de rides ?

L'enfant leva une main, et passa un doigt sur le front de Remo.

— Un peu ici. Maman aussi elle en a quand elle est inquiète pour moi.

— Je comprends. Moi aussi, je suis du genre à m'inquiéter.

— Tu as un petit garçon comme moi ?

— Non.

— Comment ça se fait ?

— Eh bien, pour commencer, je n'ai pas de femme.

— Ma maman n'a pas de mari.

Remo ne put s'empêcher d'être intéressé par l'information.

— Ah bon ?

Xavier secoua la tête.

— Mon papa ne fait plus partie du paysage.

Ça ressemblait à une phrase qu'il avait dû entendre sa mère répéter un bon nombre de fois.

— Du coup, je suppose que c'est toi l'homme de la maison.

— C'est ce que dit maman.

— Je suis content que nous soyons d'accord, elle et moi.

Le regard de l'enfant se tourna vers les portes ouvertes de l'ambulance.

— Est-ce qu'elle va bien ?

Remo réfléchit à la question, et à la façon d'y répondre. Sa propre histoire ne l'incitait pas au mensonge, et Xavier ne méritait pas ça.

Surtout si les choses tournaient mal.

Il choisit donc ses mots avec soin.

— Elle est peut-être blessée, mon grand. Les accidents

de voiture, c'est compliqué. Mais ces gars-là sont des experts. Tu sais ce que ça veut dire ?

— Je crois.

— Je vais quand même te l'expliquer. Ça veut dire qu'ils se sont beaucoup entraînés pour des urgences comme celle-ci. Ils vont bien examiner ta maman avant de la mettre dans l'ambulance. Et ensuite, ils vont l'emmener à l'hôpital, où des médecins vont vérifier si elle va bien.

— Je pourrai regarder ?

— À l'hôpital ?

— Oui.

Remo secoua la tête d'un air désolé.

— Probablement pas. Les médecins aiment bien être tranquilles quand ils font leur travail. Et l'hôpital, c'est comme l'école. C'est plein de règles à respecter et d'adultes qui donnent des ordres.

Le visage de l'enfant s'assombrit.

— Oh.

Remo lui pressa gentiment l'épaule.

— Quand ils auront terminé, je vais m'assurer que tu sois le premier à voir ta maman.

— Tu vas rester avec moi ?

— Bien sûr. Sauf si tu veux appeler quelqu'un d'autre. Ta grand-mère, ou une baby-sitter.

Xavier secoua la tête.

— Je préfère être avec toi.

Avant même qu'elle n'ouvre les yeux, ses sens furent assaillis de toutes parts. Des voix autour d'elle. Des bips intermittents. Le hurlement d'une sirène.

— Que…

Sa voix n'était qu'un murmure étranglé, et elle avait conscience qu'on ne pouvait l'entendre.

Elle chercha son souffle et fit un nouvel essai.

— Que se passe-t-il ?

Une main trouva la sienne. Elle était chaude, forte et rassurante, et Celia s'y agrippa.

Pendant une seconde de pur bonheur, elle se sentit en sécurité. Et, même si elle était incapable de déterminer pourquoi, elle était certaine qu'elle n'avait pas ressenti une telle chose depuis très longtemps.

Puis l'homme se tourna, et son visage lui apparut. Elle le fixa, subjuguée par le bleu incroyable de ses yeux. Elle ne pensait pas le connaître, mais il y avait quelque chose de familier dans ce regard.

Échappant à la fascination, elle finit par réaliser que ses lèvres bougeaient, et essaya de se concentrer sur ce qu'il disait.

Ça ressemblait à du jargon médical.

Était-ce un médecin ? Le sien, peut-être. Était-elle malade ou blessée ?

Bien sûr que tu es blessée, lui murmura une voix au fond de sa tête. *Sinon, tu ne serais pas dans une ambulance.*

Cette pensée détourna son attention des yeux très, très bleus de l'homme, et elle regarda autour d'elle.

En effet, elle se trouvait dans une ambulance.

Mais… Pourquoi ?

Elle ne savait pas du tout comment elle s'était retrouvée là. Et maintenant qu'elle y réfléchissait, elle réalisait qu'elle ne se rappelait pas grand-chose. En tout cas, pas ce qu'elle faisait avant d'arriver là. Ni où elle vivait, ou le métier qu'elle exerçait.

Elle ferma les yeux, essayant de s'accrocher à quelque chose de son passé. N'importe quoi ferait l'affaire. Mais ça semblait hors de portée.

C'était tellement frustrant. Et effrayant, aussi.

Et elle avait besoin de faire quelque chose pour régler ça.

Elle ouvrit les yeux et essaya de s'asseoir.

Sa tête se mit à tourner, et la main de l'homme aux yeux bleus quitta sa paume pour se poser sur son épaule tandis que sa voix emplissait ses oreilles.

— Vous devez rester couchée, dit-il gentiment.

Sans comprendre ce qui la poussait à réagir ainsi, Celia se rebella.

— Laissez-moi ! Je dois…

Que devait-elle faire ?

Oh ! bon sang, elle ne s'en souvenait plus.

Pourquoi ? Pourquoi ne se rappelait-elle plus rien ?

Son rythme cardiaque s'emballa, et l'un des appareils dans l'ambulance déclencha une alarme.

Elle avait plein de questions et, si elle voulait des réponses, elle devait rester calme.

Elle respira profondément, compta jusqu'à dix, ouvrit les yeux, et se trouva de nouveau face au regard azur.

— Maman ?

La petite voix inquiète qui venait de s'élever lui apparut comme la chose la plus familière qu'elle eût entendue, vue ou ressentie depuis ce qui lui paraissait une éternité.

Xavier.

Elle ne savait rien d'autre, mais elle savait que c'était son fils. Cinq ans. Un visage constellé de taches de rousseur. Beaucoup trop sérieux pour un si petit garçon…

Comment se faisait-il qu'elle n'ait pas remarqué tout de suite, qu'elle n'ait pas au moins ressenti sa présence ?

En tout cas, il était là, l'air effrayé, mais indéniablement en sécurité.

Et elle devait faire en sorte qu'il en soit toujours ainsi.

Elle devait continuer à le protéger.

À cette pensée, la course de son sang s'accéléra dans ses veines, battant à tout rompre à travers son corps, dans sa poitrine et dans sa tête.

Ce n'était pas simplement de la peur. C'était de la terreur absolue.

Submergée par l'impression que le monde s'effondrait autour d'elle, Celia voulait désespérément dire quelque chose à son fils. Lui assurer que tout allait bien se passer…

Mais sa bouche ne semblait pas vouloir coopérer.

Et surtout, son esprit commençait à dériver de nouveau, plongeant vers l'inconscience dont il avait péniblement émergé un instant plus tôt.

Elle cilla, essayant de refouler les ténèbres qui l'envahissaient.

C'était impossible.

Avant de sombrer, elle fit un dernier effort pour communiquer avec l'homme aux yeux bleus, lui adressant un regard de supplique.

Un instant, elle crut avoir échoué en entendant l'homme marmonner encore des termes médicaux.

Puis il se tourna vers Xavier et, bien qu'elle ne comprît pas ce qu'il disait, elle eut la certitude qu'il employait les bons mots. Le regard de son fils s'éclaira. Son petit corps crispé se détendit.

Et soudain, il n'y eut plus rien.

3

Celia avait fermé les yeux, et son pouls avait faibli.

Remo eut envie de crier au chauffeur d'aller plus vite. En fait, il devait serrer les dents pour s'en empêcher.

Il savait pourtant que tout se déroulait le mieux possible. Tyler, le jeune secouriste qui conduisait, avait déclenché la sirène et le gyrophare, et abordait les rues de Vancouver avec un subtil dosage de rapidité et de sécurité.

Isaac avait fait les choses dans les règles de l'art, parce que c'était son mode de fonctionnement. Intraveineuse posée à la perfection et avec délicatesse. Moniteur cardiaque en place. Antalgiques, couverture de survie, brancard… Tout était comme cela devait être.

Mais, s'il en était convaincu, Remo regrettait quand même de ne pas l'avoir fait lui-même.

Et ce sans aucune explication valable.

Baissant les yeux vers Celia, il se demanda d'où lui venait cette inclination. La blonde inconnue était très belle, c'était un fait. Et elle était vulnérable. Mais ça ne l'affectait pas d'habitude. Si on lui avait souvent dit qu'il avait un peu le complexe du héros, un patient restait un patient. Et il était payé pour venir en aide à toutes les personnes en difficulté.

— Remo, tu m'écoutes ?

Réalisant qu'Isaac lui parlait, il s'efforça de se concentrer.

— Désolé, vieux, j'avais l'esprit ailleurs.

L'urgentiste senior afficha une moue réprobatrice.

— Je disais que nous sommes à H moins trente secondes de l'hôpital.

Au même moment, Tyler coupa la sirène et le gyrophare, et ralentit en abordant la courbe qui menait à l'entrée de l'hôpital. Puis il s'arrêta, et Isaac prépara le brancard pour le transport.

— On est arrivés ? demanda Xavier.

— Oui.

— Ils vont emmener ma maman ?

— Seulement pour un petit moment, mon grand. Les médecins doivent l'examiner, tu te souviens ?

— Mais, tu as dit que tes copains étaient des ess… perts.

— Experts, corrigea Remo avec un petit sourire. Et c'est vrai. Mais leur travail, c'est d'emmener les gens à l'hôpital.

— À cause de la science ?

— C'est ça.

L'enfant afficha une mine boudeuse.

— Je voudrais bien y aller.

— Je sais que c'est dur, dit gentiment Remo. Mais tu es un petit garçon courageux.

Xavier hocha solennellement la tête, avant de sourire.

— Et aussi, tu restes avec moi.

— Tu as tout compris, champion.

Tyler et Isaac finirent de descendre Celia de l'ambulance, puis Remo sauta du marchepied et tendit les bras vers l'enfant pour l'aider à sortir.

Avant qu'il ait eu le temps de le soulever, une main s'abattit sur son épaule.

Surpris, il se retourna, et découvrit qu'Isaac se tenait juste derrière lui, l'air buté.

— Tu ne devrais pas être avec Celia et Tyler ? marmonna Remo entre ses dents.

Son collègue secoua la tête.

— J'ai déposé le premier patient. Maintenant, je vais faire de même avec le second.

Inexplicablement, Remo sentit son estomac se nouer. Et la demande de Xavier, prononcée d'une voix inquiète, ne fit qu'aggraver cette sensation.

— Tu ne m'aides pas à descendre ?

— Bien sûr que si. Juste une minute, le temps que je termine avec Isaac, d'accord ?

— D'accord, marmonna l'enfant en retournant s'asseoir.

Remo se tourna vers son collègue.

— Je m'occupe de lui.

— Ce n'est pas nécessaire.

— Je veux le faire.

— Que tu nous aies accompagnés, c'était une chose. Mais tu vas devoir rester dans la salle d'attente, comme tout le monde. Tyler et moi allons veiller à ce que la patiente soit prise en charge, et une assistante sociale…

— Non !

— Pardon ?

— Ce gamin est effrayé. Sa mère est inconsciente. Il n'a personne d'autre ici, et il a l'air de m'apprécier.

— Tu n'es pas en service.

— Et alors ?

— C'est contraire au règlement.

— Et alors ? répéta Remo.

Isaac le dévisagea avec consternation.

— Qu'est-ce qui t'arrive ?

— Tu me poses la question ? Tu n'as jamais été à la place de ce gamin ?

— Quoi ?

— Tu ne t'es jamais retrouvé tout seul dans un hôpital, à attendre que ta mère…

Remo s'interrompit et secoua la tête, conscient que son collègue avait toutes les raisons de le prendre pour un fou. Il n'était pas sans cœur, cependant il arrivait très bien à contrôler ses émotions.

Généralement.

Que lui arrivait-il ? Il n'en avait pas la moindre idée. Mais il n'allait pas pour autant faire machine arrière. Ce gamin avait besoin de bien plus qu'une tape sur l'épaule et un pansement.

— Je l'accompagne, dit-il d'une voix calme et déterminée.

Mais Isaac, fidèle à lui-même, n'en avait pas terminé.

— C'est moi qui dirige cette équipe, DeLuca.

— Et ça veut dire quoi ? Tu vas te battre avec moi ? Tu vas me barrer l'entrée de l'hôpital ?

— Ne sois pas ridicule.

— Je ne le suis pas.

Ignorant l'expression irritée de son collègue, Remo se tourna vers l'ambulance.

— Viens, mon grand.

Il y eut un raclement de pieds, puis Xavier apparut dans l'ouverture des portes. Son regard incertain serra le cœur de Remo.

— Tout va bien. Je m'occupe de toi.

— Tu promets ?

Sa petite voix plaintive acheva d'émouvoir Remo.

— Je promets.

Xavier hocha la tête et tendit les bras. Remo le souleva contre lui mais, quand il se tourna vers l'hôpital, il découvrit Isaac planté devant l'entrée, les bras croisés sur son torse.

Cet idiot allait-il vraiment l'empêcher d'entrer ?

Avant qu'il ait eu le temps de le découvrir, une des administratrices de l'hôpital – qui le connaissait bien et l'appréciait – apparut.

Elle secoua sa tête couverte de cheveux gris aux boucles serrées, et regarda sévèrement les deux hommes.

— Avez-vous l'intention de rester là toute la nuit avec cet enfant, DeLuca, ou allez-vous nous l'amener ?

— Il n'est pas en service, docteur Hennessey, dit aussitôt Isaac.

Le médecin fit une petite moue, puis elle s'approcha et sourit avec bienveillance à Xavier.

— Qu'en penses-tu, mon poussin ? Est-ce qu'on doit ignorer le règlement pour que Remo puisse t'emmener à l'intérieur ?

— Oui, s'il vous plaît, répondit l'enfant, avec un enthousiasme mal contenu.

Le Dr Hennessey lui caressa gentiment la joue, puis elle redressa le menton.

— Eh bien, je crois que vous pouvez y aller, Isaac. Votre collègue et moi prenons le relais.

Étonné de se sentir aussi soulagé, Remo suivit à l'intérieur le médecin – une femme qu'il avait connue presque toute sa vie.

Devinant qu'il se tramait quelque chose, il la laissa prendre le contrôle des opérations, et la suivit à travers une succession de couloirs et une volée de marches menant à une partie de l'hôpital qui était fermée pour travaux.

Le Dr Hennessey continua à garder le silence jusqu'à ce qu'ils entrent dans une salle de jeux familiale. Là, elle examina rapidement Xavier, et tout ce qu'elle dit fut exclusivement d'ordre médical.

Après avoir déclaré que tout allait bien, elle suggéra à Xavier de tester les jeux, et demanda à Remo de la suivre quelques instants dans le couloir.

Dès qu'ils eurent quitté la pièce, le médecin planta ses mains sur ses hanches, et toisa sévèrement Remo.

— Très bien. Maintenant, tu vas me dire ce qui se passe.

— Je pensais que c'était vous qui alliez me le dire.

— Tu sais pourquoi quelqu'un cherche cet enfant et sa mère ?

La pensée d'un ex en colère lui traversa l'esprit, mais il secoua la tête.

— Que voulez-vous dire.

— Il y a quelques minutes, j'étais aux urgences. Un homme bien habillé est passé devant les dix personnes qui attendaient, et a demandé si une femme et son fils avaient été admis. Quand l'infirmière lui a répondu qu'elle ne pouvait donner ce genre d'information, sauf s'il pouvait prouver qu'il était un membre de la famille, il est parti.

Elle marqua une pause.

— Ça m'a laissé une drôle d'impression. Une minute plus tard, j'ai entendu une autre infirmière parler avec un secouriste d'une mère et son fils.

Songeant aux éventuelles poursuites judiciaires qu'il pouvait encourir, Remo décida de confier au médecin ses craintes à propos d'un ex-mari violent que Celia fuirait.

Le Dr Hennessey l'écoutait parler avec une inquiétude non dissimulée, et il sut ce qui allait suivre avant même qu'elle ne parle.

— Remo, tu sais que je t'aime comme une sorte de neveu indiscipliné…

— Merci, tante Tanya, dit-il, pince-sans-rire.

— Mouais… Et tu sais combien je suis proche de ta mère.

Remo fit mine de regarder de part et d'autre du couloir désert.

— Chut ! Favoritisme.

— Boire de temps en temps un café avec une employée de l'hôpital, ce n'est pas du favoritisme.

Elle sourit d'un air entendu.

— Et arrête d'essayer de changer de sujet. Tu sais très bien ce que je me demande.

— Si je suis influencé par mon passé.

— Exactement.

Remo s'accorda une seconde de réflexion. Son enfance affectait-elle son objectivité ? Peut-être. Affectait-elle sa réaction face à l'enfant et à sa mère ? Assurément. Mais cela ne changeait rien aux éléments qui l'avaient conduit à cette conclusion.

— Je ne suis peut-être pas totalement impartial, reconnut-il, mais je suis sûr que mon opinion est fondée.

Le médecin soupira, comme si elle s'attendait à entendre autre chose.

— Bien. Je te crois.

— Et, qu'en pensez-vous ? Vous allez appeler la police ?

Sans qu'il sache pourquoi, cette idée inquiétait Remo, et il fut soulagé quand elle secoua lentement la tête.

— Je ne sais pas, dit-elle. Rien d'illégal ne s'est produit. Pas encore, en tout cas. Et la violence domestique…

Elle laissa échapper un soupir.

— On marche sur des œufs. Si ce que tu penses est vrai, révéler leur emplacement et leur identité pourrait leur faire courir un plus grand danger encore. Mais je dois aussi défendre les intérêts de l'hôpital. Si je ne fais rien, et qu'il leur arrive quelque chose…

— J'en prends la responsabilité. Je vais m'occuper de l'enfant, et je vais voir ce que je peux trouver sur sa mère.

Les yeux rivés sur lui, le Dr Hennessey réfléchit un long moment, et Remo eut du mal à ne pas perdre patience.

— Très bien, dit-elle enfin. Tant que sa mère est ma patiente et que tu es dans cet hôpital, je ne vois pas la nécessité d'appeler les services sociaux.

Remo laisse échapper un soupir de soulagement.

— C'est vous la patronne.

Tanya eut un bref hochement de tête.

— Je te fais confiance aussi bien personnellement que professionnellement. Tu es le meilleur secouriste que je connaisse, et tu es un bon garçon. Donc, au moindre risque de quoi que ce soit, je veux en être informée. Et je suis sûre que je n'ai pas à te rappeler qu'il s'agit d'une obligation légale, concernant l'enfant.

— J'ai compris.

— Je t'appelle sur ton téléphone personnel si j'entends quelque chose au sujet de la mère.

— Merci, Tanya.

— Et…

Elle s'éclaircit la gorge.

— Encore une chose…

Remo sentit son cœur s'emballer.

— Quoi ?

— Il ne m'a pas échappé que le petit garçon a l'âge qu'aurait eu ta nièce aujourd'hui.

Ces mots se plantèrent dans sa poitrine comme autant de flèches acérées. Et il fut soulagé que Tanya se contente après cela d'un simple hochement de tête, avant de s'éloigner.

Cette fois, le retour à la conscience fit à Celia l'impression d'une vague glacée la giflant au visage, et la poussant à ouvrir les yeux tout en reprenant son souffle.

Pendant un moment, elle fut trop choquée pour bouger. Puis une pensée envahit son esprit et la força à agir.

Xavier.

Le prénom de son fils déclencha un vent de panique.

Tournant frénétiquement la tête en tous sens, elle chercha à identifier son environnement.

Elle était dans un lit. La pièce était sombre et silencieuse, à l'exception du discret ronronnement d'une machine.

Et rien que cela, déjà, était une source d'inquiétude.

Mais c'était secondaire, comparé à l'absence de Xavier.

Elle essaya de s'asseoir, mais rencontra une résistance. Sa peur augmenta. Elle fit un nouvel essai, et cette fois une sorte d'alarme se déclencha, bientôt suivie par des bruits de pas rapides.

Non !

Il fallait qu'elle s'en aille. Elle devait retrouver Xavier, et le tenir à l'écart de l'homme qui menaçait la vie qu'ils s'étaient construite ensemble.

Elle chercha son souffle, et sentit une brûlure dans ses poumons. Elle pouvait voir son visage, ses pommettes saillantes et sa mâchoire carrée, et sentir la chaleur de son souffle…

Soudain, un halo de lumière artificielle perça la relative pénombre.

Elle n'avait plus aucun endroit où se cacher.

— Non, non, non ! se mit-elle à hurler tout en se

débattant contre les mains qui essayaient de la maintenir en place.

— Tout va bien, dit une voix féminine d'un ton patient. Respirez calmement. Vous êtes à l'hôpital, et on s'occupe de vous.

Celia se rappelait, maintenant.

L'accident de voiture. Le secouriste aux yeux bleus. L'ambulance.

Elle fit un effort pour contrôler sa respiration. Ce serait plus facile pour communiquer et localiser son fils si elle était calme.

Cherchant le regard de l'infirmière, une jolie brune dont le badge indiquait qu'elle s'appelait Jane, Celia décida de ne pas y aller par quatre chemins.

— Où est mon fils ?

— Votre fils ?

L'incompréhension dans l'intonation de l'infirmière fit à nouveau s'emballer le pouls de Celia.

Cependant, elle s'efforça de répondre aussi calmement que possible.

— Il a cinq ans, mais il est petit pour son âge. Des cheveux châtains, des yeux gris, et des taches de rousseur. Il porte un T-shirt rouge.

Jane étudia rapidement son dossier d'admission.

— Désolée, madame Poller. Je ne vois aucune information concernant votre fils. Mais, je peux appeler la pédiatrie…

— Non.

— Pardon ?

Celia soupira. Elle ne savait de quoi elle avait peur exactement, mais la perspective d'exposer son fils aggravait cette peur. Elle devait détourner l'attention de lui.

— Et Remo ? demanda-t-elle.

— Remo DeLuca ? Le secouriste aux beaux yeux bleus ?

Même si elle n'était pas sûre de son nom de famille, Celia hocha la tête. La description correspondait. En outre, Remo n'était pas un prénom si courant que cela.

— C'est lui qui m'a amenée.

Jane jeta un nouveau coup d'œil à son dossier, et plissa le front.

— Il n'est pas enregistré.

Celia se mit à douter. Pourquoi n'avait-il pas laissé son nom sur ses documents d'admission ? Était-ce significatif ?

Soudain, du tréfonds de son esprit, l'image de l'homme lui apparut. Il ne portait pas d'uniforme. Ce qui voulait dire qu'il n'était pas en service.

Elle relâcha son souffle, et se força à sourire.

— C'est parce que Remo n'agissait pas officiellement. C'est un ami. Et c'est pour ça que je pense que mon fils doit être avec lui.

— Très bien. Je vais rapidement vérifier vos constantes, et je vais faire passer un message général. Si M. Prunelles d'Azur est dans le coin, je suis sûre qu'il va débouler ici *illico presto.*

Celia hocha la tête, se cala contre son oreiller, et serra les lèvres pour s'empêcher de demander à l'infirmière de faire son travail aussi vite qu'il était humainement possible.

4

Remo sourit en voyant Xavier disposer la dernière pièce de son puzzle et pousser un cri de victoire.

— Tu as vu ça, Remo ? demanda l'enfant d'un ton surexcité. Il y avait beaucoup de pièces et je les ai toutes trouvées.

— J'ai vu, mon grand. Et je suis très impressionné. Tu veux qu'on en fasse un autre, ou tu préfères le coloriage ?

— Un autre puzzle.

Mais l'enfant avait à peine choisi une nouvelle boîte, qu'il lança un regard hésitant dans la direction de Remo.

— Est-ce qu'on a le temps ?

— Tu veux dire, avant que nous allions voir ta maman ?

Xavier parut hésiter.

— Elle dit que la patience est la plus belle des vertus.

Remo retint un sourire devant des mots aussi sérieux pour un si petit garçon.

— Tu sais ce que c'est, une vertu ?

L'enfant hocha la tête.

— C'est comme une qualité, mais en mieux.

— Exactement. Et ta maman a raison. C'est bien d'être patient. Mais je sais que tu es inquiet, et c'est tout à fait normal d'en parler.

Le petit garçon soupira.

— Ils vont la guérir, hein ?

— C'est leur travail.

— Ça veut dire oui ?

Pour la première fois de sa vie, Remo regretta de ne pas être doué pour faire de grandes promesses qu'il ne pouvait tenir personnellement.

Rassurer était une chose, mais l'hypocrisie n'était pas son fort. Même quand il s'agissait d'un enfant, il était convaincu qu'il valait mieux être honnête. Attentionné, mais franc. C'était une attitude qu'il avait toujours appréciée lorsqu'il était lui-même un enfant, même si cela n'avait pas souvent été le cas.

« Tout va s'arranger », c'était la dernière phrase qu'il avait entendue, avant que son monde de petit garçon de sept ans ne vole en éclats. Et il ne voulait pas faire subir cela à quelqu'un d'autre.

— Cela veut dire qu'ils feront tout leur possible. Ils ont la science et la médecine de leur côté et, d'après ce que j'en ai vu, ta maman avait l'air d'aller bien.

Le visage de l'enfant se crispa un peu, comme s'il était déçu par l'absence de promesse. Mais quand il parla, ce fut pour poser une question en apparence saugrenue.

— Pourquoi ils disent ton nom ?

— Quoi ?

— Dans le haut-parleur. Comme à l'école.

Remo tendit l'oreille. Une seconde après, on entendit un grésillement, et une voix féminine s'éleva.

— Remo DeLuca, vous êtes prié de vous présenter à la chambre 414. Remo DeLuca pour la 414, merci.

L'espoir éclaira le visage de Xavier.

— Tu crois que c'est la chambre de ma maman ?

— J'en suis sûr. Et c'est une bonne nouvelle, parce que la 414 est une chambre parfaite.

— C'est vrai ?

— Puisque je te le dis.

Xavier se mit à sautiller, visiblement excité, et ressemblant enfin à un enfant.

Avec un sourire, Remo lui prit la main et l'entraîna dans le couloir. La 414 était une salle de réveil, mais elle n'était pas située dans l'unité des soins intensifs.

Rassuré sur l'état de santé de Celia Poller, ce fut donc le cœur léger que Remo se dirigea vers l'ascenseur réservé au personnel.

Il était plus heureux qu'on aurait pu s'y attendre, s'agissant d'une inconnue, et impatient de lui parler.

Qu'avait-elle à dire sur sa situation ? Il ne pouvait s'empêcher de se demander jusqu'où elle était prête à se confier.

En tout cas, si elle était en fuite avec son fils, il était probablement le mieux placé pour comprendre.

Sentant que Xavier s'appuyait de plus en plus lourdement contre sa jambe, il baissa les yeux et vit que l'enfant commençait à somnoler. Attendri, il le souleva dans ses bras, juste au moment où une sonnerie annonçait l'arrivée de l'ascenseur.

À peine eut-il le temps d'entrer dans la cabine et d'appuyer sur le bouton de l'étage, que Xavier dormait déjà.

Si Celia n'avait pas été coincée dans son lit, et retenue par une intraveineuse, elle aurait arpenté la pièce des centaines de fois, tel un lion en cage.

Il lui semblait qu'une éternité s'était écoulée depuis l'appel au micro. Où était passé Remo DeLuca ? Xavier était-il avec lui ?

Seigneur, il fallait qu'il ait Xavier. Parce que sinon…

Celia ne voulut pas aller au bout de sa pensée. Elle

ne devait pas se laisser gagner par le pessimisme. Son fils était forcément avec le secouriste aux yeux bleus.

Il allait le lui amener, et elle quitterait l'hôpital avec Xavier, fuyant ce danger inconnu qui rôdait à la périphérie de son esprit.

— Faites vite, Remo, murmura-t-elle.

— Je fais ce que je peux. Je ne voudrais pas le laisser tomber.

La réponse inattendue, prononcée d'un ton légèrement bourru, fit aussitôt ouvrir les yeux à Celia. Et, même si elle s'attendait à sa présence, la découverte dans l'embrasure de la porte de l'homme aux cheveux noirs et aux yeux bleus la médusa. Lorsqu'elle l'avait vu précédemment, elle était à moitié dans les vapes, et il était soit accroupi, soit assis.

Maintenant qu'elle était à peu près lucide, et qu'il était debout, elle ne pouvait s'empêcher de noter deux ou trois choses. Premièrement, il était grand – probablement plus d'un mètre quatre-vingt-dix. Deuxièmement, il avait une carrure impressionnante. Et troisièmement, il était d'une beauté à couper le souffle.

Et tout cela expliquait pourquoi il lui fallut quelques secondes avant de comprendre que les mots qu'il avait prononcés faisaient référence à son fils.

— Xavier, murmura-t-elle.

Et cela suffit à ce que sa voix se brise.

Remo s'approcha.

— Vous voulez le réveiller ?

Celia soupira, avant de secouer la tête. Elle n'avait pas une idée précise de l'heure, mais la nuit était bien avancée. Xavier avait besoin de repos. D'autant plus qu'ils allaient bientôt devoir prendre la fuite.

— Vous pouvez le déposer sur le lit ?

— Bien sûr.

Avec une délicatesse que son apparence ne laissait pas supposer, il déposa l'enfant dans l'espace ténu entre Celia et la ridelle du lit. Elle aurait voulu le remercier, mais l'émotion la submergeait.

Le corps de son fils était chaud et doux, et il émanait de lui une légère odeur de lavande, qu'elle reconnut comme celle de l'assouplissant qu'elle utilisait pour son linge.

Le soulagement de le savoir sain et sauf était tel qu'elle avait envie de pleurer. Mais elle savait qu'elle n'avait pas le temps de s'apitoyer sur elle-même.

Elle effleura d'un baiser les cheveux de son fils, puis elle repoussa la couverture et se déplaça vers le côté opposé du lit, dépourvu de ridelle.

Une main puissante lui saisit le coude et l'immobilisa.

À sa grande surprise, ce contact déclencha une vague de chaleur le long de son bras.

Elle leva la tête, sous le choc. Remo la fixait sévèrement. Elle soutint son regard un moment, avant que ses yeux ne se posent sur l'endroit où la paume du secouriste entrait en contact avec sa propre peau.

Le fait de voir ses doigts forts autour de son coude ne changea rien aux petites décharges électriques qu'elle ressentait. La chaleur continuait à irradier de la main de Remo, et Celia ne pouvait prétendre que c'était désagréable.

Puis celui-ci sembla remarquer l'attention particulière qu'elle portait à la situation, et il laissa retomber sa main, avant de reculer de quelques pas.

— Ne me dites pas que vous essayez de sortir du lit, dit-il à voix basse.

— Je n'essaie pas. Je le fais.

— Il n'en est pas question !

— En quoi ça vous regarde ?

— Je suis un professionnel de la santé.

— Vous êtes mon médecin ?

Elle s'assit et bascula les jambes par-dessus le rebord du lit, en ignorant l'impression de vertige occasionnée par ce mouvement.

Il fixa ses genoux nus, et Celia se sentit rougir.

Remo s'éclaircit la gorge, et releva les yeux vers son visage.

— Je ne suis le médecin de personne. Mais, j'étais là juste après votre accident, et je peux vous assurer que vous n'êtes pas en état de vous lever et de vous promener.

— Vous l'avez déjà dit.

— Parce que c'est vrai.

— Mais vous n'êtes pas médecin.

— Non.

Elle chercha son souffle, et formula ce qu'elle espérait être un mensonge crédible.

— Écoutez, je n'aime pas les hôpitaux, j'ai une très mauvaise assurance maladie, et je me sens très bien.

— Celia…

Elle fut surprise d'entendre une réelle inquiétude dans sa voix tandis qu'il prononçait son prénom. Et elle demanda sans réfléchir :

— Je vous connais ?

Il parut perplexe.

— Vous ne savez pas si vous me connaissez ?

— Bien sûr que si ! De toute façon, ça n'a aucune importance.

Mais apparemment, ça en avait pour Remo.

En deux enjambées de ses longues jambes, il atteignit le bout du lit, décrocha sa fiche médicale, et commença à la lire, en affichant une moue pincée.

Que voyait-il ? Qu'est-ce qui faisait changer son expression comme ça ?

Mais, en quoi cela la concernait-il ? Pourquoi restait-elle là à le regarder ? Elle était supposée partir.

Finalement, il releva les yeux vers elle.

— Vous n'avez pas de commotion cérébrale.

— Vous avez l'air de trouver que c'est une mauvaise chose.

— Je redoute que vous expérimentiez une perte de mémoire.

— Ai-je dit cela ?

— Vous avez demandé si vous me connaissiez.

— Ce n'est pas ce que j'avais en tête.

— Expliquez-moi.

— C'était peut-être pour flirter…

Elle rougit, mais l'ignora.

— Vous savez, comme quand on dit : « Je ne vous aurais pas déjà rencontré quelque part ? »

Il ne sourit pas et ne mordit pas à l'hameçon.

— Avez-vous parlé à l'infirmière de votre état de confusion ?

Elle secoua la tête, et mentit à nouveau.

— Je ne lui ai rien dit, parce qu'il n'y a rien à dire.

— Vous savez quel jour nous sommes ?

— Oui.

— Dites-le-moi.

— Mardi.

— De quelle année ?

— Je le sais aussi, et je ne vais pas vous le dire. L'infirmière me l'a déjà demandé.

— Donc, c'est uniquement moi que vous ne vous rappelez pas ?

— Peu importe que je dise oui ou non, vous l'interpréterez comme bon vous semble.

Elle voulut bouger à nouveau, mais il se rapprocha et posa la main sur son épaule.

— Écoutez-moi. Nous ne nous connaissons pas mais, comme je l'ai déjà dit, vous avez été victime d'un grave accident. Vous avez perdu beaucoup de sang, on vous a transfusée et recousue, et vous êtes sous antibiotiques en intraveineuse. Ajouté à un peu de bon sens, ça devrait suffire à vous garder au lit.

— Et si je ne suis pas d'accord ?

— Alors, je vais appeler l'infirmière – qui se prénomme Jane, et que je connais depuis une éternité – et je vais lui demander de vous sédater.

— Vous ne feriez pas ça.

— Bien sûr que si.

— Je ne peux pas rester ici.

— Dans ce cas, vous feriez bien de me donner une bonne raison pour ça. Et faites en sorte que ce soit plus crédible qu'une phobie de l'hôpital.

— Mon fils…

Elle sentit les larmes lui monter aux yeux, et ne put aller plus loin.

Tandis qu'elle baissait la tête, Remo reprit la parole, d'un ton adouci.

— Xavier sera plus en danger encore si sa mère est trop faible pour l'aider.

La surprise lui fit redresser la tête.

— Comment savez-vous qu'il est en danger ?

Ces mots à peine prononcés, Celia réalisa son erreur avant qu'il ne la souligne.

— Je ne le savais pas avant cet instant.

Elle pinça les lèvres et regarda ailleurs.

— Je veux vous aider, Celia. Mais je ne peux pas le faire si vous continuez à me mentir. J'ai besoin d'un peu de confiance.

Elle lui renvoya ses paroles.

— Dans ce cas, vous feriez bien de me donner une bonne raison pour ça.

Un muscle joua dans la mâchoire de Remo. Elle s'attendait à une querelle mais, à la place, elle eut droit à l'histoire de sa vie.

5

Remo ne savait pas précisément ce qu'il avait l'intention de dire à Celia.

Révéler quelques éléments de son passé ? Ou peut-être simplement lui promettre qu'elle pouvait lui faire confiance ?

En tout cas, il ne s'agissait certainement pas de déballer toute son enfance.

Il n'en avait pas honte, non. Le temps et une thérapie l'avaient aidé à comprendre que rien n'était sa faute. Mais il préférait rester discret sur sa vie privée.

Aussi fut-il le premier surpris quand les mots commencèrent à tomber en cascade de sa bouche.

— J'ai passé les sept premières années de ma vie dans une maison où le moindre faux pas engendrait la violence. Ma mère était la victime, et mon père le bourreau. Pendant longtemps, on m'a dit de me cacher. Je l'ai fait, parce que c'était ce que voulait ma mère.

Il marqua une pause, soudain transporté dans le passé.

— Elle était tout le temps triste, et j'étais prêt à faire n'importe quoi pour la voir sourire…

Il haussa les épaules, gêné, et croisa le regard de Celia. Il y avait de la compréhension dans ses yeux. Ça allait au-delà de la sympathie, et Remo eut la certitude qu'il avait correctement analysé sa situation.

— Ça s'est terminé exactement comme vous le pensez, dit-il.

— Vous avez cessé de vous cacher, dit-elle, d'un ton presque timide.

— Ça ne s'est produit qu'une seule fois. Je ne sais même plus ce qui était différent ce jour-là. Peut-être le fait que je grandissais, et que je comprenais que notre vie n'était pas normale. Quoi qu'il en soit, je me suis interposé, et ça m'a valu un bras cassé et un œil au beurre noir. Ça a fait l'effet d'un électrochoc à ma mère. Le soir même, nous avons quitté la maison.

Le visage de Celia s'obscurcit, jusqu'à devenir un masque indéchiffrable. Remo ne savait pas ce qu'elle essayait de dissimuler ou de nier, mais il ne la laisserait pas s'en tirer avec un mensonge.

— Vous savez ce que j'ai vu d'autre sur votre fiche médicale ?

Elle resta impassible.

— Non. Qu'avez-vous vu ?

— Vos radios montrent des traces d'anciennes blessures, Celia. Une fracture au bras mal remise, et des côtes brisées à plusieurs reprises.

Il s'était exprimé d'un ton prudent, veillant à ce que son intonation ne soit pas porteuse de jugement.

— J'ai vu ce genre de choses assez souvent dans mon travail pour savoir ce que cela signifie.

Pendant de longues secondes, Celia ne dit rien.

Remo la laissa prendre son temps.

Les preuves étaient irréfutables, mais cela ne voulait pas dire qu'elle n'allait pas essayer de nier. Il ne voulait rien lui imposer, mais il espérait de toutes ses forces qu'elle choisirait l'honnêteté.

Mais lorsque son expression impassible se fissura,

ce ne fut pas pour lui dire qu'il avait raison. À la place, elle éclata en larmes silencieuses.

Automatiquement, Remo s'avança et s'assit sur le lit. Prenant soin de ne pas déranger Xavier, qui était toujours inconscient de ce qui se passait autour de lui, il passa un bras autour des épaules de Celia.

Elle remua et, un instant, il se demanda s'il n'était pas allé trop loin. Ils étaient des inconnus l'un pour l'autre et, même s'il lui semblait naturel de lui offrir du réconfort, il n'était pas stupide de penser que le contact lui soit difficilement tolérable.

Il finit par réaliser qu'elle ne s'écartait pas. Au contraire, elle se blottissait contre lui, en crispant les doigts sur sa chemise. C'était une posture indéniablement intime, et pourtant innocente. Celia avait besoin de cet intermède de consolation, et il était heureux de le lui offrir.

Deux bonnes minutes s'écoulèrent, avant que Celia ne reprenne son souffle en tremblant et ne s'écarte.

Sa lèvre inférieure frémissait et, lorsqu'elle reprit la parole, sa voix était tout aussi instable.

— Vous avez raison. Je ne me souviens de rien. Je sais que je dois veiller à la sécurité de Xavier. Je sais qu'il est en danger. D'après ce que vous venez de me dire, la conclusion est simple. Et, si mon cerveau est dans le brouillard pour le moment, il ne la conteste pas. Ce qui me fait penser que c'est vrai.

Baissant les yeux vers la silhouette endormie de son fils, elle murmura :

— C'est forcément son père. Mais ça me terrifie d'en être certaine, alors que je ne m'en souviens pas.

Remo l'observa. Il était toujours vrai qu'il ne la connaissait pas, mais il était vrai aussi qu'il avait de plus en plus envie de la connaître.

— Laissez-moi vous aider, proposa-t-il.

— De quelle façon ?

La voix de Celia avait pris une intonation désespérée.

— Tout ce que je sais, c'est que je ne peux pas rester ici trop longtemps. Sinon, je ne pourrai pas protéger mon fils.

Spontanément, Remo tendit la main et la posa sur sa joue. Elle n'eut pas de mouvement de recul. Au contraire, elle prit appui contre sa paume.

— Fermez les yeux, et dites-moi tout ce que vous vous rappelez avant l'accident.

Celia releva la tête.

— Vraiment ? Vous voulez m'hypnotiser ?

— On ne risque rien à essayer.

Elle l'observa un bref instant et, à son grand regret, s'écarta.

Tandis que ses paupières s'abaissaient, ses longs cils clairs frôlant ses joues, une nouvelle vague d'inquiétude submergea Remo. Il essaya de l'ignorer, mais n'y parvint pas. Les deux autres fois où il l'avait vue si immobile, les yeux fermés, Celia était inconsciente.

Mais elle allait bien maintenant, se rappela-t-il. Elle était consciente. Sous surveillance médicale. Sous sa protection…

Pourquoi alors ressentait-il une telle angoisse ?

— Vous êtes toujours là ? demanda-t-elle doucement.

Il s'éclaircit la gorge.

— Oui. Désolé. Dites-moi la dernière chose dont vous vous souvenez avant de vous être réveillée ici.

— Juste avant, ou il y a longtemps ?

— Ce qui vous vient en premier à l'esprit.

— J'étais dans l'ambulance, et je ne savais pas pourquoi. Puis je vous ai vu, et…

Elle ne termina pas sa phrase, et une tache rosée apparut sur ses joues.

— Quoi ?

— Je me rappelle avoir pensé que vos yeux étaient vraiment très bleus.

L'humeur de Remo s'allégea.

— Ma mère disait toujours que c'était la seule chose positive que mon père avait faite pour moi.

Celia entrouvrit les yeux.

— Mais ce n'est pas très utile.

— Les compliments sont toujours utiles, répliqua-t-il sur le ton de la plaisanterie. Vous pouvez continuer à m'en faire. Ou remonter le fil des événements avant l'ambulance. C'est à vous de voir.

Son rougissement s'accentua, et elle referma rapidement les paupières. Il fallut un petit moment, toutefois, pour qu'elle ajoute quelque chose.

Remo attendit patiemment, tout en regardant ses épaules se soulever et redescendre au rythme de sa respiration. Puis une petite ride creusa son front.

— Ce n'est pas qu'il n'y a rien du tout dans ma tête, murmura-t-elle. Mais c'est un mélange d'informations indistinctes.

— Ce n'est pas grave. Dites-moi les choses comme elles viennent.

— D'accord. Eh bien, je sais qu'il n'y a que nous deux, et depuis longtemps. L'institutrice de mon fils s'appelle Mme Jenny, et c'est son nom de famille, pas son prénom. Xavier trouve cela très amusant.

— Quoi d'autre.

— L'anniversaire de Xavier est en septembre, et les gaufres sont son mets favori. On nous en a servi au petit déjeuner ce matin, mais il n'y avait pas de sirop d'érable, et Xavier s'est mis à bouder.

— Ça peut se comprendre. Moi non plus, je ne suis pas très fan des gaufres sans sirop. Mais, attendez ! Vous dites qu'on vous a servis. Vous étiez dans une cafétéria ?

— Non, un hôtel.

— Vous vous rappelez lequel ? Ou le logo ? Peut-être sur un bloc-notes dans la chambre ?

— Je pense que ce n'était pas le genre d'endroit à proposer des produits dérivés.

— C'est une bonne information.

Elle eut une petite moue désabusée.

— Vous trouvez ? Ça me paraît plutôt inutile.

Remo lui pressa la main.

— C'est un bon début. Ça veut dire que nous pourrons éliminer tous les établissements de plus de deux étoiles quand nous prendrons contact avec la police.

— Non !

Remo fut surpris par la terreur qui faisait vibrer la voix de Celia. Et la même terreur pouvait se lire dans ses yeux.

Celia ignorait pourquoi mais, entendant le mot « police », c'était comme si un interrupteur avait été allumé. Son cœur battait la chamade, son sang pulsait à ses tempes, et son ventre se nouait.

La seule chose qui lui offrait un ancrage, c'était la main puissante et chaude de Remo qui tenait la sienne, et son corps utilisa ce contact pour ne pas bondir. Son esprit, en revanche, refusait de se calmer.

Fuyait-elle la police ? Était-elle une criminelle ? Avait-elle commis des délits dans le but de protéger son fils ?

Réfléchissant à cette dernière question, elle conclut très vite qu'elle était prête à tout pour Xavier. Si elle le reconnaissait à voix haute, le secouriste aux yeux bleus éprouverait-il le besoin de prévenir la police locale, juste au cas où ?

Et s'il le faisait, pourrait-elle l'en blâmer ?

Mais lorsqu'elle relâcha son souffle, et s'obligea à croiser le regard de Remo, son inquiétude semblait lui être réservée.

Et ses paroles confirmèrent cette intuition.

— Hé, dit-il gentiment, si vous n'avez pas envie de prendre contact avec la police, je ne vais pas vous forcer.

Celia sentit s'atténuer un peu de la pression qui pesait sur sa poitrine, mais elle se crut obligée de se justifier.

— Je devrais probablement ajouter que les policiers sont les gentils…

— Certes…

— Et donc, par extension, les gens qui les évitent…

— Sont les méchants. Je vois ce que vous voulez dire.

— Si ça vous met mal à l'aise, Remo, je peux le comprendre. Laissez-moi juste une longueur d'avance, d'accord ?

— Une longueur d'avance ?

Celia hocha la tête.

Il était étrange qu'elle ressente un tel besoin d'entendre Remo lui dire que ça ne lui posait pas de problème qu'elle soit peut-être une criminelle.

C'était sans doute dû au fait qu'il était l'un des rares éléments familiers dans sa vie actuelle. Sans compter qu'il avait sauvé sa vie et, plus important, celle de son fils.

Mais elle soupçonnait qu'un autre motif se cachait

derrière cela : une attirance incontrôlable qui s'amplifia quand il lâcha sa main et lui caressa la joue.

Et ce contact intime ne lui semblait ni anormal, ni choquant. C'était tout le contraire. Il en ressortait une impression de justesse et de bien-être.

— Vous n'avez rien à craindre de moi, Celia, murmura-t-il. J'ai dit que je vous aiderai, et je le ferai.

Celia ressentit à nouveau un vertige, mais cette fois cela n'avait rien à voir avec son état de santé. La faute en était à la promesse de Remo. Et à sa proximité.

Car il était très proche. Si proche qu'elle pouvait sentir son souffle sur ses lèvres.

Instinctivement, elle leva son visage vers celui de Remo. Il inclina le sien et leurs bouches se frôlèrent un bref instant. Cela suffit à ce qu'une intense chaleur l'envahisse, lui faisant comprendre que les étincelles couvaient sous la surface, prêtes à exploser dès que le baiser deviendrait plus profond.

Et soudain, la voix endormie de son fils les obligea à se séparer.

— C'est le matin ? demanda-t-il en ponctuant sa question par un bâillement. J'ai faim.

Ça aurait pu être un moment gênant, où Remo lui aurait offert un regard d'excuse, en marmonnant que c'était déplacé, et où elle se serait demandé ce qu'il lui prenait d'embrasser un homme qu'elle venait tout juste de rencontrer.

Dans un lit d'hôpital. Pendant que son fils dormait à côté.

Mais la vague sensation de culpabilité ne dura qu'une seconde, le temps pour Remo de lui sourire, avant de se tourner vers Xavier.

— Tu as faim ? Eh bien, figure-toi que je sais où trouver d'excellents flans au caramel.

— C'est vrai ?

— Absolument.

Xavier tourna la tête vers Celia.

— S'il te plaît, maman ? Je peux ?

Celia hocha la tête. Argumenter sur le fait de manger un dessert en pleine nuit ne lui semblait pas une priorité au vu de tout le reste.

Remo lui adressa un clin d'œil de conspirateur et se leva. Xavier bondit sur ses pieds, et le cœur de Celia s'emballa anxieusement.

Devinant apparemment sa nervosité, Remo se pencha à la hauteur de Xavier, et lui parla d'un ton sérieux.

— Je peux te demander une faveur, mon grand ? Parce que j'ai vraiment besoin de ton aide.

Xavier hocha la tête solennellement.

— Oui, je peux t'aider.

— Les flans se trouvent dans une petite cuisine tout au bout du couloir. Ça ne va pas me prendre longtemps d'y aller, mais je ne veux pas laisser ta maman toute seule. Tu penses que tu peux garder un œil sur elle pour moi ?

Le regard de Xavier fit l'aller-retour entre elle et Remo, et le cœur de Celia se serra.

Elle savait que son fils avait envie de refuser, et elle ne pouvait pas lui en vouloir. Jouer les aventuriers pour aller chercher un dessert en pleine nuit était assurément plus tentant que de veiller sur sa mère.

Mais elle savait aussi que Xavier avait un grand sens de la responsabilité. Beaucoup trop grand pour un enfant de cet âge.

Elle déglutit pour déloger la boule qui lui obstruait la gorge, et parla rapidement.

— Tu sais quoi ? Je peux rester toute seule une minute. Allez-y tous les deux.

Remo haussa un sourcil.

— Vous êtes sûre ? Ça pourrait nous prendre deux minutes de trouver une cuillère. Les desserts abondent, mais les ustensiles sont une denrée rare.

Celia entendit l'autre question qu'il ne posait pas. « Êtes-vous sûre de vouloir laisser votre fils partir avec un inconnu ? »

Elle chercha son regard.

— Prenez même cinq minutes si nécessaire. Cela me donnera le temps de me ressaisir.

Remo l'observa quelques secondes, comme s'il essayait de déterminer si elle le pensait vraiment. Elle hocha la tête. Elle le pensait. Il avait sorti son fils de la carcasse de la voiture. Il avait pris soin de lui pendant qu'elle était inconsciente. Rien que cela suffisait pour qu'elle ait confiance en lui.

— D'accord, dit Remo.

Puis il baissa les yeux vers Xavier.

— Qu'en penses-tu, mon grand ? Ça marche pour toi ?

Celia esquissa un sourire en voyant son fils hocher frénétiquement la tête, avant de glisser sa main dans celle de Remo.

Elle retint son souffle jusqu'à ce que la porte se soit refermée sur eux, puis elle exhala un long soupir tremblant, avant de fermer les yeux.

Elle se sentait perdue. Les trous dans sa mémoire lui donnaient envie de pleurer. Et le pire, c'était qu'elle commençait à croire que son amnésie n'était pas un effet de l'accident, mais plutôt un refus de se rappeler.

Comme si son esprit avait érigé une barrière pour la protéger…

Mais ça produisait l'effet inverse.

Au lieu d'être à l'abri, elle se sentait juste impuissante.

Elle avait besoin de ces souvenirs, que son subconscient l'admette ou pas. Elle devait trouver un moyen de les faire revenir.

— Qu'est-ce que je vais faire ? demanda-t-elle à voix haute.

Une voix masculine, rauque et brutale, lui répondit.

— Et si tu me disais où est le gamin ?

6

Celia n'eut pas le temps de voir l'homme avant qu'il ne plaque une main sur sa bouche, étouffant toute protestation.

— Je te déconseille de crier, dit-il entre ses dents. Ou sinon…

Il s'écarta juste assez pour qu'elle puisse voir son autre main. Ses doigts étaient serrés autour d'une seringue, le pouce en suspens au-dessus du poussoir.

Oh ! Seigneur...

Elle ignorait ce qu'il y avait dans la seringue, mais les possibilités étaient infinies, et probablement toutes létales.

— Tu as compris ? demanda l'homme.

Celia hocha à peine la tête.

— Bien.

L'inconnu recula, prit place sur la chaise à côté du lit, et la fixa d'un air impatient. Il portait une blouse, mais elle était certaine qu'il ne s'agissait pas d'un médecin. Et à l'instant où elle posa les yeux sur son visage rasé de près et marqué par des cicatrices d'acné, un souvenir prit corps, extrêmement vivant et précis.

Cet homme avec une arme à la main.

Cet homme pointant son arme sur la tête de quelqu'un.

Cet homme appuyant sur la détente.

— Rien à dire ?

Sa voix la ramena brutalement à la réalité, et elle eut du mal à contenir un cri de surprise.

Levant les yeux vers lui, elle secoua la tête.

Qui était-il pour elle ?

Qui était-il pour Xavier ?

Il lui suffisait de le regarder pour être certaine que ce n'était pas le père de son fils.

Trop jeune de dix ans.

Cette pensée n'était pas une vague supposition. C'était quelque chose qu'elle savait. Qui que soit le père de Xavier, il était plus âgé que cet homme. Plus âgé qu'elle aussi.

Elle relâcha son souffle, ne sachant pas si c'était ou non un soulagement de connaître ce détail.

— Tu m'écoutes, Celia ?

Elle reporta son attention sur le visage de l'homme, et répondit avec toute la fermeté dont elle était capable.

— J'écoute.

— Alors, tu n'écoutes peut-être pas assez bien. Si tu ne me dis pas où est ton fils, je ferai en sorte que tu ne sortes pas d'ici vivante.

La demande de l'homme lui fit réaliser quelque chose : il ne savait pas que Xavier se trouvait dans l'hôpital.

Redressant les épaules, elle s'efforça de ne pas laisser transparaître sur son visage l'espoir qui l'animait.

— Je préférerais mourir que de te laisser poser les mains sur lui, dit-elle. Mais la question n'est pas là. Je ne sais pas où il est. Les services sociaux l'ont emmené.

L'homme plissa les yeux.

— Tu te fiches de moi ? Les services sociaux l'ont pris alors que sa mère est vivante et capable de s'occuper de lui ?

— J'étais inconsciente. Il n'a pas de famille. À

ton avis, qui s'occupe des enfants dans une situation comme celle-ci ?

Il l'observa encore un instant, puis se cala contre le dossier de sa chaise.

— Il a une famille. Son père serait ravi de s'occuper de lui.

Celia sentit son estomac se révulser. Et quand elle parla, c'était comme si sa bouche était branchée sur pilote automatique, disant des choses dont elle n'avait pas connaissance, et qu'elle savait pourtant être vraies.

— Xavier n'a pas de père. L'homme pour qui tu travailles n'a jamais eu ce titre. Et il a perdu toute chance de l'obtenir le jour où il a posé la main sur moi.

— Tu es bien sentencieuse.

— Et toi, tu es complètement dépourvu de moralité.

Il haussa les épaules.

— Je suis loyal avec qui me paie.

Soudain, il se leva d'un bond et dissimula la seringue dans sa poche.

Celia ne tarda pas à comprendre la raison de sa réaction. Une infirmière, qui n'était pas Jane, venait d'entrer.

— Bonsoir, madame Poller. Je viens vérifier vos constantes.

Elle plissa le front en découvrant l'homme en blouse blanche.

— Oh ! excusez-moi, docteur. Je ne pense pas que nous nous connaissions.

— Trompé de chambre…, marmonna-t-il en bousculant l'infirmière tandis qu'il se précipitait vers le couloir.

Celia se recoucha. Il ne reviendrait pas. Il ne prendrait pas le risque de se faire arrêter et d'être identifié. Elle en était sûre pour la même raison qu'elle était sûre de tout le reste. Sa mémoire le lui disait, même si elle ne lui expliquait pas pourquoi.

L'infirmière s'avança, l'air inquiet.

— Vous vous sentez bien, madame Poller ?

— Oui. Je suis juste un peu fatiguée.

— Bien. Je n'en ai pas pour longtemps. Ensuite, vous pourrez vous reposer.

— Merci.

Celia ferma les yeux et laissa l'infirmière faire son travail. Dès que celle-ci eut quitté la pièce, elle repoussa sa couverture.

Il n'y avait toujours pas le moindre signe de Remo et Xavier, et elle ne pouvait se défaire de l'inquiétante idée que l'inconnu les avait trouvés. Pas si inconnu que cela, en fait. Quel que soit son nom, il travaillait pour le père de Xavier. Et ses activités n'avaient rien de recommandable.

Quoi qu'il en soit, elle devait agir. Elle se tourna vers les différents moniteurs, et tendit la main vers la pompe à perfusion automatisée. En passant le doigt au-dessus des boutons, elle réalisa qu'elle savait ce que commandait chacun d'entre eux.

Étrange.

Mais elle n'avait pas le temps de chercher à comprendre.

Elle entra une séquence et le moniteur bipa une fois avant de se couper. Prudemment, elle ôta l'adhésif du site de perfusion sur sa main, et retira l'aiguille. Du sang perla, et elle l'essuya aussitôt, tout en balayant la pièce du regard, à la recherche de ses vêtements.

À son grand soulagement, elle découvrit un sac-poubelle semi-opaque sous la fenêtre, qui contenait son jean et son T-shirt.

Mais, comme elle se levait, elle remarqua que la porte de sa chambre était restée ouverte. Machinalement, son regard se posa sur la réserve, située juste en face, et elle vit que celle-ci était ouverte également. Sur les étagères s'alignaient des piles de vêtements médicaux soigneusement pliés.

L'homme qui était entré dans sa chambre portait une blouse blanche, et l'infirmière n'avait pas réellement fait attention à lui. Pas plus qu'elle n'avait commenté sa présence après coup.

Ignorant le léger vertige engendré par la station debout, Celia se dirigea vers la porte.

Après avoir vérifié qu'il n'y avait personne dans le couloir, elle se glissa dans la réserve, et s'empara d'un pantalon, d'une tunique, d'un masque et d'un calot. Puis elle retourna dans sa chambre, et s'habilla aussi vite que le lui permettaient ses membres douloureux. Elle enroula ensuite ses cheveux pour les dissimuler sous le calot, mit le masque en place, et glissa ses pieds dans ses chaussures.

Vérifiant à nouveau que la voie était libre, elle hésita sur la direction à prendre. Remo avait évoqué une cuisine au bout du couloir. Mais, de quel côté ?

À gauche se trouvaient un embranchement et les ascenseurs. À droite, elle pouvait apercevoir le bureau des infirmières. Remo l'aurait sûrement mentionné s'il avait fallu passer devant.

De toute façon, elle n'avait pas de temps à perdre en réflexion.

Elle partit vers la gauche, marchant d'un pas aussi assuré que possible. Au moment où elle arrivait à la hauteur des ascenseurs, une cabine s'ouvrit. Xavier et Remo se trouvaient à l'intérieur. Étonnamment, son fils était assis dans un fauteuil roulant, enveloppé dans une couverture d'hôpital, et tenait sur ses genoux un livre et deux pots de flan.

Mais ce ne fut pas cette vision qui l'inquiéta.

Quelque chose de beaucoup plus effrayant se profilait.

Approchant à pas lent d'un des côtés de l'embranchement, et ignorant que l'enfant qu'il recherchait était juste là, se trouvait l'homme qui l'avait menacée.

Remo baissa les yeux vers l'enfant et, s'apprêtant à sortir de l'ascenseur, posa les mains sur les poignées du fauteuil roulant – un « traitement de faveur » proposé par l'une des employées du réfectoire, qui avait dû aller exhumer les flans des profondeurs de la chambre froide.

Avant qu'il ait eu le temps d'esquisser un geste, il remarqua une silhouette féminine petite et fine qui se hâtait vers eux. Sa démarche pressée retint son attention. Il la regarda s'arrêter brusquement devant la dernière chambre du couloir, se saisir de la fiche médicale sur la porte, et reprendre sa marche.

Levant les yeux vers lui, elle lui adressa un bref signe de tête, et il y regarda à deux fois.

Celia.

Malgré sa tenue médicale et son étrange comportement, il était sûr que c'était elle.

Que faisait-elle hors de son lit ? Pourquoi était-elle habillée comme si elle allait en chirurgie ?

Et pourquoi se ruait-elle dans l'ascenseur comme si sa vie en dépendait ?

Remo attendit, espérant une explication. Elle ne dit rien et se précipita au fond de la cabine, se plaçant de dos, et la tête baissée vers la fiche médicale.

Trop surpris pour dire quoi que ce soit, Remo resta bouche bée. Le temps qu'il se ressaisisse, une voix masculine attira son attention vers les portes.

— C'est votre étage ? demanda le nouvel arrivant.

Celia lui donna un discret coup de pied à la cheville, suffisamment fort pour le faire tiquer.

Mais que diable…

Et puis, il comprit.

Quoi que mijotât la femme aux yeux gris, c'était lié à l'homme en blouse blanche, qui maintenait les portes ouvertes, et le dévisageait avec impatience.

— C'est votre étage ? répéta-t-il.

Remo s'éclaircit la gorge tandis qu'un mensonge assez évident lui venait à l'esprit.

— Non. On fait juste un petit tour en ascenseur pour s'amuser, avant de retourner en pédiatrie.

L'homme entra dans la cabine et leva la main pour appuyer sur un bouton. Il interrompit son geste en voyant qu'ils étaient tous allumés.

— J'espère que vous descendez, lança Remo avec un petit rire.

— Désolé, dit aussitôt Xavier. J'ai appuyé sur tous les boutons.

Remo retint son souffle, attendant avec anxiété que l'homme baisse les yeux vers l'enfant. Mais il se contenta de grommeler et s'écarta du panneau.

Les secondes s'écoulèrent avec une lenteur exaspérante, l'arrêt à chaque étage ne faisant que renforcer la tension.

Celia continuait à consulter son dossier, tournant les pages et griffonnant quelque chose.

Xavier fixait le livre qu'une des infirmières lui avait donné, ne paraissant pas avoir remarqué qu'ils auraient dû sortir de l'ascenseur, ou ne se souciant pas que leur escapade soit cinq fois plus longue que prévu.

Remo, lui, ne quittait pas des yeux l'inconnu.

Qui était-il ? Pas le père de Xavier, sinon il l'aurait reconnu.

Quelqu'un qui agissait pour le compte du père ?

Il était impossible de se faire une idée sur ce type. La blouse masquait ses vêtements, et son visage était dépourvu d'expression. Il ne dit pas un mot durant toute la descente, et ne sortit même pas son téléphone portable pour y jeter un œil.

Lorsqu'ils atteignirent enfin le rez-de-chaussée, et que l'homme sortit de la cabine, Remo dut prendre sur lui pour attendre que les portes se referment, avant de se tourner vers Celia pour exiger des explications.

Mais quand il le fit enfin, les mots restèrent coincés dans sa gorge. Le visage de Celia avait la couleur de la cendre. Ses yeux étaient rougis de larmes contenues. Aussitôt, il voulut l'attirer dans ses bras, mais elle brandit la fiche médicale.

Le regard de Remo se posa sur les mots qu'elle avait griffonnés.

Un endroit où parler.

Remo hocha silencieusement la tête, puis il appuya sur le bouton de l'étage où se situait la salle de jeux familiale où le Dr Tanya Hennessey avait examiné Xavier un peu plus tôt.

Heureusement, l'ascension fut rapide. En moins de deux minutes, les portes s'ouvrirent. Remo s'écarta pour laisser passer Celia, qui lui lança un regard reconnaissant, avant de se ruer vers les toilettes les plus proches.

Résistant à l'envie de la suivre des yeux, Remo empoigna le fauteuil roulant et commença à le pousser.

— Hé, protesta Xavier tandis que les roues rebondissaient de l'ascenseur sur le linoléum. Ce n'est pas le bon endroit.

— C'est très bien ici aussi, tu verras.

— Mais, maman va s'inquiéter.

— Ne t'en fais pas pour ça, mon grand. Je pense qu'elle sait déjà où nous sommes.

— Tant mieux. Parce qu'elle s'inquiète toujours.

Remo ne répondit rien à cela et poussa le fauteuil à toute allure. Une fois dans la pièce, il effectua un demi-tour en faisant une roue arrière, ce qui arracha un cri de joie à Xavier.

— Et maintenant, champion, qu'est-ce qu'on fait ? Tu manges ton dessert tout de suite ? Ou tu veux lire un peu d'abord ?

Xavier plissa le front, pensif, puis son petit visage s'éclaira.

— Maman !

Remo leva les yeux. Celia se tenait sur le seuil. Elle n'hésita qu'une seconde avant d'entrer et referma les bras autour de son fils.

— C'est un bel endroit, dit-elle, les yeux rivés sur Remo en une question muette.

— Et très privé, répondit-il, comprenant qu'elle voulait savoir s'ils y étaient en sécurité. Cet étage va être rénové à partir de la semaine prochaine, et c'est plus ou moins devenu une ville fantôme.

Celia hocha la tête et reporta son attention sur son fils.

— Très bien, dit-elle avec enthousiasme. Raconte-moi un peu pourquoi tu es dans ce fauteuil.

Remo resta en retrait. Il écoutait à peine Xavier tandis que celui-ci se lançait dans une explication surexcitée, où il était question de flans au chocolat, alors qu'il en voulait au caramel, et d'une expédition au réfectoire pour en trouver.

Toute son attention était réservée à la mère de l'enfant. Elle avait ôté la tunique chirurgicale, ne gardant que le pantalon, un peu trop grand pour elle, et le T-shirt jaune pâle qu'elle portait au moment de l'accident. Son cœur se serra à cette évocation. Il espérait que le fait d'avoir débranché sa perfusion et d'avoir couru dans les couloirs ne mettrait pas sa santé en danger…

— Remo ?

Il cilla, comprenant qu'il avait raté quelque chose.

— Je viens de dire à Xavier que nous allions aller discuter quelques minutes dans le couloir, le temps qu'il mange son dessert. Il y a justement une petite banquette où nous serons très bien.

Il hocha la tête.

— Très bonne idée.

Ébouriffant gentiment les cheveux de Xavier, il suivit Celia hors de la pièce.

Tandis qu'ils prenaient place, Remo remarqua que la banquette en question était trop exiguë pour deux personnes, surtout compte tenu de sa carrure. De quelque façon qu'ils se placent, ils se touchaient toujours. Épaule contre épaule, hanche contre hanche…

Lorsque Celia soupira et leva une main pour repousser une mèche de cheveux qui lui tombait dans l'œil, elle frôla la main de Remo, et une légère décharge électrique lui rappela le bref baiser qu'ils avaient partagé.

Celia y pensait-elle également ? Y avait-elle pensé aussi souvent que lui ?

Les lèvres de Celia sur les siennes étaient chaudes et douces et, pour bref qu'il avait été, ce contact avait enflammé ses sens comme rarement.

Naturellement, sa conscience l'avait quelque peu taraudé, suggérant qu'il avait peut-être franchi une ligne jaune, évoquant l'éthique et le professionnalisme.

Et cependant, il ne s'était pas vraiment senti coupable. Il comprenait pourquoi en étant assis à côté d'elle. La compagnie de Celia lui semblait juste et naturelle.

Et Remo était le genre d'homme à croire que ce qui paraissait être le bon choix… l'était effectivement en général.

7

— Dites-moi, insista Remo.

Celia reprit son souffle. Elle n'avait toujours pas surmonté le terrible souvenir qui avait refait surface tandis qu'elle se tenait dans l'ascenseur avec l'homme qui avait menacé sa vie.

Cherchant du réconfort, elle prit la main de Remo. Elle savait qu'elle se sentirait mieux s'il avait les doigts autour des siens. Même le contact – involontaire, mais inévitable – provoqué par l'étroitesse de la banquette était rassurant.

Mais elle avait bien conscience que leur relation pouvait se définir comme celle de deux inconnus qui s'étaient embrassés presque par hasard.

Et elle ne savait pas où se trouvaient les limites.

Pour finir, elle croisa les mains sur son estomac, soupira, et expliqua ce qu'avait dit et fait l'homme de l'ascenseur.

Le visage de Remo s'assombrit, et son regard se fit aussi dur que sa voix.

— Vous êtes toujours opposée à l'idée de prendre contact avec la police ?

Elle baissa les yeux vers ses mains.

— Oui.

Il marmonna quelque chose qui pouvait être un juron de frustration, et dit :

— Dans ce cas, il faut se tourner vers la sécurité privée. Un garde anonyme devant votre porte.

— Non.

— C'est un bon compromis.

— Il ne resterait pas longtemps anonyme. Et je ne veux prendre aucun risque.

— Qu'allez-vous faire ? Quitter l'hôpital ? Mettre votre vie en danger en vous privant de soins nécessaires ? En quoi cela va-t-il aider votre fils ? Pour quelqu'un qui ne veut pas prendre de risques, c'en est un gros.

— Je ne peux pas rester longtemps au même endroit. Je vous l'ai déjà dit. Et maintenant qu'ils savent où je suis… Vous avez raison, c'est peut-être risqué de fuir. Mais c'est encore pire de rester.

— Nous ne savons pas qui ils sont.

Celia ne put s'empêcher de se réjouir de l'emploi du « nous », mais elle n'avait pas le temps d'en profiter. Elle avait encore quelque chose à ajouter.

Elle inhala à nouveau profondément, et il lui sembla que l'air lui brûlait les poumons.

— Il y a autre chose que je sais, dit-elle.

Elle dénoua ses mains, saisit le bas de son T-shirt et le souleva, pour révéler une cicatrice presque effacée.

Elle n'avait pas besoin de regarder. Sa forme était inscrite dans son esprit, et il était fou que sa mémoire ait laissé filtrer cela.

Machinalement, elle passa les doigts sur le relief.

— Je ne me rappelle pas qui ils sont, mais je sais comment j'ai eu ça. J'essayais de fuir quelqu'un… Le père de Xavier, je suppose. Et cet homme m'a poursuivie. Cette cicatrice… Ça vient du coup de feu qu'il a tiré sur moi.

Elle releva les yeux, et vit le regard de Remo fixé sur la marque en question.

— Sa forme est inhabituelle.

— Je suppose que vous avez vu votre lot de blessures par balle.

— Rarement quand elles sont cicatrisées. Mais celle-ci est vraiment spéciale.

— Peut-être parce que j'étais enceinte.

Remo écarquilla les yeux, l'air horrifié.

— Quoi ?

— J'attendais Xavier quand il m'a tiré dessus.

— Mais comment peut-on faire une chose pareille ?

Celia secoua la tête. Elle n'en savait rien non plus.

— Je pense que le père de Xavier est un homme dangereux.

— Mon offre de vous aider tient toujours.

— Mais je ne peux pas l'accepter. Cela vous mettrait en danger.

Remo prit sa joue en coupe au creux de sa main.

— J'ai parfaitement conscience du danger, et il n'est pas question que je vous laisse l'affronter seule.

— Vous nous avez déjà sauvés une fois.

— Quel genre d'homme serais-je si je me satisfaisais de cela ?

Elle prit un peu plus appui contre lui.

— Et quel genre de femme serais-je si je vous laissais vous mettre en danger pour une inconnue ?

— Vous n'êtes pas une inconnue.

— Non ?

— Non.

Il se rapprocha et elle retint son souffle.

— Que suis-je, alors ?

— La mère de mon nouveau meilleur ami.

Elle ne put masquer sa surprise.

— Que… Quoi ?

Un sourire narquois apparut sur les lèvres de Remo.

— Le cœur des petits garçons se gagne avec des flans au caramel. Il vous le confirmera dans une minute. Et ensuite, vous pourrez m'interroger sur mon plan. Mais d'abord…

Il inclina la tête, et sa bouche trouva la sienne. Et comme pour le précédent baiser, Celia sentit une intense chaleur envahir son corps. Mais contrairement à la première fois, le contact ne fut pas immédiatement interrompu, et elle eut le temps de l'apprécier.

Elle prit aussi conscience de quelque chose d'étrange. Embrasser Remo n'était pas comme embrasser un inconnu. C'était plutôt comme si… elle rentrait chez elle, retrouvant un environnement familier et ses habitudes.

Bien trop vite à son goût, il mit fin à ce baiser et, quand il parla, sa voix contenait une supplique.

— Laissez-moi vous aider.

En voyant Celia hocher la tête, Remo s'autorisa un soupir de soulagement. Il n'avait jamais eu l'intention d'abandonner la mère et l'enfant, mais ce serait beaucoup plus simple avec l'accord de Celia.

— Et si vous écoutiez ce que j'ai à dire, maintenant ?

— J'étais prête à écouter, mais vous aviez une autre idée en tête.

— Vous avez des objections contre cette idée ?

— Non.

— Bien. Et, à propos de ça, je me sens obligé de vous demander…

— Quoi ?

— J'ai bien compris que le père de Xavier et vous n'êtes pas un couple. Mais, dans le brouillard de votre mémoire, y a-t-il la moindre trace d'un compagnon ?

Elle secoua la tête.

— Je suis certaine d'être une mère célibataire.

— Bien, répéta-t-il.

Puis il se pencha et lui effleura les lèvres d'un baiser, avant d'en venir à des sujets plus terre à terre.

— La première chose dont nous avons besoin, c'est d'une bonne excuse pour justifier le fait que vous ayez disparu de votre chambre. Avec un peu de chance, ils ne devraient pas encore avoir lancé d'avis de recherche.

— Ils font ça ?

— Bien sûr. Ils sont responsables de leurs patients. Si vous n'êtes pas dans votre chambre au prochain passage de l'infirmière, ils vont déclencher le code jaune et organiser une fouille de l'hôpital. Il est même possible qu'ils appellent la police. Donc, il vaudrait mieux éviter d'attirer l'attention sur une sortie anticipée.

— Et si je signais une décharge ?

Son intonation était vaguement défaitiste, comme si elle connaissait déjà la réponse.

Il secoua la tête.

— En principe, vous pouvez sortir malgré un avis négatif de l'hôpital, mais cela attirera également l'attention. Tout le monde à votre étage en entendra parler. Un administrateur vous apportera un document à signer, et essayera de vous dissuader. Et c'est là que j'interviens. L'administratrice de service ce soir est une amie. Donc, avec votre permission, je voudrais la mettre au courant.

Celia plissa le front.

— Ma permission ?

— C'est une amie, mais je vais quand même devoir lui fournir une sacrée bonne raison pour qu'elle accepte de vous laisser sortir.

Celia était toujours aussi perplexe.

— Je ne comprends pas pourquoi vous avez besoin

de ma permission… Oh ! vous voulez lui dire ce qui se passe.

— Je pense que ce ne serait pas plus mal qu'elle connaisse la vérité.

Celia chercha son regard.

— Vous avez confiance en elle ?

Il veilla à ce que son expression soit aussi ferme que sa réponse.

— Absolument.

— Alors, moi aussi.

— Parfait. Une fois que j'aurai réglé les choses avec elle, je vous emmènerai dans un endroit sûr.

— Je suppose que vous en connaissez un.

— Oui. Je vais devoir tirer quelques ficelles, mais je pense que ça va marcher.

Elle le fixait, avec un air à la fois impressionné, surpris, et un peu amusé.

— Beaucoup de personnes vous doivent des faveurs, ou quoi ?

Il rit.

— En fait, la personne à qui je pense va probablement vous dire que c'est moi qui lui dois une faveur. Mais il y a beaucoup d'échanges de bons procédés quand on connaît les gens depuis aussi longtemps que je connais la plupart du personnel ici. J'ai pour ainsi dire grandi dans cet hôpital.

— Comment cela ?

L'espace d'un instant, il envisagea de s'expliquer. Il avait vraiment envie que Celia sache. Mais il ne voulait pas lui donner une version express des événements. Aussi, il décida d'attendre qu'ils aient plus de temps.

— C'est une longue histoire…

Il se leva et lui tendit la main.

— Je vous promets de vous la raconter, mais il vaut

mieux que nous y allions avant que Jane, ou une autre infirmière, ne remarque votre absence.

Elle l'observa un instant, puis elle hocha la tête et lui prit la main.

Il la garda dans la sienne.

— Je vais juste aller dans un bureau passer quelques appels, d'accord ? C'est plus facile d'utiliser les lignes de l'hôpital que d'espérer que tout le monde ait son téléphone portable à portée de main.

Elle hocha à nouveau la tête.

— D'accord. Je vais attendre avec Xavier.

Il lui pressa les doigts, puis les lâcha et tourna les talons.

Remo n'avait fait que quelques pas quand il entendit courir derrière lui. Inquiet, il se retourna, et heurta Celia.

— Holà !

Il posa les mains sur ses épaules pour l'aider à garder son équilibre.

— Est-ce que ça va ? Vous avez un problème ?

— Non. Mais…

Il s'étonna de la voir rougir.

— Qu'y a-t-il ?

Elle s'éclaircit la gorge et se dandina d'un pied sur l'autre.

— Je ne vous ai pas remercié pour tout ce que vous avez fait.

— Ce n'est pas nécessaire.

— Bien sûr que si. Je ne sais pas ce qui se serait passé si vous n'aviez pas été là après l'accident. Ni même ce qui se passerait maintenant si vous n'étiez pas encore auprès de moi.

— Croyez-moi, j'en suis très heureux aussi.

— Oui, mais…

Elle parut hésiter, scrutant ses yeux un moment. Puis,

sans autre avertissement, elle se hissa sur la pointe des pieds, et plaqua un baiser sur ses lèvres.

D'un geste automatique, Remo posa les mains sur la taille de Celia, et l'attira contre lui.

Troisième baiser, songea-t-il. Et ça lui semblait plus naturel que jamais.

Lorsqu'elle rejeta la tête en arrière et murmura son nom, son souffle faisant comme une caresse sur ses lèvres, il dut faire un effort pour contrôler son désir.

Retombant à plat sur ses pieds, elle le regarda.

— Cela ne faisait pas partie des remerciements.

— Non ?

— Non. C'était une motivation.

— Dans quel but ?

— Pour que tu te dépêches de revenir.

Remo ne put s'empêcher de rire.

— Je te promets que je le ferai.

Après une dernière caresse sur sa joue, il s'obligea à s'éloigner sans se retourner.

Parce qu'il était certain, s'il volait un dernier regard, qu'il aurait encore plus de mal à se convaincre de s'en aller.

8

Celia regarda Remo s'éloigner, sans comprendre pourquoi son cœur battait aussi fort.

Était-elle nerveuse à l'idée de rester seule quelques minutes ? Ça lui semblait peu probable. Elle avait l'habitude d'être la seule personne à prendre soin de son fils et à le protéger.

Avait-elle peur ? Certainement. Mais elle était sûre également que sa vie quotidienne s'accompagnait d'une peur sous-jacente. Et elle l'affrontait vaillamment car ça en valait la peine.

En conséquence de quoi, son agitation devait être directement liée au fait que Remo s'éloignait. Ou plus exactement, à Remo lui-même.

Elle s'inquiétait pour lui. Et pas uniquement parce qu'elle se sentait responsable de l'avoir entraîné dans ce gâchis, mais parce qu'elle ne voulait pas qu'il lui arrive quoi que ce soit.

Il était indéniablement étrange pour elle d'éprouver aussi vite ce besoin de protection pour un presque inconnu. Elle savait qu'elle agissait toujours ainsi vis-à-vis de son fils ; comme si elle voulait le protéger du moindre danger. Mais elle n'avait jamais ressenti cela pour personne d'autre.

Or, elle se souciait vraiment de Remo. Et, si Xavier ne l'avait pas attendue dans la salle de jeux, elle n'aurait probablement pas pu s'empêcher d'emboîter le pas de Remo.

Il lui fut plus difficile qu'elle ne l'aurait cru de rejoindre son fils. Heureusement, dès qu'elle fut devant Xavier – qui avait abandonné le fauteuil roulant au profit d'un canapé – son inquiétude pour Remo fut reléguée au second plan.

— Comment est ton livre ? demanda-t-elle.

— Bien.

Il referma l'objet en question, et regarda par-dessus l'épaule de sa mère.

— Où est Remo ?

Celia s'avança dans la pièce, et prit place sur le canapé, à côté de son fils.

— Tu l'aimes bien, hein ?

— Je lui ai demandé d'être mon meilleur ami, et il a dit oui. Est-ce que c'est bien ?

Il plissa son petit front, l'air soucieux.

— Tu ne l'aimes pas ?

— Bien sûr que si. C'est difficile de ne pas aimer quelqu'un qui nous a sauvés d'un accident de voiture, pas vrai ?

— Oui. Mais je crois que je l'aimerais bien même sans ça.

— Moi aussi, mon poussin.

Xavier se blottit contre elle.

— Maman ?

— Qu'est-ce qu'il y a, mon chéri ?

— Mon papa était là.

Celia eut l'impression qu'une chape de plomb s'abattait sur elle.

— Où ça ?

— Pendant l'accident.

— Tu n'as jamais rencontré ton papa, mon petit cœur.

Ces mots à peine prononcés, elle sut sans l'ombre d'un doute que c'était vrai.

— Comme sais-tu qu'il était là ?

— Tu me l'as dit.

Elle essaya de garder son calme.

— Tu es sûr ? Qu'est-ce que j'ai dit ?

— Que je devais me cacher dans le coffre parce que mon papa me cherchait. Et j'y suis allé. Et après, il y a eu plein de coups dans la voiture et beaucoup de bruit. Et ensuite on a eu l'accident, et j'étais coincé, et Remo est venu me chercher.

Au milieu de ce flot de paroles, un souvenir confus se distilla au compte-gouttes dans l'esprit de Celia.

Elle ferma les yeux, posa le menton sur la tête de son fils, et essaya de s'y accrocher.

Elle se rappelait avoir repéré des phares dans son rétroviseur. Reconnu la voiture et son conducteur. Tremblé de peur tandis que le véhicule heurtait le sien. Puis la route était devenue glissante. Un mélange d'huile et d'eau, peut-être ? Elle n'en était pas sûre. En tout cas, quand ses pneus étaient passés dessus, elle s'était dit qu'elle allait perdre le contrôle de sa voiture.

Tu ne l'auras pas. Même si tu es son père, tu ne le mérites pas.

Elle se rappelait distinctement avoir pensé ces mots, juste avant de déraper. Les avait-elle dits à voix haute ? Criés peut-être, avec tout le désespoir et la colère qu'elle ressentait ?

Elle rouvrit les yeux et les abaissa vers son fils. Il était à nouveau plongé dans son livre, avec cette facilité à se laisser très vite distraire qu'avaient les jeunes enfants. Mais Celia savait qu'il avait besoin d'une explication.

Toutefois, que pouvait-elle lui dire pour le moment ? Elle avait de toute évidence un blocage mental en ce qui concernait son père. Elle ne se souvenait ni de son visage, ni de son nom. Tout ce qu'elle avait, c'était les sensations associées à lui : la terreur et l'angoisse. Et le besoin absolu de rester loin de lui.

C'était incroyablement frustrant de fouiller sa mémoire, et de ne rien trouver d'autre qu'un trou noir. Les efforts qu'elle faisait lui procuraient une vraie douleur. Ses yeux la brûlaient, et elle devait contrôler sa respiration pour ne pas pleurer.

Qu'allait-elle donc pouvoir dire à Xavier à propos de son père ?

Elle n'était pas une menteuse, mais son fils n'avait que cinq ans. Il devait bien y avoir un juste milieu. Elle ne se voyait pas balayer d'un geste insouciant les interrogations de Xavier, ni essayer de changer de sujet. Mais elle pouvait quand même tourner autour du pot, lui dire que son père ne faisait plus partie du paysage parce qu'il n'était pas un exemple à suivre… Était-ce du rabâchage ? Elle en avait l'impression. Elle s'entendait le dire, et elle voyait Xavier hocher solennellement la tête.

Elle ouvrait la bouche pour formuler une excuse similaire, quand elle vit sur le seuil la silhouette imposante d'une femme d'une soixantaine d'années.

Son regard était à la fois vif et bienveillant, et elle le dardait sur Celia, qui était momentanément trop surprise par sa présence pour réagir normalement.

Pourquoi avait-elle l'impression de la connaître ?

Décontenancée, Celia la fixa un moment. L'inconnue avait les cheveux longs et gris, coiffés en deux tresses qui lui tombaient presque à la taille. Elle portait un uniforme au logo de l'hôpital, et un badge pendait autour de son cou, indiquant le prénom « Wendy ».

Connaissait-elle une Wendy ?

Avant qu'elle ait eu le temps de dire quoi que ce soit, Xavier remarqua la nouvelle venue et, chose qui ne lui ressemblait pas, poussa un cri d'excitation.

— Wendy !

Puis il tira sur la manche de Celia.

— Maman, c'est la dame qui m'a donné des flans au caramel.

— Ah, je vois…, dit Celia, plus perdue que jamais. Merci.

Remo choisit ce moment pour réapparaître. Étrangement, il avait l'air gêné… presque coupable. Il semblait éviter délibérément son regard.

Après que Xavier eut repoussé sa couverture pour se ruer contre les jambes de Remo et que le colosse l'eut soulevé dans ses bras, celui-ci s'adressa à la nouvelle venue sans un mot d'introduction.

— Je t'avais dit de me retrouver ici. Pas de prendre mon nouvel ami et sa maman en embuscade.

— Oh ! Remo, tu sais très bien que je fais toujours le contraire de ce que tu demandes. D'ailleurs, je vois que j'ai eu bien raison d'être curieuse. La maman de ton nouvel ami est particulièrement jolie. C'est intéressant que tu ne l'aies pas mentionné.

— Ça ne m'a pas paru pertinent.

Il sembla à Celia qu'il rougissait légèrement. En tout cas, son propre visage était brûlant. Et elle se sentait encore quelque peu désemparée. Wendy était visiblement quelqu'un que Remo avait appelé à l'aide. Et aussi quelqu'un qui le connaissait bien.

— Il est toujours pertinent de parler d'une jolie femme, mon chéri.

Celia eut alors une illumination, et s'en voulut de ne pas avoir compris plus tôt. Ils avaient la même mâchoire carrée, les mêmes pommettes ciselées… Et si la couleur des yeux différait, la forme était identique. Wendy devait être la mère de Remo.

Remo vit sur le visage de Celia la soudaine compréhension et, pour une raison énigmatique, il eut soudain un coup de chaud. Il ressentait même le besoin de desserrer une cravate qu'il ne portait pourtant pas.

Il n'était pas à proprement parler embarrassé d'avoir demandé de l'aide à sa mère. Il n'était pas le genre d'homme à penser qu'il était honteux de s'appuyer sur sa famille.

Ce n'était pas non plus parce que sa mère avait souligné la beauté de Celia. À deux reprises. Il était habitué depuis longtemps à ce type de comportement de sa part.

Non, il s'agissait d'autre chose. Il se sentait comme un adolescent sur le point de présenter sa première petite amie à sa mère. Ce qui était plus ou moins le cas. L'aspect adolescent en moins, bien sûr.

Remo fit passer Xavier d'une hanche à l'autre, et remarqua que Wendy l'observait avec un sourcil levé. C'était une attitude qu'il connaissait bien. Elle attendait. Avec une impatience typiquement maternelle. Cela lui fit comprendre qu'il n'avait pas fait les présentations.

Il s'éclaircit la gorge.

— Celia, voici ma mère, Wendy. Maman, je te présente Celia Poller.

Wendy tendit la main, le visage fendu d'un large sourire.

— Je suis ravie de vous rencontrer. Même dans de telles circonstances.

Celia accepta volontiers la poignée de main, malgré un visage ayant viré à l'écarlate.

— J'en suis ravie également.

— Et tu connais déjà mon nouveau meilleur ami, ajouta Remo.

Wendy adressa un clin d'œil à Xavier.

— La terreur des desserts.

— C'est moi ! cria l'enfant avec enthousiasme. Tu es vraiment la maman de Remo ?

— Bien sûr.

— Mais tu n'es pas vieille !

— Toi, je t'aime de plus en plus.

Elle lui chatouilla l'estomac, ce qui fit rire l'enfant aux éclats. Puis elle reporta son attention sur Celia.

— Il est prêt à venir avec moi ?

— Comment cela ?

Celia tourna un regard perplexe vers Remo.

— De quoi s'agit-il ?

— Je n'ai pas encore eu le temps de lui en parler, maman ! protesta Remo.

— Eh bien, qu'est-ce que tu attends ? Passe-moi le petit.

Levant les yeux au ciel, Remo souleva un Xavier hilare de sa hanche, et le tendit à sa mère. Cette dernière l'emmena vers le canapé, tout en faisant mine de chuchoter.

— Je crois que ta maman et mon fiston ont besoin d'aller parler dans le couloir.

— Ils ont déjà parlé très longtemps dans le couloir, l'informa Xavier. Qu'est-ce qu'ils ont encore à se dire ?

— Qui peut le savoir ? Les adultes sont bizarres.

Remo se retint de lever à nouveau les yeux au ciel, et fit signe à Celia de le suivre.

Lorsqu'ils furent hors de portée de voix, elle parla la première.

— Tu veux que je laisse ta mère emmener Xavier ?

— C'est notre meilleure solution.

— Je suis sûre qu'il en existe d'autres.

— Pas à ma connaissance.

— Et tu crois que je vais accepter d'être séparée de mon fils ?

Il lui prit les mains, et fut soulagé qu'elle ne le repousse pas.

— Ton ex ou ses hommes ne connaissent pas Xavier, n'est-ce pas ?

Elle se mordit la lèvre inférieure et soupira.

— Non, je ne crois pas. Xavier n'a jamais rencontré son père.

— Ce qui veut dire que c'est toi qu'ils cherchent. Ils ne remarqueront pas une grand-mère et son petit-fils. D'autant que tous deux emprunteront la porte principale, comme s'ils n'avaient rien à cacher. Crois-moi, Celia, c'est la solution la plus sûre pour faire sortir Xavier d'ici sans incident.

— Comment peux-tu en être aussi certain ?

Remo ferma les yeux un bref instant, et soupira.

— Tu te souviens quand je t'ai parlé de mon père ?

L'attitude de Celia se radoucit.

— Oui, bien sûr.

— Le jour où ça s'est passé, ma mère m'a amené ici. Nous sommes allés aux urgences, mon bras a été plâtré, et nous sommes restés.

— Comment cela ?

— Nous n'avions nulle part où aller. Les parents de ma mère sont morts quand elle était toute jeune, et elle n'avait pas d'autres proches. Et il était évident que nous ne pouvions pas nous réfugier dans la famille de mon père. Elle m'a dit plus tard qu'elle avait pensé aller dans un refuge, mais qu'elle était trop fatiguée. Et elle avait accès à tout ce dont elle avait besoin ici. En le volant, bien sûr, mais… à la guerre comme à la guerre.

Celia le dévisagea avec incrédulité.

— Vous vous êtes cachés dans un hôpital ?

— C'était plus facile que tu ne le penses. Mais il est vrai que ma mère était pleine de ressources ; elle l'est toujours, d'ailleurs. Elle a trouvé une chambre inoccupée, a trafiqué la serrure pour être la seule à pouvoir l'ouvrir, et a placé une affichette « hors service » sur la porte.

— Mais, combien de temps avez-vous vécu comme ça ?

— Quelques semaines. Assez longtemps, en tout cas, pour qu'on m'enlève mon plâtre.

— Et vous ne vous êtes pas fait prendre ?

— Bien sûr que si. Un médecin nous a découverts. Mais cette dernière était aux urgences le jour où nous nous sommes présentés, et elle a vu les ravages causés par mon père. De ce fait, elle ne nous a pas dénoncés. Elle a aidé ma mère à se faire engager à la cafétéria, où elle travaille encore aujourd'hui. Elle nous a également accueillis chez elle, le temps que nous trouvions un appartement. Aujourd'hui, elle est l'une des administratrices de l'hôpital.

— C'est incroyable.

— Je reconnais que les choses auraient pu tourner beaucoup plus mal. Mais, revenons-en à mon plan. Une fois que Xavier et ma mère seront partis, un ami médecin nous remettra tout ce qu'il faut pour ta convalescence : antibiotiques, pansements… Et ensuite, je vais t'évacuer discrètement sur un chariot de la morgue. Tu seras un cadavre sous un drap, et je serai ton accompagnateur.

Elle plissa les paupières.

— Donc, pour éviter de me faire tuer, je dois me faire passer pour morte ?

— C'est un vieux truc, mais ça marche toujours.

Celia baissa les yeux vers leurs mains entrelacées et,

quand elle parla à nouveau, sa voix n'était plus qu'un murmure.

— J'ai peur, Remo.

Libérant ses mains, il l'attira contre lui.

— Je sais. Et ma mère le sait aussi. C'est pourquoi tu peux être sûre qu'elle ne prendra aucun risque.

Celia garda la joue appuyée contre son torse pendant un long moment, avant de rejeter la tête en arrière et de le regarder.

— Bien. Finissons-en avant que je ne change d'avis et décide de vivre à l'hôpital comme ta mère.

Elle se tourna vers la pièce où son fils l'attendait mais, avant qu'elle ait eu le temps de faire un pas, il l'interpella.

— Celia ?

Elle pivota vers lui.

— Oui ?

— S'il te plaît, ne dis à personne que nous avons vécu ici. Tanya était la seule à le savoir, et maintenant il y a toi.

— Ton secret est en sécurité avec moi.

Elle porta une main à son cœur, d'un geste apparemment inconscient, puis elle se tourna à nouveau.

Remo la suivit des yeux, et il porta sa propre main à son torse, dans un geste imitant celui de Celia. Il y avait comme une chaleur juste derrière sa cage thoracique. Et il avait l'étrange impression qu'elle n'allait cesser de grandir et s'épanouir.

9

Celia aurait menti en prétendant que l'idée de laisser son fils avec une inconnue ne la rendait pas nerveuse.

Elle avait confiance en Remo. Peut-être plus qu'elle ne l'aurait dû, d'ailleurs. Et l'expérience de Wendy, renforcée par sa parfaite connaissance des lieux, l'aiderait à faire sortir Xavier sain et sauf de l'hôpital.

Mais, quand on allait au cœur des choses, il restait son fils. Et elle n'aimait pas être séparée de lui.

Il lui manquait déjà quand il était à l'école. Comment allait-elle surmonter un moment comme celui-ci ?

Mais, tandis qu'elle l'embrassait pour la cinquième fois – Xavier avait compté et l'avait annoncé haut et fort – Wendy l'attira à l'écart.

Mal à l'aise et sur la défensive, Celia s'attendait à un sermon. Elle eut droit à la place à une accolade. La mère de Remo l'attira dans ses bras.

Ce ne fut étrange que pendant une seconde. Puis Celia se détendit et accepta le réconfort offert. C'était différent de le recevoir d'une autre femme, d'une autre mère.

Il y avait de la compréhension dans cet échange. Une empathie palpable.

— Je sais que vous vivez l'enfer, dit Wendy après qu'elle se fut finalement écartée. Et, comme si cela ne suffisait pas, mon fils m'a dit que vous souffriez d'amnésie.

Celia hocha la tête, avant de répondre à voix basse.

— Je crois que mon esprit essaie de me protéger. Mais cela ne fait qu'empirer les choses.

— Je comprends. Il y a des moments où j'aimerais oublier tout ce que le père de Remo m'a fait endurer. Mais c'est probablement pire quand les souvenirs ne sont plus là. Le seul choix qu'il vous reste, c'est d'être patiente.

— J'ai fait un choix aussi en vous laissant emmener Xavier.

— Je sais. Et j'apprécie votre confiance. Je prendrai bien soin de lui. Et, dans une demi-heure environ, nous prendrons le petit déjeuner dans ma cuisine.

Celia la remercia et appela Xavier pour un dernier baiser.

Puis un autre pour la route.

Elle en plaisanta, pour dissimuler son inquiétude, et promit à son fils qu'ils se reverraient bientôt. Puis, le cœur lourd et la gorge nouée, elle le regarda disparaître dans l'ascenseur avec Wendy.

Les larmes menacèrent, et devinrent inévitables. Mais Remo la prit dans ses bras, la ramena à la salle de jeux, et ferma la porte. Puis il s'assit avec elle sur le canapé, et la tint contre lui tandis qu'elle était secouée de sanglots.

— Je suis désolée, dit-elle quand elle fut enfin en mesure de parler. Tu étais bien tranquille dans ta voiture, ce soir – ou bien était-ce la nuit dernière ? Seigneur ! Je n'en sais même rien. Mais, quoi qu'il en soit, je t'ai entraîné dans ce chaos.

Remo faisait aller et venir sa main sur l'épaule de Celia.

— Tu ne m'as pas entraîné. J'y suis allé tout seul.

Elle se redressa un peu et essaya de sourire.

— Mais tu n'étais pas en service. Tu aurais pu attendre l'arrivée de tes collègues et passer le relais.

— C'est plus compliqué que ça.

— Je ne comprends pas.

Il soupira.

— En fait, je te dois probablement des excuses.

Intriguée, elle rejeta la tête en arrière, essayant de voir son visage.

— Pour quelle raison ?

— Un mensonge par omission. Il y a quelque chose que je ne t'ai pas dit, tout à l'heure, quand je parlais de ma mère et moi.

Voyant que le sujet lui tenait particulièrement à cœur, Celia voulut alléger l'ambiance par une plaisanterie.

— Je te pardonne de ne pas m'avoir révélé tous tes secrets, quelques minutes après avoir fait ma connaissance, si tu me pardonnes de ne même pas connaître mes propres secrets.

— Marché conclu.

Il lui caressa le front et repoussa ses cheveux en arrière d'une caresse. Elle se blottit à nouveau contre son torse, tandis qu'il poursuivait son histoire d'une voix émue.

— Sept mois et demi après que ma mère eut finalement quitté mon père, quelques jours après mon huitième anniversaire, ma sœur est née ici, dans cet hôpital. Je ne savais pas d'où venaient les bébés. Je pensais qu'Indigo était un miracle.

Il continua, expliquant qu'elle avait été infernale depuis les débuts : bébé coliqueux, bambine capricieuse, enfant bagarreuse, laissant sa mère complètement désemparée. Indigo se moquait d'être envoyée au coin, qu'on lui confisque ses jouets, ou qu'on lui interdise de regarder la série *Sesame Street*.

— Tu sais comme certaines personnes ont un féroce appétit de vivre ? demanda-t-il.

Celia hocha la tête contre son torse.

— Oui.

— Indigo avait cet appétit. Et elle avait aussi le don de s'attirer des ennuis. Plus elle grandissait, plus elle devenait indomptable.

Celia écouta Remo décrire une progression dans la gravité de ses méfaits. Comment sa sœur avait pratiquement vécu dans le bureau du directeur durant toute sa scolarité en primaire. Comment elle avait été exclue d'un collège après l'autre, avant d'être envoyée dans un centre d'éducation surveillée.

— Ma mère s'est demandé si c'était vraiment une bonne idée d'envoyer Indigo dans un endroit où elle serait entourée d'enfants comme elle. Mais, je ne pense pas que ça l'ait affectée. Son comportement était dû à sa personnalité profonde, pas au fait qu'elle était influencée par d'autres. Elle a atteint son cap le plus dangereux à quatorze ans.

Il lui raconta comment Indigo avait volé la voiture de leur mère et l'avait démolie. Mais le vol et l'accident n'étaient pas le pire. Trois jours auparavant, leur mère avait décidé de retarder le paiement de son assurance pour économiser un peu d'argent. Et les factures étaient arrivées en masse : la voiture accidentée, la barrière qu'Indigo avait détruite, les soins vétérinaires pour le pauvre chien qui avait été blessé à une patte. Et surtout les frais médicaux pour la fracture au bras d'Indigo et les dix-huit points de suture du garçon qui l'accompagnait dans son équipée sauvage.

— J'étais à la fac de médecine, reprit Remo. Je suis

revenu et j'ai pris deux emplois pour rembourser nos dettes. Ça a été la fin de mon rêve de devenir médecin.

Il marqua une pause, ses doigts jouant distraitement avec les cheveux de Celia, et elle eut le sentiment qu'il ruminait autre chose de bien plus poignant encore.

Elle retint son souffle, s'émerveillant de son sens du sacrifice, se demandant ce que son passé recélait encore d'adversités.

— Je t'avais dit que c'était compliqué, reprit-il après un long silence.

— Je suis toujours là, n'est-ce pas ?

— C'est vrai. Mais, tu es plutôt coincée avec moi pour le moment, non ?

Elle se tourna pour lui faire face.

— Je ne suis pas coincée, Remo. J'aurais pu refuser que ta mère emmène Xavier. J'aurais pu insister pour me prendre en charge toute seule. C'est ce que je fais depuis cinq ans, je crois. Mais j'ai choisi de rester avec toi.

— Mais tu ne savais pas où tu mettais les pieds.

— Je peux te dire la même chose.

Il rit, puis sa paume entra en contact avec sa joue. Et quelque chose changea dans l'air. Ça se réchauffa d'un coup.

Et quand Remo posa ses lèvres sur les siennes, ça fit des étincelles.

Leur baiser s'était enflammé, et n'avait plus rien à voir avec le doux et tendre échange qui avait précédé.

Remo serrait Celia dans ses bras avec passion, l'embrassant avec une urgence presque désespérée, où s'exprimaient tout autant son désir que la frustration et la nervosité engendrées par sa confession inattendue.

Un moment auparavant, il était à fleur de peau. Inquiet de ce qu'elle penserait de son histoire personnelle.

Surpris par son envie de tout lui raconter, même les choses qu'il n'avait jamais partagées avec personne. Redoutant de l'effrayer avant même d'avoir eu la chance de la connaître vraiment.

Mais à présent, avec ses lèvres sur celles de Celia, toutes ses inquiétudes s'étaient envolées. Détrônées par le désir, par la chorégraphie savante de leurs langues, par leurs mains qui se perdaient en caresses passionnées.

Il se sentait bien avec elle.

Mais cette impression de justesse et d'harmonie allait au-delà de l'aspect physique, et de leur évidente compatibilité sensuelle.

Il y avait sa capacité à écouter, sans qu'il y ait la moindre nuance de jugement dans les réponses qu'elle apportait.

La confiance qu'elle lui accordait, même si elle avait connu suffisamment d'épreuves pour devenir méfiante.

Et le puissant instinct protecteur envers son fils. Remo admirait cela. Il le respectait. Peut-être même était-il un peu envieux de cet aspect de sa vie.

Ce qui lui rappela le reste de son histoire. La partie qui lui faisait le plus de mal.

Il l'évoquait rarement, parce que la plupart des gens ne voulaient pas entendre parler de la perte d'un être cher et du deuil. Ou s'ils le faisaient, c'était avec un voyeurisme qui lui donnait la nausée. Et les mots de sympathie bien intentionnés n'aidaient pas à apaiser la douleur résiduelle qui marquait son âme.

Alors, il gardait tout cela pour lui.

Mais avec Celia, cependant, il avait la certitude de pouvoir tout lui confier, sans redouter de la perdre avant qu'elle ne soit véritablement sienne.

Sienne.

Le mot était puissant et inattendu. Indubitablement

prématuré dans son implication. Mais c'était sans importance, parce que cela provoquait une explosion de chaleur dans son ventre.

Il mit fin à leur baiser, soudain plus enclin à se mettre à nu au sens figuré qu'à faire passer leur étreinte à l'étape suivante.

Il s'écarta, et prit son visage entre ses mains.

Celia ouvrit les paupières et sourit.

— Salut.

— Salut, dit-il à son tour, avant de lui voler un rapide baiser.

Elle s'étonna.

— Nos trente minutes sont finies ?

— On s'en approche. Mais, ce n'est pas pour ça que je me suis arrêté.

Un pli soucieux creusa le front de Celia.

— Que se passe-t-il ?

Remo laissa ses mains descendre sur ses épaules, puis le long de ses bras, et lui prit les mains, en entrelaçant ses doigts aux siens.

— Je n'ai pas fini de te parler d'Indigo.

Une expression hésitante apparut sur le visage de Celia mais, quand elle parla, il comprit que sa légère réticence était par égard pour lui.

— Rien ne t'y oblige, si tu n'en as pas envie.

— Ce qui est étrange, c'est que j'en ai envie. Pourtant, je suis du genre à vouloir garder les choses pour moi.

— Qu'y a-t-il de différent aujourd'hui ?

Remo observa un moment Celia.

C'était une question pertinente.

Et il n'y avait qu'une réponse.

— Toi.

Elle cilla, sous l'effet de la surprise.

— Moi ?

Remo haussa les épaules.

— Je sais. Ça fait un peu cliché. Je t'ai sortie de cet accident ce soir, j'ai regardé tes yeux, et…

— Et, quoi ?

— Soit les planètes étaient alignées à ce moment précis, soit tu es une sorcière.

Elle écarquilla les yeux.

— Quoi ?

— J'avoue que je penche pour la première suggestion.

— Tu crois au destin ?

— Tu veux une réponse honnête ?

— Toujours.

— Dans ce cas, je vais être très affirmatif et dire : plus ou moins.

Il rit devant l'expression perplexe de Celia.

— Je crois que la vie nous apporte des moments exceptionnels. Tout ce que nous devons faire, c'est nous battre contre les mauvaises choses pour mieux profiter des bonnes.

Elle le fixa, puis secoua légèrement la tête.

— Alors, je crois que tu devrais te débarrasser tout de suite du pire, parce que j'ai très envie de jeter un œil au meilleur.

En dépit de ce qu'il s'apprêtait à révéler, Remo ne put s'empêcher de sourire. Il fut cependant interrompu dans son élan par un raclement de gorge.

Persuadé que leur cachette avait été découverte, il eut pendant un bref instant l'impression que son cœur s'arrêtait.

Mais quand il se tourna, prêt à en découdre, il découvrit un visage familier. L'homme avait les mains sur les poignées d'un long chariot métallique servant au transport des cadavres, sur lequel était posé un sac à dos, et son expression était notablement intriguée.

— Nouvelle technique de secourisme, DeLuca ? demanda-t-il.

Remo soupira.

— Kent. Ton sens du timing est impeccable.

— Impeccablement mauvais ? demanda le médecin.

— C'est toi qui l'as dit, pas moi.

— Je sauve de vraies vies, pas des vies amoureuses, plaisanta Kent.

Puis il s'avança pour tendre la main à Celia.

— Kent Fresh. Je suis un vrai médecin, au cas où vous auriez besoin de cette précision.

Un élan inattendu de possessivité envahit Remo, et il en fut tellement surpris qu'il en perdit le sens de la repartie.

Heureusement, Celia fut plus réactive. Elle serra brièvement la main de Kent, puis elle enroula ses doigts autour de ceux de Remo – comme s'il s'agissait d'une vieille habitude et non d'une nouveauté – et sourit narquoisement au médecin.

— Je m'en souviendrai si jamais je souffre un jour d'une très mauvaise infection aux yeux.

Kent éclata de rire, puis désigna le sac.

— Vous voulez vérifier, pour vous assurer que vous avez tout ce qu'il vous faut ?

Remo se leva et s'avança, observant chaque article que le médecin sortait un à un.

— Une bonne dose d'antibiotiques et quelques antalgiques, détailla Kent. Des pansements et bandages. Tout le nécessaire pour suturer. Et bien sûr les documents pour la décharge.

Il tendit les feuillets à Celia, qui les signa sans les lire, tandis que Remo replaçait toutes les fournitures dans le sac.

— À mon humble avis, si vous avez besoin de tout

ça, vous devriez probablement rester quelques jours de plus à l'hôpital.

— C'est marrant, dit Remo, je ne pensais pas avoir demandé ton opinion sur la liste que j'ai fournie.

— Oui, eh bien, je te la donne quand même. Je n'apprécie pas qu'on joue avec la santé des patients.

Remo soupira.

— Tu connais mon éthique professionnelle.

Le médecin haussa les sourcils, et il ne fallait pas être devin pour comprendre qu'il se demandait si tenir la main d'une patiente faisait partie de son éthique professionnelle.

Toutefois, il ne dit rien à voix haute, et Remo se contenta d'un signe de tête.

— J'apprécie ton aide, Kent.

— Mouais. Évite seulement que mon nom se retrouve sur le rapport de police quand ils viendront t'arrêter, toi et ta fugitive.

Celia chercha son souffle, et Remo comprit que la plaisanterie avait touché une corde sensible.

Il se rapprocha et posa une main rassurante sur son épaule. Puis il s'adressa à Kent, mais ces paroles étaient tout autant destinées à Celia.

— Ne t'inquiète pas. Nous sommes trop malins pour que les flics nous trouvent.

Kent rit de bon cœur.

— D'accord. N'en dis pas plus, je détesterais être considéré comme un complice. Mais essaie de ne pas t'attircr trop d'ennuis.

— Je ferai de mon mieux.

Kent leur adressa un sourire et un petit salut, puis il quitta la pièce.

— Nos trente minutes sont écoulées, annonça Remo. Tu es prête ?

Avant qu'elle ait eu le temps de répondre, il y eut des grésillements dans le haut-parleur au-dessus de leurs têtes, et une voix beaucoup trop calme s'éleva.

— Message à tout le personnel. Nous avons un code noir dans le secteur 4. Veuillez suivre le protocole code noir.

Remo se figea.

— Qu'y a-t-il ? demanda Celia. C'est mauvais signe ?

Remo croisa son regard. Il aurait voulu pouvoir lui mentir, afin de la protéger. Mais il devait lui dire la vérité.

— Le code noir, fit-il d'une voix tendue, c'est une alerte à la bombe. L'hôpital va être placé en confinement.

10

Les pensées de Celia s'emballèrent en réponse à l'explication de Remo.

Il était évident qu'une alerte à la bombe, à ce moment précis, était liée à sa situation.

Mais elle ne savait pas ce qui l'effrayait le plus : l'idée de la bombe elle-même, ou la perspective de ne pas pouvoir sortir.

Elle avait une peur bleue d'être prise au piège. Ou d'être tenue éloignée de son fils.

— Xavier, dit-elle, en ayant conscience que sa voix n'était qu'un murmure pitoyable.

Les mains de Remo étaient toujours sur ses hanches, et il l'attira contre lui, parlant dans ses cheveux.

— Il est en sécurité.

— Je sais. Ta mère est avec lui, et elle va bien s'en occuper. Mais…

— Mais il n'est pas avec toi.

— Exactement. Et je sais combien ça semble égoïste…

— Pas du tout.

— C'est ce que je ressens.

— Alors, on va arranger ça.

Il se tourna un instant vers le couloir désert, avant de reporter son attention sur elle.

— Dans les grandes lignes, voici comment fonctionne un confinement. La police est immédiatement prévenue au moment où le code est déclenché. La zone où la menace a été identifiée est vidée des patients et du personnel sur un rayon aussi large que possible…

Plus il parlait, plus Celia sentait grandir son angoisse, et sa gorge était si sèche qu'elle avait du mal à avaler sa salive.

La conclusion ne la rassura pas davantage.

— Plus personne ne peut entrer ou sortir jusqu'à l'arrivée d'une équipe de l'Agence fédérale des situations d'urgence.

— Donc, nous sommes coincés ?

— En principe. Mais cette aile est en cours de réfection. Donc, même si nous ne pouvons pas sortir, nous ne sommes pas exactement dans le viseur. Et, si cela ne suffit pas…

Le regard de Remo se porta vers le couloir, en direction des ascenseurs.

— Les travaux ont déjà commencé deux étages plus bas. Du coup, ils ont construit une passerelle pour rejoindre directement l'unité de soins de longue durée.

— Et nous pouvons utiliser cette passerelle ?

— Elle n'est pas terminée.

— Ce n'est pas la réponse que j'espérais.

Il soupira, comme s'il ne voulait pas poursuivre ses explications.

— Elle est probablement utilisable, mais il n'y a pas encore de garde-corps. Ça pourrait être dangereux.

— Nous devrions quand même y jeter un coup d'œil. C'est peut-être notre seule chance de pouvoir sortir.

— Nous pouvons toujours regarder, mais ça risque d'être assez sportif. Et tu n'es pas encore remise de ton accident. La perte de sang t'a affaiblie plus que tu ne le crois, et tes points de suture pourraient craquer.

— Ce n'est pas dans cette éventualité que ton ami médecin t'a apporté des fournitures ?

— Je voulais être prêt à faire face à tous les scénarios, c'est vrai. Mais je pensais aussi que tu serais cachée sous un drap, sur un brancard funéraire, et que ma seule inquiétude serait ma capacité à manipuler l'engin.

Celia leva le menton, en une attitude déterminée.

— Tu as dit « tous les scénarios ». Je ne peux pas ne pas essayer.

Il hocha la tête, mais ne fit pas un geste pour montrer le chemin. Et il y avait quelque chose dans son comportement qui empêcha Celia d'insister.

— Qu'y a-t-il ?

Il se dandina d'un pied sur l'autre.

— Rien. Je réfléchis.

— Dis-moi.

— Le code noir a été déclaré dans le secteur 4. Ta chambre se trouve dans le secteur 5. Juste à côté.

— Je me suis dit aussi qu'il y avait forcément un lien.

Remo hocha la tête.

— Oui. Il n'y a aucun doute. Mais je pense qu'il s'agit d'une diversion. Une astuce pour créer le chaos et faire sortir le loup du bois – c'est-à-dire toi. Tout le secteur 4 sera transféré dans le secteur 5. Ce sera envahi de monde : deux fois plus de personnel, et deux fois plus de patients. Plus la présence de la police. C'est le contexte idéal pour enlever un patient contre sa volonté.

Il se tut quelques instants, et Celia devina qu'il y avait autre chose.

Sans en avoir conscience, elle retint son souffle.

Et la suite fut à la hauteur de ses angoisses.

— Qui que soit ton ex, il est vraiment déterminé à mettre la main sur toi. Une alerte à la bombe dans un hôpital, c'est vraiment une solution extrême pour avoir accès à un fils qu'il n'a jamais vu. Je pense que ce type est plus dangereux que nous le pensions. Et surtout, qu'il a beaucoup de pouvoir.

Celia commençait à voir des étoiles danser devant ses yeux, et elle dut relâcher l'air qu'elle retenait.

— J'aimerais tellement me souvenir…

— Tu n'es pas la seule.

Il lui caressa gentiment la joue, puis il la saisit par les hanches et la souleva pour l'installer sur le chariot de la morgue.

Elle eut une réaction de surprise.

— Je pensais qu'on n'allait pas utiliser le chariot.

— Pas pour traverser la passerelle, c'est évident. Mais avant, nous allons devoir utiliser l'ascenseur, et nous risquons de croiser du monde.

Il attrapa le sac à dos et balança une seule anse en travers de son épaule. Puis il fit signe à Celia de s'étendre. Elle grimaça, mais obtempéra.

— Tu te sens à l'aise ? demanda-t-il après avoir rabattu le drap sur son visage.

Elle gigota un peu.

— J'ai dormi dans des endroits pires que ça. D'ailleurs, je me demande si je ne vais pas faire un petit somme.

— Vas-y. Mais souviens-toi que les cadavres ne ronflent pas.

Il rit de sa plaisanterie, tout en bouclant les sangles de maintien.

— Hé ! protesta Celia. C'est vraiment nécessaire ?

— Ça fera plus réaliste. Et je te rappelle que les cadavres ne râlent pas non plus.

Celia sentit le chariot se mettre à rouler. Elle ferma les paupières, mais il était peu probable qu'elle s'endorme.

C'était angoissant d'être transportée ainsi, sans voir où elle allait. Elle se sentait impuissante.

Serrant les poings, elle se rappela que Remo était ses yeux. Et il avait toutes les compétences requises.

Mais ça ne l'empêcha pas de se crisper quand le chariot s'arrêta brusquement, et qu'une voix masculine s'éleva.

— Hé, vieux ! On se connaît, non ? Tu ne serais pas secouriste ?

Remo répondit calmement, et d'un ton détaché, comme si tout allait bien.

— Ça dépend quel genre d'ennuis m'attendent.

L'homme éclata de rire.

— Ce n'est pas moi qui vais te créer des ennuis. Je suis juste un infirmier qui essaie de sortir en douce pour fumer. Elm Peterson.

— Remo DeLuca.

— Content de te rencontrer. Tu allais vers les ascenseurs ?

— Ouais. J'essaie d'emmener ce type en bas.

— À la morgue ?

— À ton avis ? C'est plutôt surchargé par l'itinéraire habituel. Je cherchais un raccourci.

— Tu t'es trompé de chemin. Tu as entendu parler du confinement.

— Comme tout le monde. Et alors ?

— Ils ont bloqué tous les ascenseurs, sauf le central. Ils veulent limiter les allées et venues.

— Merde !

— Je peux te donner un coup de main.

— Comment ça ?

— On peut descendre ton type par l'escalier. Il n'y a que quelques étages, et ce sera toujours mieux que de laisser ce pauvre gars attendre ici.

Celia se crispa un peu plus.

Remo allait dire non.

Il était obligé de dire non.

Il n'avait qu'à répondre que les cadavres se moquaient bien d'attendre.

Mais, à sa grande consternation, elle l'entendit accepter.

— Bonne idée. Aide-moi à replier les roues.

Peu après, Celia sentit que le chariot était soulevé du sol. Elle ferma les yeux et pria pour avoir l'air d'un cadavre réaliste.

Remo avait l'habitude de garder une apparence de calme en toutes circonstances, même si son ventre était noué par l'inquiétude. C'était nécessaire dans le cadre de son travail. Mais, tandis que l'infirmier et lui se dirigeaient vers l'escalier, le brancard tanguant entre eux, il n'en menait pas large.

S'il avait accepté sa proposition, c'était uniquement parce que le contraire aurait semblé bizarre.

Se persuadant que ce n'était qu'un contretemps mineur, il prit sur lui, et se força à rire aux anecdotes stupides du jeune homme.

Lorsqu'ils arrivèrent enfin au sous-sol, au terme d'un parcours qui lui avait semblé interminable, Remo eut l'impression de respirer avec moins de difficultés.

— Merci, Elm, déclara-t-il tandis qu'ils abaissaient les pieds du brancard.

Il fut quand même un peu surpris que sa propre voix paraisse aussi calme.

— Je te dois un service.

— Je vais le noter, dit l'infirmier en bloquant les roues.

Puis il se releva et regarda autour de lui.

— C'est toujours un peu angoissant ce silence, non ?

Remo résista à l'envie de dire au type de ficher le camp, et répondit :

— Ça m'inquiéterait davantage s'il y avait du bruit.

Elm éclata de rire.

— C'est vrai. Tu as besoin d'aide pour autre chose ?

— Je pense que ça va aller.

— Bon, eh bien, j'y vais. À un de ces jours, vieux.

— Merci encore.

— Pas de quoi.

Dès que l'infirmier fut hors de vue, Remo souleva le drap sur le visage de Celia.

— Tu vois, je te disais que tout le monde doit des services à tout le monde dans cet…

Le reste de sa phrase se perdit. Derrière lui, du côté de l'escalier, s'élevait le bruit de pas heurtant le sol.

Il échangea un regard avec Celia, posa un doigt sur ses lèvres, et tendit l'oreille. Il était évident que le nouvel arrivant venait dans leur direction.

Ne voulant pas prendre le risque que cette personne soit beaucoup moins amicale que l'infirmier, Remo saisit les poignées du brancard, le poussa dans la pièce la plus proche, et referma tout doucement la porte.

Il était en train de défaire les sangles pour libérer Celia quand une voix d'homme se fit entendre dans le couloir.

— J'ai fait exactement ce que j'ai dit que je ferais, déclara-t-il d'un ton agacé.

On entendait des bruits de pas, et Remo en conclut que l'homme allait et venait tout en parlant au téléphone.

— Mon contact aux services sociaux m'a dit que l'hôpital ne leur avait adressé aucun enfant ce soir.

Xavier.

Remo échangea un autre regard avec Celia. Elle s'était assise, les mains crispées de chaque côté du brancard, les yeux écarquillés d'inquiétude.

— Oui, elle a menti, reprit l'homme. Et je me suis fait avoir comme un bleu.

Il s'agissait donc de l'homme qui s'était introduit dans la chambre de Celia, déguisé en médecin.

— Je pense qu'ils ont compris que l'alerte à la bombe était un canular. J'ai entendu le chef de groupe dire à un de ses hommes que la mesure de confinement serait levée d'ici une heure.

Il y eut un silence.

— Qu'est-ce que j'en sais, moi, si quelqu'un l'aide !

Une autre pause.

— Ouais, ouais. Je vais demander. Mais, en attendant, ça serait peut-être utile de lancer quelque chose d'officiel, du type alerte enlèvement pour le gamin. Elle ne va pas pouvoir le cacher longtemps si toute la ville est sur le qui-vive.

Voyant que Celia tremblait, Remo se rapprocha furtivement, et passa un bras autour de ses épaules.

De l'autre côté de la porte, le type argumentait à présent, soulignant qu'ils auraient davantage de ressources en passant par la voie officielle.

Puis il se tut, émettant quelques grognements intermittents, comme s'il écoutait un long monologue de son interlocuteur.

Remo n'y comprenait rien.

Pourquoi ce type voulait-il impliquer les autorités ? En quoi cela lui serait-il profitable ?

Avant qu'il ait eu le temps de songer à une explication, une voix familière s'éleva, s'adressant à l'inconnu.

— Hé, vieux, dit Elm. Je croyais que tu aurais terminé ta corvée. Oh ! désolé. Vous n'êtes pas Remo.

— Non, ce n'est pas moi. Ça fait longtemps que vous écoutiez aux portes ?

— Hein, quoi ? Non, je n'écoutais pas votre conversation. Je vous ai pris pour quelqu'un d'autre.

— Remo.

— Ouais. Désolé.

— Pas de problème. Je suis Teller.

Le fait qu'il donne son nom mit Remo mal à l'aise. Il voulut se tourner pour vérifier la réaction de Celia, afin de voir si elle ressentait la même chose que lui, ou si ce nom lui évoquait quelque chose. Mais l'homme – le prétendu Teller – posa une question qui le figea sur place, concentré à l'extrême sur la conversation.

— Qui est Remo ?

La réponse d'Elm fut hésitante, comme s'il commençait à se sentir mal à l'aise.

— Juste un type qui travaille ici.

— Il est encore à la morgue ?

— Je n'en suis pas sûr.

— Vous n'en êtes pas sûr, ou vous ne voulez pas me le dire ?

— Je n'en suis pas sûr, répéta Elm en paraissant à la fois perplexe et sur ses gardes.

— Il était là il y a combien de temps ?

— Quelques minutes.

— Vous savez où il est allé ?

— Non. Il déposait juste un cadavre. Mais, pourquoi toutes ces questions ?

— Il y avait quelqu'un d'autre ?

— Juste lui, moi, et le macchabée.

Elm eut un petit rire qui parut forcé.

— Ça commence à ressembler à un interrogatoire.

— Vraiment ?

Le ton employé par Teller réussissait l'exploit de paraître à la fois neutre et menaçant.

Remo se crispa. Il avait l'intuition que quelque chose de mauvais était sur le point de se produire.

Et il ne pourrait rien faire pour l'empêcher.

Elm eut un autre rire, encore plus forcé.

— Carrément, mon vieux. Je me demande juste si vous êtes le bon ou le mauvais flic.

— Oh ! je pense que je me rangerais plutôt dans la catégorie du mauvais.

Un bruit mat suivit ce constat, et Remo n'eut aucun mal à comprendre de quoi il s'agissait.

Teller venait d'abattre Elm dans le couloir.

11

Celia se demandait si elle allait crier, ou bien faire un malaise et tomber par terre.

Elle plaqua une main sur sa bouche et, de l'autre, se tint fermement au rebord de la civière. Mais elle se sentait vaciller. Son estomac regimbait. Et sa gorge la brûlait de terreur contenue.

Elm Peterson est mort. Il est le fils de quelqu'un. Le frère de quelqu'un. Ou un père. Et il est mort. À cause de moi. Parce qu'il nous a aidés. Parce qu'il était au mauvais endroit, au mauvais moment…

Le murmure de Remo interrompit la spirale infernale de ses pensées.

— Nous devons partir.

Celia leva les yeux. Elle essaya de répondre. De bouger. De réagir d'une façon ou d'une autre. Mais ni son corps ni son esprit ne coopéraient.

— Celia, ce type est en train de longer le couloir et d'ouvrir chaque porte. Il a commencé de l'autre côté, mais il ne va pas tarder à arriver. Nous ne pouvons pas rester là.

Enfin, les paroles de Remo firent mouche.

S'ils ne quittaient pas la pièce, Teller et son arme les trouveraient.

L'homme dont le nom ne lui disait rien, mais dont elle savait qu'il avait tiré sur elle.

Qu'elle voyait tenant un pistolet.

Qui venait juste de tuer Elm Peterson.

Celia prit le bras de Remo et commença à descendre du brancard. Mais sa réaction vint un peu trop tard. Des bruits de pas se dirigeaient déjà dans leur direction.

Terrifiée, Celia croisa le regard de Remo. Elle y vit de la peur aussi. Mais, contrairement à elle, ça ne l'avait pas empêché de réfléchir à un moyen de s'échapper.

Sans un mot, il passa les mains sous ses genoux et dans son dos, et la souleva contre lui. Puis il traversa la pièce, se pencha et saisit d'une main la poignée d'une porte que Celia n'avait pas remarquée auparavant. Il l'ouvrit, franchit le seuil et se retourna pour la refermer, puis il reprit sa marche.

Celia n'avait pas vraiment fait attention à la pièce où ils se cachaient, et les pas pressés de Remo ne lui laissaient pas vraiment non plus la possibilité de comprendre où ils allaient.

Ça défilait. De l'air froid. Des installations métalliques. Une porte. Puis des murs blancs et une odeur de désinfectant. Une autre porte. Un décor de plus en plus aseptisé.

À chaque nouvel espace traversé, la pression d'être suivis montait. Teller ne pouvait peut-être pas les voir ou les entendre, ni même avoir la certitude qu'ils étaient là, mais sa poursuite était implacable.

Celia pouvait entendre le bruit de chaque porte qu'il ouvrait, ainsi que celui de ses pas. Il avait un peu de retard sur eux, parce qu'il prenait le temps d'inspecter chaque pièce mais, s'ils ne trouvaient pas une issue de secours, Teller finirait par les acculer.

Et Remo continuait à avancer.

Combien de pièces adjacentes y avait-il encore ?

Mais elle venait à peine de se poser la question, que la réponse lui apparut sous la forme d'un bureau.

C'était une voie sans issue.

Elle en eut la preuve quand Remo s'arrêta brusquement, pivota sur ses talons, et jura entre ses dents. Contrairement aux autres pièces qu'ils avaient traversées, celle-ci n'avait que deux portes : celle par laquelle ils étaient entrés, et celle ouvrant sur le couloir où se trouvait Teller.

Celia balaya du regard le petit espace encombré, en essayant de trouver une idée.

Combien de temps leur restait-il avant que l'homme armé ne les débusque ? À quel point était-il minutieux dans sa recherche ? Pouvaient-ils attaquer plutôt que de se cacher ?

Et parmi toutes ces pensées, la principale concernait son fils. Teller allait-il vraiment les tuer s'il ne trouvait pas Xavier ?

Elle, peut-être pas. Mais Remo…

Cette pensée persistait, même si elle s'efforçait de l'évacuer. Et elle devait admettre, plus les secondes passaient, que c'était susceptible de devenir une réalité.

Et, même si la perspective de se retrouver face à un meurtrier l'effrayait, il était encore plus terrifiant d'imaginer que Remo pourrait perdre la vie en essayant de la protéger.

— Cache-toi, murmura-t-elle.

— Quoi ?

Celia avala sa salive et formula sa conclusion.

— Il ne me tuera pas.

— Il vient de tuer un inconnu, et il a déjà tiré sur toi alors que tu étais enceinte.

— Je sais. Mais la situation est différente. Elm ne savait pas où se trouve mon fils. Et c'est ce que veut savoir Teller. Il ne me fera rien tant qu'il n'aura pas Xavier.

Elle chercha son souffle.

— Mais toi…

Le regard bleu de Remo s'assombrit.

— Même si j'étais d'accord, je ne vois pas où je pourrais me cacher.

— Sous le bureau.

Son attention se porta vers le meuble en question, et il en fit aussitôt le tour.

— Je n'y tiendrai pas. Mais toi, si.

La tenant fermement, il réussit à écarter la chaise et à se pencher.

Celia protesta.

— Si je me cache, ça ne fera que te mettre en première ligne.

— C'est faux. D'ailleurs, il vaut mieux que ce soit moi qui parle. Parce que, si tu y réfléchis bien, c'est moi qui sais où se trouve Xavier.

— Je…

Sa protestation mourut sur ses lèvres tandis que son esprit assimilait la véracité des paroles de Remo.

Il était en effet le seul à savoir où se trouvait Xavier à cet instant précis. Et il ne faisait aucun doute qu'il irait avec Teller, sous le prétexte de lui révéler le lieu.

Il mettrait en danger sa propre vie pour le fils de Celia. Et elle ne l'en admirait que plus.

Mais elle ne voulait pas qu'il le fasse. Rien que d'y penser, elle en avait la gorge serrée. Elle devait trouver une solution qui protégerait à la fois Xavier et Remo.

Peut-être pourrait-elle négocier avec Teller ?

— Je sais à quoi tu penses, dit Remo. Et la réponse est non. Un homme comme lui ne négocie pas.

— Il doit bien y avoir quelque chose à faire, protesta Celia en luttant contre les larmes.

— En effet.

— Quelque chose d'autre que de te laisser avec Teller.

— Celia !

S'il avait l'intention de dire autre chose que son prénom, il fut interrompu par le bruit de la poignée qu'on tournait.

Cette fois, la panique ne figea pas Celia, mais la fit agir.

Avec une force qui la surprit, elle poussa le colosse sous le bureau. Étonnamment, et peut-être parce qu'il était déséquilibré, Remo se recroquevilla dans l'espace sans protester.

Il y tenait presque.

Une de ses jambes ressortait, mais Celia trouva la solution. Se faisant aussi petite que possible, elle se blottit contre lui, empoigna son genou, et le remonta contre elle.

Il ne protesta pas non plus. Il se contenta d'attraper le siège à roulettes et de le rapprocher d'eux, les masquant à la vue de quiconque regarderait dans cette direction.

Ce n'était pas parfait, mais cela irait.

Il fallait que ça aille.

Celia ferma les yeux et fit une prière silencieuse.

Et celle-ci fut apparemment entendue.

Tandis qu'un léger grincement leur signalait l'ouverture de la porte, un téléphone portable sonna. Un moment après, la voix de Teller s'éleva.

Il répondit à son interlocuteur sans préambule.

— Je suis toujours ici. Et je vais avoir besoin d'un nettoyage.

Celia crispa tous ses muscles à l'extrême. Le tireur

n'était qu'à quelques pas. Ses chaussures et ses chevilles étaient visibles depuis leur cachette.

S'il baissait les yeux…

Heureusement, il s'écarta. Sa voix, néanmoins, restait parfaitement audible.

— Combien de temps ? demanda-t-il.

Il attendit la réponse.

— Dix minutes, c'est parfait. Et, une fois que ce sera fait, je voudrais que tu me rendes un autre service. Fais une recherche sur un nommé Remo. Un employé de l'hôpital, je pense.

Il y eut une deuxième pause, cette fois plus longue.

— J'admets que c'est un peu vague mais, à ton avis, il y a combien de Remo dans le coin ?

Un nouveau silence.

— Non, c'est juste de l'instinct. Si ça ne porte pas ses fruits, tant pis. Mais, je ne suis pas connu pour faire des erreurs.

Tout comme il n'avait pas fait de salutation au début de l'appel, Teller n'y mit pas fin formellement non plus. Mais, après sa dernière remarque, le silence fut si long que Celia en conclut que la conversation était terminée.

Quelques instants après, le martèlement de ses pieds sur le sol et le grincement de la porte qui se refermait signalèrent que l'homme avait finalement quitté la pièce.

Soulagée, Celia relâcha le souffle qu'elle contenait depuis trop longtemps. Mais elle n'osa pas bouger aussitôt, de peur que Teller ne revienne.

Elle compta lentement jusqu'à dix, puis commença à s'extirper du minuscule espace.

— Dix minutes avant que les nettoyeurs n'arrivent, murmura-t-elle.

Agrippant le bord du bureau, elle se remit sur ses pieds.

— Tu penses que ça suffit pour…

Les mots moururent sur ses lèvres tandis que son cœur faisait un bond dans sa poitrine.

Teller se tenait devant la porte la plus proche, un sourire narquois aux lèvres, et son arme pointée dans leur direction.

Lorsque Celia avait brusquement cessé de parler, et s'était figée en regardant droit devant elle, Remo était parvenu à la seule conclusion logique : la sortie de Teller n'était qu'une ruse.

Remo se maudit d'avoir été aussi optimiste. Il essaya de se lever, mais ses muscles contractés regimbèrent et il trébucha.

Cela eut au moins pour effet d'attirer l'attention de Teller sur lui.

— Ne bougez pas, dit-il.

Et dans sa voix vibrait l'assurance d'être obéi.

— Mains sur la tête.

S'emparant du téléphone de bureau, à l'aspect massif et démodé, Celia frappa l'homme à la tête. Puis, sans lui laisser le temps de se ressaisir, elle lui asséna un grand coup d'épaule dans l'estomac. Tandis qu'il titubait, elle lui envoya son coude dans la gorge.

Les gestes de Celia trahissaient une longue pratique, mais Remo n'eut pas le temps de se demander où elle les avait appris. À la place, il se jeta dans la bagarre. Ou tout au moins, il essaya.

Son intervention s'avéra finalement inutile. Déséquilibré, Teller tomba en avant, et sa tempe heurta le coin du bureau. L'arme glissa de sa main. Il grogna puis s'effondra en une masse inerte sur le sol.

Celia ramassa aussitôt le pistolet et le glissa dans sa ceinture d'un geste rapide, et presque professionnel.

Puis, cherchant toujours son souffle, elle leva les yeux et croisa le regard de Remo.

— Je pense qu'il ne nous reste plus que huit minutes, dit-elle. Il faut y aller.

Déjà, elle se dirigeait vers la porte, mais une idée traversa l'esprit de Remo.

— Accorde-moi quelques secondes.

Il s'accroupit à côté de l'homme inconscient, et le fouilla. Sa recherche porta ses fruits, sous la forme d'un portefeuille de cuir.

— Vite, Remo !

— J'arrive.

Il voulait en savoir plus sur Teller, mais il avait aussi envie de quitter l'hôpital en un seul morceau. Aussi, il se releva et mit le portefeuille dans sa poche, sans regarder. Puis il se tourna vers Celia.

Mais, une fois encore, il eut une raison de s'attarder. Une petite tache rouge était apparue sur la jambe de son pantalon. Il n'eut pas besoin de regarder pour savoir qu'un ou plusieurs de ses points avaient lâché.

Elle suivit son regard, et laissa échapper un petit cri de surprise. Mais elle releva immédiatement les yeux et secoua la tête.

— Nous n'avons pas le temps de nous occuper de ça, dit-elle.

Sans lui laisser le loisir de protester, elle lui prit la main et l'entraîna dans le couloir. Là, complètement désorientée, elle regarda autour d'elle, et demanda :

— C'est de quel côté ?

Sans perdre une minute de plus, Remo l'entraîna vers l'escalier, dont il ouvrit la porte en grand pour qu'ils puissent la franchir ensemble.

Tandis qu'ils commençaient à monter une première volée de marches, il resta à l'affût du moindre signe de douleur de la part de Celia. Il était prêt à la porter s'il le fallait. Mais elle montait l'escalier aussi facilement que lui-même.

Quand ils arrivèrent au premier étage, un nouveau problème se présenta. Au-dessus d'eux, peut-être deux étages plus haut, des voix masculines filtraient.

— Tu n'en as pas marre de faire son sale boulot ? demanda l'homme numéro un.

— Bah, on est payés pour ça, non ? dit le numéro deux. Et plutôt bien, d'ailleurs.

Ce fut tout ce que Remo s'attarda à écouter. En silence, il désigna la porte ouvrant sur le palier du premier étage. Celia hocha la tête.

Ils montèrent les deux dernières marches, et Remo tira sur la poignée. Un courant d'air balaya la cage d'escalier, et il se crispa. Mais les deux hommes au-dessus d'eux semblaient trop pris par leur discussion pour s'en rendre compte.

Soulagé, Remo fit signe à Celia de passer la première.

La porte à peine franchie à sa suite, il s'arrêta, médusé par le chaos qui les entourait.

Le couloir était plein à craquer. Des lits étaient alignés contre les murs, des chaises disposées un peu partout, et le personnel médical virevoltait au milieu de tout ça.

— Que se passe-t-il ? demanda Celia à mi-voix.

— C'est l'excédent des urgences. Personne ne peut sortir, et il faut bien mettre les gens quelque part. Mais au moins, la foule va nous aider à nous cacher. Et d'ailleurs, en parlant de ça, il faut que nous trouvions un autre escalier pour accéder au deuxième étage et à la passerelle.

Il voulut reprendre sa marche, mais Celia ne bougea pas et leurs mains se séparèrent.

Il se tourna vers elle, surpris qu'elle ne semble plus

aussi pressée qu'avant. Son expression était affligée, et l'inquiétude l'envahit.

— Qu'y a-t-il ? C'est ta jambe ?

— Non, pas du tout. Mais c'est un tel gâchis. De ressources. De temps. Tous ces gens qui sont coincés ici, qui ne savent pas vraiment ce qui se passe, et qui ont probablement peur…

Elle secoua la tête.

— Qui que soit ce Teller, j'espère qu'il se fera prendre et qu'il devra répondre de ses actes.

— Trouvons un endroit un peu plus calme, dit Remo. Nous pourrons vérifier son identité, et je jetterai un coup d'œil à ta jambe.

— Son identité ? Comment cela ?

Il tapota sa poche.

— J'ai son portefeuille.

Elle ouvrit de grands yeux.

— Tu l'as volé ?

Elle semblait si incrédule, que Remo ne put s'empêcher de rire.

— Ça te dérange ?

Elle rougit.

— Non.

— Menteuse !

Il lui reprit la main, et la guida au milieu des gens, marchant d'un pas décidé, de façon à ce que personne ne se retourne sur eux.

Après qu'ils furent sortis de la zone de débordement, il comprit que son but n'était pas de trouver n'importe quel endroit privé.

Il avait une destination spécifique en tête.

12

— C’est ici ! déclara Remo devant une porte dépourvue de signalétique.

Sa voix était un peu rauque, un peu bizarre. Et il avait un drôle d’air, pas vraiment embarrassé, pas vraiment penaud… quelque chose d’autre.

— C’est ici ? répéta Celia, intriguée par le fait qu’il semblait avoir choisi un lieu en particulier, et pas seulement l’endroit calme promis.

Elle observa mieux la porte. Celle-ci était parfaitement banale, de la même couleur que les murs, avec une poignée en acier brossé.

Elle regarda à nouveau Remo, et elle comprit. Il avait un air de petit garçon intimidé. Xavier faisait la même tête quand il voulait lui montrer quelque chose dont il était fier, sans avoir totalement confiance en lui.

— C’est ici, dit-elle une nouvelle fois.

Mais, à présent, elle savait ce que cela signifiait. Cette pièce était celle où Remo et sa mère avaient vécu à l’insu de tous.

Remo hocha la tête, puis il lâcha sa main et tourna la poignée.

La porte s’ouvrit facilement, et une lumière s’alluma automatiquement, révélant une pièce aussi neutre qu’à l’extérieur. Il y avait deux couchettes superposées, sans draps ni oreillers, et un évier. Les murs étaient beiges, dépourvus de décoration, et la pièce n'était pas beaucoup plus grande qu'un placard.

La gorge de Celia se serra à la pensée que Wendy avait vécu là avec son fils. Elle pouvait presque ressentir son désespoir. Et, tandis qu'elle se tenait sur le seuil, pas totalement décidée à entrer, elle comprit qu'elle éprouvait plus que de l'empathie. Si elle n'avait pas décidé de rompre quand elle l'avait fait, sa propre vie aurait pu prendre la même direction.

Elle imaginait sans peine son fils assis sur le lit du haut, en train de jouer avec sa console.

Elle se voyait, étendue toute la nuit sans pouvoir dormir, redoutant le moment où elle se ferait prendre et devrait à nouveau affronter le monde.

Et pas uniquement le monde. Elle serait aussi à la merci de l'homme qui hantait ses cauchemars.

Un homme à la voix suave et aux costumes de prix. Un homme aux cheveux poivre et sel, aux yeux sombres, et à la mine faussement avenante. Mais les petits sillons rieurs autour de ses paupières n'étaient qu'un leurre masquant son vrai tempérament, celui d'un homme violent et cruel.

Saisie de vertige, vaguement nauséeuse, elle prit appui contre l'encadrement de la porte.

Remo s'occupa immédiatement d'elle, le petit garçon timide laissant place au secouriste aguerri.

— Viens, dit-il en la guidant dans la pièce. Assieds-toi.

Celia s'installa avec soulagement sur la couchette inférieure, et se blottit contre Remo quand il la rejoignit.

Un bras passé autour de ses épaules, il lui apporta son soutien, jusqu'à ce qu'elle se sente suffisamment bien pour se redresser.

— Merci, dit-elle. Je suis désolée.

— Ne le sois pas. J'espère que tu n'es pas affaiblie par le saignement.

— Je ne pense pas. Je n'ai pas du tout mal à la jambe.

— Je devrais quand même regarder ça.

Souriant, il ajouta avec un clin d'œil :

— Et ce n'est pas une ruse pour te faire enlever ton pantalon.

Celia rougit, mais elle se leva et desserra le lien coulissant du pantalon qu'elle avait emprunté, puis elle l'abaissa sur ses cuisses, comme si ça ne la dérangeait pas le moins du monde.

Comme si Remo, l'homme qui l'avait embrassée comme jamais elle ne l'avait été, n'allait pas toucher sa peau nue.

Mais, tandis qu'il la prenait en charge, son professionnalisme détaché fit rapidement disparaître toute gêne.

— Tu me parles de ton malaise ? demanda-t-il tout en nettoyant sa plaie avec de l'antiseptique.

— Je me suis rappelé quelque chose à propos du père de Xavier, et ça m'a submergée.

— Son nom ?

Elle secoua la tête.

— Juste son apparence.

— Raconte-moi.

— Il est plus âgé que moi. Dans les quarante-cinq ans ? Et… je ne sais pas comment t'expliquer… Il a l'air d'un homme que tout le monde apprécie.

— Il fait bonne figure ?

— Oui, c'est ça. Et il est bien habillé. Il est peut-être riche…

— Ou il veut que les gens le pensent.

Celia y réfléchit un moment, puis elle secoua de nouveau la tête.

— Je ne sais pas pourquoi, mais je ne le pense pas. Je vois ses mains.

Elle ferma un instant les paupières, et les rouvrit avec un frisson, se rappelant les coups et les tentatives d'étranglement.

— Elles sont manucurées. Il n'y a rien de mal à ça, bien sûr, mais c'est presque une complaisance, non ?

— Un homme ne peut pas prendre soin de ses mains ?

Remo tendit les siennes pour les lui montrer.

Elle vit qu'elles étaient propres et soignées, avec des ongles courts. Mais ce n'était pas la même chose.

Elle attrapa ses doigts, et passa le pouce sur ses ongles.

— Tu as des cuticules.

— Comme tout le monde, non ?

— Il les fait retirer par une manucure. Et il se fait polir les ongles, au point qu'ils paraissent vernis.

Elle soupira.

— Je sais que ce n'est pas très utile.

— Bien sûr que si. On va exiger de voir les mains de toutes les personnes qu'on croise.

— Très drôle.

— Non, sérieusement, c'est bien. Ta mémoire est en train de revenir.

Il libéra sa main, et lui pressa gentiment le genou.

— Et, autre bonne nouvelle : ta jambe va très bien.

— Je ne vais donc pas mourir d'une hémorragie ?

— Non, c'est juste un point mal serré en fin de suture. Ça n'aurait probablement pas saigné si tu n'avais pas fait autant d'efforts. Mais j'ai tout nettoyé et placé une suture adhésive. Donc, tu peux te rhabiller.

Moqueur, il ajouta avec un nouveau clin d'œil :

— À moins que tu adores te pavaner en sous-vêtements.

Elle rougit et remonta son pantalon, en veillant à ne pas avoir l'air trop frénétique ni embarrassée.

Il y avait quelque chose de vaguement sensuel à se rhabiller devant un homme. Quelque chose d'intime, en tout cas. Et Celia éprouva le besoin de parler pour masquer son trouble.

— Tu sais quoi ? Je ne suis pas vraiment convaincue que retrouver la mémoire soit une bonne chose.

— Tu n'as jamais entendu dire que le savoir c'est le pouvoir ?

— Si. À moins d'en savoir trop.

Celia noua le lien coulissant de son pantalon et soupira.

— C'est bon. Je suis prête.

Remo afficha un sourire ironique.

— Est-ce que le fait d'en savoir plus sur Teller est à ranger dans la catégorie du trop ?

Elle lui fit la grimace.

— Non. Voyons ce portefeuille.

Il plongea la main dans sa poche et en exhuma un étui en cuir. Mais ce n'était pas exactement un portefeuille. Avant même qu'il l'eût ouvert, Celia sut qu'il contenait un insigne de police.

Lorsqu'il ouvrit le rabat, Remo fut surpris de voir apparaître un insigne en métal doré. Mais, le premier instant de surprise passé, il comprit quelque chose. Cela expliquait le refus de Celia de prendre contact avec la police, et le commentaire sibyllin de Teller sur l'emploi de la voie officielle.

Il lut à haute voix :

— Inspecteur Quentin Teller, police de Vancouver.

Puis il tourna les yeux vers Celia.

— Je pense qu'on peut exclure le fait que tu sois mêlée à une activité criminelle.

Elle grimaça un sourire.

— Sauf si je suis moi aussi un flic corrompu.

— Ou le cerveau d'une vaste opération de corruption dans la police.

— Ou l'ex-femme dudit cerveau.

— Pourquoi pas ? Ça t'évoque quelque chose ?

Celia baissa les yeux vers sa main gauche, puis elle regarda à nouveau Remo et secoua la tête.

— Non. Et il y a beaucoup de choses que je ne comprends pas. Si le père de Xavier est dangereux à ce point, et s'il a de puissants appuis, pourquoi je suis restée aussi près de l'endroit où il vit ? Je devrais être à des centaines de kilomètres.

— Je n'en sais pas plus que toi, mais tu dois avoir une bonne raison. Tu n'aurais pas mis Xavier en danger si tu avais pu l'éviter.

Elle laissa échapper un soupir de frustration.

— Non, certainement pas.

Il l'attira dans une brève accolade réconfortante tout en lui disant :

— On va trouver, Celia.

Elle s'écarta et le regarda.

— Je ne crois pas qu'on puisse le faire d'ici.

— Tu as raison.

Remo entrelaça ses doigts aux siens, en notant combien ce geste lui était naturel, puis se dirigea vers la porte.

Il l'entrebâilla, et jeta un coup d'œil à l'extérieur.

— La voie est libre, dit-il.

Ils sortirent de la petite pièce, et Remo la guida à travers l'hôpital, en prenant soin de marcher d'un pas décidé mais pas trop rapide.

Ils gagnèrent sans encombre l'autre aile du bâtiment, et se retrouvèrent devant une lourde porte barrée par des rubans de signalisation.

Après avoir vérifié d'un coup d'œil rapide qu'il n'y avait personne, Remo tourna la poignée.

— Les bandes jaunes sont dissuasives pour la plupart des gens, mais ça doit rester déverrouillé pour la sécurité incendie, expliqua-t-il.

Il s'écarta et Celia s'accroupit pour passer sous les rubans de signalisation.

Remo l'imita, puis il désigna l'escalier.

— Encore un étage, et nous serons presque libres.

— Tu crois qu'il s'inquiète ? demanda Celia tandis qu'ils entamaient leur ascension.

— Ton fils ? Je pense qu'il a hâte de te voir, mais probablement pas autant que toi. Je pense que s'inquiéter c'est un truc de mère.

— Tu as sans doute raison. Mais ça veut dire que je devrais te demander si tu crois que Wendy s'inquiète pour toi.

— Ma mère ? S'inquiéter ?

Il ricana avec bonhomie.

— Elle passe sans doute le meilleur moment de sa vie. Elle a des tas de jouets et de jeux qu'elle a gardés du temps où j'étais petit, dans l'espoir de les transmettre un jour à mes enfants. Je pense qu'elle me demande au minimum tous les quinze jours quand je vais lui donner des petits-enfants.

— Je pense que c'est un truc de mère aussi.

— Oh ! je vois. Tu demandes régulièrement à Xavier quand il va te présenter une gentille fille et se caser ?

Elle rit.

— Non, mais je ne peux pas m'empêcher de songer à ce que ce sera quand il grandira.

Ils étaient arrivés sur le palier, et Remo lui ouvrit la porte.

Celia franchit le seuil et eut un cri de stupeur étouffé

en découvrant le chantier de construction. Le mur en face d'eux avait été abattu, et remplacé par des bâches en plastique.

À travers le matériau semi-opaque, la passerelle était visible. Elle raccordait cette aile de l'hôpital à l'unité de soins de longue durée. Une fois terminée, ce serait un pont fermé, avec des parois vitrées et un plafond métallique. Pour le moment – même si elle était déjà assez large pour que deux lits médicalisés puissent se croiser – ce n'était qu'un ouvrage à l'aspect précaire, avec des étais et un rail de chaque côté. Dire que cela offrait un sentiment de sécurité serait exagéré.

— Tu n'avais pas dit que c'était presque terminé ? demanda Celia.

— Je suppose que les travaux ne sont pas aussi avancés que je le pensais.

— Et moi, je crois que j'ai oublié de mentionner ma peur du vide.

— Je ne te laisserai pas tomber.

— C'est bien joli, mais si toi tu tombes ?

— Aucun danger. Je suis un vrai funambule.

Redevenant sérieux, Remo posa la main dans le creux de son dos.

— Tu peux le faire.

— Je crois que tu vas devoir me distraire.

— D'accord. De quoi veux-tu que nous parlions ?

Elle fit un pas en avant.

— Pourquoi n'as-tu pas d'enfant ?

Remo faillit trébucher mais parvint à se rattraper avant que Celia ne s'en rende compte.

— Je n'ai peut-être pas trouvé la bonne.

— C'est une dérobade.

Un peu plus détendue, Celia continua à mettre un pied devant l'autre. Lentement, mais sans interruption.

— Pourquoi dis-tu cela ?

— Parce que c'est le type de réponse que font beaucoup d'hommes quand ils veulent qu'une femme se sente valorisée. Et je ne pense pas que tu sois ce genre d'homme.

— Ah bon ? Eh bien, c'est peut-être qu'aucune femme respectable ne veut de moi.

— J'ai du mal à le croire.

Une autre réponse superficielle traversa l'esprit de Remo. Oui, une dérobade, reconnut-il en son for intérieur. Il fit alors le choix de la franchise.

— Quand je t'ai dit que ma mère me mettait la pression pour les enfants, j'ai menti.

— Quoi ?

Celia semblait interloquée, mais elle ne cessa pas d'avancer.

— Mais, pour quelle raison ?

— Parce que, d'après mes amis trentenaires et célibataires, c'est ce que font toutes les mères.

— Et alors, tu cèdes à la pression sociale ? Tu veux ressembler à tous les autres trentenaires ?

Ils avaient dépassé le milieu de la passerelle et, marquant un temps d'arrêt pour regarder en bas, Celia frissonna.

— J'ai vraiment le vertige, tu sais.

Quittant le creux de son dos, la main de Remo s'accrocha à sa hanche pour l'attirer plus étroitement contre lui, et ils continuèrent à avancer.

— Il y a une raison pour laquelle ma mère ne me demande pas d'avoir des enfants. Et c'est probablement pour cela aussi que je n'en ai pas. Tu te souviens d'Indigo ?

— Oui, ta sœur rebelle.

— Après l'accident de voiture, elle s'est calmée. Et

pendant trois ans, les choses se sont déroulées à peu près normalement. Nous vivions dans l'appartement de maman. J'ai pris un emploi d'ouvrier dans le bâtiment, et Indigo a décidé de finir ses études secondaires par correspondance. Elle disait qu'elle voulait m'aider à retourner à la faculté de médecine.

Remo marqua une pause, la gorge serrée par les souvenirs douloureux.

— Mais, peu après son dix-septième anniversaire, reprit-il, elle est venue me voir pour me parler d'un nouveau problème. Elle était enceinte de quatre mois. Le père était un trafiquant de drogue de vingt ans, qui n'avait pas envie de rester dans les parages.

Ils avaient maintenant quitté la passerelle, et abordaient la rampe bétonnée menant à l'unité de soins.

Nerveux de ce qu'il partageait, le cœur de Remo battait à tout rompre. Mais la main de Celia tenait fermement la sienne et, si elle ne disait rien, il savait qu'elle écoutait attentivement.

C'était exactement ce dont il avait besoin pour continuer.

— C'était un gros mensonge. Le type avait très envie de rester dans les parages. Pas pour le bébé. Pour Indigo. Elle lui devait de l'argent. Une assez grosse somme. Un jour, il est entré dans l'appartement et, comme elle ne pouvait pas payer, il l'a tuée.

Celia stoppa net et se tourna vers lui, le visage débordant de sympathie et de tristesse.

— Je suis désolée, Remo.

— Finalement, ce salaud a été arrêté. Il a dit à la police qu'il était tellement défoncé qu'il a cru que la grossesse d'Indigo était une hallucination. Il devait savoir que ça ne serait pas considéré comme une circonstance atténuante, car il s'est suicidé avant son procès.

Celia leva les yeux vers lui, jeta les bras autour de son cou, et l'attira dans une chaleureuse accolade. Et même s'il la dépassait d'au moins trente centimètres, et devait peser cinquante kilos de plus, il en retira une force incroyable.

— Celia, murmura-t-il.

Et son prénom résonnait comme une supplique emplie de révérence.

Il ne savait pas ce qu'il demandait. Mais, quand elle rejeta la tête en arrière et chercha son regard, il vit un désir similaire dans ses yeux.

Il ouvrait la bouche pour poursuivre, quand l'attention de Celia fut soudain attirée par quelque chose derrière son épaule.

— Remo, il faut courir. Maintenant !

13

Sans demander d'explication, Remo attrapa la main de Celia et s'élança.

Elle ne prit pas le temps de remarquer qu'il lui faisait aveuglément confiance. Il y avait plus urgent. De l'autre côté de la cour, elle venait de repérer Teller.

L'*inspecteur* Teller.

Le correctif aurait dû ajouter à sa peur, mais elle n'avait pas le temps pour ça non plus. Parce que Teller l'avait vue aussi. Leurs regards s'étaient croisés. Et elle avait vu la surprise initiale sur son visage se transformer en détermination. Il allait se lancer à ses trousses. Seul ou avec ses collègues de la police.

Elle pressa l'allure pour se maintenir au rythme de Remo.

Franchit la barrière temporaire.

Contourna l'extérieur du bâtiment de soins de longue durée.

Traversa un groupe de seniors en fauteuils roulants.

Entra dans un paisible jardin fleuri…

Tout cela défilait dans un brouillard. Et, pour couronner le tout, sa blessure à la jambe commençait à lui faire mal. L'effet des antalgiques commençait probablement à s'estomper, et ça n'aurait pas pu se produire à un pire moment.

À chaque fois qu'elle posait le pied du côté de sa

blessure, une douleur aiguë irradiait de la zone suturée. Mais elle refusait d'y prêter attention et de ralentir.

Pas maintenant.

Elle transforma les deux mots en mantra, et les chantonna silencieusement pour s'obliger à continuer d'avancer.

Pas maintenant. Pas maintenant. Pas maintenant.

Elle arriva dans un parking à ciel ouvert.

Pas maintenant.

Zigzagua entre des monospaces, des berlines, de minuscules citadines et des SUV.

Pas maintenant.

Elle faillit percuter un jeune couple poussant un landau.

Pas maintenant.

Dépassa le panneau d'entrée des urgences, et se retrouva sur un trottoir.

Pas maintenant. Pas maintenant.

Enfin, ils empruntèrent une voie piétonne et les premières habitations d'une zone résidentielle apparurent.

Là, ils firent une pause et reprirent leur souffle.

— Eh bien, je crois que je peux rayer « courir le semi-marathon » de ma liste des choses à réaliser cette année, plaisanta Remo.

— Désolée. C'était Teller. Il nous a vus.

— Je me doutais bien que tu avais une bonne raison.

Mais Celia était trop inquiète pour avoir envie de rire.

— Xavier, dit-elle avec une note de désespoir dans la voix. Imagine que Teller découvre où ta mère habite…

Remo l'interrompit d'un ton ferme et rassurant.

— Elle n'est pas facile à trouver, tu peux me croire. Même pour la police. Elle est très douée pour faire profil bas. Son adresse n'apparaît dans aucun annuaire.

Elle n'a même pas de ligne fixe chez elle. Les vieilles habitudes ne meurent pas facilement, j'imagine.

Soudain, il l'attira dans ses bras.

— Je te promets que nous ne risquons rien à nous reposer ici quelques minutes.

Presque malgré elle, Celia céda au réconfort de cette étreinte, et laissa Remo lui caresser doucement le dos.

Après un long silence, elle murmura :

— Ce qui se passe entre nous, tu crois que c'est un transfert ? Une forme de syndrome de Stockholm.

Il esquissa un sourire.

— Tu veux dire cette empathie que les otages ressentent pour leurs geôliers ?

— Oui. Sans l'aspect otage/geôlier.

— Pourquoi poses-tu la question ? Tu es en train de tomber amoureuse de moi ?

Celia soutint son regard.

— Ma vie ne laisse pas de place à la perte de temps. Donc, j'essaie de toujours dire ce que je pense.

Il lui caressa la pommette du bout de son pouce.

— Eh bien, dis-le.

— Les choses sont à l'évidence… compliquées. Et, même si ma mémoire me fait défaut pour le moment, il est évident qu'une vie de fugitive rend impossible toute relation amoureuse. Il y aurait trop de secrets. Trop de sujets sur lesquels je devrais mentir…

— Mais tu n'es pas obligée de me mentir, à moi, puisque je suis déjà au courant.

— C'est vrai.

Il pressa son front contre le sien et, lorsqu'il parla à nouveau, son souffle chaud lui caressa les lèvres.

— Je te suis reconnaissant de m'avoir fait confiance.

— C'est toi qui es reconnaissant ?

— Eh bien, oui. Reconnaissant d'être passé par

là, reconnaissant que tu m'aies dit la vérité. Et, super reconnaissant d'avoir l'avantage sur les autres hommes.

— Je t'ai déjà dit qu'il n'y avait pas d'autre homme.

— C'est agréable de se l'entendre rappeler.

Elle lui tendit ses lèvres mais, au lieu de l'embrasser, il parla à nouveau.

— Ce n'est pas un transfert, Celia.

Elle cilla, surprise qu'il n'ait pas profité du moment.

— Non.

— À moins que ce ne soit un transfert réciproque.

Elle ressentit un agréable fourmillement au creux de son ventre.

— Ça veut dire que tu es en train de tomber amoureux de moi ?

— Il se trouve que je n'aime pas non plus perdre mon temps.

Et alors, il l'embrassa, en un geste possessif qu'elle ne pensait pas avoir attendu, mais dont elle se demandait maintenant comment elle avait pu vivre sans.

Si Remo l'avait pu, il aurait prolongé ce baiser. Mais il savait, en dépit de son affirmation concernant la sécurité du lieu où résidait sa mère, qu'ils devaient se presser.

Il faudrait du temps à Teller et à ses amis de la police – corrompus ou irréprochables – pour les localiser. La petite maison rurale de Wendy serait par ailleurs une cible secondaire, exploitée uniquement après que la maison de ville de Remo aurait été trouvée vide.

Cela ne voulait pas dire pour autant qu'ils avaient beaucoup d'avance sur leurs poursuivants.

Prenant Celia par la main, il l'entraîna à travers les rues résidentielles, et lui expliqua son plan. Puisqu'il avait laissé son propre véhicule sur la scène de l'accident, et que Celia n'avait plus de voiture, il leur restait les transports publics.

Au cas où Teller et ses hommes patrouillaient devant les abords de l'hôpital, il voulait se rendre à un arrêt de bus distant. De là, ils pourraient rejoindre l'échangeur central, et trouver le bus qui les conduirait à cinq cents mètres du chemin d'accès à la propriété de sa mère.

Celia accepta sans renâcler, et ils marchèrent tranquillement. Remo était certain que toute personne qui les croiserait les prendrait pour un couple en balade matinale. Le jour se levait, et le ciel se parait à l'horizon d'une lueur rouge orangée.

Très romantique.

— D'autres souvenirs te reviennent ? demanda-t-il.

— Je me souviens de ma mère, et aussi qu'elle est morte quand j'avais dix-huit ans. Je sais que je n'ai jamais connu mon père. Je me souviens du nom d'un de mes professeurs à l'université, M. Huntley. Et aussi d'une assistante d'enseignement prénommée Isla. Je vois le bâtiment, mais je ne me souviens pas des études que j'ai faites, ni du métier que j'ai exercé après.

— Et si ton emploi avait quelque chose à voir avec le père de Xavier ?

— C'est possible. J'avais vingt et un ans quand Xavier est né. Donc, j'étais probablement encore à la fac.

— Tu as dit qu'il était plus âgé. Ça pourrait être un professeur.

— Je ne sais pas… J'ai envie de répondre que je ne suis pas le genre de personne à avoir une aventure avec un de ses profs, mais peut-être que si.

De sa main libre, elle repoussa une mèche de cheveux derrière son oreille et soupira.

— C'est tellement frustrant.

Un bus venait d'apparaître, et Remo tira Celia par

la main. Ils coururent vers le véhicule en approche et, quelques instants après, ils reprenaient leur souffle sur la banquette du fond.

Songeant à ce que Celia lui avait dit à propos des mains manucurées du père de Xavier, Remo lui prit les doigts entre les siens.

— Pas de vernis, dit-il. Pas même transparent. Tes ongles sont courts. Sans doute parce que c'est plus pratique pour ton activité. Mais tes mains ne sont pas rugueuses comme si tu faisais un travail manuel.

— Mouais. Je ne pense pas que je sois mécanicienne. Je suis nulle en bricolage. Un jour, j'ai provoqué un court-circuit dans mon appartement en faisant tourner le lave-linge. J'ai dû appeler un électricien et un plombier.

Remo fit mine d'observer sa main un peu plus longuement mais, en réalité, il était davantage intéressé par la façon dont ses souvenirs revenaient naturellement pendant qu'elle parlait.

Il se demanda si elle l'avait remarqué, mais décida de ne rien dire, de crainte que cela ne tarisse le flot.

— C'est peut-être toi l'enseignante, suggéra-t-il. Je te verrais bien dans une école maternelle.

Elle rit doucement.

— En fait, avant que je ne découvre que j'étais enceinte, je pensais ne pas vouloir d'enfants. J'ai toujours préféré la compagnie des adultes. Et en particulier des seniors. Je pense que ça a commencé quand j'avais six ans, et que nous vivions à côté d'une maison de retraite. Il y avait une dame de soixante-dix ans, prénommée Lily, et je disais toujours que c'était ma meilleure amie. Je l'invitais même à mes fêtes d'anniversaire. En plaisantant, ma mère disait… Oh ! mon Dieu !

Son regard passa de leurs mains jointes au visage de Remo.

— Elle disait que je devrais me faire payer le temps que je passais avec eux.

— Tu penses que tu travaillais dans une maison de retraite ?

— C'est possible. Quand j'ai voulu m'enfuir de l'hôpital, je savais exactement comment désactiver le système de perfusion automatisé. Ça doit vouloir dire que je travaille dans le domaine médical. Par contre, je ne vois pas le rapport avec le père de Xavier.

— Nous aurons tout le temps d'y réfléchir quand nous serons chez ma mère. Et nous pourrons probablement en découvrir plus sur Teller.

— Tu es très optimiste.

— J'ai toutes les raisons de l'être. Quand je t'ai trouvée, tu n'étais même pas sûre de ton nom. Regarde tous les progrès que tu as faits en quelques heures. Tellement de choses ont changé.

— Oui, approuva-t-elle. C'est vrai.

Puis elle se blottit contre lui et posa la tête sur son épaule tandis qu'un silence complice s'installait entre eux.

14

Ils avaient changé de bus, et celui-ci était un peu plus rempli car on approchait de l'heure où les résidents de Vancouver se rendaient au travail.

Remo avait échangé quelques mots avec le conducteur, pour s'assurer qu'ils étaient sur la bonne ligne. Mais, depuis qu'ils avaient pris possession de leurs sièges, il s'était muré dans le silence.

Celia appréciait ce moment de répit. Ça lui permettait de remonter le fil des événements depuis qu'elle avait ouvert les yeux sur le bord de la route. Cela remontait à quelques heures, mais il lui semblait qu'une éternité s'était écoulée depuis. Et Remo n'aurait pu faire une observation plus juste. Tellement de choses avaient changé

Pour la première fois, elle envisageait une fin à cette perpétuelle fuite en avant, à cette peur incessante qui la poussait à regarder en permanence par-dessus son épaule.

Elle était certaine que c'était un sentiment nouveau. Même si sa mémoire restait bloquée, elle était persuadée qu'elle avait passé les cinq années précédentes à se dire qu'elle devrait se cacher tout le reste de sa vie.

C'est pourquoi elle accueillait avec bonheur l'idée qu'une fin soit vraiment possible. Parce que cela voulait dire qu'il y aurait aussi un nouveau départ.

Tandis que le bus roulait vers leur destination, elle ferma les yeux et se laissa aller à imaginer l'avenir. Elle voyait Xavier assis sur les genoux de Remo tandis qu'il lui lisait un livre. Elle se représentait une agréable fin de journée, bordant son fils, puis choisissant avec le bel homme aux yeux bleus un film à regarder à la télévision, et le laissant avoir le dernier mot parce qu'elle voulait le voir sourire.

En d'autres circonstances, il aurait été ridicule de penser à de telles choses. Elle était une adulte. Et il n'y avait pas de place dans sa vie pour la rêverie. Elle n'avait même jamais envisagé que ce soit un jour le cas.

Lorsqu'elle était étendue dans son lit la nuit, le seul rêve qui l'animait était celui de continuer à avancer au jour le jour et parvenir à s'en sortir. Cela ne voulait pas dire qu'elle était insipide, ou qu'elle n'avait pas envie de plus pour son fils. Mais elle était passée par tant d'épreuves, qu'elle avait les pieds bien ancrés dans la réalité.

Mais à présent…

La main de Remo, posée sur son bras, la fit sursauter.

— Salut, dit-il en la voyant ouvrir les yeux.

— Salut.

— Je me demandais si tu dormais. Nous sommes presque arrivés. Encore deux arrêts.

Elle se redressa et regarda par la vitre. La zone était résidentielle, comme celle autour de l'hôpital, mais les maisons étaient plus espacées. Certains détails indiquaient que des familles vivaient là : balançoires, cabanes, vélos…

Ça la rendait à la fois envieuse de ces vies en apparence faciles qui s'étalaient, et plus impatiente encore de voir son fils.

L'arrêt du bus était situé au beau milieu de nulle part, et ils durent marcher encore quelques minutes le long de la route avant d'atteindre un hameau constitué d'une poignée de maisons.

Remo s'arrêta devant un portail à claire-voie peint en blanc, qui barrait l'accès à une petite maison tout en longueur, aux murs de crépi ocre et aux volets bleus. Flanquant la façade, une galerie couverte accueillait une profusion de plantes en pots, et des carillons à vent pendaient des poutres, accueillant le visiteur de leurs sons cristallins.

Il était facile de voir que le bâtiment était plus qu'une maison. C'était un foyer.

À cette pensée, une douce chaleur envahit le cœur de Celia. Même si elle avait déjà de bonnes raisons d'apprécier Wendy DeLuca, cela en faisait une de plus.

Adressant un sourire à Remo, elle posa la main sur la poignée du portail. Mais elle s'immobilisa aussitôt, sous le choc, quand elle entendit un cri strident quelque part à l'arrière de la maison.

Xavier.

L'impression de bien-être laissa place à la panique. Puis son instinct de protection prit le dessus, et elle repoussa si fort le battant qu'il alla claquer contre le pilier.

Tandis que ses pas battaient le chemin pavé, elle eut vaguement conscience que Remo l'appelait, l'exhortant à l'attendre.

Un second cri lui fit accélérer encore le rythme.

Elle longea le côté de la maison, faisant crisser du gravillon sous ses semelles, l'esprit affolé par de terribles pensées : Xavier entraîné vers une voiture, conduite par l'homme aux cheveux poivre et sel. Ou bien pire.

Mais lorsqu'elle tourna à l'angle de la façade, il n'y avait pas de voiture, pas d'homme, et pas de Xavier. Rien que Wendy, installée sur une chaise longue, avec un livre dans une main et une tasse de thé dans l'autre.

Stupéfaite, elle s'arrêta si brutalement que Remo la percuta dans le dos, et qu'elle faillit perdre l'équilibre.

— Eh bien, que me vaut cette arrivée en trombe ? demanda Wendy.

Celia fut soulagée d'entendre qu'il n'y avait aucune inquiétude dans sa voix. Elle savait que cela signifiait que son fils allait bien. Mais cela ne suffit pas à calmer totalement son anxiété. Son cœur ne retrouverait son rythme normal que lorsqu'elle pourrait serrer bien fort Xavier dans ses bras.

Elle commençait à s'asseoir, quand le corps de son fils apparut au-dessus de la haie, comme suspendu dans l'air.

— Maman ! cria-t-il avec excitation.

Il disparut et réapparut.

— Regarde-moi !

— Le fils du voisin a un trampoline, expliqua Wendy d'un ton amusé.

Celia se laissa tomber sur la chaise de jardin, ne sachant pas si elle devait rire ou pleurer.

Était-elle perturbée au point de ne plus être capable de différencier un cri de joie d'un cri de peur ?

— Maman ! cria à nouveau Xavier.

— Je te vois, mon chéri, cria-t-elle à son tour en le regardant disparaître une nouvelle fois.

— Maman, est-ce qu'il y a du café à l'intérieur ? demanda Remo.

— Une cafetière pleine.

Soudain, Celia avait désespérément envie de café.

Elle rêvait de sentir la chaleur de la tasse entre ses mains, l'odeur aromatique infiltrant ses narines.

Dix minutes à ne penser à rien. Juste le temps d'oublier le rythme frénétique des douze dernières heures.

Douze heures. Cela semblait si long et si court à la fois.

— Nous avons le temps ? demanda-t-elle sans parvenir à masquer l'espoir dans son intonation.

— Nous le prendrons. Viens, je sais où maman cache sa bombe de crème chantilly aromatisée à la vanille. J'adore en mettre sur mon café.

— Mais…

— Elle nous préviendra si elle voit quoi que ce soit d'inquiétant.

Celia lança un dernier regard vers la haie, derrière laquelle elle entendait rire son fils, et suivit Remo dans la maison.

Remo avait compris que Celia avait besoin de quelques minutes pour décompresser. Il lui servit donc son café, déposa un baiser sur sa joue, et s'absenta pour aller chercher l'ordinateur portable de sa mère dans le salon.

Quand il revint, elle était penchée au-dessus de sa tasse, les yeux clos, et des larmes silencieuses coulaient sur ses joues.

— Tu veux en parler ? demanda-t-il gentiment.

Elle répondit sans relever la tête.

— Je suis jalouse de cette vie.

— Comment cela ?

— La maison confortable. Un copain pour Xavier dans le jardin d'à côté. Nous vivons dans un joli appartement. Deux chambres. Un adorable coin lecture aménagé dans le renfoncement du bow-window. Mais je ne l'envoie pas aux fêtes d'anniversaire ou aux soirées pyjama. Je ne donne pas mon numéro aux autres mères. D'ailleurs, j'ai un téléphone à carte prépayée.

Le cœur de Remo se serra, et il se pencha pour la prendre dans ses bras.

— Tu sais que ce n'est pas ta faute.

— Je sais. Je fais seulement en sorte qu'il ne lui arrive rien. Mais la vie que nous avons n'est pas celle dont je rêve pour nous. Quand je l'ai entendu crier… Seigneur, je ne peux même pas te décrire ma terreur. Et maintenant, je me demande quel genre de mère suppose que son enfant est en danger, alors qu'il s'amuse.

Remo prit le menton de Celia entre son pouce et son index pour l'obliger à le regarder.

— Le genre qui affronterait le danger pour le sauver. Tu redoutais le pire, et pourtant tu t'es précipitée.

Elle soupira.

— Je peux t'avouer quelque chose ?

— Je t'écoute.

— J'ai à moitié envie de prendre Xavier et de m'enfuir avec lui tout de suite.

— Et après ? Tu te cacheras encore ? Tu vas continuer à vivre comme ça pendant les vingt prochaines années ?

— Je n'ai même pas envie de vivre comme ça pendant les vingt prochaines minutes.

— Dans ce cas, cherchons des réponses et une solution permanente.

Il n'évoqua pas ses autres pensées. Et moi ? Et la perspective qu'il y ait un « nous » ? À la place, il tourna l'ordinateur pour qu'elle puisse voir l'écran.

Rapidement, il saisit le nom du policier corrompu dans le moteur de recherche, et fut ravi de voir sa demande aussitôt récompensée. Une dizaine d'articles apparurent, accompagnés de photos confirmant que c'était bien leur homme.

— Ça te dit quelque chose ? demanda-t-il.

Elle secoua la tête.

— Aucun de ces articles ne m'est familier. Peut-être une recherche d'images ?

Il changea le mode de recherche, et le visage de l'homme emplit l'écran en une quinzaine de poses.

— On dirait qu'il aime se faire photographier, dit-il en déroulant la page.

— En restant dans la lumière, il évite qu'on s'intéresse de trop près à lui.

— Mais, toujours rien ?

— Non. Malheureusement.

Remo soupira et commença à rabattre le capot de l'ordinateur. Mais Celia lui saisit le bras, interrompant son geste.

— Attends, dit-elle d'une voix tremblante.

Et elle pointa l'écran.

— C'est quoi ?

— La nouvelle application d'information en continu de maman. Pourquoi ?

— Tu peux l'agrandir ?

— Bien sûr.

Il cliqua sur le petit carré, et le reportage en direct leur apparut. Même si le son était coupé, la bannière qui défilait en bas précisait le sujet : l'alerte à la bombe à l'hôpital. Un conseiller municipal – qui commençait à être connu, en raison de sa candidature à la fonction de maire – donnait une interview devant la foule.

— C'est lui, dit Celia.

— Qui ?

— Le père de Xavier.

— Mais, de qui tu parles ?

— Comment ça, de qui je parle ? De cet homme-là.

Elle toucha l'écran, juste sur la tête du conseiller.

— C'est Neil Price.

— Son nom devrait me dire quelque chose ?

— Il a annoncé sa candidature comme maire, il y a deux semaines environ.

— Je suis certaine que c'est le père de Xavier.

Remo doutait encore.

— Tu ne crois pas plutôt que tu l'auras vu à la télévision, et que ça se sera mêlé à tes souvenirs ?

— Je ne me rappelle pas la relation, Remo, mais je me souviens de certaines choses. Il a une cicatrice à l'intérieur de son coude gauche. Elle est en forme de diamant. Quand sa barbe commence à pousser, elle est très brune, mais il y a une zone complètement blanche sous son menton.

Remo la dévisagea. Sa conviction était indéniable. Les détails étaient intimes et crédibles.

Mais ça n'avait pas de sens.

Il ne se rendit pas compte qu'il avait parlé à voix haute, avant que Celia ne rétorque :

— Et pourquoi pas ?

— Je ne doute pas de toi, s'empressa-t-il d'expliquer. Mais, Neil Price, c'est Monsieur Propre. Intraitable sur la criminalité, en étroite collaboration avec la police locale…

Une idée lui traversa l'esprit, et il lança une nouvelle recherche, associant les noms de Teller et Price.

Cette fois, il n'y avait qu'un seul article, annonçant le début d'une nouvelle ère, l'éradication de la délinquance, et autres promesses. Une photo en noir et blanc montrait les deux hommes en train de se serrer la main.

Avant que Remo ait pu lire tout l'article, Celia s'exclama :

— Il est marié. Et il dit que la famille est un de ses principaux thèmes de campagne.

Détachant les yeux de l'écran, Remo les tourna vers elle et hocha la tête.

— Oui, c'est vrai.

Elle soutint son regard.

— Quoi d'autre ?

Il chercha son souffle et décida qu'il valait mieux dire la vérité.

— Sa femme attend un enfant.

Le visage de Celia devint livide.

— Depuis quand ?

La question s'accompagnait d'une émotion qu'il ne parvenait pas à identifier.

— Quoi donc ?

Elle avala sa salive.

— Depuis quand est-il marié ? Est-ce que nous… ?

Il comprit enfin ce qu'elle voulait dire.

— Non, vous n'aviez pas de liaison. Il est marié depuis deux ans, et il s'agit de sa première femme.

Celia soupira.

— Je sais que je l'ai déjà dit des dizaines de fois, mais c'est vraiment frustrant.

— Et je sais que je l'ai déjà dit des dizaines de fois moi aussi, mais tu es une bonne mère. Forte comme un roc. Et je suis prêt à le répéter autant de fois qu'il le faudra.

— Tu risques de te lasser.

— Je suis un homme patient.

— Ah bon ?

— Oui.

Il se penchait pour l'embrasser, quand un discret toussotement le fit sursauter.

— Remo, dit sa mère. Je crois que nous avons un petit souci.

15

— Xavier va bien, précisa aussitôt Wendy en voyant l'air catastrophé de Celia. J'ai demandé à la mère de Dennis de le faire rentrer pour lui donner un jus de fruit.

— Tu aurais pu commencer par ça, maman, protesta Remo. Quel est le problème ?

Elle haussa les épaules, puis se lança dans une rapide explication.

— Une voiture noire s'est arrêtée le long de la barrière, à l'arrière de la maison. Je n'étais pas trop inquiète, jusqu'à ce que j'en voie une deuxième, presque identique, s'arrêter aussi, et les deux conducteurs en sortir.

— Ils ont vu Xavier ? demanda Remo.

Wendy secoua la tête.

— Ce n'était pas le bon angle pour avoir vue sur le jardin du voisin. Je ne pense pas qu'ils m'aient aperçue non plus.

— Et où sont ces deux types, maintenant ?

— La deuxième voiture est repartie, mais la première est toujours là.

— Nous devons aller chercher Xavier, s'exclama Celia.

Remo posa une main sur son bras pour la calmer.

— Attends.

Sans lui laisser le temps de protester, il sortit de la cuisine en petites foulées.

— Tout va bien se passer, ma petite fille. Pour lui et pour Xavier.

La voix de Wendy fit sursauter Celia. Pendant quelques secondes, elle avait complètement oublié sa présence.

— Je suis tellement désolée de vous avoir entraînée dans cette histoire.

— Vous n'avez rien fait. Je me suis portée volontaire.

— Quoi ?

— Quand mon fils m'a amené le vôtre à la cafétéria, j'ai su tout de suite que nous allions devoir vous aider. Alors, je me suis proposée. Personne ne devrait vivre ce que vous vivez.

Wendy marqua une petite pause et hocha la tête.

— Je vois à votre expression que Remo vous a parlé de notre histoire.

— Oui.

Wendy l'observa quelques instants.

— Mon fils est un excellent secouriste, et l'homme le plus gentil que je connaisse. Il a un peu le complexe du héros, mais je suis fière de lui…

Le retour de Remo les interrompit.

— J'ai vérifié devant. Il y a une voiture garée de l'autre côté de la route. Je pense qu'ils essaient de nous prendre en étau.

Wendy réagit aussitôt.

— Il y a un passage dans la haie qui sépare la maison de celle du voisin, juste derrière la cabane à outils. Son jardin est séparé du jardin suivant par un petit portillon qui n'est jamais verrouillé. Idem pour celui d'après. De là, vous pourrez rejoindre une ruelle qui vous mènera à un autre hameau. J'envoie un texto à la mère de Dennis pour la prévenir que vous allez venir chercher Xavier.

Celia remarqua que Wendy ne s'était pas incluse, et cela n'échappa pas non plus à Remo.

— Tu viens avec nous, maman.

— Ma voiture est devant la maison, et mes voisins savent que je suis chez moi. Ça attirera moins les soupçons si j'ouvre la porte et joue les idiotes.

Remo voulut protester, mais Wendy fut rapide à reprendre la parole.

— Le temps presse. Et, ne t'inquiète pas pour moi. J'ai ma bombe lacrymogène.

Remo marmonna entre ses dents quelque chose sur l'entêtement, puis il déposa un rapide baiser sur la joue de sa mère.

— Nous allons revenir, promit-il.

Puis il prit Celia par la main, et ils se faufilèrent dans le jardin, zigzaguant entre les bosquets pour rejoindre l'arrière du cabanon.

— Je vais y aller seul, dit Remo. C'est préférable. Dès que je serai sûr qu'il n'y a aucun danger, je reviendrai te chercher.

Le cœur battant à tout rompre, Celia hocha la tête. Malgré sa peur, elle s'obligea à lui lâcher la main, et se mit à compter lentement les secondes. Depuis l'avant de la maison, elle pouvait entendre Wendy parler à un homme, et elle redoutait que celui-ci ne puisse apercevoir Remo, malgré la végétation qui les dissimulait.

Le temps filait, et Remo n'était toujours pas de retour. Rongée par l'inquiétude, elle était sur le point de libérer les larmes qu'elle contenait avec de plus en plus de mal, quand les branches des thuyas de la haie frémirent et s'écartèrent, livrant le passage à Remo.

Et il n'était pas seul.

Xavier était collé à sa hanche, et n'en menait pas large, à voir comment sa lèvre inférieure tremblait.

Bouleversée, elle se pencha et le souleva dans ses bras.

— Je suis désolée mon poussin, murmura-t-elle.

Il s'agrippait à elle de toutes ses forces, et elle aurait voulu avoir une baguette magique pour les transporter ailleurs. Mais elle dut se contenter d'interroger Remo des yeux, pour savoir ce qu'ils devaient faire à présent.

— Nous avons un petit problème, dit-il. Les deux hommes que ma mère a vus sont des leurres.

— C'est-à-dire ?

— Il y a un troisième homme dans la rue, devant chez les voisins. Il essaie de passer inaperçu, mais je l'ai repéré. Il y en a peut-être un quatrième dans le chemin derrière. Je pense que les deux premiers se sont montrés délibérément pour nous tromper.

— Que pouvons-nous faire ?

— On ne change pas de plan. La seule issue possible, c'est de passer par les jardins des voisins, en comptant sur la végétation pour nous dissimuler.

Sur ces mots, il écarta à nouveau les branches, et Celia s'engouffra dans le passage sans hésiter. Parce que, comme l'avait dit Remo, il n'y avait pas d'autre choix.

Remo ne pouvait reprocher à Celia d'avoir peur. Il avait eu beaucoup de chance de repérer l'homme devant la maison des voisins. À quelques secondes près, il ne l'aurait pas remarqué, alors qu'il se glissait derrière le tronc d'un gros chêne.

En tout cas, il avait eu le temps de noter deux choses : le renflement d'un pistolet sous sa veste, et une certaine autorité dans sa posture, en dépit du fait qu'il cherchait à se cacher. C'était un flic. Remo en était sûr. Sans aucun doute un homme de Teller.

Quoi qu'il en soit, il devait mettre Celia et Xavier à l'abri. Il déciderait ensuite comment aider sa mère.

Chaque chose en son temps. Si quelqu'un pouvait affronter la situation, c'était bien Wendy. Sa mère avait une force de caractère incroyable et ne s'en laissait pas conter. Et ce n'étaient pas deux flics corrompus qui parviendraient à la manipuler. Il aurait peut-être pu en rire si des vies n'avaient pas été dans la balance.

Inquiet, il posa la main dans le creux du dos de Celia, l'incitant à avancer plus vite. La palissade qui séparait le jardin du chemin était faite à claire-voie, n'offrant pas toute la discrétion qu'ils auraient pu souhaiter. Et, comme elle n'était pas très haute, il était obligé de se courber pour éviter de se faire repérer.

Contournant le trampoline, ils atteignirent le bout du jardin, et Remo ouvrit prudemment le portillon donnant sur la maison voisine.

Remarquant tout à coup que Celia respirait fort, il se maudit de ne pas avoir proposé plus tôt de porter Xavier.

Il lui tapa sur l'épaule et, quand elle se retourna, tendit les bras pour prendre l'enfant. Ce faisant, il remarqua un mouvement entre les lattes de la palissade.

Posant un doigt sur ses lèvres pour indiquer à Celia de garder le silence, il se pencha pour mieux voir.

Pourvu que ce soit un chat, songea-t-il.

À la place, il découvrit un autre homme. Celui-ci était en costume. Il était accoté contre un garage, de l'autre côté du chemin, une jambe repliée contre la façade. Bien qu'il eût un téléphone rivé à l'oreille, son regard balayait les abords du jardin de sa mère.

Bon sang.

Un craquement, un caillou déplacé, le moindre bruit, et l'attention de l'homme se porterait de leur côté.

Espérant un coup de chance, et creusant son esprit pour trouver une issue de secours, Remo regarda autour de lui.

Il n'eut pas le temps de formuler le moindre début d'idée. Celia fut plus rapide.

Tenant fermement Xavier contre elle, elle se pencha et ramassa une grosse pierre, puis elle se redressa et la lança de toutes ses forces dans le jardin de Wendy.

Un tir parfaitement ajusté. Et qui eut l'effet désiré. Le flic ne tourna pas seulement la tête de ce côté-là. Il abandonna son poste de surveillance, et partit en petites foulées dans cette direction.

Si Remo avait pensé qu'ils avaient une seconde à perdre, il aurait serré Celia dans ses bras pour la remercier. En l'occurrence, il avait juste le temps de la soulager du poids de son fils.

Il tendit les bras vers l'enfant, qui sembla ravi de se retrouver avec lui. Puis il entrebâilla le portillon juste ce qu'il fallait pour leur laisser un passage, et prit soin de le refermer silencieusement derrière eux.

Et ils furent à nouveau en mouvement, plus vite cette fois, mais tout en étant le plus silencieux possible.

Lorsqu'ils atteignirent le bout du jardin suivant, situé à l'angle du carrefour, Remo comprit qu'ils étaient face à un nouveau défi. Contrairement aux précédents, ce terrain-là n'avait pas de portillon latéral, juste un accès au chemin de derrière, là où se trouvaient leurs poursuivants.

Grinçant des dents, il rendit Xavier à Celia.

Il longea la clôture, et dut se rendre à l'évidence : c'était sans issue.

Il revint vers Celia en secouant la tête.

— Il va falloir sortir par là, dit-il en désignant le chemin.

Celia se mordilla la lèvre inférieure, mais acquiesça.

Remo lui pressa le bras, d'un geste rassurant, et avança jusqu'au portillon, qu'il ouvrit tout doucement.

Il n'y avait rien sur la droite. Mais sur la gauche, devant la maison de sa mère, l'homme que Celia avait si astucieusement distrait avait une discussion agitée avec son complice.

Remo rejeta la tête en arrière, et murmura :

— Ils sont toujours là. Nous pouvons attendre, et voir comment ça tournera, ou nous faufiler dehors et courir.

Celia croisa son regard, et il espéra qu'elle choisirait la première solution.

— On compte jusqu'à trois ? suggéra-t-elle.

Il ne put masquer sa surprise.

— Vraiment ?

Elle répondit d'une voix brève et assurée.

— Je sais que c'est risqué. Mais ce n'est pas totalement sûr non plus de rester ici. Quelqu'un finira par nous remarquer et signaler notre position. Ou il appellera la police et donnera à Teller une raison légitime de nous pourchasser. En plus, de cette façon, ces types ne sauront pas que nous sommes au courant de leur présence.

— Si tu es sûre…

— Je suis sûre.

Il posa une main dans le dos de Xavier.

— Tu veux courir avec moi, champion ?

L'enfant se tourna, tendit les bras, et Remo le prit contre lui, le calant contre sa hanche.

Puis il prit la main de Celia.

— Un, murmura-t-il.

— Deux, dit Celia.

— Trois, conclut Xavier de sa petite voix.

16

Même si la décision de courir était la sienne, Celia ne pouvait s'empêcher d'imaginer les pires scénarios.

Se faire prendre.

Se faire tuer.

Perdre Xavier.

Perdre l'esprit.

Elle ne voulait pas prendre de risque concernant son fils. Surtout pas. Et le problème, c'était que cette solution les rendait plus vulnérables. Ils ne seraient pas exposés très longtemps ; quelques secondes tout au plus. Mais ce serait suffisant pour que les deux hommes se laissent distraire de leur conversation et se tournent de leur côté.

Son cœur battait à tout rompre, et ces quelques secondes se transformèrent en éternité tandis que dans sa tête tournaient en boucle les idées les plus pessimistes.

Pris.

Tués.

Xavier…

Mais ils y arrivèrent. Ou, en tout cas, ce fut ce qu'elle en conclut. Car il n'y eut pas de cris pour les interpeller, pas de lourds bruits de pas derrière eux.

Ils tournèrent à l'angle du carrefour et continuèrent leur course éperdue.

Plus tard, elle ne pourrait dire combien de temps ils

avaient couru, mais c'était probablement moins long que l'idée qu'elle s'en faisait sur le moment.

Elle ne savait pas non plus s'ils attiraient l'attention sur leur passage, ni s'ils avaient une destination précise.

Elle se contentait de faire fonctionner ses jambes.

Remo lui avait lâché la main pour qu'ils puissent avancer plus vite, mais ses muscles commençaient à se tétaniser, et elle était reconnaissante à ce dernier d'avoir pris Xavier dans ses bras.

Les maisons défilaient. Le nom des rues disparaissait dans un brouillard. Ils coururent peut-être sur cinq cents mètres, peut-être huit cents…

Finalement, alors qu'elle pensait ne pas pouvoir faire un pas de plus, Remo ralentit et s'arrêta.

Celia se pencha, les mains sur les genoux, cherchant son souffle.

— Maman, ça va ? demanda Xavier d'une voix inquiète.

Elle releva la tête pour le rassurer, mais les mots lui manquèrent quand elle vit son fils main dans la main avec Remo.

Elle les avait déjà vus ensemble, mais là c'était différent. Ils étaient… unis. C'était le seul mot qui lui venait à l'esprit pour les décrire. Ils affichaient la même expression préoccupée. Et elle en était l'objet. Ça lui donnait envie de pleurer et de rire en même temps.

— Arrêtez de me regarder comme ça, tous les deux, dit-elle d'une voix encore essoufflée.

— Je me rends bien compte que je ne suis pas douée pour la course.

Remo gloussa.

— C'est peut-être parce que tu as des petites jambes.

Elle afficha une mine outrée.

— Je ne suis pas petite. C'est toi qui es grand.

Son fils lâcha la main de Remo et s'avança, observant ses jambes avec sérieux.

— Je ne sais pas, maman… Tes jambes ont l'air petites, quand même.

— Formidable !

Elle se redressa et ébouriffa les cheveux de Xavier.

— Vous êtes tous les deux contre moi ?

— Je ne sais pas pour ce petit gars, dit Remo en adressant un clin d'œil à Xavier. Mais je suis dans l'équipe Celia.

— Moi aussi, je suis dans l'équipe Celia ! s'écria Xavier.

Puis il fit aussi un clin d'œil, et Celia serra les lèvres pour ne pas rire.

— Même si j'ai des petites jambes ?

— Oui ! s'exclama Xavier en gloussant.

Ce son joyeux était totalement à l'opposé des événements, et le cœur de Celia se gonfla d'amour. Elle passa à nouveau la main dans les cheveux de son fils. Puis elle l'attira contre elle, et leva les yeux vers Remo.

Elle espérait qu'il pouvait y lire sa gratitude. Qu'il ressente ce que cela signifiait pour elle que Xavier puisse encore rire, même en étant confronté à de telles épreuves.

Le colosse esquissa un sourire et lui fit un nouveau clin d'œil. Mais, celui-ci n'était pas jovial ou conspirateur. Il était juste pour elle. Pour lui exprimer qu'il comprenait, et qu'il s'efforçait de plaisanter pour le bien de Xavier.

Celia se sentit envahie par une douce chaleur. Soudain, elle était sûre qu'il n'existait rien de plus sexy qu'un homme capable de faire passer le bien-être d'un enfant avant toute chose.

Si elle avait eu des doutes avant, ils avaient disparu.

Elle voulait vraiment que cet homme bon, attentionné et héroïque fasse partie de sa vie.

Même dans la position où ils se trouvaient – à un mètre de distance, sans se toucher, juste à se regarder – la température était montée de quelques crans. Et le plus ironique était que, si l'enfant en question n'avait pas été là, elle aurait probablement attiré Remo quelque part à l'abri pour lui montrer l'effet qu'il produisait sur elle.

Alors, comme pour lui rappeler fort à-propos qu'il était là, Xavier parla :

— On va où, maintenant ?

— Je ne sais pas. Peut-être que le capitaine de l'équipe Celia a une idée ?

Remo dirigea son sourire vers Xavier.

— Est-ce que tu aimes le bus ?

— Le jaune de l'école, ou l'autre ?

— L'autre.

— Ça va.

— Bon. Et que penses-tu de l'hôtel ? Et ne me demande pas si je parle des hôtels jaunes.

Xavier leva les yeux au ciel.

— Ça n'existe pas, les hôtels jaunes.

— Tu es sûr ?

— Oui. Mais j'aime bien les hôtels pas jaunes. On y est déjà allés avec maman, parce qu'il y a eu des cafards dans la maison, et un monsieur a mis un produit qui sentait très mauvais.

— Je comprends. Les hôtels sont mieux que les maisons qui sentent mauvais. Et que dirais-tu de prendre un bus qui nous conduirait jusqu'à un hôtel ?

Celia vit son fils esquisser un petit sautillement, puis hausser les épaules, d'un air désinvolte.

— Ça a l'air bien.

Une fois de plus, elle eut envie de rire. Elle savait

que c'était plus que bien pour Xavier. Après leur mésaventure avec les cafards, elle l'avait entendu dire à un camarade de classe que les trois jours qu'ils avaient passés à l'hôtel étaient les plus beaux de sa vie. Il lui avait même demandé s'ils seraient assez riches un jour pour vivre tout le temps à l'hôtel.

Elle adressa un sourire complice à Remo.

— Moi, je trouve que prendre le bus pour aller à l'hôtel, c'est trop rigolo. Mais ce n'est que mon avis personnel.

Le colosse lui sourit en retour.

— Eh bien, c'est décidé. L'équipe Celia est partie ! Je vais juste appeler un ami, puis nous trouverons un bus, et en route pour l'aventure.

Tandis que Remo sortait son téléphone de sa poche, une inquiétude saisit Celia.

— Ton téléphone ne risque pas d'être tracé ?

— J'ai désactivé la géolocalisation.

— La police n'a pas d'autres moyens ?

— Évidemment. Mais nous parlons de flics qui utilisent des méthodes un peu spéciales. Je ne les vois pas faire une demande officielle de bornage. Et quand bien même, ça prendrait du temps.

— Oui, mais il vaut mieux rester prudents.

— Je passe juste un appel, puis j'achèterai un modèle à carte prépayée dans la première boutique de téléphonie que nous trouverons. Cela ne me prendra que quelques secondes, d'accord ?

— D'accord.

Celia soupira et s'adressa à son fils.

— Tu tiens le coup, mon grand ?

Il hocha la tête, d'un air empli de gravité.

— Ça va, maman.

— Mais ?

— Je m'amusais bien sur le trampoline. Et la maman de Dennis allait nous donner du jus de fruit.

Celia sentit sa gorge la brûler. Leurs vies étaient en danger, et cette course-poursuite devait effrayer son fils. Et pourtant, tout ce dont il se plaignait, c'était de ne pas avoir pu continuer à jouer.

Et ses paroles suivantes l'émurent plus encore.

— Quand nous aurons fini de fuir, est-ce que je pourrai avoir un trampoline aussi ? Je pense qu'il y a la place dans le petit parc à côté de l'appartement.

Celia déglutit avec peine.

— Tu veux dire, sur la pelouse, entre les balançoires et le bac à sable ?

— Oui !

Son enthousiasme lui brisait le cœur.

— Comme ça, tout le monde pourrait l'utiliser. Même Mme Lutz.

Cette fois, elle ne put contenir son rire. Michelle Lutz était une dame de quatre-vingts ans, qui vivait au rez-de-chaussée de leur immeuble.

— C'est très généreux à toi, dit-elle.

Xavier la regarda d'un air suspicieux.

— Tu te moques de moi ? Parce que je voulais dire quand la hanche de Mme Lutz sera guérie, bien sûr.

Celia redevint sérieuse.

— Est-ce que je me suis déjà moquée de toi, mon petit amour ?

Il réfléchit avec beaucoup de sérieux avant de répondre.

— Non.

— Alors, tu vois.

— Mais, tu ne veux pas de trampoline ?

Celia opta pour la vérité, comme elle le faisait à chaque fois que c'était possible.

— J'aimerais beaucoup que tu en aies un, avec un

filet de sécurité, et aussi quelques coussins. Mais je ne crois pas que ce soit possible de l'installer dans un lieu public. Il faudrait que nous ayons notre propre jardin.

— Oh…

— Mais tu sais que tu es mon petit garçon préféré, n'est-ce pas ? Et si ça ne dépendait que de moi, Mme Lutz et moi ferions des bonds sur le trampoline tous les jours.

— Oui.

— De plus en plus haut.

Elle se pencha, déposa un baiser sur le sommet de sa tête, et l'attira contre elle.

— Plus haut, plus haut, plus haut…

— Maman !

Il se tortilla pour se libérer, juste au moment où Remo les rejoignait.

— J'ai manqué quelque chose ? demanda-t-il.

— Non, répondit Xavier. On peut y aller.

Il avait parlé si vite, et d'un ton si décidé, que Celia laissa échapper un gloussement.

Remo haussa un sourcil, remarquant aussi l'embarras de Xavier, mais il réussit mieux à garder son sérieux.

— Ravi de l'apprendre. Mon autre meilleur ami a réservé une chambre pour nous. Sous son nom, pour plus de sécurité. J'ai regardé l'itinéraire sur mon téléphone. L'arrêt de bus est à moins de cinq cents mètres. Et, si ça ne dérange personne… je meurs de faim, et j'aimerais bien qu'on se dépêche d'aller manger.

— Moi aussi ! dit Xavier. On pourra avoir une pizza ?

— C'est maman qui décide, répondit Remo. Mais moi, j'adore celle aux quatre fromages.

— Nous aussi ! Hein, maman ?

— Exact.

Xavier fit quelques pas en sautillant d'excitation, puis il redevint sérieux.

— Remo ?

— Oui, mon grand ?

— Est-ce que tu as une maison ?

— Oui.

— Grande ou petite ?

Celia se rembrunit, mais Remo répondit avant qu'elle ait pu rappeler à son fils les règles de la politesse.

— Elle est assez grande, à mon avis. Il y a deux étages, trois chambres et trois salles de bains, et un salon pas trop mal…

— Et le jardin ?

Celia retint un grommellement en réalisant où Xavier voulait en venir.

— Le jardin ? répéta Remo. Eh bien, il y a un coin où je fais pousser des tomates. Et j'ai l'intention d'ajouter une petite tonnelle pour s'asseoir à l'ombre. Donc, je dirais qu'il est assez grand aussi.

— Est-ce qu'il y a la place pour un trampoline ?

— Je pense que oui.

— C'est bien.

Dès qu'il eut dit cela, Xavier prit la main de sa mère, puis celle de Remo.

Et c'était étrange. Parce que, en dépit de ce qu'ils avaient vécu aujourd'hui, Celia ne s'était jamais sentie aussi heureuse qu'à cet instant.

À part les commentaires de Xavier lorsque quelque chose d'insolite attirait son attention à travers la vitre – une maison avec une rampe d'accès à la place des marches du perron, un jardin avec une dizaine de chats, le pont qui les fit passer de l'autre côté de la Fraser River, et des dizaines d'autres choses – le trajet fut calme.

Remo n'aurait pas dit non à une conversation entre adultes. Il avait omis un détail en parlant à Celia et à son fils du plan qu'il avait concocté. En plus d'appeler son ami, il avait essayé d'appeler sa mère. C'était un peu risqué, mais il avait pris soin de masquer son numéro. Le téléphone de Wendy n'avait sonné qu'une fois et avait basculé sur la messagerie.

Sa première réaction avait été de paniquer. Les flics corrompus tenaient sa mère, ils avaient mis la main sur son téléphone et délibérément court-circuité son appel. Puis il avait compris que, si c'était le cas, ils auraient répondu. Ou ils auraient fait répondre Wendy. Il en avait conclu que sa mère avait rejeté l'appel elle-même, pour qu'ils n'entendent pas sonner le téléphone.

Et s'ils l'avaient entendu ?

Il se mit à tambouriner du bout des doigts sur ses cuisses.

Il avait envie de rappeler, mais il savait que ce n'était pas prudent. S'ils n'avaient pas entendu le téléphone, il ne voulait pas prendre ce risque. Et s'ils avaient déjà saisi l'appareil, il ne voulait par leur donner une opportunité de proférer des menaces, ou de se servir de Wendy comme monnaie d'échange.

Alors, il prenait sur lui. Mais il savait qu'il ne tiendrait pas longtemps. Il avait besoin d'être rassuré sur le sort de sa mère. Dès qu'il serait à l'hôtel, il rappellerait. Si nécessaire, il se ferait passer pour quelqu'un d'autre.

Sans vraiment en avoir conscience, avant que ses ongles ne s'enfoncent dans sa paume, il serra le poing. Il n'était pas un homme violent, mais ça le rendait fou qu'on puisse s'en prendre aux personnes à qui il tenait.

S'il l'avait pu, il aurait sauté du bus aux abords de l'hôtel de ville, débusqué Neil Price, et réglé son compte à ce salaud.

— Hé, il y a un château ! s'écria Xavier. Maman, Remo, regardez !

Remo se pencha vers la vitre, en sachant déjà ce qu'il allait voir.

— Je vois, mon grand.

Il était impossible de manquer les quatre tourelles en forme de clocher qui encadraient l'édifice et s'élevaient vers le ciel. Sur le fronton, un drapeau canadien battait au vent, et un grand panneau accueillait les clients au *Ye Old Medieval Inn.* On ne pouvait nier qu'il paraissait anachronique. C'était une monstruosité qui bloquait l'horizon. Et ce serait encore plus étrange de près, car il était pris en sandwich entre une station-service et une petite maison appartenant à un homme qui refusait de vendre, et de voir son jardin transformé en centre commercial.

Celia grimaça.

— Un château.

— Un hôtel, corrigea Remo en haussant les épaules.

— Et je suppose qu'il n'y avait pas d'autre option.

— C'est le seul avec des armures dans le hall, un bar qui sert de la bière sans alcool dans des calices, son propre restaurant, et la télévision par satellite gratuite.

— Bien sûr. Ils savent que le terme « médiéval » rend l'emploi du mot « vieux » quelque peu redondant ?

Il rit, et regarda Xavier écarquiller les yeux tandis que le bus ralentissait.

— C'est notre hôtel ? demanda-t-il.

Remo leva le bras au-dessus de la tête de Celia pour presser le bouton d'arrêt.

— Peut-être.

Xavier bondit de son siège et jeta ses petits bras autour du cou de Remo.

— Oh ! bien sûr ! fit mine de se scandaliser Celia. Lui, il a le droit de te prendre dans ses bras.

— C'est un château, maman !

— Et il est génial, ajouta Remo. Tu vas voir.

Celia leva les yeux au ciel. Mais, après un détour par la station-service, pour acheter un téléphone jetable – que Remo paya en espèces, par simple mesure de précaution – elle ne se montra pas insensible non plus à la splendeur de l'hôtel.

— Tu n'es vraiment jamais venue ici ? demanda Remo tandis qu'elle pivotait sur elle-même pour admirer le hall.

— Je ne savais même pas qu'il existait. À moins que ma mémoire ait bloqué ça aussi.

— Impossible. C'est inoubliable.

Elle rit et glissa la main dans la sienne.

Remo ne put s'empêcher de jeter un coup d'œil vers Xavier, qui courait devant eux, s'arrêtant devant chaque élément du décor, puis reprenant sa course.

— Ça ne le dérange pas, tu crois ?

— Quoi ?

— Que sa mère tienne la main d'un inconnu.

— Tu l'as amené dans un château. Je pense que c'est moi qui vais tenir le rôle de l'inconnue, maintenant.

— Je suis sérieux.

— Je sais.

Elle soupira.

— Simplement, je ne sais pas quoi te répondre. Je ne fréquente pas d'hommes, donc je ne peux pas comparer. Mais, si j'avais eu l'intention de faire entrer quelqu'un dans la vie de Xavier, j'aurais attendu d'être sûre qu'il ait le potentiel pour que ce soit sérieux. Ensuite, j'aurais fait les présentations dans un lieu neutre, peut-être un parc. Puis, je l'aurais invité à dîner à la maison, et j'aurais laissé Xavier s'habituer tout doucement à sa présence.

Elle haussa les épaules, avec un petit rire embarrassé.

— S'il existait un manuel de la mère célibataire

– d'ailleurs, il en existe peut-être un – je pense que ce seraient les conseils à appliquer. Mais, comme tu n'entres dans aucune catégorie, je ne sais pas quoi dire.

— Désolé de te contredire.

— Pardon ?

— Je rentre dans une catégorie.

Elle le dévisagea, interloquée.

— Laquelle ?

— J'ai définitivement le potentiel pour que ce soit sérieux.

17

Celia installa Xavier sur le canapé, devant un dessin animé, et lui donna un des paquets de biscuits figurant dans la corbeille de bienvenue.

Remo en profita pour se faire un café et se glisser dans l'autre chambre de la suite, pour essayer de joindre sa mère.

Il sortit son nouveau téléphone de l'emballage, installa la carte et l'alluma. Puis il composa le numéro. Cette fois, l'appel ne bascula pas sur la messagerie, mais la voix de sa mère n'avait pas son enthousiasme habituel.

— Wendy DeLuca à l'appareil, dit-elle d'un ton sec.

Remo fut si soulagé qu'il éprouva le besoin de s'asseoir. Il n'avait pas réalisé à quel point il était inquiet avant cet instant.

— C'est moi, dit-il.

— Oh ! ça alors ! Scotty Armitage. C'est bien toi ?

Scotty Armitage était son meilleur ami au lycée, et il était parti étudier à Toronto, où il s'était installé définitivement depuis.

Surpris, parce qu'il savait que sa mère avait reconnu sa voix, il répondit d'un ton prudent.

— Oui, c'est moi.

— Je ne m'attendais pas à ce que tu m'appelles, reprit Wendy. Mais je suppose que tu as regardé les informations, comme tout le monde.

— Plus ou moins.

— Eh bien, sache que ce qu'on dit est vrai. La police recherche Remo.

— Ah bon.

— Eh oui. Si jamais il t'appelle, dis-lui de prendre la bonne décision.

— Ce sera fait.

— Merci, Scotty. Malheureusement, je ne peux pas en dire plus sur le sujet.

— Je comprends.

— On se rappelle plus tard.

La communication fut coupée, et Remo resta quelques secondes à regarder son téléphone.

À l'évidence, quelqu'un écoutait la conversation. Sans doute les hommes qui se trouvaient sur place quand ils s'étaient enfuis. Et ces derniers se servaient de sa mère pour le retrouver.

Cela voulait dire que sa vie n'était pas directement menacée. Et c'était une bonne chose. Cependant, le commentaire sur les informations l'inquiétait.

Il se leva pour allumer la télévision. Il n'eut pas à chercher longtemps pour être renseigné. Il lui suffit de sélectionner une chaîne d'information en continu pour voir son propre visage emplir l'écran.

La voix d'une journaliste achevait de commenter :

— … A été retrouvé mort à l'hôpital. C'est dans ce cadre que la police recherche cet homme, Remo DeLuca. Il mesure un mètre quatre-vingt-treize et pèse quatre-vingt-sept kilos. Il a les cheveux noirs et les yeux bleus. Et maintenant, nous retrouvons notre correspondant sur place.

La peur au ventre, Remo regarda l'image basculer vers une retransmission en direct. Deux hommes se tenaient devant l'hôpital. L'un, micro à la main, était de toute évidence un journaliste. L'autre était quelqu'un dont la vue le fit grincer des dents.

— Merci Carrie, dit le reporter à la présentatrice. Je suis avec le secouriste Isaac White, qui s'est occupé de la victime et travaille également avec le présumé coupable. Que pouvez-vous nous dire de la situation, monsieur White ?

Remo grinça des dents encore plus fort tandis que son collègue prenait la parole.

Il savait que le conseil d'administration l'avait choisi comme porte-parole. L'obsession d'Isaac pour le respect du règlement en faisait le représentant idéal du personnel hospitalier.

Il savait aussi qu'il n'allait pas aimer le discours du secouriste.

Et il ne fut pas déçu.

Isaac décrit sa présence sur le lieu de l'accident comme « une coïncidence bizarre ». Il commenta aussi l'incapacité de Remo à suivre le protocole. Il décrivit enfin toute cette histoire comme tragique. Son intonation était terre à terre et déçue, plutôt qu'accusatrice, et personne en dehors de Remo ne se rendrait compte qu'il s'agissait d'une affabulation.

— Merci, monsieur White, dit le reporter. À vous, Carrie.

Une vue aérienne de la scène de l'accident remplaça celle de l'extérieur de l'hôpital, et une voix off décrivit le déroulement probable des événements.

Remo fixa l'écran en serrant les poings. On voyait la voiture de Celia complètement démembrée. À proximité apparaissait son propre véhicule, intact et bizarrement positionné, avec des marques de dérapage derrière.

Remo s'apprêtait à éteindre la télévision, quand un petit cri le fit sursauter.

Il tourna la tête et découvrit l'expression horrifiée de Celia.

— Ils pensent que je suis morte, et que tu es responsable de l'accident ? demanda-t-elle en entrant dans la pièce. Ils sous-entendent que tu m'as obligée à quitter la route.

— Oui, dit-il d'un air sombre.

— Et Xavier ?

— Ils n'en ont pas parlé.

— Qu'est-ce que cela veut dire ?

— Je pense que les flics veulent rester discrets sur son existence.

Il n'osa pas aller plus loin dans sa réflexion.

Mais Celia avait compris, de toute façon.

— Ils ne veulent pas que les gens soient au courant de son existence, comme ça son père…

Elle lui lança un regard de panique.

— Il faut partir. Il faut nous cacher mieux que ça. Des gens savent que nous sommes ici. Ton ami. Et si quelqu'un te reconnaît… le chauffeur de bus, le type de la réception…

Elle se tourna vers la porte, mais Remo lui saisit le bras.

— Attends, Celia. Réfléchis. Ils ont dit que tu étais morte. Ça veut dire qu'ils vont faire en sorte que tu le sois.

— Je ne vais pas rester ici à attendre qu'ils me trouvent.

— Ce n'est pas ce que je te demande. Mais je pense que nous sommes en sécurité pour le moment. Le type de la réception était plus intéressé par son téléphone que par nous. Et pour lui, nous sommes une famille. Ce n'est pas ce qu'ils recherchent.

Elle s'entêta.

— Et tous ceux qui nous ont vus à l'hôpital ? Ils pourraient nous signaler.

Il lui prit la main et entrelaça ses doigts aux siens.

— Ça n'arrivera pas.

Elle se laissa tomber sur le lit, en tenant toujours sa main. Après quelques secondes, il la rejoignit.

Il ne mentionna pas son inquiétude pour la vie des gens qui avaient connaissance de l'existence de Xavier. Il savait qu'elle y penserait toute seule, et il ne voulait pas ajouter à son fardeau.

— Nous sommes coincés, dit-elle finalement.

— Plus ou moins. Mais, ça ne veut pas dire que nous ne pouvons pas faire nos recherches, creuser un peu…

— Comment cela ?

— La technologie.

Il désigna la télévision.

— Cet appareil est connecté à Internet. On va faire une recherche sur toi, voir si on peut trouver autre chose sur Neil Price.

Il lui caressa la joue.

— On ne va pas se laisser abattre par quelques petites contrariétés.

Elle leva les yeux vers lui.

— Tu sais, avant de te rencontrer, je me débrouillais toute seule.

— Je sais. Si tu trouves que j'empiète sur des plates-bandes…

Elle secoua la tête.

— Ce n'est pas ça.

— Quoi, alors ?

— Je ne m'imagine plus le faire sans toi, maintenant. Tu ne trouves pas ça fou ?

— Peut-être…

— Comment ça, peut-être ? Tu ne vas pas me dire que c'est normal, quand même ?

— Normal et fou ne sont pas forcément des états incompatibles.

— Ah non ?

— Pas quand on est amoureux.

— Ce serait ça, alors ?

— Je veux que ce soit ça. En dépit de la folie. Ou peut-être à cause de cela. Depuis que je t'ai découverte sur le bas-côté de la route, ma vie a changé du tout au tout.

— Mais, c'était hier seulement.

— C'est ça qui est fou.

— Remo.

Elle posa la main sur sa nuque, l'observant avec un mélange de désir et d'espoir.

Il effleura ses lèvres d'un baiser, avant de s'écarter.

— Et Xavier ?

— Il dort à poings fermés.

Remo n'avait pas besoin d'en entendre plus. Il se leva, traversa silencieusement la chambre et ferma la porte. Puis il revint vers Celia, et la prit dans ses bras.

Quand on est amoureux.

Ces mots tournaient dans la tête de Celia, comme une chanson qu'on se repasse en boucle. Et cette chanson était à la fois toute nouvelle et sa préférée. Et elle voulait qu'elle ne s'arrête jamais.

Quand on est amoureux.

Elle y pensait tandis qu'ils se déshabillaient mutuellement.

Quand on est amoureux.

Elle y pensait tandis qu'ils s'embrassaient, follement et tendrement, tandis qu'ils parlaient des risques qu'il fallait oser prendre, et combien la vie était courte.

Quand on est amoureux.

Elle y pensait tandis qu'ils cédaient à la passion et à l'urgence, conscients qu'il ne fallait pas laisser passer cette chance. Tandis qu'il l'emplissait physiquement et émotionnellement, et qu'elle se retenait de crier son nom à plein volume.

Quand on est amoureux.

Elle y pensait encore tandis qu'ils retombaient sur le matelas, essoufflés et heureux. Et quand il se hissa sur un coude et la regarda avec une tendresse débordante.

Quand on est amoureux.

C'était fou, et surréaliste, et totalement vrai à la fois. Et si elle avait pu formuler une phrase cohérente, elle aurait dit tout cela à Remo.

Mais elle se contenta de le regarder, et ce fut lui qui parla le premier, ne brisant pas vraiment le charme, mais le mettant sur pause.

— Je crois que je viens de découvrir ma nouvelle façon préférée de passer l'après-midi, dit-il.

Et tout en parlant, il faisait courir les doigts sur son bras, d'une manière qui la réchauffait et la faisait frissonner tout à la fois.

— Mais…

Celia soupira.

— Avec moins de flics corrompus et de journalistes en quête de scoop ?

— Exactement.

Il se redressa soudain, et se tourna pour ramasser ses vêtements.

Celia remonta le drap sous son menton tandis qu'elle observait la musculature de son dos.

— Remo ?

— Oui, ma douce ?

— Je devrais me sentir mal ?

— À propos de quoi ?

Il lui lança un bref regard par-dessus son épaule, avant d'enfiler son boxer.

— Xavier.

Il se leva et se retourna vers elle.

— Pourquoi tu te sentirais mal à propos de Xavier ?

Elle haussa les épaules.

— À cause de ce que nous venons de faire ? De ce qui se passe entre nous, en général ? Du fait que tu as entamé une relation sans en parler d'abord à ton fils ?

— Un peu tout ça…

Elle secoua la tête.

— Mais, en réalité, je ne me sens pas mal du tout. Au contraire.

Il rit, et continua à s'habiller.

— Je n'ai rien à y redire. Moi-même, j'avoue que je me sens assez bien.

— Non mais, sérieusement, je n'ai pas de regret. Si j'avais la possibilité de revenir une heure en arrière, je prendrais la même décision. Seulement… Je ne sais pas comment expliquer… C'est bizarre que quelque chose de si récent semble déjà tellement permanent.

— Je comprends ce que tu ressens. Et rien ne nous empêche de faire les choses aussi lentement que tu en éprouves le besoin. Tu diras à Xavier ce que tu penses utile de lui dire, au moment qui te semblera le plus juste.

Il se pencha pour déposer un rapide baiser sur son front.

— Mais pour l'instant, je vais passer une commande au service de chambre, et farfouiller sur Internet. Tu me suis ?

— J'ai une faim de loup. Et Xavier aura sûrement faim quand il se réveillera.

— Parfait.

Restée seule dans la chambre, Celia s'habilla à la hâte, puis elle s'empara de la télécommande de la télévision, et explora le menu de l'appareil, jusqu'à ce qu'elle trouve l'option de recherche Internet.

Ne sachant pas par où commencer, elle saisit son propre nom. Elle ne fut pas surprise qu'aucune information n'apparaisse. Jamais elle n'aurait compromis sa sécurité et celle de son fils en ayant une présence en ligne.

Mais elle partageait apparemment le nom de Celia Poller avec quelques dizaines de personnes dans le monde. Par curiosité, elle déroula la liste des profils sur les différents réseaux sociaux.

Il n'y avait rien de notable sur les deux premières pages. Mais une information sur la troisième attira son attention.

— Celia Poller, lut-elle à mi-voix. Diplôme d'auxiliaire de vie délivré par le Centre des carrières médicales de Vancouver.

Elle cliqua et une rangée de photos apparurent, dont la sienne. Sous chaque portrait figuraient une année et un nom. Il n'y avait pas d'autre information, mais c'était un soulagement pour elle de savoir qu'elle avait vu juste à propos de son métier.

Remo revint à ce moment-là et, tout en fermant doucement la porte, annonça à voix basse :

— Xavier dort encore, mais j'ai commandé sa pizza aux poivrons. Et du pain à l'ail pour nous, des ailes de poulet, une salade et des lasagnes.

— Tout ça ?

— J'avoue que j'ai peut-être un peu faim.

Il jeta un coup d'œil vers la télévision.

— Tu as trouvé quelque chose ?

— Rien d'extraordinaire. Juste une liste de filles qui ont été diplômées la même année que moi.

— Mais, c'est déjà quelque chose.

Remo la rejoignit sur le lit.

— Je peux avoir la télécommande ?

Elle haussa les épaules et la lui tendit.

L'instant d'après, un nouvel écran apparut, dépourvu de photos, mais rempli de noms et d'adresses mail. Il déroula la liste, et le nom de Celia apparut en surbrillance, à côté d'une adresse.

ccpoller@VMCC.edu.

Il cliqua dessus, et une autre fenêtre s'ouvrit, demandant à l'utilisateur d'entrer son mot de passe.

Remo se tourna vers Celia.

— Eh bien ?

Elle secoua la tête.

— Je ne sais pas.

Et puis soudain, ça lui revint.

Ce n'était pas l'adresse de messagerie qu'elle utilisait dans la vie courante. Mais elle s'en était servie autrefois. Pour l'école, pour ses recherches d'emploi…

Et pour Neil Price.

Elle tendit la main, et Remo lui donna la télécommande.

Très vite, elle saisit le mot de passe, et toutes les preuves nécessaires apparurent. Les messages remontaient à six ans, et le nom de Neil apparaissait dans la rubrique « expéditeur ».

— Bon sang ! s'exclama Remo.

Celia rit nerveusement.

— Je me demande si j'ai envie de lire ça.

Il croisa son regard.

— Je ne peux pas dire non plus que ça m'amuse de lire ses messages d'amour, mais je suis un grand garçon. Je peux gérer.

Mais il s'avéra que son éventuelle jalousie et l'inquiétude de Celia n'étaient pas fondées.

Quand il ouvrit le premier message, celui-ci fit remonter tout un fil d'échanges allers et retours, liés à un travail.

Ils lurent les dix-neuf notes en silence, puis Remo prit la parole.

— Donc, vous vous êtes connus parce que tu t'es occupée de son père.

Celia hocha la tête, en regrettant que ce ne soit pas un souvenir, mais une conclusion logique.

— Au moins, nous savons que je n'ai rien inventé. Par contre, ça ne réveille aucun souvenir. Ça nous serait tellement utile, pourtant.

Elle s'apprêtait à fermer la messagerie, quand une ligne dans un des messages attira son attention.

Je te fais le virement demain.

C'était tout. Rien de compromettant, mais ça la fit passer en pilotage automatique. Pour commencer, elle ferma le serveur de messagerie. Puis elle retourna sur le moteur de recherche, et tapa : « West End Savings ». Le lien vers le site en ligne de la banque apparut, et elle sélectionna l'option de connexion au compte client. Elle entendit vaguement Remo lui demander ce qu'elle faisait, mais l'ignora. Elle entra son numéro de compte et son mot passe, dont elle ignorait avoir connaissance avant cela.

Dès qu'elle cliqua sur « valider », un compte apparut.

Solde disponible : 213 475,23 $

Tandis qu'elle fixait le montant – une somme faramineuse à ses yeux – un rideau se souleva dans son esprit et, comme dans un théâtre, une scène se joua devant elle.

Elle entrait dans la banque en compagnie de l'inspecteur Teller. Sa voix menaçante lui donnait des instructions. Elle avait peur en s'approchant du comptoir, et en faisant cet important dépôt, très, très, très au-dessus de ce qu'était sa paie.

Saisie d'un soudain vertige, Celia se sentit vaciller. La télécommande lui glissa des doigts.

Remo tendit la main, et quelque part à la périphérie de son esprit, Celia pensa qu'il allait la rattraper juste avant qu'elle ne touche le sol. Mais la paume de Remo vint se poser sur son épaule.

Et c'était bien aussi.

Tandis que la télécommande faisait un bruit mat en atterrissant sur la moquette, la poigne solide de Remo était la seule chose qui l'empêchait de s'évanouir.

Parce qu'elle ne se souvenait pas seulement de l'argent.

Elle savait aussi à quoi il devait servir.

18

Remo n'avait jamais compris aussi parfaitement qu'en cet instant l'expression « blanche comme un linge ». Même les taches de rousseur de Celia avaient pâli jusqu'à devenir presque invisibles.

Elle était si immobile et silencieuse, que seul le battement de ses cils indiquait un signe de vie.

— Celia, dit-il d'une voix douce. Ça va ?

Elle sembla revenir brutalement à la réalité, et le regarda avec hébétude.

— Désolée.

— J'en déduis que tu ne t'attendais pas à découvrir ça.

Elle fit rouler ses épaules, comme si elle essayait d'en évacuer la tension.

— En fait, je le redoutais un peu. Dès que j'ai commencé à taper le mot de passe, j'ai pensé à quelque chose comme ça.

— Tu veux en parler ?

— Non. Mais je suppose qu'il le faut.

— Garder le secret ne nous aidera pas à avancer.

Elle soupira.

— Je ne me souviens pas pourquoi Neil m'a frappée la première fois. Cet aspect des choses est encore vague. Mais je sais que je prenais Teller pour un type bien. J'étais sous la protection de la police. En tout cas, je le pensais. Et il devait assurer ma sécurité. À la place, il m'a traînée dans cette banque, et il m'a dit de me débarrasser du problème. Sinon, il s'occuperait de moi.

— Ils voulaient que tu mettes un terme à ta grossesse, dit Remo.

— Cet argent était mon paiement pour ça. Et je l'ai pris.

— Mais tu n'y as pas touché.

— Ma grossesse n'était pas encore très avancée. Mais j'avais déjà complètement intégré l'idée de devenir mère. Il n'a jamais été question pour moi d'y mettre un terme.

Remo l'attira contre lui, et dessina lentement des cercles dans son dos pour l'apaiser.

— Tu ne me dois aucune explication.

Elle soupira.

— Je sais. Je voudrais simplement me rappeler pourquoi j'ai accepté l'argent. Je devais avoir un plan… J'entends encore Teller me murmurer, tandis que j'attendais de déposer le chèque, qu'il était inutile de revenir sur notre accord car personne ne me croirait en voyant cette somme sur mon compte. Et, si j'essayais de faire tomber Neil, j'en paierais le prix.

— Ça, c'est intéressant.

— Pourquoi ?

— Ça veut dire que tu connais un moyen de faire tomber Price.

— Je crois que je devrais aller là-bas.

Il interrompit son massage.

— Où ?

— À la banque.

— C'est une mauvaise idée.

Elle s'écarta et le regarda.

— Pourquoi ? Ça paraît logique. Quelqu'un pourrait

me reconnaître, ou se souvenir de la transaction. Ou nous orienter dans la bonne direction.

— Ou être complice avec Teller et Price.

— Nous n'en savons rien.

— Justement !

— Tu as très bien compris ce que je voulais dire, Remo.

— Et toi aussi.

— Ce n'est pas pour ça que tu as raison.

— Est-ce que nous sommes en train d'avoir notre première dispute ?

— Il n'y a pas de dispute ! répliqua-t-elle d'un ton boudeur.

Un coup frappé à la porte les interrompit.

— Maman ? appela Xavier derrière le battant. Il y a quelqu'un, et ça sent la pizza.

— Sauvés par le gong, dit Celia. J'y vais, au cas où il te reconnaîtrait.

Elle bondit sur ses pieds et se précipita vers la porte.

Le lendemain trouva Remo épuisé après une nuit agitée. Il se réveilla brusquement, et s'assit dans son lit, perplexe. Il lui fallut quelques secondes pour se rappeler où il était, et ce qui s'était passé la veille.

S'arrachant à la tiédeur du lit, il découvrit qu'il était seul dans la suite avec Xavier.

Celia avait laissé un mot, tracé d'une grande écriture nerveuse.

Désolée,

Je me doute que tu vas être furieux. Mais je sais que tu aurais probablement fini par me convaincre de ne pas y aller.

Donc… Un pardon au lieu d'une permission, d'accord ?

Garde un œil sur Xavier. Je reviens le plus vite possible.

Bisous.

C.

La première impulsion de Remo fut de s'élancer à ses trousses. De descendre voir le concierge et de lui demander depuis combien de temps elle était sortie.

Mais il ne pouvait pas. Non seulement il risquait d'être reconnu, mais Celia l'avait aussi rendu responsable de son fils.

Il était coincé, et il ne pouvait rien y changer.

Celia descendit du taxi, et dit au chauffeur qu'il pouvait simplement faire le tour du pâté de maisons et revenir la chercher.

Puis elle regarda la banque, et sentit les premiers effets de la panique l'envahir. Avant d'arriver à destination, elle avait réussi à se convaincre qu'elle faisait ce qui devait être fait.

Mais, tandis qu'elle prenait une profonde inspiration, s'emplissant les poumons de l'air vicié de la ville, le doute et la peur commencèrent à faire vaciller sa détermination.

Tu peux le faire, s'encouragea-t-elle.

Mais au lieu d'accepter ce constat et d'avancer, elle resta figée sur place, à se mordiller la lèvre, et à se demander si elle n'avait pas totalement perdu l'esprit.

Elle remonta le fil des événements, en essayant de comprendre quand son bon sens l'avait abandonnée.

Quand elle s'était réveillée, elle avait ressenti une étrange énergie. Elle se sentait régénérée, et pleine d'espoir aussi. Puis elle avait vu que Xavier et Remo dormaient toujours, et l'idée de filer en douce l'avait traversée.

Ça lui avait peut-être même paru être une excellente idée.

Alors, elle avait rédigé le mot et s'était faufilée hors de la chambre.

Se rendre à la banque dès l'ouverture.

Obtenir des réponses.

Revenir à l'hôtel.

Tel était son plan.

Elle aurait probablement dû y réfléchir à deux fois, et ce dès qu'elle était entrée dans l'ascenseur. Une femme s'y trouvait, et celle-ci avait fixé sa tenue d'un regard qui hésitait entre étonnement et mépris. Elle portait toujours le pantalon qu'elle avait dérobé à l'hôpital, à présent maculé de sang séché. C'était totalement hors de propos, et susceptible d'attirer l'attention.

Oui… cela aurait dû suffire pour qu'elle comprenne que c'était une mauvaise idée.

Mais, au lieu de saisir ce prétexte pour faire demi-tour, elle avait trouvé une solution au problème. Elle s'était rendue dans la boutique de l'hôtel, où elle avait acheté un pantalon noir, et un T-shirt blanc avec un blason sur la poitrine. Après avoir retiré les étiquettes, elle s'était changée dans la cabine d'essayage et s'était dirigée vers la caisse.

Ce qui aurait dû être un deuxième signal d'alarme s'était alors présenté : elle n'avait pas d'argent sur elle. Mais, déterminée comme elle l'était, elle avait encore une fois trouvé une solution, en faisant mettre son achat sur la note de la chambre. Elle rembourserait Remo plus tard.

Le troisième signe était au contraire encourageant.

Sur la caisse, un panonceau informait la clientèle que l'hôtel proposait aussi un service de taxi facturable sur la chambre.

Celia en avait immédiatement profité. Et, pendant la course, elle ne s'était pas sentie effrayée. Simplement impatiente.

C'est pourquoi elle ne comprenait pas ce qui la faisait hésiter maintenant.

C'était peut-être à cause de l'allure sévère du bâtiment en béton, qui la surplombait tel un géant maléfique, avec ses vitres teintées derrière lesquelles il lui semblait que des centaines d'yeux l'observaient.

Ou bien était-ce parce qu'elle se rappelait la main de l'inspecteur Teller dans son dos, tandis qu'il la forçait à franchir les portes.

Ou alors, elle était tout simplement rattrapée par la réalité.

Elle était dehors. Exposée. Seule.

Loin de son fils.

Loin de la seule personne au monde en qui elle pouvait avoir confiance.

Et elle ne savait pas où elle allait mettre les pieds.

Elle faillit faire demi-tour. Mais quelqu'un sortit de la banque et lui tint la porte. Cela permit à Celia de voir à l'intérieur. Et elle fut surprise, bien qu'elle soit déjà entrée dans l'établissement.

Ça ne ressemblait pas du tout à une banque. Il n'y avait pas de guichets, pas de publicités pour des investissements, et pas non plus de distributeurs de billets. Le décor respirait à la fois la neutralité et la richesse. Bureau en acajou. Fauteuils en cuir fauve. Juste une touche de crème sur les murs.

Et soudain, Celia eut le sentiment que ses deux cent et quelque mille dollars n'étaient qu'une broutille pour la clientèle habituelle. Cela suffit à aiguiser sa curiosité et à lui faire franchir le pas.

Son mouvement attira le regard d'une femme brune qui se tenait près de la porte. À sa grande surprise, Celia la reconnut. Et ce fut réciproque.

— Vous êtes madame Poller, n'est-ce pas ?

Elle susurrait, parlant lentement, avec des inflexions raffinées, et sa voix s'accordait parfaitement à l'atmosphère tamisée des lieux.

Celia fit de son mieux pour paraître sûre d'elle.

— Oui, c'est moi.

Comme si elle percevait une hésitation, la jeune femme eut un petit rire discret, calibré avec justesse pour ne pas se propager dans toute la banque.

— Ne vous inquiétez pas. Je ne m'attends pas à ce que vous me reconnaissiez. Il se trouve que je suis extrêmement physionomiste. Maxine Maxwell, responsable des dépôts au coffre.

— Ravie de… vous revoir.

— Également. Avions-nous rendez-vous, madame Poller ?

Celia était certaine que Maxine connaissait déjà la réponse avant qu'elle ne secoue la tête.

— Je crains bien que non.

La jolie brune semblait boire ses paroles, et Celia se demanda quelle était la part de sincérité dans son attitude, et quelle part relevait d'une simple interaction commerciale.

— Eh bien, j'ai une bonne nouvelle. Il n'y a personne au coffre en ce moment, et je peux vous y conduire. Après tout, je suis la responsable.

Elle gloussa à nouveau, et fit un geste d'invite.

— Par ici, je vous prie.

Celia la suivit, en s'efforçant de ne pas attirer l'attention. Mais, la discrétion était de mise aussi bien chez les employés que chez les clients, et personne ne la regarda.

Devant la porte d'accès à la salle des coffres, un vigile avec une oreillette leur fit un bref signe de tête. Maxine l'ignora et tapa un code sur le boîtier fixé sous la poignée. Puis elle poussa la porte, et guida Celia à travers un long couloir. Tout au bout, elle s'arrêta face à une autre porte, et passa son pouce devant un écran, qui bipa et diffusa une lumière verte.

— Quand je fais ça, j'ai toujours l'impression d'être un agent secret, dit la brune en riant.

Celia se força à rire aussi, mais la nervosité lui asséchait la gorge.

La sécurité des lieux évoquait autre chose que des objets précieux ou des documents importants. Et l'intérieur de la salle était plus high-tech que ce à quoi elle s'attendait. À la place de coffres fermés par des clés – ce qui l'aurait empêchée d'y accéder, réalisa tardivement Celia – il y avait des rangées de compartiments contrôlés par un boîtier électronique.

Il régnait dans la pièce une atmosphère intimidante, presque effrayante, et quand la porte se referma derrière elle dans un discret cliquètement, Celia sursauta.

— Madame Poller… Je ne voudrais pas paraître indiscrète mais… est-ce que ça va ?

L'intonation de Maxine avait complètement changé. De faussement empathique et un peu mielleuse, elle exprimait à présent une sincère inquiétude.

Celia pesa sa réponse.

— Y aurait-il une raison pour que ça n'aille pas ?

— Quand vous êtes venue faire un dépôt, il y a quelques années, vous étiez effrayée. Vous m'avez dit que c'était votre assurance. Je n'ai pas compris ce que vous sous-entendiez, mais j'ai pensé que cela avait un rapport avec votre grosse brute de petit ami, un sale type s'il en est. Je vous ai proposé de vous aider, mais vous m'avez répondu que vous aviez tout prévu.

La banquière marqua une pause et secoua la tête.

— J'ai souvent pensé à vous, depuis. Et je dois dire que je m'inquiétais un peu… En tout cas, sachez que l'offre tient toujours.

— Merci. Je suis très sensible à votre gentillesse. Vraiment. Mais je crois que je dois simplement faire ce que je suis venue faire.

— Bien. Je vous laisse. Compartiment 82. Juste au cas où vous auriez oublié.

— Merci.

Restée seule, Celia prit appui sur la table au centre de la pièce un instant pour se ressaisir. Elle était certaine que Maxine, en parlant de « grosse brute », faisait allusion à l'inspecteur Teller. Il l'avait accompagnée à la banque au moins une fois. Et cela ne ressemblait pas à la description de Neil Price. Pas vu de l'extérieur, en tout cas.

Mais, si elle avait aussi peur, pourquoi était-elle revenue louer un coffre-fort ? Et qu'entendait-elle par « assurance » ?

Elle savait qu'elle ne devait pas être dans son état normal pour se confier à une inconnue.

Un instant, elle fut tentée de rappeler Maxine. Puis son regard se posa sur le compartiment 82. Il était semblable aux autres, mais il semblait sortir du lot et l'appeler.

En pilote automatique, une fois encore, elle s'approcha et fit courir ses doigts sur le clavier, entrant une séquence de chiffres sortis tout droit des brumes de sa mémoire.

La porte produisit un son pressurisé, et s'entrebâilla dans un cliquètement.

D'une main tremblante, Celia l'ouvrit en grand.

Puis elle resta tétanisée, fixant la grande enveloppe en papier kraft qui se trouvait à l'intérieur.

Allez ! s'encouragea-t-elle. *C'est pour ça que tu es venue.*

Mais quand ses doigts se refermèrent sur l'enveloppe, elle comprit qu'elle n'avait pas besoin de l'ouvrir pour savoir ce qu'elle contenait.

Son souvenir avait la limpidité du cristal.

19

Plus les minutes passaient, plus Remo comprenait pourquoi les lions faisaient les cent pas dans leur cage.

Il prodiguait un effort presque surhumain pour rester calme, et surtout pour ne pas montrer son inquiétude à Xavier. Mais cela devenait de plus en plus difficile.

Ses pensées se tournaient sans cesse vers Celia. Il brûlait d'aller la rejoindre. D'agir.

Il savait où elle était, se dit-il dans une futile tentative pour se rassurer.

Après avoir trouvé le mot, l'avoir froissé et jeté à travers la pièce, dans un geste de colère et de frustration, il avait pris le temps de faire une recherche Internet sur la banque. Celle-ci ne se trouvait pas loin. Juste de l'autre côté du pont, à vingt-cinq minutes en voiture. À supposer qu'il n'y ait pas trop de circulation. Et que Celia n'ait pas pris le bus.

Il se massa le menton, couvert d'une barbe de deux jours, et sursauta quand la petite voix aiguë de Xavier interrompit ses pensées.

— Remo ?

Il se força à sourire.

— Oui, mon grand ?

— Ton téléphone fait du bruit.

Remo cilla et regarda l'appareil qui vibrait sur la table.

Un numéro inconnu apparaissait sur l'écran. Sa mère

était la seule personne qui avait le nouveau numéro, mais Celia pouvait très bien l'avoir noté en cas d'urgence. Il n'avait pas d'autre choix que de répondre.

Il effleura l'écran et porta l'appareil à son oreille.

Seul le bruit d'une conversation étouffée lui parvint.

Il allait raccrocher quand il comprit qu'il connaissait l'une des voix. C'était celle de Freddy Yan, l'ami qui avait réservé la chambre pour lui.

Un instant après, il reconnut la seconde voix. Elle appartenait à l'inspecteur Teller.

Il fit signe à Xavier de ne pas faire un bruit, et se concentra sur la conversation.

— Une suite pareille pour un homme seul ? dit le flic corrompu.

— Et alors, ça vous dérange ? répliqua Freddy.

— Et vous dites que vous avez perdu votre clé.

— Ça arrive.

— Ce n'est pas dans votre intérêt de mentir et de dissimuler des informations.

— Je ne dissimule rien du tout. Et j'ai été honnête en vous disant que je ne lui avais parlé qu'une fois. Vous avez vérifié vous-même mon téléphone.

— C'est exact. Mais vous avez omis de mentionner la conversation avec sa mère.

— Un simple oubli.

— Dans la police, nous appelons ça une obstruction à la justice, monsieur Yan.

— Et mon avocat considère cela comme un appel de courtoisie. Si vous voulez que je le rappelle pour qu'il vous le confirme ?

— Ce ne sera pas nécessaire. Je suggère simplement, si vous avez autre chose à me dire, que vous le fassiez dans les prochaines dix minutes.

Remo coupa la communication et glissa le téléphone dans sa poche. Ce qu'il avait pris pour un appel accidentel était en réalité un avertissement. Les deux hommes étaient en chemin pour l'hôtel, et il n'avait que dix minutes d'avance sur eux.

— Écoute, mon grand, dit-il en prenant Xavier par l'épaule. Il faut qu'on sorte très vite. Tu peux mettre tes chaussures et ton manteau ?

— Et maman ? Tu as dit qu'elle allait bientôt revenir.

— En fait, elle veut qu'on se retrouve dehors.

— Tu es sûr ?

— Je ne te raconterais pas de bêtises, n'est-ce pas ?

L'enfant l'observa un instant, puis il hocha la tête, acceptant sa promesse.

Et, tandis que Xavier rassemblait ses affaires, Remo se hâta de mettre un peu d'ordre dans la suite. Il y avait des traces de leur présence dans toutes les pièces, et jamais cela ne passerait pour la garçonnière d'un célibataire – ce qui mettrait son ami dans une situation encore plus compliquée. Mais au moins, Teller avait employé la voie officielle, et Freddy était secondé par un avocat.

Il jeta tous les jeux en cours – cartes, puzzles, coloriages – dans un carton, et fourra celui-ci dans un placard. Il régla la télévision du salon sur une chaîne d'information, et alla dans la chambre effacer l'historique de la télévision connectée.

Le temps qu'il termine, Xavier avait mis ses chaussures et son manteau.

— Tu es prêt ? demanda-t-il.

L'enfant hocha la tête.

— On ne débarrasse pas nos déchets ? Maman dit qu'il faut toujours débarrasser.

Remo retint un juron en regardant le chariot du

service en chambre. On y voyait les restes d'un repas pour deux, et il n'y avait pas moyen de le cacher.

— J'ai une idée, dit-il. Tu vas m'aider à le mettre dans le couloir. Comme ça l'équipe de ménage pourra le récupérer.

— Et personne ne sera fâché parce qu'on a fait du désordre, ajouta Xavier avec le plus grand sérieux.

Ils quittèrent la chambre en poussant le chariot à quatre bras, et Remo décida de l'abandonner deux portes plus loin. Ce n'était pas la plus subtile des ruses, mais ça pouvait fonctionner. Puis il tendit la main à Xavier, et l'entraîna vers l'escalier.

Quand ils arrivèrent dans le hall, Remo eut la satisfaction de constater que leur timing était impeccable. Teller et Freddy venaient de quitter la réception de l'hôtel et se dirigeaient vers les ascenseurs.

En dix secondes, ils furent hors de vue. Mais, quelles étaient les chances que Teller n'ait pas placé des renforts à l'extérieur ?

Il devait y avoir une autre issue…

Tandis qu'il reculait dans la cage d'escalier et laissait la porte se refermer, il vit que la solution se trouvait peut-être là : l'escalier continuait vers le bas.

Il se pencha vers Xavier et lui sourit.

— Qu'est-ce que tu dirais d'un peu d'aventure, avant d'aller retrouver ta maman ?

— Ça fait peur ?

— J'espère que non.

— Alors d'accord.

Remo lui prit à nouveau la main et le guida vers le sous-sol. À mi-chemin, Xavier lui lança :

— Remo ? Tu sais, ce n'est pas grave si ça fait peur. Mais j'aime bien savoir avant.

Remo serra un peu plus la main de l'enfant.

— On t'a déjà dit que tu étais trop intelligent pour ton âge ?

— Maman me l'a déjà dit. Mais je crois qu'elle est un peu obligée, puisqu'elle est ma maman. Donc, je ne sais pas si ça compte.

Remo ne put s'empêcher de rire.

— Peut-être pas. Mais ta maman aurait pu aussi ne rien dire, si elle ne le pensait pas.

Xavier haussa les épaules.

— Peut-être.

Ils arrivèrent au sous-sol, devant une porte à l'apparence solide.

— C'est ça, l'aventure ? demanda Xavier.

— On va bientôt le savoir.

Il actionna la poignée et poussa la porte.

Remo ne savait pas ce qu'il s'attendait à découvrir, mais sans doute pas ce courant d'air froid, ces bruits de klaxons, et l'accès direct à une étroite ruelle.

Et il s'attendait encore moins à voir Celia sortir d'un taxi garé le long du trottoir, juste au bout de la ruelle.

Celia venait de poser un pied sur le trottoir quand une petite voix familière parvint à ses oreilles.

— Regarde ! criait Xavier, tout son ravissement s'exprimant dans ce seul mot.

Surprise, Celia suspendit son geste et leva les yeux. Le colosse et son fils étaient là, main dans la main.

— Tu avais raison, ajouta Xavier. Elle nous a trouvés.

— Remonte dans le taxi ! cria Remo.

Puis il souleva Xavier dans ses bras et courut vers elle.

Trop surprise pour protester ou demander des explications, elle rentra sa jambe et glissa vers le fond de la banquette pour leur faire de la place.

Xavier se mit au milieu, et attacha sa ceinture sans

qu'on le lui demande. Remo suivit, s'adressant au chauffeur tandis qu'il fermait la portière :

— Conduisez-nous dans le centre-ville, en évitant l'itinéraire le plus direct. Et ne passez pas devant l'hôtel.

Le chauffeur regarda dans le rétroviseur, et Celia se crispa, attendant qu'il reconnaisse Remo, mais celui-ci se contenta de hocher la tête et répondit :

— C'est comme si c'était fait.

Alors que le taxi s'engageait dans la circulation, le silence de Remo était presque plus fort que le babil de Xavier, qui racontait comment ils avaient passé la matinée. Et, tandis que Celia hochait la tête, faisant mine de suivre les explications de son fils, elle ne quittait pas Remo des yeux.

Sa mâchoire était crispée, ses lèvres réduites à une fine ligne boudeuse. Qu'il en ait conscience ou pas, sa colère était bien visible.

Et elle ne pouvait pas l'en blâmer. Qu'aurait-elle ressenti s'il s'était éclipsé pendant qu'elle dormait ?

Sa gorge se noua, et elle serra inconsciemment l'enveloppe dans sa main tandis que la culpabilité l'envahissait.

— Je suis désolée, dit-elle.

— Ne dis rien.

— Remo.

— Ce n'est pas vraiment le moment pour une discussion.

Il avait raison. Et elle n'avait pas envie non plus de se disputer avec lui devant son fils.

Remo se mura dans le silence et, quand il parla à nouveau, ce fut uniquement parce que le chauffeur demandait s'il avait une adresse à lui donner.

Mais, alors qu'il répondait par la négative, Celia eut soudain une illumination.

— Pouvez-vous nous conduire 404 Hoight Avenue ? demanda-t-elle.

Le chauffeur haussa les épaules.

— C'est vous le chef.

Remo ne dit rien, et Celia trouva cela étonnamment décevant aussi. Elle ne fit pas de commentaire, et se concentra sur leur destination.

Elle savait qu'elle allait trouver un immeuble de quatre étages en briques rouges, avec une double porte d'entrée et des fenêtres jaunes. La directrice de l'établissement s'appelait Rupinder, et les chambres étaient meublées. La présence de Remo ferait tiquer les résidentes pour la simple raison qu'il était un homme.

Rien ne signalait la vocation des lieux, mais Celia n'avait pas besoin qu'on le lui dise. Elle avait passé des semaines ici, après que Teller eut tiré sur elle.

Et, si leur situation actuelle différait quelque peu de celle des autres résidentes du foyer, elle était certaine que Rupinder ne leur refuserait pas l'asile.

20

Tandis que Rupinder Dhillon, la directrice du foyer Living Hope, lui servait une deuxième tasse de thé, Remo se demanda pourquoi il se sentait aussi à l'aise, alors que l'incongruité de sa présence était évidente.

Après que Celia, le rouge aux joues, l'eut présenté comme son nouvel ami, la sexagénaire – vêtue d'un sari et coiffée d'une longue natte de cheveux gris qui lui frôlait la taille – avait tenu à préciser que l'endroit était strictement réservé aux femmes, et qu'elle n'avait encore jamais fait d'exception.

Et malgré cela, il se sentait comme chez lui.

Cela tenait peut-être au fait que Rupinder avait sauvé la vie de Celia, six ans auparavant, ou qu'il aurait rêvé d'un endroit comme celui-ci pour sa mère et lui.

En écoutant les deux femmes se remémorer les bons et les mauvais jours tandis que Xavier, blotti dans un confortable fauteuil, lisait avec application, Remo apprit que leur rencontre était due au hasard. Quand Teller lui avait tiré dessus, Celia avait couru vers la rue, et avait failli se jeter sous la voiture de Rupinder. Cette dernière, qui était une infirmière retraitée, et une ancienne femme battue – comme en témoignait la balafre qui s'étirait de son œil gauche à la commissure de ses lèvres – avait soigné Celia, et avait mis Xavier au monde.

— Mais ne perdons pas davantage de temps à

remuer le passé, finit par décréter Rupinder. Dis-moi plutôt pourquoi tu es ici.

Celia posa sur le bureau l'enveloppe qu'elle n'avait pas lâchée durant tout le trajet en taxi.

— C'est mon assurance, murmura-t-elle.

— Les photos ?

— Oui.

— Tu ne les as pas brûlées, finalement ?

Celia secoua la tête.

— Je suis désolée de t'avoir menti, Rupi, mais je ne pouvais pas m'y résoudre.

— Je t'ai toujours dit qu'il ne fallait pas le faire. C'était ton billet de sortie. J'espère que tu vas t'en servir, à présent.

Remo toussota.

— Désolé pour l'interruption, mais quelqu'un pourrait me dire ce qu'il y a dans l'enveloppe ?

Les deux femmes tournèrent la tête vers lui, comme si elles avaient oublié sa présence.

— Et si vous alliez dans le studio juste à côté ? suggéra Rupinder. Il est vide et, concernant M. Price, je préfère en savoir le moins possible. Je peux garder un œil sur Xavier, si tout le monde est d'accord.

— Ça marche pour moi, dit Remo.

— Et je veux continuer à lire, ajouta Xavier.

— Eh bien, je crois qu'il n'y a plus rien à ajouter, conclut Celia.

Rupinder se leva et prit une clé dans un petit coffre, puis elle les poussa vers le couloir.

— Prenez tout le temps qu'il vous faut, dit-elle en déverrouillant la porte voisine de celle de son bureau.

Celia remercia son amie, et entra dans le studio. Remo la suivit et, laissant la porte se refermer doucement derrière lui, observa l'endroit.

C'était petit et sobrement meublé, si bien que cela aurait pu sembler triste ou décourageant. Mais c'était au contraire un lieu d'espoir. Une chance de prendre un nouveau départ.

Il imaginait Celia, enceinte et blessée, effrayée et traumatisée, arrivant ici et y attendant la naissance de son fils.

Cette image le bouleversa tellement qu'il ne put s'empêcher de la prendre dans ses bras.

— Alors, c'est ici que tu t'es réfugiée quand tu as quitté Price ?

— Il me semble que c'était dans une autre vie.

— Mais, tu t'en souviens ?

— Dans les moindres détails.

Elle soupira et s'écarta.

— Tu es prêt à voir ce qu'il y a dans l'enveloppe ?

— Oui. Et toi ?

— Je n'ai pas le choix. Enfin, je sais déjà ce qu'il y a dedans. Mais j'ai peur que ça réveille d'horribles souvenirs.

Il lui prit la main et la guida vers le canapé.

— Je suis sûr que tu auras la force de les affronter. Et sinon, tu sais que tu peux compter sur moi.

Elle soupira.

— Allons-y.

Il la regarda soulever le rabat de l'enveloppe et sortir quatre photos, qu'elle disposa sur la table.

Remo se pencha pour mieux voir.

Le même groupe d'hommes – Neil Price et trois autres – apparaissait sur chacun des clichés. L'un d'eux parut vaguement familier à Remo, mais il n'avait jamais vu les deux autres.

— J'ai pris les photos avec mon téléphone, expliqua Celia. Je ne devais pas être là. En fait, nous avions rompu deux semaines auparavant. Neil s'était montré violent avec moi à plusieurs reprises, et je n'avais plus envie de poursuivre cette relation. Mais je venais de découvrir que j'étais enceinte. Je savais qu'il ne serait pas content, mais il fallait que je le lui dise. Je ne m'attendais pas à tomber en pleine réunion. Neil m'a fait entrer dans une pièce voisine, et je pense qu'il ne s'est pas rendu compte que je pouvais tout voir et entendre.

— De quoi s'agissait-il ?

— Tu connais déjà Neil. Les trois autres sont des conseillers municipaux.

Elle désigna les hommes un à un :

— Gary White, Lewis Dieberman, et Raj Singh.

Remo se souvint alors.

— Raj Singh. Il est mort pendant l'inspection d'un pont.

— Et ce n'était pas un accident. Avant d'être au conseil, Neil dirigeait la commission des travaux. Et il y avait un problème avec ce pont. Raj Singh le savait, et une dispute a éclaté le soir où j'ai pris les photos. Ça a duré si longtemps que Neil a dû oublier ma présence. Je suis finalement partie, et j'ai réussi à l'éviter pendant une semaine. Puis j'ai appris pour Raj Singh, et j'ai su que Neil l'avait fait tuer. Alors, j'ai décidé de m'enfuir.

— Mais Neil t'a rattrapée.

— Oui. Et ce fut un cauchemar. Un de ses hommes m'a sortie du taxi et m'a ramenée à mon appartement. S'il ne m'a pas tuée, c'est parce que j'ai hurlé de toutes mes forces que j'étais enceinte.

— Et il a prévenu Price.

— Oui. Et les choses ont empiré. Neil est venu. Il m'a ordonné de mettre un terme à ma grossesse. Quand j'ai répondu que je ne voulais pas, il est devenu violent. J'avais peur, pour moi et pour mon bébé, et je lui ai dit que j'avais des preuves contre lui, et qu'elles seraient rendues publiques si je mourais. Après ça, je suis allée voir la police, et j'ai rencontré l'inspecteur Teller. La suite, tu la connais.

— Je suis désolé que tu aies eu à subir tout ça. Mais au moins, maintenant tu te souviens de tout.

— À part une seule chose. Je ne sais toujours pas pourquoi je suis revenue…

Un coup frappé à la porte interrompit soudain leur discussion. Surprise, Celia prit la main de Remo, et l'entraîna avec elle pour aller ouvrir.

Rupinder apparut sur le seuil, le visage marqué par l'inquiétude.

— Venez. Il faut que vous voyiez quelque chose.

Ils la suivirent dans son bureau, et Rupinder leur désigna son ordinateur.

— Je vous ai mis le bulletin d'information en replay, avec les sous-titres pour ne pas blesser les jeunes oreilles.

L'écran présentait un arrêt sur image. Rupinder cliqua sur la flèche de lecture, et le reportage démarra. Neil Price et l'inspecteur Teller se tenaient côte à côte sur un podium ; le premier au micro, le second semblable à une sentinelle.

Celia frissonna malgré elle, et Remo passa un bras autour de ses épaules. Elle prit une profonde inspiration, et se concentra sur les sous-titres, soulagée de ne pas entendre sa voix, ce qui aurait été encore plus dur.

La première partie de son discours lui fit dresser les cheveux sur la tête. Il disait combien il était désolé pour Mme Poller et ses proches. Il parla d'injustice. Il implora Remo de se rendre. Et le pire, c'était qu'il avait l'air sincère. Tout le monde le croirait.

Il passa ensuite le micro à Teller, et les sous-titres annoncèrent que Mme Wendy DeLuca avait disparu.

La police s'était rendue à son domicile pour parler de son fils, et la femme était introuvable. Une photo de Wendy apparut à l'écran, et Teller communiqua un numéro que les gens pouvaient appeler s'ils avaient des informations.

Les doigts de Remo se crispèrent sur l'épaule de Celia, et elle sut qu'il était aussi inquiet qu'elle.

— Ce n'est pas encore fini, dit Rupinder.

Et en effet, le micro changea à nouveau de main.

Cette fois, Neil se lança dans un discours de campagne. Il annonça qu'il prenait la situation très au sérieux, qu'il éradiquerait la criminalité de sa ville, et qu'il ne connaîtrait pas de répit tant que Remo DeLuca n'aurait pas été arrêté. Il marqua ensuite une pause, comme s'il voulait que cela imprègne bien les esprits. Puis il regarda la caméra bien en face, et ajouta un étrange commentaire, expliquant qu'il était prêt à accueillir Mme DeLuca chez lui si elle se sentait menacée.

— Il la détient, dit Remo d'un ton sombre et inquiet.

Celia tourna la tête vers lui.

— Quoi ?

— Ce message de fin nous était destiné. Il a pris ma mère en otage, et il veut que nous le sachions.

— Je dois dire que j'ai eu la même idée, précisa Rupinder.

— Donc, il nous lance un ultimatum ? dit Celia.

Remo hocha la tête.

— Il sait que je vais y aller.

— Tu ne peux pas y aller ! protesta Celia.

— Je ne peux pas l'abandonner alors que j'ai une chance de la sauver.

— Il doit y avoir une autre solution.

— Donne-la-moi. Mais tu as cinq minutes. C'est tout ce que je peux t'accorder.

— Moi.

— Pardon ?

— Ce n'est pas vraiment après toi qu'il en a. C'est moi qu'il veut.

— C'est exact, mais c'est ma mère qu'il détient.

— Je vais appeler la presse locale, montrer à tout le monde que je suis en vie. Et toute l'histoire s'effondrera. En plus, j'ai les photos…

Elle s'interrompit, réalisant soudain où était la faille dans son plan.

— Mais, si je l'expose, il n'aura plus aucune raison de garder ta mère en vie.

— C'est pour ça que je dois y aller. Je suis sûr que tu en ferais autant pour Xavier.

— Évidemment.

Remo lui prit les mains.

— Je n'ai que ma mère. Il faut que j'y aille. Et sans perdre de temps.

— Je sais.

Et Celia ne put contenir le frémissement de sa voix en prononçant ces mots.

— Nous avons réussi à nous en sortir jusqu'ici.

— Je sais.

— Et je ne prendrai pas de risques irréfléchis.

— Je sais.

— Et je t'utiliserai probablement comme monnaie d'échange.

— Je… Quoi ?

— Je plaisantais.

— Ce n'est pas drôle.

Il se pencha pour l'embrasser, mais elle eut un mouvement de recul, soudain pensive.

— Quoi ? demanda-t-il.

— Ce n'est pas une si mauvaise idée que ça.

— Quoi ? répéta-t-il.
— De nous utiliser comme appât, Xavier et moi.
— C’est une idée épouvantable.
Mais Celia devina qu’il y réfléchissait aussi.

21

Il était presque impossible de ne pas regarder les minutes défiler.

Celia détestait leur plan. Elle n'avait aucun moyen de savoir si Remo était arrivé à bon port. Et surtout, elle n'était pas avec lui.

— Celia ?

La voix de Rupinder la fit sursauter. Son amie se tenait devant elle, tenant Xavier par la main.

Celia se força à sourire, réalisant un peu tard qu'elle fixait la grille. Le dernier endroit où elle avait vu Remo avant qu'il s'en aille, sommairement déguisé avec une casquette et des lunettes de soleil.

— Je disais qu'il commence à pleuvoir, et que nous allions rentrer, annonça Rupinder.

Levant les yeux, Celia réalisa que de gros nuages gris s'étaient amoncelés dans le ciel.

— De toute façon, il est l'heure de préparer le repas.

Celia hocha machinalement la tête, et elle suivit Rupi dans son appartement. Elle aida même à préparer une soupe et des sandwichs. Mais elle avait du mal à faire la conversation.

— Tu as changé, observa son amie.

— Cinq ans à élever un enfant, ça fait vieillir.

Rupi secoua la tête.

— Ce n'est pas ça.

— Il y a aussi ma perte de mémoire.

— Ce n'est pas ça non plus. Comment t'expliquer ? Avant, ta force était cachée, et ta peur dominait. Maintenant, ta force est visible, et ta peur souterraine.

Celia jeta un coup d'œil à Xavier, qui coloriait une page remplie d'animaux de la ferme.

— Autrefois, quand je fuyais, j'avais l'impression que je n'avais pas d'autre choix. Que, quoi que je fasse, je finirais par perdre Xavier. Aujourd'hui, je me dis que j'ai peut-être une chance de m'en sortir.

Rupi allait répondre quelque chose, quand le téléphone du foyer sonna. Elle s'excusa, mais Celia ne l'entendit pas. À la télévision, un bulletin d'information mettait à nouveau Neil Price à l'honneur. Cette fois, Teller n'était pas le seul à lui tenir compagnie. Il y avait une femme, une brune très bien habillée. Grande, avec un visage magnifique, mais un peu triste. Elle faisait penser à un mannequin. Sa grossesse était bien avancée, et elle portait un énorme diamant à l'annulaire.

Mais, si Celia faillit lâcher sa cuiller, ce n'était à cause de rien de tout ça.

Lorsque la femme se tourna, son foulard se déplaça, révélant une vilaine marque rouge autour de sa gorge.

Cette marque…

Cela fit remonter tous ses souvenirs.

Celia était assise sur son canapé, un mug de café dans une main, et la télécommande dans l'autre. Xavier était à l'école, et elle était en équipe de nuit à la maison de retraite où elle travaillait. Elle avait décidé de profiter d'un rare moment de solitude pour se détendre, et faisait défiler les chaînes, à la recherche d'un programme intéressant.

Mais elle s'arrêta brusquement lorsque le visage de Neil apparut.

Au cours des cinq années qui venaient de s'écouler, elle avait passé autant de temps à redouter qu'il ne la retrouve, qu'à essayer d'oublier qu'il avait un jour fait partie de sa vie.

Le voir en parfaite santé, l'air épanoui, comme s'il n'avait jamais essayé de les faire tuer, elle et son fils, l'emplit de terreur.

Elle aurait dû changer de chaîne, mais elle ne put s'empêcher de regarder, d'écouter. Elle était écœurée qu'il veuille se présenter comme maire.

Mais, c'était surtout la femme qui se tenait derrière lui qui retint son attention.

Au début, elle n'avait pas vu que la brunette était enceinte. Elle était trop occupée à regarder comment elle se tenait. Un peu nerveuse. Raide, en tout cas.

La femme avait un joli foulard. Noir, avec des fleurs rouges. C'était tout à fait le genre que Celia aurait pu porter. Son regard s'y était donc attardé. Et c'était à ce moment-là que la femme s'était penchée pour parler à quelqu'un qui s'approchait du podium. Le mouvement avait révélé son ventre de femme enceinte, et une horrible marque sur son cou.

Celia avait failli renverser son café. Posant son mug sur la table basse, elle tendit l'oreille pour entendre ce que racontait le commentateur.

— Et comme le dit le proverbe, derrière chaque homme de pouvoir, il y a une femme de talent. L'épouse de Neil, Felicity, est à son huitième mois de grossesse, mais ce n'est pas pour autant qu'elle lève le pied. Son cabinet d'architecture finance à 49 % le nouveau projet de la ville, Parkour Extreme. Certains disaient que le permis de construire de ce centre de loisirs de plein

air ne serait jamais accordé, mais Neil et Felicity ont fait de ce rêve une réalité.

Le commentateur continuait de pérorer, mais Celia cessa d'écouter. Elle était trop préoccupée par deux choses : un, Neil battait sa femme enceinte. Et deux, le projet était passé en force.

Un projet impliquant des enfants, et qui risquait de les mettre en danger. Ce type était vraiment un monstre sans états d'âme.

Elle prit son téléphone et composa le numéro du bureau de Neil. Elle ne savait pas ce qu'elle avait l'intention de faire. Rien de raisonnable, en tout cas.

Elle fut surprise qu'il décroche et ne sut quoi dire. Après un long silence de part et d'autre, il prononça son nom. Elle comprit alors qu'il ne l'avait pas oubliée, et qu'il ne la laisserait jamais en paix.

D'abord vinrent la panique et la peur.

Puis le besoin d'agir.

Le souvenir semblait si tangible, si vivant, que Celia eut du mal à revenir à la réalité.

À la télévision, les derniers mots du discours de Neil se répétaient. Et elle comprit enfin que Remo avait vu juste. Lorsque Neil disait qu'il était prêt à ouvrir sa maison à Wendy, cela voulait dire qu'il l'avait déjà fait.

Et elle savait où il la détenait.

La pluie avait redoublé d'intensité. Réfugié sous un abribus, Remo se trouvait à cent mètres du commissariat. Il était là depuis quelques minutes, cherchant un moyen de s'approcher, quand une voiture de police s'arrêta non loin de lui.

Le conducteur était jeune, et son visage respirait la droiture. Peut-être n'avait-il rien à voir avec Teller. Tous les policiers de cette ville n'étaient pas corrompus. Remo en côtoyait quelques-uns dans le cadre de son métier, les appelant par leur prénom, et il était persuadé qu'il y avait plus de bons flics que de mauvais.

Mais le problème n'était pas, finalement, de déterminer qui était corrompu et qui ne l'était pas. À cause du plan machiavélique de Price, tous les policiers de la ville le recherchaient.

Mais peut-être pourrait-il tourner cela à son avantage ?

Il se pencha hors de l'abribus. Le jeune flic était toujours là. Il ne devait pas avoir plus de vingt-deux ans. Cela voulait dire que c'était un bleu. Il y avait peu de chances qu'il ait déjà perdu son idéalisme.

Sans perdre davantage de temps à tergiverser, Remo s'avança jusqu'à la voiture de police et frappa à la vitre.

— Excusez-moi ! Monsieur l'agent ?

Le jeune homme baissa la vitre.

— Monsieur ? Vous avez un problème ?

— Aucun problème.

Il baissa les yeux vers le badge de l'homme.

— Aucun problème, officier Hank.

— Que puis-je faire pour vous, alors ?

Remo ôta ses lunettes de soleil.

— Je pense que vous me cherchez. Je suis Remo DeLuca.

Le flic ne montra aucune nervosité, ne chercha pas à attraper son arme. Il se contenta de scruter son visage, puis il hocha la tête.

— Monsieur DeLuca. Dois-je appeler du renfort ?

— Non, ce ne sera pas nécessaire. Je sais que je ne suis pas en position de réclamer une faveur, officier

Hank, mais je voudrais que vous m'ameniez directement à Neil Price.

— Normalement, je n'accéderais pas à cette demande, mais vous êtes bel et bien en position de réclamer une faveur, monsieur DeLuca. Il y a un an, vous êtes intervenu sur un cambriolage dans Downtown East Side. Vous avez sauvé la vie d'un agent.

— Je me souviens. Une femme. La cinquantaine.

— Le sergent Constance Hank. Ma mère. La première chose qu'elle m'a dite quand elle a vu les informations sur vous, c'était qu'il devait y avoir une autre explication à cette histoire.

— C'est exact. Mais il vaut mieux que vous ne me posiez pas trop de questions.

— Je vous crois sur parole. Montez à l'arrière.

La confiance que le jeune agent lui accordait fut un soulagement.

Mais ce sentiment ne dura pas longtemps. Juste le temps de rouler jusqu'au commissariat, de garer la voiture, et de pousser la porte du hall d'accueil.

Là, une voix qu'il reconnut aussitôt le héla.

— DeLuca. La source de tous mes maux de tête !

L'officier Hank se retourna.

— Inspecteur Teller, c'est toujours un plaisir. Pour moi en tout cas.

— Hank. J'apprécie que vous ayez appréhendé le suspect. Et tout le mérite vous en reviendra. Mais je prends le relais.

Le jeune flic ne semblait pas décidé à céder un pouce de terrain.

— J'ai promis à M. DeLuca de le conduire à M. Price.

— Ça tombe bien. M. Price attend justement dehors, dans sa voiture.

— Eh bien, c'est parfait, dit Remo. Le problème est réglé.

L'officier Hank parut hésiter.

— Si vous le dites…

Finalement, il s'en alla, après un bref salut.

— Bonne journée, inspecteur Teller.

— Vous auriez pu lui mettre les menottes !

Si le jeune policier entendit la remarque, il ne se retourna pas.

Remo attendit qu'il ait disparu dans un bureau pour tendre ses poignets à Teller.

— Allons-y.

— On pourrait régler ça autrement, vous savez, déclara Teller d'un ton doucereux. Dites-moi où sont la fille et le gamin, et ce sera terminé.

— Vous parlez de ma vie, sans doute ?

— Je n'ai pas dit ça.

— Écoutez, Teller, on va arrêter ce petit jeu. Je veux parler à Price, et à lui seul. Et je ne lui donnerai aucune information avant d'avoir vu ma mère.

— Comme vous voudrez.

22

Celia avait demandé au chauffeur de taxi de la déposer au pied de la colline où était perchée la maison de Neil. Mais à présent, elle avait l'impression d'avoir des semelles de plomb.

Elle était prise de vertiges, aussi. Et elle regrettait d'avoir laissé Xavier derrière elle, même s'il lui était impossible de l'emmener. Elle aurait voulu le serrer plus longtemps dans ses bras, lui dire qu'elle l'aimait… Mais cela aurait trop ressemblé à un adieu.

Si elle était venue affronter Neil, c'était pour Xavier. Et pour les enfants des autres. Elle ne pouvait pas laisser son ex avide d'argent et de notoriété mener à son terme un projet comme Parkour Extreme. Si les choses tournaient mal, comme avec le pont construit à la hâte et qui avait été le lieu d'un dramatique accident de la circulation, les conséquences seraient encore pires avec des centaines d'enfants présents sur les lieux.

Voilà pourquoi elle devait aller jusqu'au bout de sa démarche.

Forte de cette résolution, elle ne s'arrêta qu'une fois qu'elle fut devant les hautes grilles cernant la propriété de Neil, aux allures de palais. Il l'avait héritée de son père. Le vieil homme en phase terminale, dont Celia s'occupait, et qui haïssait son fils, avait essayé de tout léguer à une œuvre caritative. Mais Neil l'avait attaqué en justice, et il avait fini par gagner.

Combien de fois celui-ci lui avait-il répété qu'il ne renoncerait jamais ? Il en faisait une question de fierté.

Et peut-être aurait-elle dû y voir un indice de ce qu'était vraiment sa personnalité…

Observant la propriété, elle constata que rien n'avait changé depuis qu'elle s'était enfuie de là. Et c'était un peu déconcertant de se retrouver ici. En tout cas, ça confirmait ce qu'elle savait déjà : Neil Price était incapable de changer.

S'approchant du portail, elle présenta son visage à la caméra. Elle savait par expérience que sa présence serait aussitôt signalée dans la maison. L'un des quatre employés à demeure, ou peut-être Felicity elle-même, déciderait ou non d'appuyer sur l'Interphone pour l'accueillir.

Mais Celia décida de ne pas attendre. Elle tendit la main et tapa le code, certaine que Neil ne l'aurait pas modifié non plus.

Et, comme prévu, le portail émit un bourdonnement bruyant, frémit sur ses gonds, et commença à s'ouvrir lentement.

Dès que l'ouverture fut suffisante, elle s'y faufila.

Elle avait à peine fait dix pas que Felicity apparut sur le perron, les deux mains sur son ventre. Elle n'était pas maquillée, et portait un simple legging noir et une tunique en maille.

Aucun foulard ne cachait les marques sur son cou. Et ce n'étaient d'ailleurs pas les seules blessures visibles. Un hématome partiellement effacé partait de son poignet gauche et montait jusque sous sa manche trois quarts. L'auriculaire du même côté était immobilisé par une attelle.

Celia ne put s'empêcher d'avoir pitié de Felicity. Elle avait vécu la même chose qu'elle. Elle savait ce que c'était de se réveiller en se demandant comment elle s'était retrouvée là. De se demander si elle était responsable de ce qui lui arrivait. De regretter de faire naître un enfant dans cette ambiance-là…

Le frère ou la sœur de Xavier.

Cette prise de conscience lui coupa le souffle.

— Vous êtes en retard ! dit Felicity d'un ton irrité. Personne ne vous a dit que c'était grossier de faire attendre une cliente ? Surtout quand elle est enceinte.

Celia saisit la balle au bond.

— Je suis désolée, ma voiture est tombée en panne, et j'ai dû prendre un taxi.

— Vous auriez pu appeler pour prévenir.

Felicity agita la main avec impatience.

— Venez ! La table de massage est dans le patio, de l'autre côté. Je vous fais faire le tour, parce que je n'aime pas qu'il y ait de la terre dans la maison.

— Euh… Oui, bien sûr.

Elle suivit Felicity le long d'un petit chemin qui disparaissait derrière un mur couvert de lierre.

— Dépêchez-vous, chuchota Felicity. J'ai déconnecté les caméras de surveillance dès que je vous ai vue arriver. Mais l'interruption ne dure pas plus de quinze minutes. Il n'y a pas de temps à perdre. Je crois qu'il la garde dans la maison d'amis.

Celia n'était pas sûre de comprendre.

— Qui ?

— Wendy DeLuca, bien sûr. Ce n'est pas pour elle que vous êtes là ?

— Si…

— Mais vous ne me faites pas confiance. Je peux le comprendre. Écoutez, j'aimerais bien tout vous raconter, mais je me méfie du nouveau maître d'hôtel. Je crois que c'est une sorte d'espion ou de garde du corps.

— Un résumé suffira.

— Quand j'ai rencontré Neil, je l'ai trouvé beau, charmeur et ambitieux… Ça vous dit quelque chose ?

— Hélas.

— Il avait besoin d'une femme pour asseoir son statut. J'étais ambitieuse aussi, et j'ai accepté de l'épouser. Au bout d'un an, j'ai commencé à avoir des doutes. Il est devenu agressif, et j'ai essayé de partir. J'ai essayé, et je me suis retrouvée avec un œil au beurre noir. J'ai tenté de me montrer plus maligne, de lui faire croire que tout allait bien entre nous, tout en réfléchissant à un moyen de m'en sortir. Puis j'ai découvert que j'étais enceinte, et le piège s'est refermé sur moi. Après ça, il m'a parlé de vous, de votre fils, de choses que j'ai trop peur de répéter… Alors si en vous aidant ça peut m'aider aussi… Mais je n'ai pas encore trouvé comment protéger ma fille.

— C'est une fille ?

Le visage de Felicity s'éclaira.

— Zoe.

— C'est très joli.

— Merci. J'espère que vous êtes convaincue de ma sincérité, maintenant.

— Oui.

— Allons-y.

Felicity pivota sur ses talons, mais Celia la retint.

— Attendez ! Venez avec nous.

— Quoi ?

— Vous cherchez une porte de sortie. C'est moi. Vous vous accrochez parce que vous avez peur de ce que Neil peut vous faire, ainsi qu'à Zoe. Personne ne comprend ça mieux que moi. Mais il ne peut rien contre nous deux si nous faisons bloc.

— Vous le croyez vraiment ?

— J'ai eu six ans pour y réfléchir.

Felicity hésita à peine.

— C'est d'accord.

Elles se remirent en route, et la maison d'amis ne tarda pas à apparaître, nichée dans la végétation.

Celia lança un regard anxieux à la caméra installée sous l'avancée du toit, et ne put s'empêcher de se demander si Felicity avait vraiment réussi à la désactiver. Celle-ci tapa un code sur le boîtier fixé au mur, et la porte s'ouvrit.

Même si Remo se trouvait sur le siège avant, il savait très bien qu'il était un prisonnier, et non un invité. Ils avaient gagné l'autoroute et, si Price n'avait pas menti, ils se dirigeaient vers sa propriété.

Teller, qui avait pris place au milieu de la banquette arrière, ne s'était pas manifesté jusqu'à présent. Il avait posé son arme sur son genou, le canon dirigé vers le rein gauche de Remo, et ça en disait suffisamment.

Price, en revanche, faisait un grand numéro de charme, comme tout bon candidat à un mandat politique qui se respectait. Remo le rembarrait à chaque tentative, mais ça ne l'empêchait pas d'essayer à nouveau.

— À qui ressemble mon fils ? Ça fait cinq ans que je me pose la question.

— À sa mère.

Seule la légère crispation de ses doigts autour du volant indiqua que Neil Price n'appréciait pas la réponse.

— Donc, il a ses yeux. C'était ce que je préférais chez elle. J'ai hâte de la revoir. Elle est toujours aussi jolie ?

— Je croyais que vous étiez un mari comblé.

— Oh ! je le suis. Ça ne m'empêche pas de rêver.

Soudain, la voiture heurta quelque chose sur la route, et Price fit un écart. Remo se cogna la tempe contre le montant de sa portière, et il y eut un bruit métallique à l'arrière, suivi d'un juron, et du clic d'une ceinture de sécurité qu'on détachait.

Remo comprit que l'inspecteur avait laissé tomber son arme et la cherchait. Mais il n'eut pas le temps de s'attarder sur cette information. Quelque chose de beaucoup plus insolite venait d'attirer son attention. Venant dans leur direction, trois femmes marchaient le long de la route, sous une pluie battante.

Et il les connaissait. Il y avait sa mère, Celia, et la femme de Price.

Remo cilla, croyant à une hallucination due à son choc sur la tempe. Mais elles étaient toujours là.

Et elles se rapprochaient à une vitesse étonnante…

Avec un temps de retard, il réalisa que Price avait accéléré, et que la voiture fonçait droit sur elles.

En un geste désespéré, il saisit le volant et le tourna de toutes ses forces vers la droite. La voiture tangua tandis que Price essayait de contrecarrer son geste, mais Remo parvint à garder le contrôle, et le véhicule évita de justesse les trois femmes.

Son soulagement fut de courte durée quand il vit qu'ils filaient tout droit vers un immense cèdre. Il commença à lever les bras devant son visage, au moment même où l'avant de la voiture s'enfonçait dans le tronc.

Pendant quelques secondes après que l'airbag se fut déployé, dans un bruit d'explosion, Remo eut l'impression que tout autour de lui était amplifié, les bruits comme les sensations.

Ses avant-bras le brûlaient. Sa bouche lui faisait

mal. Du métal grinçait. Du verre se brisait. Quelque chose, quelque part, sifflait comme un serpent furieux.

Quand il ouvrit les paupières, il aurait pu jurer qu'il entendait le battement de ses cils.

Mais son premier coup d'œil à l'intérieur de la voiture balaya ces considérations. L'impact avait projeté l'inspecteur Teller dans le pare-brise et, sans même avoir besoin de vérifier son pouls, Remo conclut qu'il était mort sur le coup. Ce n'était pas cela, cependant, qui le préoccupait, mais plutôt le fait que la portière côté conducteur était ouverte, et que Neil Price n'était nulle part en vue.

Une demi-douzaine de jurons vinrent à l'esprit de Remo, mais il n'eut pas le temps de les proférer à voix haute. Il devait mettre toute son énergie à sortir de la voiture.

Et ce ne fut pas une mince affaire, car ses oreilles sifflaient, et ses membres pesaient des tonnes. À tâtons, il trouva sa ceinture de sécurité et la détacha. Puis il manœuvra la poignée de la portière, qui s'ouvrit heureusement sans difficulté.

Une bouffée d'air âcre envahit l'habitacle, lui faisant monter les larmes aux yeux. Contenant un haut-le-cœur, il se redressa hors de la voiture, et cilla pour essayer d'y voir quelque chose à travers la fumée noire et le rideau de pluie.

Et ce qu'il vit lui fit un coup au cœur.

Price avait réussi à rejoindre les trois femmes et, même s'il était en minorité, il avait un avantage certain : il tenait un pistolet à la main, et l'agitait comme un possédé devant Celia.

Le fait qu'il ne l'ait pas encore abattue relevait du miracle.

Pourquoi n'avait-il pas tiré ?

Hésitant à s'approcher, de peur de provoquer une réaction malencontreuse, il laissa sa vision s'accommoder, et ne tarda pas à avoir la réponse.

La femme de Price était en train d'accoucher.

La première intention de Remo fut de rejoindre le groupe. Puis il changea d'avis et revint vers la voiture. Aussi discrètement qu'il put, il recula le siège passager le plus loin possible vers la banquette arrière, et se contorsionna dans l'étroit espace ainsi libéré.

Ses doigts ne tardèrent pas à entrer en contact avec du métal froid, mais il n'eut pas le temps de se réjouir.

Quelque chose de dur s'enfonçait entre ses omoplates, et la voix de Price couvrit le sifflement persistant dans ses oreilles.

— Pose ça, et tourne-toi très lentement.

Se maudissant de ne pas avoir été plus rapide, Remo obtempéra, en écartant les doigts pour montrer à Price qu'il n'était pas armé.

Et quand il eut terminé son demi-tour, il fut content d'avoir obéi. Parce que le politicien, non content de braquer une arme sur lui, tenait Celia par les cheveux de l'autre main.

— Que voulez-vous ? demanda-t-il.

— Tu vas mettre au monde mon bébé.

— Et pourquoi je ferais ça ?

— Sinon, je tue Celia et ta mère.

— Vous nous tuerez de toute façon.

— Peut-être bien. Mais je pourrais le faire avec humanité, ou faire en sorte que vous mouriez dans d'atroces souffrances.

Pour illustrer son propos, il tira brutalement les cheveux de Celia.

— Lâchez-la, et je ferai ce que vous voulez.

Neil Price poussa Celia en avant avec une telle force qu'elle tomba la tête la première sur le sol boueux.

Alors que Remo hésitait entre l'envie de se précipiter vers elle et celle d'envoyer un solide coup de poing à Price, un cri strident déchira le silence.

Ce dernier tourna la tête, et cette seconde de distraction suffit à Remo pour plonger vers Price et le plaquer au sol, le laissant sonné.

Celia se précipita vers lui et plaqua ses lèvres sur les siennes, pour un baiser parfumé à la boue.

Pendant un instant, tout s'arrêta autour d'eux. Il n'y avait que Celia, lui et la pluie.

Puis une sirène se fit entendre au loin, lui rappelant qu'il avait encore des choses à faire : menotter Price, s'occuper de Felicity, et s'assurer que sa mère allait bien.

Quand il se redressa, il fut surpris de voir la parturiente debout et en pleine forme, le travail miraculeusement stoppé. Elle regardait son mari inconscient avec un mélange de méfiance et de dégoût. Puis elle se pencha, et récupéra son pistolet.

— Que voulez-vous, dit-elle devant l'air surpris de Remo. J'ai toujours voulu être actrice.

Wendy approcha, tenant une paire de menottes entre le pouce et l'index.

— J'ai récupéré ça dans la voiture. Tu permets que je les passe à ce sale type ? J'ai toujours rêvé de faire ça.

Remo n'eut pas l'énergie de rire devant l'absurdité de la scène.

Il se contenta d'attirer Celia à lui, et de s'asseoir en attendant la police.

Épilogue

Un an plus tard

Tandis qu'ils sortaient du tribunal par une porte dérobée, évitant délibérément la marée de journalistes qui campaient pratiquement devant le bâtiment depuis six semaines, Celia prit une profonde inspiration.

Pour la première fois depuis sept ans, elle avait réellement l'impression qu'elle pouvait respirer.

Si elle avait puisé un certain réconfort dans la certitude que Neil allait être arrêté et inculpé, elle avait ressenti un immense soulagement en apprenant que ses associés l'avaient laissé tomber.

Par ailleurs, la mort de Teller lui garantissait que ni Xavier ni elle n'avaient à craindre une quelconque vengeance. Mais à présent, en sachant que Neil était derrière les barreaux pour vingt-cinq ans, sous le coup de huit chefs d'accusation, elle se sentait véritablement libre.

Elle glissa un regard vers Remo, et découvrit l'ébauche d'un sourire sur son beau visage. Il n'en fallut pas plus pour la faire sourire à son tour.

Il ne se passait pas un jour sans qu'elle remercie l'univers d'avoir fait que Remo passe justement par là le jour de l'accident.

Ils firent quelques pas de plus, et le visage de Remo

s'éclaira franchement. Il suffit à Celia de suivre son regard pour comprendre que sa réaction n'était pas due uniquement à l'énoncé du verdict. La mère de Remo se tenait à côté de sa voiture, garée au coin de la rue, et Xavier lui tenait la main.

Celia leur fit un signe, avant de s'immobiliser en remarquant la tenue formelle de son fils. Il portait un smoking miniature bleu, avec un nœud papillon assorti. Et maintenant qu'elle prêtait davantage attention aux détails, elle remarqua que Wendy portait aussi quelque chose d'inhabituellement élégant, une robe mi-longue en satin bleu nuit.

Alors qu'elle se tournait pour demander à Remo s'il avait une idée de ce qui se passait, elle vit Felicity – qui avait repris le nom de Wallace et abandonné celui de Price – sortir également de la voiture. La jolie brune portait une robe identique à celle de Wendy. Et, quand elle sortit sa fille de son siège auto, Celia vit que celle-ci portait aussi une robe bleue.

Battant des paupières, Celia réalisa que deux hommes en costume se tenaient près de la voiture. Le premier était Riley Hank, le jeune policier avec qui Remo avait sympathisé après l'arrestation initiale de Neil. Le deuxième était son ami, Freddy Yan.

— Remo, qu'est-ce que…

Les mots moururent sur ses lèvres lorsqu'elle découvrit son secouriste préféré.

Il était toujours vêtu du même costume qu'il avait porté toute la semaine, mais il avait épinglé une fleur bleue à sa poche de poitrine. Et il tenait dans sa main un petit écrin caractéristique.

— Celia Poller, commença-t-il.

Il ouvrit le couvercle, révélant un saphir entouré de diamants, montés sur un anneau de platine.

— Puisque ton père n'est plus parmi nous, j'ai demandé ta main à ton fils. Il a accepté sans réserve. C'est pourquoi, si tu veux bien me faire cet honneur… je voudrais faire de toi ma femme.

— Oui !

Elle s'était exclamée si fort qu'elle en rougit.

Remo éclata de rire, visiblement amusé par son enthousiasme, et glissa la bague à son annulaire.

— Parfait.

Celia lui prit la main et entrelaça ses doigts aux siens.

— Remo ?

— Oui ?

— Au cas où j'aurais oublié de te le dire aujourd'hui… Je t'aime.

— Je t'aime aussi. Et c'est pour cela que j'ai fait venir les demoiselles et garçons d'honneur. Et un juge d'un tout autre genre nous attend dans ce tribunal pour signer des papiers. Oh ! et tout un tas d'invités nous attendent dans un restaurant à deux pas d'ici.

Baissant les yeux vers sa tenue, Celia comprit tout à coup la recommandation que Xavier lui avait faite un peu plus tôt.

« Mets ta robe bleue avec des fleurs, maman. »

Elle avait pris cela pour un caprice d'enfant, mais elle voyait à présent qu'il y avait une raison à cela. Ce n'était pas une tenue sophistiquée, mais les couleurs s'assortissaient à celles de son cortège nuptial.

Souriant éperdument, elle se tourna vers la porte qu'ils venaient à peine de franchir.

Et, tandis qu'elle serrait très fort la main de Remo, elle songea qu'il était tout à fait approprié d'ouvrir un nouveau chapitre de leur vie là où une page s'était tournée.

Retrouvez en novembre 2020,
dans votre collection

BLACK ROSE

Maggie est en danger, de Julie Anne Lindsey - N°610

SÉRIE GARDES DU CORPS EN ALERTE 1/4

En arrivant dans le Kentucky où sa grand-mère est hospitalisée, dans le coma, Violet se demande si la chute dont elle a été victime était accidentelle. Un doute qui se précise lorsqu'un homme, Wyatt Stone, lui révèle qu'avant de tomber la vieille dame l'avait engagé comme garde du corps. Désemparée, craignant pour sa vie et celle de Maggie, son bébé, Violet demande à Wyatt d'enquêter et de les protéger…

Par-delà le risque, de Nicole Helm

Pour l'agent du FBI, Zach Simmons, aucun doute possible : suite à son divorce scandaleux, la « bad girl » Daisy Delaney est en danger de mort. Et qu'importe qu'il agisse par simple conscience professionnelle ou parce que la jolie chanteuse de country exerce sur lui une dangereuse attirance, il va la mettre à l'abri et il fera tout pour qu'elle ne soit pas victime du tueur qui la menace…

Au jeu des secrets, de Marie Ferrarella - N°611

Stupéfait, Sully soutient le regard de la femme qui le fixe, une expression sévère sur le visage. Ainsi, contre toute attente, la personne qui dirige le ranch où il vient de se faire embaucher est une femme. Forte, autoritaire sans aucun doute, mais dont le masque d'insensibilité cache, il en est certain, bien des failles. Des défenses que lui, le flic déguisé en fermier le temps d'une enquête, se fera fort de découvrir…

L'impossible dilemme, de Melinda Di Lorenzo

Policier infiltré dans le gang de Jesse Garibaldi, Rush Atkinson s'apprête à mettre fin aux activités du criminel qui a tué son père, quinze ans plus tôt. Mais un jour, persuadé qu'il peut lui faire confiance, Jesse lui ordonne de tuer sa cousine, Alessandra, qui menace de révéler ses crimes. Piégé, Rush s'interroge : comment préserver sa couverture s'il révèle son identité à la femme troublante qu'il doit éliminer ?

Retrouvez en novembre 2020,
dans votre collection

BLACK ROSE

Pour l'amour de la vérité, de Debbie Herbert - N°612

Des bruits dans la maison, un message lui ordonnant de quitter la ville… Dès son retour à Baysville, Harper comprend que le cauchemar qu'elle a vécu, enfant, n'est pas terminé. Et que l'inconnu qu'elle a vu autrefois près du corps sans vie de sa sœur n'était pas le fruit de son imagination. Seul policier à la croire, Liam Andrews se lance à ses côtés dans une enquête aussi dangereuse que complexe…

Délicates retrouvailles, de Debra Webb

« Ne te fais pas de souci pour moi, Ali. » En entendant la voix de Jax, Allison tressaille. Certes, elle est heureuse de revoir l'homme qu'elle a quitté, dix ans plus tôt, pour en épouser un autre. Bien sûr, elle ne l'a jamais oublié, et le son de sa voix la fait toujours vibrer. Mais pourquoi faut-il que ce soit lui, aujourd'hui, qui risque sa vie pour la protéger, alors qu'elle a été témoin d'un meurtre et que sa vie est en danger…

Une mère en fuite, de B.J. Daniels - N°613

Si Kit Killhorn s'est enfuie, c'est pour offrir un avenir à son bébé, loin de son mari qui ne reculait devant rien, pas même le meurtre, pour asseoir son empire immobilier. Mais, alors qu'elle vient d'être retrouvée par sa belle-famille et cherche un abri pour son fils, elle est contactée par un certain Luke St John. Luke qui, pour confondre le mari de Kit, est prêt à l'aider et à les protéger, elle et son enfant…

Tentation inavouable, de Justine Davis

Kai est atterrée. Comment Wyatt Blake ose-t-il l'accuser de vendre de la drogue à son fils, un adolescent qui fréquente son magasin de musique ? Cet homme a beau être séduisant, il n'en est pas moins détestable, et elle est bien décidée à ne pas se laisser faire ! Pourtant, quand Wyatt lui révèle qu'il est un ancien agent du FBI et qu'il enquête sur une série de cambriolages, elle lui promet de l'aider…

Composé et édité par HarperCollins France.

Achevé d'imprimer en septembre 2020.

CPI
BLACK PRINT

Barcelone

Dépôt légal : octobre 2020.

MIXTE
Papier issu de sources responsables
FSC® C108412
FSC www.fsc.org

Pour limiter l'empreinte environnementale de ses livres, HarperCollins France s'engage à n'utiliser que du papier fabriqué à partir de bois provenant de forêts gérées durablement et de manière responsable.

Imprimé en Espagne.